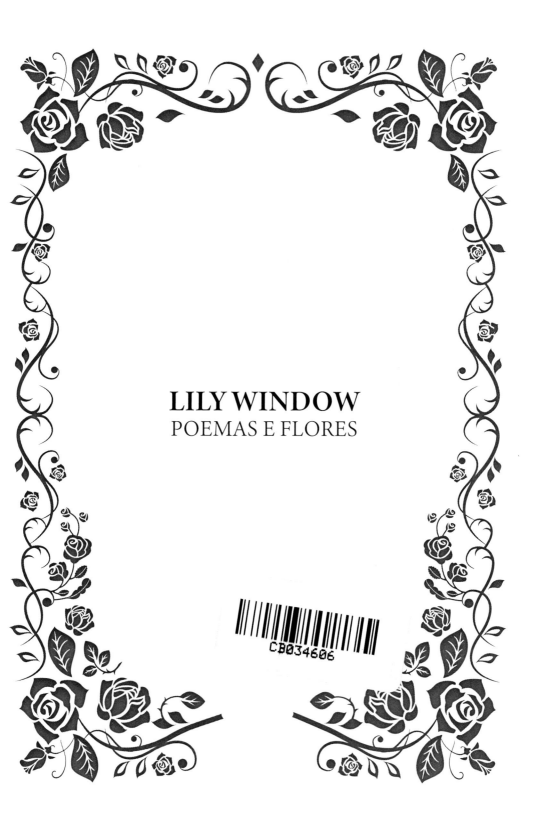

LILY WINDOW
POEMAS E FLORES

Editora Appris Ltda.
1.ª Edição - Copyright© 2025 dos autores
Direitos de Edição Reservados à Editora Appris Ltda.

Nenhuma parte desta obra poderá ser utilizada indevidamente, sem estar de acordo com a Lei nº 9.610/98. Se incorreções forem encontradas, serão de exclusiva responsabilidade de seus organizadores. Foi realizado o Depósito Legal na Fundação Biblioteca Nacional, de acordo com as Leis nos 10.994, de 14/12/2004, e 12.192, de 14/01/2010.

Catalogação na Fonte
Elaborado por: Josefina A. Guedes
Bibliotecária CRB 9/870

R786l 2025	Roque, Rafaella Lily Window: poemas e flores / Rafaella Roque. – 1. ed. – Curitiba: Appris, 2025. 277 p.; 23 cm. ISBN 978-65-250-7380-4 1. Ficção brasileira. 2. Mistério. 3. Poesia. 4. Amor. I. Título. CDD – B869.3

Appris editorial

Editora e Livraria Appris Ltda.
Av. Manoel Ribas, 2265 – Mercês
Curitiba/PR – CEP: 80810-002
Tel. (41) 3156 - 4731
www.editoraappris.com.br

Printed in Brazil
Impresso no Brasil

RAFAELLA ROQUE

LILY WINDOW
POEMAS E FLORES

Curitiba, PR
2025

FICHA TÉCNICA

EDITORIAL	Augusto V. de A. Coelho
	Sara C. de Andrade Coelho
COMITÊ EDITORIAL	Marli Caetano
	Andréa Barbosa Gouveia (UFPR)
	Edmeire C. Pereira (UFPR)
	Iraneide da Silva (UFC)
	Jacques de Lima Ferreira (UP)
SUPERVISORA EDITORIAL	Renata C. Lopes
PRODUÇÃO EDITORIAL	Adrielli de Almeida
REVISÃO	J. Vanderlei
DIAGRAMAÇÃO	Amélia Lopes
CAPA	Eneo Lage
REVISÃO DE PROVA	Sabrina Costa

Sumário

Prólogo
A inconsolável infância de Rosemary................... 9

Capítulo I
A vida não é uma linha, mas um emaranhado confuso..... 16

Capítulo II
A metamorfose do destino........................27

Capítulo III
Vestidos e frivolidades..............................37

Capítulo IV
Um futuro incerto, mudanças e um homem engomado.... 43

Capítulo V
Bibury, Cavalo Raquítico e fugas estúpidas 51

Capítulo VI
O casebre de Rosemary, Dusty e irmãs Bolton 61

Capítulo VII
Banfields, Banfields e mais Banfields.................... 69

Capítulo VIII
Visitantes indesejados e uma pequena floricultura 79

Capítulo IX
Uma limpeza frenética e tia-bisavó Jemima.............. 88

Capítulo X
Uma floricultura Notória 97

Capítulo XI
Poemas e Lavagem de Porco 104

Capítulo XII
Caos, Felinos e Natal. 110

Capítulo XIII
A floricultura de Rosemary. 122

Capítulo XIV
O Médico de Almas 130

Capítulo XV
O falecimento de Janne Lambert 139

Capítulo XVI
O infortúnio aniversário de Rosemary 149

Capítulo XVII
Flores para a festa de Jannice Follet 156

Capítulo XVIII
Um barulho em meio ao escuro 167

Capítulo XIX
A maldição de Carew Stone 174

Capítulo XX
O dedo da morte prepara-se para levar alguém 185

Capítulo XXI
A repentina mudança de Leah Ware 193

Capítulo XXII
A ministra do condado de Gloucestershire 204

Capítulo XXIII
Um casamento...........................213

Capítulo XXIV
A reunião da "mocidade" de Bibury 225

Capítulo XXV
Talvez o mundo não seja um lugar pacífico.............237

Capítulo XXVI
Charles................................247

Capítulo XXVII
Charles, Lily Window e uma leva de outras coisas 256

Capítulo XXVIII
Descobertas e outra leva de coisas complicadas 265

Capítulo XXIX
Lily Window, Poemas e Flores 272

Epílogo 276

Prólogo

A inconsolável infância de Rosemary

De fato, se existe uma coisa que todos os moradores do pequeno vilarejo interiorano de Bibury possuem plena consciência é de que os Banfield são uma família de orgulho extremamente inflado, sendo a genealogia mais antiga e com mais ramos espalhados pela cidade. Os Banfield estão em Bibury desde que se tem relatos, estando presentes nas mais escandalosas e famosas histórias do local que conseguem deixar viajantes boquiabertos — embora metade delas sejam antigas demais para se ter certeza de que são verdadeiras.

    Sendo o patriarca dessa família Algernon Banfield, um senhor velho, rabugento, esnobe e extremamente orgulhoso — embora não tenha nenhum sucessor homem para deixar a "vasta" herança possuída. Ostentando em sua cabeça enrugada cabelos ralos e quebradiços e em seu rosto igualmente enrugado olhos castanhos muito profundos que basicamente ficam escondidos em meio a tantas rugas, não poderia ser considerado bonito e estava longe, bem longe disso. Sua esposa, Rosemary Banfield, era uma Comerford antes de se casar — portanto, sentiu-se honrada em poder adquirir o "honrado" sobrenome Banfield, tendo esse como o principal motivo de seu casamento. Ela era doce e simpática — no entanto, tornou-se bastante avarenta após certos anos casada com um Banfield, como já era de se esperar —, talvez exista alguma maldição entre eles que os impeça de serem boas pessoas ou que ao menos torne isso mais difícil — ao ponto de fazer um escândalo antes de morrer por não terem encontrado "flores dignas de um funeral Banfield".

Juntos, Rosemary e Algernon, tiveram oito filhos: Sarah, Oliver, Madalene, Peggy, Patience, Thalita, Phoebe e a caçula Honora - sendo que o único filho homem morrera muito jovem, antes de deixar herdeiros, o que fez com que por muitos anos a família fosse considerada amaldiçoada. Embora todas as filhas tenham recebido casamentos arranjados com rapazes decentes da cidade, Honora nunca realmente havia sido forçada a nada, e isso não foi diferente em relação ao seu casamento, o que resultou futuramente sendo o segundo maior desgosto da vida de Gilbert Banfield. Afinal de contas, sua pequena Nora estava perdidamente apaixonada por Ambrose Drew.

Os Drew eram uma família sem grande reputação e sem riquezas, e como já era de se esperar, Algernon e Rosemary detestaram a ideia — por mais que geneticamente Rose fosse uma Comerford — de ter uma de suas filhas se casando com um jovem poeta sem propriedades, sem um tostão no bolso, sem profissão e sem condições! Mas, de fato, embora tivessem tentado impedi-la, o inevitável infelizmente — ou felizmente, depende muito de seu subjetivo ponto de vista — ocorreu. Honora havia fugido para se casar com um Drew. Isso havia deixado Algernon, com sua natureza colérica, tão amargamente irritado que fez com que o homem jurasse para si mesmo que jamais perdoaria a filha! Embora alguns meses depois o rancor desabrochado em seu ser já tivesse diminuído, ele havia jurado, e a palavra de um Banfield tinha, tem e sempre terá um valor altíssimo, portanto, seu orgulho não permitiu que um dia eles se reconciliassem.

Ser deserdada e esquecida pela família havia ferido fortemente os sentimentos de Honora, que era intensamente apegada à sua mãe, pai e irmãs. Contudo, por mais que agora fosse uma Drew, tinha o sangue de uma Banfield e jamais feriria o seu orgulho para se desculpar! Afinal de contas, embora todos tivessem virado as costas para ela, uma pessoa jamais o faria, e essa pessoa era tia Nancy Commerford, uma senhora viúva, baixinha e rechonchuda que nutria uma forte afeição por Honora. Senhora essa que cedeu sua pequena casa cor de violeta em Forest of Hopes para o casal.

Após onze anos de casados, Honora e Ambrose haviam tido quatro filhos, Patience, Rosemary e os gêmeos Ambrose e Miles. Eles viviam alegremente na casa violeta junto de tia Nancy, que tinha como hobby especial encher as crianças de Honora de pasteizinhos de ameixa.

No entanto, nem tudo — ou nada, como aprendera Rosemary futuramente — são flores, a casa violeta não era propriedade de tia Nancy e sim, um pequeno chalé alugado, e um dia, enquanto tia Nancy andava pelo centro, um cavalo fugitivo do senhor Gibbs a pisoteou, deixando-a com múltiplos ossos fraturados. Felizmente, três semanas depois ela estava perfeitamente saudável. Cenário esse que mudou em dois dias, quando tia Nancy contraiu uma doença desconhecida e foi encontrada já sem vida pela manhã!

Aquela era uma situação horrível. Naquele ponto, Tia Nancy era como uma mãe para Honora e como uma avó meiga e doce para os pequenos Drew. A morte de Nancy foi como uma facada para todos os moradores da casa violeta do Vale dos Abetos. Patience sofria silenciosamente — afinal ela tinha por natureza um temperamento frio e dificuldade de demonstrar os sentimentos —, os gêmeos estavam em choque, pois eram grandes o suficiente para entender parcialmente o que estava acontecendo, entretanto pequenos demais para de fato entender o que estava acontecendo. Ambrose sentia-se agoniado por não poder fazer nada para ajudar a família, e Rosemary aos seus seis anos estava inconsolável! Não ter tia Nancy significava não ter longas conversas no jardim, significava não ter os pasteizinhos de ameixa, significava não poder ajudar com bolinhos de cereja no dia de ação de graças…significava não ter a tia Nancy, afinal de contas!

E como se não houvesse como piorar, Tia Nancy não havia deixado nenhum tostão sequer de herança e como o salário de Ambrose Drew era vergonhosamente baixo, eles teriam de se mudar, logo, como haviam muitos trabalhos disponíveis para poetas na capital — ao menos era o que eles acreditavam — os Drew iriam para Londres!

Deixar Bibury era quase tão horrível quanto deixar de existir para a pequena Rosemary! Deixar Bibury significava deixar para trás todas as memórias agradáveis que tinha com Tia Nancy e substituí-las por novas! Qual seria a sua garantia de que as novas memórias seriam boas? Mudanças são terríveis! Terríveis! Foi o que concluiu Rosemary tendo de arrumar sua malinha "jamais amarei um lugar tanto quanto amo a casa violeta" pensou ela com rebeldia, embora estivesse errada, fechando com força sua maletinha de estampa floral que um dia voltaria para o vilarejo.

O tão temido dia de fato havia chegado! Ele realmente não era apenas uma ideia e sim, um fato! Ugh! Rosemary estava inconsolável:

— Eu nunca mais serei feliz — sussurrou Rosemary em meio ao princípio de uma rebeldia que futuramente cresceria para Patience.

— Não diga algo tão horrível, Mary! — Bronqueou a mãe que havia ouvido — Em algumas semanas você vai se acostumar com o lugar.

— Eu não quero! — bradou com rebeldia a criaturinha diminuta, no entanto, decidida — Não quero me acostumar e nem pertencer a nenhum lugar que não seja esse! Não faz sentido ter que ir embora se aqui é bom o bastante!

Rosemary não queria se acostumar! Ela nunca iria! Mas, de que adiantava tamanha rebeldia? Afinal de contas ela sabia que não tinha muita escolha. Após entrar no trem, Rosemary sentou-se na janela, onde ficou imóvel assistindo Bibury se distanciar lentamente, até que adormeceu, o pior sono de sua vida — até então, ainda viriam muitas noites piores.

Algumas semanas haviam se passado e Rosemary não havia se acostumado com o lugar — talvez porque ela não queria e se recusava intensamente a isso —, era uma casa velha, lúgubre e com goteiras! Era como se eles estivessem vivendo em uma masmorra! Uma masmorra fria e sem consolo! Todas as portas estavam esburacadas! As janelas da cozinha rangiam um som de dar calafrios — ao menos era o que uma criança conflitante pensava! O banheiro tinha uma banheira velha e enferrujada, com mofo por todas as paredes! E o pior de tudo, era cheia de teias de aranha! Rosemary adquirira pavor quanto a aranhas após ser esquecida trancada no celeiro dos Slyfeel e se contorcia todas as vezes que pensava na ideia de estar morando em um lugar cheio delas! Aquela casa era como um pesadelo no "mundo real"!

Dois meses haviam se passado, e o bebê que a mamãe estava esperando estava a caminho "talvez ter um bebê torne essa casa um pouco mais acolhedora" pensou Rosemary ainda muito rebelde encolhida em um canto, escondendo-se das aranhas — ela fazia isso quase o tempo inteiro. No entanto, uma nuvem estranha e escura cobria a casa naquela noite confusa e risonha, uma nuvem desconhecida por Rosemary, mas que em um futuro próximo se tornaria lugubremente familiar, nuvem essa que pressagiaria muitos infortúnios.

Devido a complicações de saúde, falta de cuidado e condições precárias, nem a mamãe e nem o bebê sobreviveram. Aquilo era horrível! Primeiro a Tia Nancy, depois a mamãe e o bebê! O que mais a vida estava resguardando atrás da tenebrosa e inquietante cortina velada sobre o futuro chamada "amanhã"?

Após a morte da mamãe, o serviço de casa havia sido deixado para Patience, uma jovem — que em breve fará coisas ruins — com pouco mais de dez anos tentando segurar sua dor e amargura dentro de si que, por sua vez, não tinha altas habilidades com a cozinha nem com nada do tipo, mas se havia uma coisa que Patience tinha de sobra era determinação e perfeccionismo, e estava certamente decidida — até então — a fazer de tudo para que seus irmãos tivessem uma infância minimamente decente.

No entanto, três meses depois, em uma gélida manhã de outono, Miles contraíra uma doença misteriosa, era quase como se uma estranha membrana o impedisse de respirar corretamente… Ah! O pequeno e demasiado sensível Miles…ele havia de morrer e Rosemary tinha plena consciência disso, embora tivesse se mantido calada para não afligir ainda mais a pobre irmã e para não acharem-na louca. No entanto, algo ainda mais inesperado aconteceu! Ele havia contagiado essa estranha doença para Ambrose e para o pai! Em questão de um dia era como se toda a família — exceto as irmãs — estivesse cuspindo sangue e lutando arduamente contra os pulmões para conseguir respirar o pouco ar que inalavam. Era tenebroso!

Para poupar a vida de Patience e Rosemary, apressadamente, ambas foram enviadas para a casa de Amelia Weston, uma senhora rabugenta, pobre de espírito e dotada de um temperamento estranho. Foram dias longos e terríveis que se passaram lentamente na vida de ambas as irmãs, possuindo apenas uma à outra como consolo, no entanto, o que não sabiam era que esses dias pressagiaram dias realmente mais sombrios que estavam por vir.

Embora pudesse parecer impossível que a cortina do amanhã estivesse resguardando mais temores, era de fato possível, afinal "a vida era um mar de desesperanças" como Rosemary havia lido em um dos livros de tia Nancy, em pouco menos de dois meses, Rosemary e Patience haviam ouvido por trás da porta que provavelmente a família havia se contaminado com tuberculose, o que fez com que os dias sombrios e longos de ambas ficassem ainda mais sombrios e longos. Era como se a qualquer momento a louca Amelia Weston fosse entrar na cozinha e anunciar as más notícias. E de fato, foi o que aconteceu, em uma noite onde a mesma nuvem risonha, sarcástica e escura havia encoberto toda a vidinha de Rosemary. Durante o preparo do jantar, Amelia entrou inexpressiva na cozinha onde disse com voz rouca e seca:

— Ah! Seus dois irmãos morreram semana passada. — disse ela despreocupadamente — Mas, apenas lhes disse isso hoje, pois estava esperando o pai de vocês morrer também. — falou colocando o avental — Ele morreu hoje.

Aquilo era simplesmente horrível! Como aquela criatura insolente conseguia dizer tais coisas com tamanha tranquilidade? Primeiro a tia Nancy, depois a mamãe e o bebê, agora os irmãos e o pai? O que mais aconteceria na vida da pequena, no entanto infeliz Rosemary Drew, afinal?

De agora em diante Rosemary teria apenas Patience e Patience teria apenas Rosemary. Ao menos era o que a pequena Rosemary acreditava ser verdade. Tudo aconteceu conforme ocorria com a maioria das crianças órfãs da capital; ambas se mudaram para um abrigo de caridade onde faxinavam em troca de alguns tostões que economizavam com a esperança de um dia poder voltar para Bibury, onde teriam sua família.

Anos se passaram e era quase como se a dor de Rosemary tivesse de algum modo se acalmado. Ela ainda se mantinha fortemente cravada em seu ser, mas já não machucava mais tanto quanto costumava, era como se ela tivesse se acostumado a viver, como se tivesse se acostumado a ser infeliz, cinza e sem vida. Porém, isso é um fato que ocorre com todos nós: uma dor jamais passa, apenas aprendemos a conviver com ela.

No entanto, já havia um certo tempo que Rosemary sentia-se extremamente inquieta... Patience havia começado a conversar com um homem ao qual Rosemary odiava com todo o seu pequeno ser, Adam Ramsbury. Ela não gostava dele. Ele tinha um sorriso vago, parecia ocultar algo, algo no íntimo de seu ser que ninguém seria capaz de descobrir, sobrancelhas que se moviam descontroladamente e adquirira o péssimo hábito de chamar Patience de "Pat"! Não havia nada de errado em ser chamado de Pat, afinal era seu apelido, mas havia alguma coisa no tom meloso e vago de Adam que fazia com que Rosemary tremesse de raiva interior, mas ela estava decidida a não expor sua ira infantil.

E de fato, realmente havia alguma coisa de errado naquele homem e ela descobrira isso da pior forma possível após acordar de manhã e encontrar um bilhete sobre a cama da irmã... Ela havia fugido para se casar com Adam! "As piores notícias vêm pela manhã", pensou a criança desoladamente, atirando o bilhete com rancor sobre as chamas ardentes da lareira do salão principal "Como ela pode ter feito isso comigo?" "Será que ela vai voltar?". Patience não voltou, ela era orgulhosa, nunca voltaria.

Rosemary estava sozinha em um mundo com 1,4 bilhões de pessoas, como leu em um dos livros de tia Nancy, completamente sozinha e sem ninguém que se importasse com ela! Ela estava decidida a odiar Adam Ramsbury até o último instante de sua vida! Talvez, inclusive, decidida a odiar todos! Até o último! Ela possuía muitos sentimentos reprimidos aos quais jamais aprenderia da maneira adequada como lidar. "Talvez agora que preciso só de uma passagem, eu consiga voltar para Bibury, ou para qualquer outro lugar" pensou ainda inconsolavelmente Rosemary ao retirar sua carteirinha com estampa floral debaixo de seu travesseiro surrado com veemência. O dinheiro não estava lá! Patience havia ido embora com ele! Todo o dinheiro de trabalho árduo que ela adquirira durante dois anos e meio! Sentia-se traída, completamente traída! Pela sua própria irmã!

E como se não houvesse como piorar, dois dias após o trágico casamento o abrigo onde vivia pegou fogo e foi reduzido a cinzas "Queria ter ficado lá dentro" pensou friamente Rosemary, assistindo o lugar em chamas "Ao menos eu teria mamãe e várias pessoas que se importassem comigo lá". Mas Deus possuía muitas coisas reservadas para ela. Rosemary não poderia morrer sem nunca ter vivido.

Por não ter conseguido vaga alguma pelos outros abrigos da cidade e estar completamente sem dinheiro, Rosemary viu-se obrigada a arrumar um emprego formal. No entanto, já não ia para a escola desde os sete anos e também não era uma criatura superdotada ou algo do tipo. Para ajudar, ainda era menina, logo foi forçada a fazer trabalho braçal, ela teve de trabalhar em uma fábrica ilegal de fósforos.

"Estou decidida a odiar cada segundo aqui" concluiu com pesar bravamente fechando as mãozinhas e adentrando o local ao qual de fato odiaria por cada segundo vivido.

Capítulo I

A vida não é uma linha, mas um emaranhado confuso

Era uma noite cinza e gélida na implacável e fria cidade de Londres cuja Rosemary tanto odiava. Talvez não fosse culpa da cidade em si, talvez fosse o fato dela não ter escolha se não viver ali, mas a cidade realmente era implacável e gélida. A lua cheia de inverno cobria docemente as bétulas que se regozijavam caniculamente sobre a bela e solene canção invernal enquanto a neve cobria com sua capa branca e adormecida delicadamente todas as flores que calma e sonolentamente se preparavam para despertar na tão esperada primavera. Era uma noite extremamente bonita e consoladora, todavia Rosemary recusaria-se a ver beleza no mundo, afinal, caso a visse a mesma provavelmente seria tirada de si, assim como aconteceu com tudo que um dia ela já amou…ela meneou a cabeça rapidamente para livrar-se de qualquer pensamento.

    Rosemary Drew, uma mulher sem família, amigos ou qualquer pessoa que se importasse com ela, com um rosto quase bonito — se não fosse pela exaustão, falta de tempo, olheiras e um maxilar tão marcado —, com um vestido demasiado desbotado e antiquado — afinal ela o tinha a muito tempo — e cabelos nada meticulosamente presos sobre um coque baixo não muito elegante que fazia com que ela aparentasse ser mais velha — ela poderia mudar isso, apenas não era vaidosa. Trabalhava frustrada e mecanicamente ao selecionar, encaixar, testar e encaixotar fósforos sobre um equipamento não muito seguro, afinal, nada ali era de fato seguro. Seus dedos nada donairosos, profundamente calejados e feridos, embora fraquejassem, trabalhavam incessantemente sobre os fósforos rústicos e sensíveis:

— Hoje o dia está agradável, não acha? — perguntou afavelmente Florencia soltando um sorrisinho rápido e sensível.

— Ugh... na sua opinião ele sempre está — retrucou Rosemary descartando ruidosamente um fósforo falho sobre um balde velho e gasto.

— Eu disse isso? Ugh, acho que não! Ao menos não me lembro de ter dito. Eu disse? — bramiu ela com ar demasiado sonhador para uma pessoa que se encontra no lugar de trabalho.

— Cada fósforo é único — disse retirando um exemplar de dentro da caixa e expondo-o —, mas isso não faz com que eu sinta afeto algum por eles! Afeto algum — repetiu.

— Mas, deveria! — respondeu fantasiosamente Florencia apertando suas pequenas mãos bronzeadas.

— É claro que eu deveria! — murmurou bruscamente Rosemary colocando um ponto final no assunto.

Ao perceber o sarcasmo na fala de Rosemary, os grandes olhos de Florencia se moldaram como duas pequenas ameixas em sua face. Ela sentiu a raiva penetrar como se fosse uma faca fria e afiada, aquilo lhe corroeu rápida e profundamente. Mas, como todos os sentimentos de Florencia, a raiva logo se esvaiu e deu lugar a alegria intensa.

— Você não acha rachaduras intrigantes? — interpelou.

— Não! — bradou fria embora nada sarcasticamente Rosemary, queimando-se levemente após acender um fósforo da maneira errada — Apenas indicam o quão velho e antiquado esse prédio é!

— Pra mim são uma abertura para outro mundo! — acrescentou ela distraindo-se do trabalho e vagando pela mente.

— Ugh! Claro que é. — respondeu.

— Você só é infeliz assim porque você quer! — grunhiu friamente Florencia.

— Ugh! Claro que sim! — respondeu com sarcasmo rotineiro.

Não houve resposta.

Florencia acreditava ser amiga de Rosemary, embora a mesma não soubesse como foi acabar com uma pessoa tão insolente e tagarela, o que ela havia feito para merecer tudo isso? Após um longo dia de trabalho, finalmente Rosemary podia voltar para casa — se é que aquela pensão horrorosa podia ser considerada casa —, ela estava fatigada. Era uma noite gélida e quase irreal que iluminava as árvores de um modo calmo e doce e as nuvens dançavam alegre e festivamente moldando belas figuras que abraçavam o horizonte. Entretanto, era dezembro, a pior parte do ano para ela! Logo, uma faca afiada e insensível perfurou os abatidos embora escondidos sentimentos de Rosemary. Caminhando por uma estreita rua suburbana ela deparou-se com uma pequena casa atijolada que era aquecida pelas vibrantes chamas de uma lareira rústica. O agradável odor dos troncos de macieira que se contrastava fortemente com o mau cheiro da cidade ecoava ligeiramente por entre as insensíveis construções da implacável cidade. Lá dentro, uma numerosa família desfrutava de sua refeição e do contraste entre a gélida cidade e a casa cômoda. Rosemary adoraria ter uma família, porém ela sabia que seria pedir demais. Por um segundo desejou fortemente ter sido levada pelo corpulento e trêmulo dedo da morte, assim como seus afortunados familiares que agora poderiam desfrutar do céu. Entretanto, o que ela não sabia era que não podia morrer, Deus tinha um plano para ela.

Após recobrar a consciência, a criatura infeliz voltou a caminhar mecanicamente sobre a fria rua escura em que se encontrava. Por não ter um lugar para chamar de casa, ela dormia em uma pensão, "um lugar tenebrosamente horrível" como pensara Rosemary. Era a pensão de Ellen Crawford, uma mulher alta e de aparência tão assustadoramente gélida e imponente quanto a própria pensão. Tinha um cabelo preto e ralo que não favorecia em nada sua face enrugada. Tinha também um nariz caucasiano que casava de modo estranhamente frio com as finas sobrancelhas arqueadas que pareciam enfatizar a grande verruga que se encontrava sobre sua fina boca. Rosemary a desprezava tanto quanto desprezava a si mesma, tanto quanto desprezava a todos.

Seu quarto não era muito mais harmonioso, uma janela quebrada, um papel de parede vermelho horrendamente antiquado caindo aos pedaços, pinturas macabras de quase todos os antepassados de Ellen Crawford — que, acredite se quiser, tinham a aparência realmente pior que a dela —, camas velhas e antiquadas — que eram as culpadas por grande parte das dores nas costas de Rosemary —, um tapete de cor horrorosa, gasto e sujo — ao qual Ellen nunca havia limpado por acreditar que lhe traria azar, ela era uma criatura muito supersticiosa —, e um teto de madeira velha e mofada eram os elementos do triste alojamento da infeliz e lúgubre mulher.

Após entrar no desprezível quarto de mobília antiquada e hórrida, uma mulher altiva e fatigada atirou-se desatenta e bruscamente, sem nem mesmo se dar ao trabalho de se despir ou de retirar os velhos sapatos gastos, sobre sua velha e efêmera cama que rangeu de modo estridente. Assim que se deitou, adormeceu profundamente fazendo até parecer que Margaret Stuart — uma de suas quatro colegas de quarto — nem estivesse roncando de modo pavoroso, ou talvez ela apenas estivesse acostumada com o ronco.

Entretanto, para uma mulher operária que se deitava por volta da segunda badalada do relógio, a noite era demasiada abreviada, logo, a resplandecente lua cheia beijou calorosamente o horizonte lentamente saindo de vista e o solene sol invernal apareceu altivamente iluminando o dia e regozijando alegremente as firmes bétulas que balbuciavam canções gélidas:

— Creio que já tenha passado do horário de acordar — criticou Ellen Crawford abelhudamente ao acender seu charuto.

— Estou vivendo como uma condenada! — bradou sonolentamente Rosemary colocando um travesseiro surrado sobre a cabeça, embora sequer houvesse escutado o que disse.

— Jovens moças eram mais educadas em minha época! — murmurou Ellen Crawford.

— Claro que eram! — murmurou ela que apenas queria dormir, sentando-se bravamente sobre a cama.

— Chegou uma carta em seu nome, Drew! — bradou ela jogando um envelope surrado sobre a bagunçada cama de Rosemary.

— Deve ser de Gibbs Scott. — murmurou Rosemary, fazendo movimentos circulares com as mãos calejadas sobre os olhos sonolentos — Isso não me importa. Eu leio depois. — disse ela ao se levantar de modo inexpressivo.

Gibbs Scott era um homem pouco abaixo da meia-idade. Tinha uma aparência rígida e toleravelmente cômica, não era o tipo de pessoa dotada de uma boa aparência. Seus olhos aveludados e mórbidos em formato de amêndoa com sobrancelhas grossas e firmes não ajudavam em nada quanto a aparência austera. Seus cabelos grossos e negros estavam sempre presos de maneira minimamente esdrúxula. Sua pele era alva e pálida de modo que ele parecesse mórbido e lúgubre, de um modo diferente de Rosemary. Ele não era o tipo de homem lembrado como donairoso, sequer era o tipo de pessoa que é lembrada.

Gibbs há tempos vinha "cortejando" Rosemary, mesmo que ela nunca houvesse o encorajado ou dado motivo algum para isso. Ela não se sentia de fato apaixonada por ele, nem sentia algum tipo de afeto, nenhum ser humano seria capaz de sentir-se afeiçoado a ele, mas isso não fazia diferença — afinal, ela acreditava não ter mais a capacidade de se sentir afeiçoada por ninguém — e aos seus dezenove anos, ela já deveria estar casada há tempos, logo, não tinha de fato muita opção, ela nunca teve, ela nunca tinha uma opção.

Ellen meneou a cabeça, jogou-se de modo rígido sobre sua velha cadeira de balanço e começou a fumar seu charuto de modo demasiado vulgar e desavergonhado para uma mulher, de modo demasiado vulgar e desavergonhado para qualquer um que se preze. Fatigadamente, Rosemary Drew prendeu seus cabelos loiros sobre um baixo coque desleixado que caíram em forma de ondas suaves sobre seu rosto cadavérico. Logo, dirigiu-se para o corredor, um lugar não muito bonito que gritava escandalosamente por um remodelamento: novas cortinas, mobília, janelas, papel de parede, infraestrutura, carpete e alma eram itens que necessitavam ser substituídos. Ao virar-se sobre uma velha mesa, Rosemary deu de cara com o velho e quebrado espelho do corredor principal, onde foi compelidamente forçada a ver seu reflexo nada eufônico.

Ela era uma criatura diminuta, de um rosto de maxilar triangular e pouco definido "que seria harmônico caso o resto do rosto fosse bonito" como dissera intrometidamente Ellen Crawford. Seus lábios eram pálidos e carnudos e se curvavam agudamente — não por serem desse formato e sim por sempre estarem tristes — sobre um queixo alvo e delicado. Seu nariz tinha um pequeno formato de concha que de fato não casava bem com as sobrancelhas finas e bagunçadas que permaneciam de modo assustadoramente estático e inexpressivo sobre a alva testa desbotada. Olhos cor de avelã grandes e epopeicos que se curvavam de modo nada favorável sobre longos e ralos cílios cor de amêndoa, que seriam razoáveis se não fossem pelas assustadoras, profundas e contrastantes olheiras que se formaram devido ao custoso trabalho. Tinha poucas sardas — embora desejasse não ter nenhuma, pois essa era a única característica Banfield que ela tinha —, e seu rosto desvanecido era emoldurado de forma desleixada pelas ondas de cor caramelada — ou loiro escuro — negligenciados — devido à falta de tempo — de modo a deixar seu rosto com uma aparência mais velha. "Ela parece estar chegando aos trinta sem nem mesmo ter vinte" como bradara de modo desagradável Ellen Crawford.

Todavia, quando Rosemary olhava para seu reflexo no espelho ela não se via lá! Ela de fato via o seu reflexo, mas não se sentia pertencente a ele, como se fosse uma mera casca ocultando sua alma, como um véu ocultando a face de uma noiva jovem e enrubescida. Era como se ela olhasse para um desconhecido, algo que causava uma sensação estranha a ela — talvez esse seja o motivo pelo qual ela foge de espelhos —, ou talvez ela apenas fosse uma criatura estranha e singular, isso não importava! Ela olhava para si mesma com a mesma indiferença que olharia para um desconhecido. Ou seja, grande indiferença.

As pupilas de Rosemary se dilataram e seus olhos se compenetraram sob o espelho de modo que ela acreditou por um breve segundo que era uma criatura oriunda dele. Uma sensação anormalmente desagradável, mas cativante, se apossou dela ao encarar aquele miserável e pequeno reflexo sobre uma superfície quebrada. De modo que só conseguiu voltar sua mente para a realidade após ouvir a quinta badalada — que indica cinco horas da manhã — sobre o velho relógio de chão que Ellen Crawford tanto apreciava.

Suas pupilas voltaram ao tamanho rotineiro e sua pálida boca semiaberta fechou-se de modo ligeiro. Logo, Rosemary deslocou-se de modo rápido sobre uma longa e implacável cidade cheia de pessoas atarefadas. Pessoas de todos os tipos: operários cansados e atarantados, homens de alto escalão com ternos escuros e de tecidos caros demais para alguém de classe inferior, imigrantes de diferentes raças e etnias, mulheres refinadas sobre extravagantes vestidos de linho e seda passavam com suas sombrinhas de estampa floral, casais enamorados passavam sobre carruagens e crianças descalças e sujas corriam enlouquecidamente sobre as ruas suburbanas.

Após caminhar sobre uma manhã rósea, com pequenos pontinhos de nevasca sobre o horizonte. As pequenas flores estavam cobertas de modo solene sobre o véu branco da neve, esperando esperançosamente a primavera para poder se despertar doce e alegremente. A mulher chegou ao tão odiado local de trabalho. O cheiro estava especialmente forte! Entre muitas máquinas, Florencia não se encontrava lá em seu próprio mundinho de felicidade. "Ao menos uma manhã em paz" pensou friamente Rosemary colocando-se em posição de trabalho.

Após longas horas testando, descartando, medindo e passando fósforos e queimando-se sutilmente com a maioria das vezes, uma jovem com olhos avelã e pele bronzeada entrou ligeiramente e escondeu-se abaixo da ruidosa mesa de Rosemary.

— O que está fazendo aqui, Florencia Bianchi? — inquiriu rudemente Drew tentando esconder a jovem irresponsável sobre a barra da saia gasta.

— Acabei de viver a maior aventura da minha vida! — respondeu fantasiosamente a agora enrubescida Florencia.

— A aventura vai ser você ficar aí sem que o senhor Lynfield Brown perceba!

Lynfield Brown era um senhor de meia idade de aparência não muito imponente, estatura baixa, pele rosada e cabelos poucos e ralos sobre a pequena cabeça enrugada. Ele não tinha uma aparência imponente, mas seu cargo como supervisor era imponente o bastante.

— Eu não vou mais precisar trabalhar! — respondeu Florencia ainda escondida sobre a saia da mulher cinzenta. — Quer saber o motivo? — indagou ela percebendo o desinteresse de Rosemary.

— Por qual motivo? — inquiriu ela despreocupada.

— Ah! Rose! — disse ela sonhadoramente levando as mãos bronzeadas sobre o pequeno rosto enrubescido — Estou sendo cortejada!

Rosemary soltou uma risada sarcástica — a única que ela conseguia -:

— Você sabe que um simples cortejo não é o suficiente para deixar de trabalhar, certo? — disse ela friamente ao pegar um pequeno fósforo do chão.

— Ah, Rose! — continuou ela — Mas, é diferente...

— É isso o que todas dizem! — criticou Rosemary secando o suor da testa alva — Todas, sem exceção!

Florencia — ainda escondida — sentou-se desconfortavelmente sobre o chão imundo e mostrou-lhe sua mão:

— Olhe! É diferente! — disse ela esticando uma pequena mão bronzeada para a altura do quadril de Rosemary — Estou noiva!

Sobre uma pequena mão bronzeada contrastava alucinantemente um pequeno anel prateado com uma pequena pedra vermelha e reluzente:

— Rubi? — inquiriu Amelia Garrett, outra funcionária, com seus pequenos olhos acinzentados arregalados — Onde conseguiu isso

— Um homem me pediu em casamento! — concluiu Florencia tremendo de animação.

— E qual é o nome dele? — indagou a fofoqueira Smith.

— Quando o conheceu? — perguntou Rosemary sensatamente sem parar de trabalhar.

— Conheci ele... hoje mesmo! — bradou Florencia encantadamente!

"Claro que conheceu" pensou a mulher cinza arrumando a saia:

— E qual é o nome? — requeriu novamente Smith após encaixotar mais e mais fósforos sobre a velha máquina — Fale! Fale!

— N...Nah...Não sei se devo... — balbuciou ela.

— Fale logo e acabe com isso! — bradou Amelia.

— Posso dizer o primeiro nome... — continuou Florencia brincando com o anel — Mas, não o último.

— Diga logo! — reclamou Rosemary — Parece até que um duque lhe pediu em casamento!

— Não foi um duque! — bradou Florencia sentindo-se ofendida — Foi muito melhor! — continuou ela, embora seu pretendente não fosse muito melhor que um duque — E acho que vocês o conhecem! Estou enrolando para falar pois não tenho certeza se devo!

— Se não tem certeza se deve falar, talvez não devesse ter aceitado. — murmurou Rosemary, dando-lhe um chute após perceber-se encarada pelo senhor Lynfield.

— E diga o nome dele... logo! — disse Janne que após ouvir a conversa sentia-se irritada.

— Certo! — cedeu Florencia colocando o pequeno anel sobre o dedo trêmulo — Ele se chama... — os olhos altivos de Florencia arregalaram-se — Gibbs! — bradou ela rapidamente.

Os dedos pálidos e trêmulos de Rosemary deixaram que meia dúzia de fósforos caíssem sobre a frágil mesa, seus olhos arregalaram-se de modo a enfatizar as cadavéricas olheiras. Seus dentes frágeis se serraram. Suas bochechas enrubesceram. Suas mãos se fecharam em punhos. Ouvir os comentários maldosos da velha Janne, os choramingos de Amelia e os discursos abelhudos de Smith era algo avassalador! Ter de assistir o júbilo da jovem e efêmera Florencia Bianchi com seu pequeno anel de rubi! Gibbs nunca havia lhe dado nada! Cortejava-lhe a um ano e não lhe pediu em casamento! E o que mais lhe irritava nem era Gibbs, afinal, ela não estava apaixonada, não sentia afeto nenhum por ele — embora isso não lhe incomodasse pois ela acreditava ser incapaz de sentir afeto por algum humano vivo. Ela não estava apaixonada seja lá o que "estar apaixonado" quer dizer! Ah! Aquele homem frio e implacável com cartas tão frias quanto lembranças de um funeral! Mas, o que lhe irritou profundamente foi a traição de Florencia! Após ter de aturar aquela criança repugnante por anos, era assim que ela agradecia! Aquela criança insolente que aos quatorze anos se casaria com uma pessoa com o dobro da idade! Aquela pequena garotinha burra e insolente:

— Como você pôde? — bradou Rosemary quase caindo para trás de raiva — Como você pôde? — repetiu.

— Ah, Rose! — começou tremulamente Florença saindo debaixo da saia da mulher cinza — Não pensei que isso fosse te irri...

— Rosemary! — interrompeu ela ainda mais irritada — Rosemary para você!

Os olhos sutis e nada sonhadores de Rosemary se arregalaram em formato de amêndoas:

— R...Ro...Rosemary! — balbuciou ela com seus olhos lacrimejando — Eu não...eu não tive como controlar! - prosseguiu Florencia — Foi involuntário!

Durante tal fala sentimental, involuntariamente os punhos de Rosemary se fecharam ainda mais. Os olhos de Smith, Amelia e Janne involuntariamente se arregalaram, assim como suas bocas involuntariamente se abriram. Florencia se encontrava agora de pé, de igual para igual com Rosemary. Logo, ainda involuntariamente, os punhos de Rosemary se comprimiram ainda mais e acertaram em cheio o rosto macio e suave de Florencia.

Todas as operárias soltaram involuntariamente seus fósforos, caixas e baldes. As mãos bronzeadas de Bianchi encontraram em seus olhos e voltaram encharcadas de sangue. O *sangue* corria por toda parte:

— Estou sangrando! — bradou furiosamente Florencia estendendo as mãos em direção de Rosemary — Estou sangrando!

— Bem feito! — disse fria e austeramente Rosemary após pegar um punhado de fósforos e colocar sobre o bolso surrado.

— O que está acontecendo aqui, mocinhas? — indagou o senhor Lynfield Brown.

Não houve resposta.

Gelidamente, uma mulher cinza e amargurada caminhou sobre uma multidão de mulheres pasmas e boquiabertas. "Elas não eram amigas?", se questionavam. No entanto, para Rosemary, era como se nem sequer estivessem lá. Como se fossem apenas sombras, como se sua vida houvesse sido uma mera sombra! Todo esse tempo ela havia vivido mecanicamente na esperança de arrumar um novo casamento! Era a única alternativa para uma mulher sem família no século XIX. Afinal, de que adiantaria arrumar outro emprego sendo que ela somente sabia fazer fósforos! Ela havia sido gentil e respeitável com Gibbs durante todo esse tempo. Fingiu ser alguém que não era, era algo demasiado exaustivo, ainda mais fingir ser alguém com Gibbs! Ela sabia — e muito bem — que poderia casar-se com outra pessoa, mas recomeçar as coisas é exaustivo e nem sempre vale a pena!

Gelidamente, Rosemary caminhava sobre a velha cidade inexpressiva e absorta em seus pensamentos. E pensar que ela já considerou Florencia "razoável". Futuramente, Florencia estaria se casando de modo feliz e deixando de trabalhar, enquanto Rosemary teria de *viver* fria e morbidamente o resto de seus dias. De certo modo, era como se ela tivesse sido libertada de algo, como se uma corda firme e estridente sobre suas costas tivesse sido cortada. Mas, de alguma forma esse era o problema. Ela sentia-se desconectada de sua vida, era como se ela fosse uma marionete que teve as cordas quebradas e agora mantinha-se estática. Como se de certa forma a vida tivesse perdido ainda mais cor. Ela sentia-se como uma borboleta esmagada!

Logo após, subiu para o frio e tosco quarto da velha pensão de Ellen Crawford. Provavelmente, aquela velha rabugenta e insolente diria coisas como "existem outros homens no mundo, criança", como se o problema fosse Gibbs! Ou talvez algo como "antes não ter bons amigos do que ter amigos ruins", como se o problema fosse Florencia! Ou também, diria algo como "foi sua culpa, Drew! Se você não fosse tão insensível não teria afastado o rapaz!" como se ela fosse assim por vontade própria e como se não tivesse sido falsamente gentil e afável! Ou então "O gato comeu sua língua, Drew?". Ah! Por que o modo com o qual ela falava Drew soava tão asqueroso? E pensar que Rosemary não tinha escolha senão viver naquele quarto horrendo e fétido até o seu último dia de vida! "Viver é algo odioso" pensou ela. E se ela vivesse até os cento e quatro anos como o bisavô Andrew Banfield? Rosemary - diferente de todas as outras pessoas do mundo — odiaria ter que viver até a velhice!

Ao entrar em seu quarto frio e solitário ela teria enfiado a cabeça no travesseiro e chorado, caso fosse como outras jovens, mas ela não o fez. A primeira coisa que viu foi o envelope velho e surrado de Gibbs! Por que ela precisava ver avisos constantes de que ele existia? Sua vontade era de acender um fósforo e incendiar toda a pensão da velha Ellen Crawford!

Após andar atordoadamente tropeçando sobre as camas efêmeras, os tapetes decrépitos e passar por cima das coisas da bagunceira Allice Carter, ela esbarrou em uma taça.

Suas mãos trêmulas e calejadas seguraram de modo cadavérico uma velha e trincada taça de Ellen. A taça estava cheia de um vinho ruim e barato. Rosemary pegou os fósforos que havia guardado no bolso após o conflito com Florencia, quebrou-os de modo estrondoso e jogou-os sobre o cálice fatal.

No século XIX, onde a fabricação e composição de fósforos era contaminada por substâncias baratas e fatais, ingerir um poderia te levar à morte, mas sobre o cálice ela colocou meia dúzia!

Ela levantou a taça e olhou fixamente para ela. Rosemary estava pronta para fazer o que deveria ser feito!

Capítulo II

A metamorfose do destino

Rosemary estava pronta para fazer o que deveria ser feito. Trêmula e consternada ela pressionou rigidamente o perolado da morte sobre seus frondosos lábios pálidos. Seus olhos tremiam agudamente e oscilavam de modo a deixar sua visão turva, seu coração palpitava rapidamente de modo a fazer com que todo o seu gélido corpo vibrasse, suas mãos estavam brancas tal como papel, suas pálpebras atingiram um tom estranhamente profundo, sua mente estava atordoada, exausta, cansada e perdida. Durante tantos anos ela teve de aguentar uma existência cinza e solitária cuja ela nem sequer sabia se poderia chamar de "vida" que fez com que ela se esquecesse da sensação de felicidade. É como se Rosemary nunca de fato tivesse possuído as rédeas da própria vida. Teve de assistir lenta, no entanto certeiramente, o corpulento e frio dedo da morte tocar cada pessoa querida de modo a deixá-la completamente sozinha! 1,6 bilhões de pessoas no mundo e nenhuma sequer que se importasse com Rosemary! Ela estava exausta, exausta de ser obrigada a viver! Dia após dia vivia repetida e mecanicamente de modo infeliz e inóspito! Já que a morte não iria voluntariamente até ela, Rosemary iria até a morte!

Seus olhos sutis e apavorados logo comprimiram-se firmemente sobre seu pequeno rosto atormentado. Suas mãos geladas e calejadas apertaram fortemente a taça de Ellen Crawford. Suas pernas continuavam a tremer ligeiramente de modo semelhante a duas varas de bambu. Suas sobrancelhas inclinaram-se de modo agudo e ligeiro deixando-lhe com uma expressão atormentadora. Impulsivamente, Rosemary atirou sua cabeça para trás e permitiu que o líquido escuro e espesso tocasse fatalmente seus lábios. A vida é um sopro e Rosemary Drew havia tentado soprar a sua.

No entanto, nem mesmo a dádiva de morrer em paz seria concedida pelo destino à mulher cinza. Ruidosamente, uma baixa senhora corpulenta chamada Ellen Crawford entrou no horroroso quarto exalando um forte e característico cheiro de charuto de modo a fazer com que Rosemary rapidamente buscasse por um meio de escapar daquela situação. Era até que suportável a ideia de que Ellen Crawford entrasse no quarto e encontrasse o corpo de Rosemary já sem vida ateado sobre o velho tapete do quarto. Provavelmente ela diria algo estúpido e completamente desprezível como "Drew, Drew! — com seu único jeito imutável de pronunciar as palavras — "Eu tinha a firme convicção de que cedo ou tarde você viria a descobrir que viver não é para os fracos", ou então ainda pior "Uma jovem tão decente! 'Deus escreve reto sobre linhas tortas' como diria minha tia Henriette". No entanto, isso já não faria diferença, pois ela estaria definitivamente *morta*! Todavia, possuir Ellen Crawford como a fria espectadora de sua morte nada triunfal era o cúmulo!

Atordoadamente, Rosemary disparou-se em direção à quebrada janela do canto — que no fim das contas até que teve alguma utilidade — e desesperadamente procurando alguma alternativa de manter o seu restinho de dignidade, atirou a velha taça sobre a nada organizada cama de Ruby Park e rapidamente cuspiu o vinho com fósforo e tudo rua abaixo, de modo a adquirir alguns xingamentos dos pedestres apressados. Fazendo isso, ela repousou as pequenas mãos sobre as bochechas pálidas e atirou-se sobre a efêmera cadeira de Ellen Crawford — que por algum motivo estava no lugar errado — soltando um suspiro. Com essa feroz travessia pelo quarto, Rosemary adquiriu o amadurecimento equivalente a anos — embora tenham se passado pouco menos que três longos segundos -. A fria Ellen Crawford arqueou as sobrancelhas sobre uma testa enrugada semelhante a uma uva passa e atirou tiranamente seu pomposo casaco de pele sobre a cama de Rosemary, acendeu um charuto e inquiriu:

— Estava tentando roubar a taça, senhorita *Drew*? — disse ela entre as ruidosas tragadas do charuto, embora nem sempre sejam mencionadas, sempre existe uma tragada em um charuto após uma fala de Ellen Crawford.

Não houve resposta, Rosemary encontrava-se completamente trêmula e em choque sobre a cadeira de balanço.

— Não deveria estar no trabalho, *Drew*? — inquiriu ela vagando pelo horroroso quarto.

No entanto, a pálida mulher cinza ainda encontrava-se atordoadamente sentada sobre a velha cadeira de balanço, imóvel, novamente, não houve resposta:

— Creio que não tenha lido a carta ainda, certo, *Drew*? — indagou Ellen Crawford ao perceber que não receberia resposta alguma — Tomei a liberdade de lê-la — prosseguiu ela pegando a carta surrada do chão e estendendo-a à Rosemary.

— Você fez o quê? — bradou Rosemary furiosamente arrancando a pequena carta surrada das mãos de Ellen após recobrar a consciência ao pensar que aquela "velha abelhuda" havia lido uma daquelas odiosas cartas de cortejo enviadas por Gibbs — Por céus! — bradou ela — Eu poderia lhe denunciar!

— Acalme-se, Drew! — disse Ellen após uma longa tragada — Não pensei que estivesse escondendo algum segredo perverso ou pecaminoso — alfinetou ela de modo sarcástico.

— Pensei que uma mulher adulta tivesse o direito à privacidade, por mais que mínima! — disse Rosemary falhamente retirando a carta do envelope.

— Bem — prosseguiu Ellen Crawford condescendentemente alheia a qualquer alfinetada — A carta está com o endereço de uma tal de Bibury! — disse austera — Nem sequer sabia que você conhecia alguém lá nesse fim de mundo! — riu escandalosamente Ellen exibindo uma estreita camada de dentes falhos.

— Bibury? — inquiriu a mulher cinza procurando pelos selos do envelope de modo quase desesperado.

O que teria acontecido em Bibury para que alguém lembrasse da existência de Rosemary que era apenas uma garotinha quando forçada teve de deixar o vilarejo? Como fizeram para encontrar o endereço da velha pensão de Ellen Crawford? Seria possível que um lugar tão odioso como aquela pequena rua suburbana que Rosemary via pela janela da velha pensão pertencesse ao mesmo mundo que um lugar tão querido e amado quanto Bibury? Quem será que havia escrito aquela carta? Thomas Scott? Quem era esse homem? Eram diversas as perguntas! Ah! Aquilo era demasiado intrigante! E pensar que já era para Rosemary estar atirada entre os mofados cobertores da pensão presa sobre as garras do sono eterno! E pensar que alguém de Bibury — embora ela não conheça — se lembrava do nome dela! E pensar que ela acreditava até poucos segundos atrás que o envelope se tratava de uma insensível carta do odioso Gibbs Scott! A vida curiosamente havia ganhado uma pitada de cor, Rosemary sentia-se viva! Algo estranho para se dizer quando trata-se de uma mulher cinza:

— Não entendi pitacos dessa carta! — disse Ellen Crawford instantaneamente, quebrando toda a magia e esplendor que cercava o lugar (se é que é possível ter algum tipo de magia por mais que simplória ou até mesmo ilusória na velha pensão de Ellen Crawford).

— Talvez porque você não seja a destinatária — alfinetou Rosemary.

Viver continuava sendo uma tarefa igualmente árdua e desprezível para Rosemary, mas ela sentia-se capaz de fazê-lo enquanto tivesse a curiosidade de saber qual seria o conteúdo daquela velha carta! Logo, era como se já não fosse possível ouvir os entediantes discursos de Ellen Crawford sobre coisas mesquinhas, os olhos de Rosemary deslizavam eletrizantemente pela carta.

'07 de novembro de 1867

De: Dragonfly Hill, 81, Bibury
Para: Magnolia Clarke, 547, Londres"

Rosemary havia se esquecido que a pensão de Ellen Crawford na verdade se chamasse Magnolia Clarke, um nome de fato muito mais decoroso. Continuando a carta:

"Olá, senhorita Rosemary Drew, esta carta está sendo escrita por Thomas Scott — 'Ah! Um Scott' pensou a mulher cinza —, assessor e administrador do ilustre Algernon Banfield. — 'Que estranho era pensar em Algernon Banfield como ilustre' — Essa carta está sendo escrita para informar-lhe que infelizmente Algernon faleceu nesta última quarta-feira, dia 05 de novembro — 'Que estranho é pensar que Banfields morrem' — e deixou-me encarregado de me certificar que todos os parentes ficassem cientes de sua partida — 'como se um Banfield fosse parente de uma Drew' pensou ela orgulhosamente —, sobre sua cama deixou um caderno com o nome e o paradeiro de todos os parentes anotados, e eram muitos! — Muitas perguntas vinham à cabeça de Rosemary, tais como 'por que um Banfield quer que eu fique ciente de sua morte?' ou 'como ele sabe meu paradeiro?' e também 'saberia ele então o paradeiro de Patience?', a mulher cinza nutriu então fúteis esperanças em relação a sua irmã — exceto Patience Drew que por algum motivo não consegui encontrar o endereço no meio dos manuscritos de Algernon Banfield — claro que ele não havia encontrado, como iria?

Juntos, abrimos o testamento dele ontem, dia 06, junto de todas suas filhas, genros e netos, e tem algo que provavelmente irá lhe interessar, creio eu, junto tinha uma carta escrita à mão há cinco anos que estará sendo anexada a carta principal, pois foi o pedido de Algernon — "Isso tudo está demasiado esquisito..." pensou a fria mulher cinza cuidadosamente selecionando uma pequena carta do envelope — Meus comprimentos, Thomas Scott!

T. Scott"

Aquilo era atordoante! Qual seria o conteúdo daquela pequena carta pestilencial? — pestilencial é uma palavra muito solene para se referir a algo fedido — O que se escondia dela sobre aquelas pequenas letras de caligrafia tremida? Ellen Crawford continuava incessantemente tragando e vez por outra tentando soltar comentários efetivos - típicos de um Crawford — que eram firmemente ignorados.

Os olhos atordoados e exaustos de Rosemary encobertos por olheiras demasiado profundas deslizavam incansavelmente por entre as linhas daquela carta que dizia:

"03/04/1862"
"Propriedade Banfield, Mulberry Creek"
"De Algernon Banfield para Rosemary Drew, a última Drew"

"Que coisa mais estranha para se dizer em uma carta, típico de um Banfield" pensou Rosemary. Continuando a carta:

"Olá, Rosemary Drew, quando estiver lendo essa carta, significa que o inevitável momento chegou, este velho aqui morreu! Imagino o que está acontecendo comigo no momento em que você estiver lendo isso — 'Temo que não seja coisa lá muito boa' pensou a mulher cinza implacavelmente. —, Mas, não estou escrevendo isso para falar da vida pós morte, portanto, é melhor que eu escreva o tema principal da carta logo. — 'Que carta mais confusa' pensou a mulher cinza analisando a caligrafia de Algernon Banfield.

O que tenho a dizer é que eu deixaria minha admirada propriedade Banfield para qualquer pessoa caso eu possuísse algum herdeiro que não fosse vendê-la apressadamente logo após a minha morte, não, eu não suportaria isso! Portanto, como você é tão pobre quanto um rato de igreja — 'que ignorante' pensou Rosemary embora não pudesse discordar de suas palavras —, creio que não venderia a casa de modo tão desesperado, e também não pode, você ficará com ela ao menos por onze meses, sem permissão de vendê-la e caso o faça, não poderá ficar com o dinheiro. — "Ugh…"- Mas, tenho de lembrar-lhe, caso não se sinta apta para tomar posse da casa, deixe-a no nome de Thomas Scott! — 'Por que já não deixa a casa no nome dele então?' pensou friamente a mulher cinza atordoada —, mas espero que isso não aconteça, pois não desejo esse casarão velho (que embora eu admire muito já não seja mais a mesma que era quando eu ainda era jovem), nem para o meu pior inimigo! Caso você queira tomar posse da casa, tem de se fazer presente ou enviar uma carta para Bibury até um mês após a minha morte. — Rosemary não queria e nem planejava adquirir posse daquele casarão velho, embora sua vida fosse uma grande miséria! Após ler a carta ela planejava voltar para a tão odiada fábrica no dia seguinte, adquirir fósforos e bebê-los, acabaria com tudo isso de uma só vez! — Mas, acho que você não virá se for como seu pai, Ambrose Drew, aquele inconsequente covarde, mas não o culpo, todos os Drew são assim. Acho que isso é tudo o que tenho a dizer.

Algernon V. Banfield"

Era inacreditável como uma singela e pequena carta conseguisse ser tão estranhamente contraditória, possuir "minha admirada" e "não desejo nem ao meu pior inimigo" na mesma carta e referindo-se a mesma coisa era quase hilário. No entanto, essa não era nem de longe a parte mais dramática da carta, e sim o fato de que ela poderia simplesmente adquirir posse da velha propriedade Banfield graças à herança de um velho desprezível! Isso parece loucura! Sua mente que outrora estava atordoada agora estava ainda pior, estava extenuada. "Não acho que minha cabeça seja capaz de processar tamanhas informações em um único dia" pensou relutante a mulher cinza ainda imóvel sobre a velha cadeira de balanço de Ellen Crawford enquanto fitava a carta ainda incrédula:

— E agora? — inquiriu Ellen após uma rápida tragada — O que vai fazer?

O que fazer? Existia pergunta mais estupidamente irreverente e inadequada do que essa? Como aquela infeliz criatura chamada Rosemary Drew poderia decidir o que fazer após ser massacrada e pisoteada por tantas informações? Nada parecia adequado de se fazer no momento! Após outra tragada Ellen Crawford incoerentemente murmurou:

— Estou falando com você, Drew! — prosseguiu ela movendo-se de modo rígido até a porta do quarto — O que irá fazer?

— Dormir! — bradou Rosemary desfazendo o desleixado coque revelando longas ondas de cabelos loiros e negligenciados.

— Esses jovens... — murmurou de modo filosófico a incoerente Ellen Crawford após um longo silêncio, retirando-se do quarto, achando ter dito uma frase de efeito.

Entre tantas incertezas de sentimentos confusos, tais como: O rancor frio e penetrante que ela nutria agora pela condescendente Florencia Bianchi! A desilusão que lhe atingira como um punhal após perceber-se enganada pelo nada cortês Gibbs Scott, a sensação de quase atingir o corpulento e frio dedo da morte pelo perolado cálice mortal, o estranho sentimento de ter sobre suas mãos a possibilidade de mudar-se para Bibury... a única certeza que Rosemary tinha era de que estava extenuada e precisava dormir para colocar a mente no lugar — embora sua mente nunca estivesse de fato no lugar havia anos —, logo que se atirou sobre a efêmera cama de uma maneira brusca e selvagem de modo que a teria quebrado caso Rosemary não fosse extremamente magra, ela foi subitamente imersa sobre a extensa camada de um sono profundo — embora não eterno como ela desejava —, sono esse que durou muitas horas.

O Sol se pôs, a lua surgiu, a noite acabou, o sol nasceu, e Rosemary continuava dormindo. No entanto, uma pequena criaturinha trêmula e apavorada entrou no quarto de modo ruidoso. A criaturinha assistiu com veemência a fatigada mulher cinza dormir — não se sabe dizer se foi por segundos, minutos ou horas —, a criaturinha deixou uma pequena caixa cheia de pãezinhos de nata — com uma ótima aparência — sobre uma mesinha disforme, a criaturinha se aproximou, a criaturinha sorriu, a criaturinha então colocou sua pequena mão gélida sobre a pálida bochecha de Rosemary de modo a acordá-la. De prontidão e assustada, Drew pôs-se sentada sobre a cama e soltou um pequeno gritinho de pavor. A criaturinha a fitou tremulamente com as pequenas mãozinhas geladas sobre o rosto bronzeado, ela estava em pânico! Após alguns longos segundos — ou quem sabe minutos — Rosemary, finalmente, após forte esforço conseguiu colocar sua mente no lugar e averiguar a situação — afinal ela não é o tipo de pessoa que consegue raciocinar pela manhã —, ainda confusa, ela bradou:

— Florencia Bianchi! — disse ainda sem ter certeza se estava acordada ou em um pesadelo — O que *diabos* faz em frente à *minha cama*? — bradou ela — Já não acha que ontem foi o suficiente para você sair da minha vida de uma vez por todas? — concluiu.

— Rosemary... — balbuciou ela com sua vozinha angelical — Eu trouxe pãezinhos de nata! — disse dando um sorriso amarelo apontando para a pequena caixa sobre a mesinha ao seu lado.

Pãezinhos de nata? Florencia Bianchi realmente achava que conseguiria consertar as coisas com meros *pãezinhos de nata*? *Pãezinhos de nata* para resolver um problema daquela gravidade? *Pãezinhos de nata* da confeitaria de um dos parentes de Gibbs? Rosemary estava a ponto de dar uma voadora em cima de Florencia Bianchi — ou talvez fosse apenas seu mau humor matinal. Florencia estava parada perplexa em frente a cama de Rosemary, suas mãos estavam presas atrás de seu corpo, afinal ela não sabia o que fazer com elas, seus olhinhos delicados cintilavam — por algum motivo desconhecido —, seus lábios tentavam tremer — embora fossem incapazes por alguma razão — e suas pernas tremiam agudamente:

— Eu pensei que... — Florencia evitava arduamente qualquer tipo contato visual — que... pudéssemos...conversar! — concluiu fazendo tensos movimentos circulares com ambas as mãos.

"Devo estar pagando por algum pecado horrível", pensou Rosemary fitando a friamente:

— Vamos acabar logo com isso!

— Eu gostaria de pedir perdão! — bradou a Florencia, acordando Alice Carter que dormia na cama ao lado acidentalmente.

— Certo, perdoada! — murmurou Rosemary com certo sarcasmo rotineiro — Agora pode sair?

— Certo... — disse Florencia deixando-a e caminhando até a porta do quarto, onde virou-se delicadamente para trás e disse — Você não vem?

— Para onde? — inquiriu Rosemary impaciente.

— Ora essa... para nosso trabalho! Afinal, hoje é sábado! — concluiu Florencia.

— Pensei que agora que está noiva não iria mais trabalhar! — disse Rosemary soterrando-se dentro dos cobertores de sua cama.

— Vou terminar essa semana! Depois não vou mais — disse gentilmente Florencia, inocente a qualquer sarcasmo a seu respeito — Vamos?

Como Florencia conseguia ser tão ingênua? Ah!

Após um bom tempo em silêncio, Florencia repetiu a pergunta. Rosemary estava determinada a não voltar àquele lugar tenebroso onde ela era obrigada a dia após dia danificar mais e mais seu corpo que se encontrava em estado miserável, logo, sem pensar ela respondeu algo que — embora não fizesse a mínima ideia — mudaria seu destino para sempre:

— Nunca mais irei voltar para lá! — disse bruscamente Rosemary incerta do que dizia — Irei... — balbuciou indecisa — Assumir uma propriedade em Bibury! — bradou estrondosamente.

— Uma... o que? — disse Florencia que não sabia o significado de "Bibury" e nem de "propriedade".

As sagradas palavras que antecedem uma mudança já haviam sido ditas e Rosemary definitivamente não era do tipo de pessoa que após dizer uma coisa não a faz! Ela iria até o fim, estava decidida! Chegaria em Bibury e tomaria posse do velho casarão Banfield — embora ela odiasse com tamanhas forças aquela casa e todos que nela viveram exceto sua mãe —, ela logo o transformaria e por fim o venderia de modo a conseguir um bom dinheiro ao fim de tudo. Por alguns poucos segundos, a ideia pareceu extremamente clara sobre seus pensamentos. Uma pitada de cor coloriu a vida de uma mulher cinza.

— Isso mesmo que você ouviu! — disse ela condescendente ainda adaptando-se à ideia — Irei assumir uma residência em minha cidade natal! Não ficou sabendo? — disse com um ácido sarcasmo cordial.

Florencia Bianchi não conseguia pronunciar uma palavra sequer — talvez pelo fato de também não saber o significado de "residência". O que Rosemary queria dizer com tantas palavras desconhecidas? Provavelmente ainda não a havia perdoado e estava sendo *"condescendente"*. Um pouco ferida, ela continuou falando incessantemente — algo que ela faz quando está muito triste ou muito feliz ou até mesmo os dois —, palavras essas as quais Rosemary não deu a mínima, depois foi extremamente cordial — de um jeito certamente frustrante — e por fim saiu saltitante do velho quarto com sua cabeleira escura dançando alegremente.

Deitada sobre a cama estava uma mulher com os olhos arregalados e uma mente embora muito certa do que fazer, atordoada. Suas bochechas outrora pálidas adquiriram um pouco de cor — embora continuassem demasiadas pálidas. Ela sentia vontade de rir, e também de chorar, sentimentos eram confusos, ela os odiava! Sobre sua fraca mente extenuada passavam pensamentos inóspitos e confusos, ela ainda não queria de fato viver, mas sentia-se como se conseguisse se forçar a fazê-lo. Com uma pontada de convicção, ela teve a grande certeza de sua vida: — ou talvez seriam apenas delírios matinais de alguém que não gosta de acordar cedo — "Eu irei tomar posse da propriedade Banfield, e nunca mais voltarei para a capital, está decidido!". A palavra de Rosemary vale mais do que ouro.

Capítulo III

Vestidos e frivolidades

Rosemary Drew, uma mulher cujos sentimentos foram friamente varridos e extintos de sua alma, cuja sensação de um genuíno sorriso havia sido esquecida por seus lábios, uma mulher a qual os olhos aveludados já esqueceram-se há muito tempo que um dia brilharam o brilho genuíno da felicidade, uma mulher a qual a pele esqueceu-se da sensação de um afetuoso abraço, uma mulher que havia se esquecido da sensação de felicidade — embora tivesse poucos e raros espasmos de satisfação, havia se esquecido de como ser verdadeiramente feliz, esquecido de como é ter algum sentimento verdadeiro — uma mulher que havia perdido a fórmula da vida. Essa mesma mulher tinha agora sobre a palma de suas calejadas mãos uma chave que, ao girar sobre a tranca da porta do destino, levantaria o perolado véu que poderia mudar por completo a sua simplória existência, chave essa que trazia grandes *incertezas* e que *mudaria* por completo sua mecânica e repetitiva vida — talvez fosse por isso que Rosemary não aprontou-se de modo ligeiro e partiu assim que recebeu a carta. Temia mudanças (pois as poucas que teve em sua vida transformaram sua existência em algo triste e cada vez pior), embora fossem para melhor —, contudo, ela estava determinada! — Ou ao menos estaria caso fosse capaz de sentir-se assim! — Após sentir-se capaz de organizar para si todos os fatos, sentiu-se de certo modo satisfeita, satisfeita o suficiente para soltar um suspiro de alívio:

— Ah! — disse ela retornando para a realidade onde se encontrava, ou seja, o horroroso quarto da pensão.

— Por céus! Estou tentando dormir, caso não tenha notado! — vociferou a inconstante Ruby Park atirando de modo feroz seu travesseiro contra o espelho do velho quarto trincando-o — Estulta! — e em seguida praguejou coisas feias demais para que eu as mencionasse.

  Rosemary teria sem sombra de dúvidas revidado caso qualquer outra pessoa no mundo, como Allice Carter, por exemplo, houvesse feito o mesmo. Mas não o fez. Afinal, Ruby Park não era qualquer pessoa no mundo! Existiam boatos horríveis a respeito de Ruby Park e ela nunca negava nenhum "Foi ela quem cortou o cabelo da pobre Juliet, dizem que Ruby sempre a odiou!" diziam as fofocas maliciosas da pensão. Portanto, ignorante a qualquer reclamação, Rosemary olhou para a caixa de *pãezinhos de nata* e isso fez com que ela percebesse o quão esfaimada estava! Afinal, agora que ela se encontrava em um estado de espírito um pouco menos atordoado — embora ainda não estivesse totalmente convicto —, Rosemary fora finalmente capaz de perceber que não comera nada há quase um dia! Logo, sentada ali, afundada nos cobertores pestilenciais que Ellen considerava "bons o bastante para jovens ingratas", devorou de maneira rápida e quase feroz cada um dos belos *pãezinhos de nata* que encontravam-se na caixa "Estão bons." pensou Rosemary por impulso já no sexto pãozinho, "Estão bons o suficiente para um *Scott!*" corrigiu-se ela agora no sétimo e último pãozinho após lembrar-se de quem havia os preparado e levado. Após isso, permitiu-se mais alguns minutos colocando a cabeça no lugar, embora já não estivesse mais em algum tipo de delírio matinal, até porque, após ter devorado sete *pãezinhos de nata* é quase impossível ter qualquer tipo de delírio matinal.

  Após alguns segundos — ou quem sabe minutos — Rosemary caminhou ruidosa e austeramente pelo lastimável quarto — embora já não tivesse mais que andar de modo sorrateiro e apreensivo, pois Ruby Park já havia saído com expressão irosa para algum lugar desconhecido —, ela estava em busca da marcante carta de Algernon Banfield. Afinal, não conseguia se convencer plenamente de que aquilo tudo não fosse apenas um longo e confuso pesadelo o qual Rosemary havia se convencido ser real. Satisfatoriamente, o pequeno envelope encontrava-se sobre a velha cadeira de balanço de Ellen Crawford, era como se o envelope dissesse com uma vozinha sussurrante e eloquente "abra-me". Soturna, Rosemary levou o envelopinho e deslizou novamente os olhos aveludados por cada linha de ambas as cartas. Era como se cada uma das palavras fosse carregada por um segundo significado que lhe causava um desconfortável sentimento obscuro que fazia com que ela vibrasse — não de êxtase ou animação, afinal ela nem sequer era capaz de senti-los, mas sim, de uma incerta agonia que pressagiava a mudança e um destino contestável — da cabeça aos pés.

Logo, de relance seus olhos leram a frase "tem de se fazer presente ou enviar em carta para Bibury até um mês após a minha morte". Rosemary então pegou rapidamente a carta de Thomas Scott e leu-a receosamente em busca da data de falecimento de Algernon "Faleceu nesta última quarta-feira, dia 05 de novembro", dizia a carta de caligrafia desleixada. Logo, após isso, ainda com os cabelos soltos em ondas nem um pouco donairosas e de camisola — uma camisola muito feia por sinal —, Rosemary se dirigiu para o corredor principal, que era um cômodo não muito agradável aos olhos. Ladrilhos velhos e rachados com estampas ultrapassadas, um listrado papel de parede vermelho e desbotado, todo tipo de mobília que nem sequer conversava entre si, como uma moderna cadeira de tecido verde musgo, uma estante anosa e quebrada de meados do século XVIII, um espelho velho e amundiçado, um tapete com uma grande mancha de vinho que fedia a dejeto de rato e um candelabro mofado e que precisava de manutenção urgente eram apenas alguns dos elementos que compunham o cômodo. Após apoiar-se sobre uma mesa velha e mal polida, Rosemary inclinou-se para conseguir ver o calendário:

— Tenho um dia para chegar lá — murmurou Rosemary satisfeita com a ideia de estar em Bibury em menos de um dia.

Portanto, decidida a livrar-se de Florencia Bianchi, Gibbs Scott, Ellen Crawford, a desprezível pensão, o árduo trabalho com fósforos, os maus ares e muitos outros infortúnios da capital inglesa no século XIX, Rosemary arrumou desleixadamente sua maleta colocando as poucas coisas que tinha.

Deixe-me fazer uma descrição completa de seu guarda-roupa: Tinha dois sapatos, um deles era velho e gasto e era feito de couro preto, um horror da moda, esse era o sapato usado para trabalhar, ou seja, usado todos os dias de sua vida até então. O segundo sapato, era reservado para datas especiais, por isso nunca era usado, o que o manteve em bom estado considerando o quão velho realmente era. Ele era feito de couro, tal qual o outro, mas o segundo sapato, por sua vez, tinha pequenos lacinhos brancos no bico e um pequeno saltinho que, embora fosse ultrapassado, tornava-o um pouco mais bonito. Tinha também dois vestidos, o primeiro vestido era horroroso! Era feito de um tecido barato e áspero que pinicava horrores, e pra piorar, era marrom acinzentado, o que fazia com que o semblante anêmico e cadavérico de Rosemary ficasse ainda mais anêmico e cadavérico.

Tinha mangas longas e justas e subia até o pescoço, o que fazia com que Rosemary parecesse quinze anos mais velha nele, mas ela sabia que deveria parar de usá-lo, pois recentemente ele havia adquirido um grande rasgo que, caso aumentasse um pouco mais, já seria considerado vulgar. O segundo vestido por sua vez, não era muito mais bonito, mas era melhor. Tinha basicamente o mesmo formato do primeiro, mas era de um roxo acetinado que era muito melhor do que o marrom acinzentado do primeiro. Para dormir, usava uma velha camisola antiquada que como único embelezador, tinha um pequeno lacinho branco sobre a região do busto — isso quando ela tinha tempo para se despir. Quanto aos chapéus, tinha apenas um, que por sua vez, não era muito bonito. Era de um modelo desatualizado que era usado por donas de casa nos anos 1850. Tinha apenas uma anágua de flanela que não era lá grande coisa, mas ao menos servia para que ela fosse uma mulher decente. Agora que você sabe quais são as peças de vestimenta da mulher cinza, voltemos à história.

 Enfiando bonançosamente todas as roupas dentro da maletinha de estampa floral, Rosemary enxergou uma coisinha brilhante e circular que ao pegar percebeu ser uma libra, a qual em meados do século XIX não valia tanta coisa assim, mas também não era algo sem valor "Como eu poderia ter simplesmente me esquecido disso?" pensou friamente Rosemary trazendo a moedinha para perto de si imaginando o que poderia fazer com ela. Acabou concluindo que um vestido novo seria uma boa escolha, já que seu anoso vestido marrom havia adquirido um rasgo que beirava a vulgaridade e ela jamais pisaria em Bibury com um vestido vulgar, afinal, um Drew nunca dá motivo de riso a um Banfield. Assim que guardou seus pertences na maleta, foi até o centro da cidade, onde encontrou um vestido nem muito custoso e nem muito feio que serviu perfeitamente.

 Era uma vestimenta peculiar. O vestido não era de todo bonito, tendo um pequeno rasgo nas costas, mas era quase imperceptível graças à pequena fitinha bege que vem inclusa, que tampa perfeitamente a imperfeição deixando-o decente — diferentemente do vestido antigo —, mas sejamos honestos, também não era de todo feio, sendo de um verde aveludado, tendo babados — que embora poucos eram bonitos — e até mesmo mangas curtas e não tão justas ao corpo. Seria um vestido perfeito caso não fosse pelo decote que deixava o busto pálido de Rosemary desnudo. Isso seria resolvido com uma gargantilha de cetim ou um colar de pérolas, no entanto, tendo gasto uma libra exata no vestido, não sobrou para mais adornos. Embora não fosse um vestido muito rodado por não ter forro, uma simplória anágua de flanela conseguiria dar conta do recado deixando-o decente, resolvendo assim — parcialmente — o problema. No entanto, sejamos honestos, mesmo com todos os defeitos, o vestido ainda era muito melhor do que os surrados vestidos pertencentes à Rosemary que já estavam desatualizados a anos.

    Assim que chegou na odiosa pensão de Ellen Crawford, Rosemary subiu vagarosamente para o seu quarto — de maneira quase rápida — de modo alheio às tábuas quebradas e rangentes da velha escadaria "Algo abalou os nervos da *Drew*" pensou copiosamente Ellen Crawford após uma tragada, assistindo a pequena e desequilibrada silhueta cinza deslizar por entre os degraus. "Sempre soube que *Drew* nunca foi muito sã", concluiu. Rosemary entrou estrondosamente no cômodo fechando a porta rangente de modo brusco logo atrás de seu corpo. Atirou o velho chapéu sobre a cama e agitando a cabeça soltou o caramelado cabelo. Dirigiu-se quase que deslizante para a cômoda do canto onde era possível ver o espelho que fora destruído cruelmente por Ruby Park mais cedo. Despiu-se agilmente e logo vestiu-se com o novo vestido de cor aveludada. A diferença que aquela vestimenta causou em seu reflexo foi estonteante, fazendo com que Rosemary desse um pulinho para trás e soltasse um gritinho após se ver refletida sobre a superfície quebrada. Não estava de fato formosa, mas ela estava convicta de que não ficaria. No entanto, havia algo naquele reflexo refletido sobre o espelho que exalava mudança. Era como se a casca grossa que envolvesse sua alma estivesse mais fina do que jamais esteve. Suas olheiras profundas estavam mais suaves, seus lábios haviam adquirido um tom muito menos cadavérico…e seus olhos…brilhavam — ou talvez fosse apenas impressão graças ao ângulo do sol que irradiava o quarto — de um jeito eloquente. Tinha alguma coisa naquela simples vestimenta que agradou muito a Rosemary.

    Em um pico de vaidade, uma mulher vestida em um vestido aveludado colocou sua anágua de flanela, prendeu suas ondas de cabelo em um coque mais pomposo e colocou seu chapéu — *talvez* tenha apertado as bochechas para adquirir rubor, *talvez* —, seus melhores sapatos e amarrou a fitinha de musselina crepe sobre sua cintura. Por alguns segundos permitiu-se assistir seu reflexo transformado com curiosidade e satisfação. "Algo está mudado" pensou Rosemary no íntimo de seu ser, embora nunca tenha admitido enquanto fitava o reflexo desconhecido no espelho.

    Após perceber-se livre do forte pico de vaidade, a austera mulher cinza percebeu-se completamente estulta! Aquela pequena criatura vaidosa parada singelamente em frente a um espelho trincado com seu vestido aveludado e um chapéu crepe era completamente tola aos seus olhos caramelados. Definitivamente não era ela! Rosemary jamais seria aquela criaturinha estúpida e vaidosa parada ali, admirando-se com tamanha vaidade e orgulho. Algo de muito errado havia se apossado dela durante a louca corrida pela vaidade, algo que a deixou completamente envergonhada de si mesma. Felizmente, foi rápida o suficiente para despir-se das vestimentas luxuosas — ou talvez luxuosas ao seu ver — e colocar seu sóbrio vestido roxo. Ele poderia não ser tão harmônico ou moderno quanto o aveludado vestido verde que ela usara outrora, mas ele nunca a faria de tonta.

Assim que a noite caiu, uma mulher menos fatigada e extenuada deitou-se sobre a velha cama efêmera com menos desespero, embora não tenha sido possível dormir uma boa noite de sono em meio a tantas preocupações que se aproximavam. "Seria aquela carta apenas uma péssima brincadeira de mau gosto?", pensou a mulher cinza deitada sobre a cama no auge da madrugada "Será que tem morcegos na propriedade Banfield?" Rosemary tinha pavor dessas criaturas "Será que eu vou conseguir dar conta?" "É claro que eu vou! Eu preciso", concluiu com uma satisfação falsa e macabra enquanto a noite abraçava-lhe pela janela quebrada. "Nada vai me fazer voltar para aquele lugar horroroso que chamam de fábrica", pensou em meio aos estranhos sons da noite uma criatura atordoada.

Capítulo IV

Um futuro incerto, mudanças e um homem engomado

𝓛ogo que o Sol raiou, Rosemary levantou-se austeramente, sim, eu disse "levantou-se" e não "acordou", pois para levantar-se, basta estar deitado ou até mesmo sentado. Entretanto, para acordar é necessário que se esteja dormindo, e se tem algo que Rosemary Drew definitivamente foi incapaz de realizar durante toda a noite foi dormir! Não dormiu, pois Judith Bragg roncou a noite inteira estrondosamente, não dormiu pois um pedaço de galho seco batia padronizada e fervorosamente contra a janela quebrada do quarto devido a fortes ventos invernais e à noite chuvosa, não dormiu pois estava completamente imersa e amarrada em preocupações mundanas e temporárias relacionadas ao seu futuro que lhe assombram atordoantemente e lhe enforcaram o espírito de modo semelhante a sombras que lhe sufocavam e afogavam no mar das preocupações, afinal todos nós ficamos apavorados quando é possível espiar por entre os buracos do ralo e dinâmico véu do futuro! E por fim, não dormiu, pois aparentemente a moradora do quarto do andar de cima estava dando uma festa! Portanto, assim que o sol sem hesitar se deu por raiar, emanando assim claridade suficiente para que o dia de Rosemary começasse, ela prontamente levantou-se e esticou-se sobre a cama instável soltando assim um ruído alto e amadeirado.

Ainda atordoada, ela se sentou em frente ao espelho de superfície trincada, onde novamente procurou e releu de modo repetido a surrada carta de Algernon Banfield. Era como se Rosemary se recusasse a aceitar o fato de ter realmente recebido tal envelope drástico, como se se recusasse a aceitar que o futuro é algo imprevisível como se se recusasse a aceitar o fato de seus últimos dias terem sido reais e não apenas algo fictício e confuso, como se se recusasse a aceitar que após tantos anos de uma vida lúgubre e inóspita fosse possível reunir os cacos pisoteados e buscar recomeçar. Após isso, convicta de que a carta realmente existia, olhou fastidiosamente para seu pequeno reflexo cinzento refletido no espelho trincado de um jeito sombrio a quem soltou um rotineiro sorriso sarcástico — não um sorriso genuíno e espontâneo que sai do íntimo de nosso ser, afinal, Rosemary sentia-se completamente incapaz de ter um sorriso assim — e murmurou "Eu irei cuidar de você, Rosemary-do-espelho" certificando-se de que ninguém havia a ouvido. Logo, a mulher cinza retirou de dentro de sua maleta de estampa floral um pequeno vestido verde aveludado com decote quadrado e mangas de tule com uma pequena faixa branca na altura da cintura que por ela era considerada razoavelmente agradável aos olhos. Ainda sonolenta e dolorida — devido à péssima qualidade e posição de sua cama —, ela despiu-se de sua camisola antiquada de popelina e ornou-se então com sua roupa mais formal e moderna. Quase que instantaneamente foi possível perceber uma mudança brusca em seu reflexo cinzento e desarmonioso. Seus cabelos pareciam mais loiros e menos negligenciados, sua pele menos pálida e seus olhos opacos haviam adquirido um tom âmbar reluzente, até mesmo seus cílios pareciam mais longos do que o normal! No entanto, mesmo em um vestido airoso, Rosemary ainda conseguia ser uma criatura demasiadamente desajeitada! Não sabendo como portar os brancos braços desnudos, ela fazia com que eles parecessem irregulares e extremamente longos, nem mesmo sabendo como ajustar o espartilho de modelagem vitoriana, ela era uma visão engraçada e estabanada que caminhava mecanicamente semelhante a uma boneca de dar corda. Após perceber-se vestida, Rosemary decidiu desfrutar de um coque mais pomposo em vez do jeito brusco e descuidado ao qual seu cabelo era costumeiramente amarrado e torturado. Todavia, o penteado escolhido do decoroso livro de etiqueta de Alice Carter requeria tempo e habilidade, coisas essas que uma mulher que passou toda a vida mecanicamente testando, medindo, acendendo, passando e descartando fósforos interminavelmente definitivamente não possuía. Logo, como já era de se esperar, primoroso penteado delicado e altivo representado no livro com tamanha perfeição traduziu-se para algo de fato indecoroso sobre a face ávida de Rosemary. Entretanto, ela já havia gastado demasiada quantidade de tempo preocupando-se com frivolidades e já não tinha muito tempo sobrando. Afinal, o trem partia às seis e meia e a sexta badalada havia acabado de soar! Ligeiramente, ela colocou seu único chapéu, feito de musselina crepe e com abas feitas para se amarrar sobre o pescoço. Pegou então suas coisas e desceu agilmente a velha escadaria da pensão "Pela última vez!" glorificou-se Rosemary, lembrando-se do quanto odiava o lugar. Como já havia acertado as contas com Ellen Crawford no dia anterior, ela deslizou habilidosamente pelo piso ladrilhado do saguão principal passando por um grande espelho que revelou uma criatura engraçada. Ela tinha sobre uma de suas mãos uma mala floral e sobre a outra uma sombrinha ultrapassada que contava com um rasgo lauto o que a tornava inútil:

— Até nunca mais! — bradou satisfatoriamente Rosemary após passar pela velha porta da pensão sentindo-se mais livre do que jamais estivera — Até nunca mais! — bradou novamente, satisfazendo-se com a melodia das palavras pronunciadas.

Aquela pequena criatura engraçada e desajeitada caminhou então obstinadamente sobre seu volumoso vestido aveludado passando então pela última vez por inúmeros lugares outrora desprezíveis e simbolicamente desesperançosos. Ela tinha a plena consciência de que viver no velho casarão Banfield não seria uma tarefa necessariamente fácil, entretanto seria uma tarefa, um motivo para prolongar sua existência curta e inútil. Tudo parecia estar razoavelmente em ordem e a calmaria parecia reinar de maneira pacífica, perfeita e inalterável.

Era uma manhã certamente feia. O céu estava aparentemente infeliz, o clima estava murcho e desvirtuado, os tristes e sombrios pinheiros moviam-se triste e dolorosamente por entre as nuvens estáveis e frias, a neve parecia suja e sem vida — embora, de fato, não possua — e o sol parecia não querer se dar o trabalho de brilhar. Se uma só palavra fosse utilizada para descrever um dia tão infeliz, essa palavra seria inditoso, portanto, era uma manhã inditosa. Todavia, mesmo com tamanha feiura e amargura pairando pelo ar, era um dia extasiante — embora Rosemary nunca admita isso —, a simples ideia de poder pisar os pés em sua amada Bibury extasiava-a, e para ser sincera, mesmo com o pequeno atraso por parte de sua quase inexistente vaidade, tudo estava de certa forma regularmente bem. Portanto, como já é de se imaginar, algo tinha de dar errado na vida da pequena criatura cinzenta.

Enquanto caminhava obstinadamente por entre as numerosas poças d'água formadas por entre as vastas irregularidades das ruas atijoladas, uma carruagem em velocidade brusca cruzou o caminho de Rosemary levantando então uma poça d'água em sua direção, assim ensopando-a da cabeça aos pés:

— Ah! — bradou fervorosamente Rosemary retirando os cabelos ensopados e imundos da frente do rosto.

Estava completamente ensopada! Ensopada e fortemente imersa sob águas sujas e pestilenciais! Contudo, já estava atrasada para pegar o trem para Bibury, logo, era impensável perder tempo colocando roupas limpas e secas, ela teria de ir ensopada e suja! E assim o fez, ensopada e nojenta continuou caminhando rápida e padronizadamente até a movimentada *London Underground,* onde às pressas comprou seu bilhete para Bibury, gastando suas últimas economias e colocou-se a esperar.

Por mais que estivesse ensopada e suja devido à pulha carruagem, tudo parecia estar regularmente bem e certamente razoável. Todavia, como já é de se esperar, na vida de Rosemary Drew, uma mulher completamente cinza e massacrada pela infeliz vida tal frase é um mau presságio! Ao virar-se distraída e desimportantemente, viu alguém alto e engomado:

— Ugh! — murmurou Rosemary virando-se rapidamente antes que fosse vista — Agora sim acho que não tem como piorar — Bradou, puxando os cabelos ensopados e asquerosos com indignação.

De certo, era quase impossível que a situação piorasse, afinal, o homem alto e engomado era *Gibbs Scott*! Caminhando despreocupada e ignorantemente balançando seus braços esquálidos regularmente e assobiando uma canção desconhecida! Rosemary sequer importava-se com a opinião de um homenzinho patego e fútil cujas virtudes fossem desconhecidas, todavia sendo uma *Drew* de respeito, tinha uma certa reputação e dignidade a se manter — embora uma mulher operária, desarrumada e solteira não fosse capaz de possuir grande dignidade no século XIX —, e isso certamente envolvia não ser vista enlameada em água de esgoto! Entretanto, seu consolo era estar completamente irreconhecível! Um vestido aveludado, refinado — caso comparado aos outros — e diferente, seus melhores sapatos com salto, uma maleta de estampa floral jamais antes vista e embora falho, um penteado francês eram coisas que mulher cinza não costumava rotineiramente ostentar em sua aparência.

No entanto, não podia se dar ao luxo de arriscar, ao perceber que o desprezível Gibbs Scott aproximava-se em sua direção — embora não intencionalmente —, os jogos começaram! Por mais que disfarçadamente, Rosemary disfarçava-se e neutralizava-se em meio à multidão jamais olhando para o homem engomado. Era como uma corrida insaciável e incansável onde inconscientemente, Rosemary buscava preservar seu curto ego, ela sabia que com sua instável situação mental ela choraria na frente de qualquer um, inclusive Gibbs Scott e isso seria demasiado vergonhoso! Ela sabia que diria coisas que estavam fora de sua vontade, ela sabia que acordaria de madrugada contorcendo-se de envergonhamento regularmente até o fim de sua vida após lembrar-se das palavras que seriam pronunciadas estando imersa na impura água da capital! E, por fim, ela estava decidida a não permitir que isso acontecesse! Gibbs deu um passo à direita, Rosemary sem pensar deu dois, Gibbs sentou-se no segundo banco em frente aos trilhos do trem, Rosemary levantou-se rapidamente e virou-se de costas, Gibbs levantou-se, Rosemary deu dois passos à frente na falha tentativa de esconder-se, Gibbs ficou imóvel, e por fim, Rosemary virou-se de costas achando tê-lo despistado quando imperceptivelmente deu de cara com o tão odioso homem que boquiaberto fitava-lhe:

— R...Rosemary? — inquiriu o homem engomado fitando aquela mulher completamente desconhecida e malcheirosa da cabeça aos pés buscando quase falhamente reconhecê-la — Rosemary *Drew*?! — disse ele lutando para não acreditar no que dizia.

As palavras ardiam a garganta seca e trêmula da mulher cinza, ela olhou para as mãos inegavelmente balofas do homem engomado cujos dedos ostentava um rígido anel de noivado! De fato, Florencia Bianchi não mentia quando disse que estava noiva dele, afinal. Ela queria dizer! Queria sarcasticamente dizer que gostaria de felicitar o novo casal, queria dizer que não compreendia como um homem tão engomado e insensível conseguia divertir-se à custa de mulheres decentes, queria dizer que o odiava o quanto fosse possível odiar, queria dizer que sabia de tudo! *Tudo*! No entanto, sua garganta estava seca e imóvel, era como se as suas cordas vocais houvessem se esquecido de como formar sílabas! *Patético*! Com olhos arregalados e vibrantemente aveludados brincava com os dedos tentando aliviar-se da ansiedade que sentia correr fervilhantemente por todo o seu corpo, até que por fim conseguiu ofegantemente dizer:

— Algum...algum problema, senhor Scott? — inquiriu com formalidade assustadoramente cordial.

Aquela era de fato uma das situações mais constrangedoras que Rosemary já havia estado, frente a frente a um homem o qual cortejava-a e de repente havia a traído! Muitas eram as coisas engasgadas em sua garganta, muitas eram as coisas que custosamente ela queria dizer, muitas eram as coisas que ela se lembraria de madrugada por não ter dito e então contorcer-se-ia de ódio por si mesma, muitas eram as verdades que ela custosamente estava disposta a esfregar na cara lisa e nada airosa de Gibbs Scott! No entanto, embora estivesse ensopada, sem um tostão, sem família, sem esperanças e com cara de boba, uma *Drew* sempre será uma *Drew*, logo, deve manter a sua classe independentemente da situação em que se encontra. Portanto, limitou-se ao ensurdecedor silêncio e um olhar, um olhar conseguia dizer mais que incontáveis palavras:

— Onde...onde vai com essa mala? — indagou confusamente Gibbs Scott ainda fitando aquela diminuta no entanto decidida criatura que se encontrava em sua frente. Era como, como se ela soubesse de algo... algo horrível...

— Bibury! — bradou quase gritantemente Rosemary após fazer grande força com suas cordas vocais — Planejo não voltar — disse ela satisfazendo-se com a sensação das palavras em sua boca pálida.

Gibbs abriu então sua boca para respondê-la, no entanto, *Drew*, uma mulher outrora cinzenta e sem vida, agora vivaz e decidida, virou-se incontestavelmente após ouvir o barulho do trem com sua formosa, no entanto nada limpa vestimenta e com os cabelos molhados escorridos pelo seu ombro, uma mulher que embora feia, era loucamente chamativa, ela estava pronta para deixar a odiosa cidade da capital para trás e nunca, NUNCA mais voltar, estava pronta para passar por uma metamorfose em seu destino.

Logo, ela entrou no trem sem olhar para trás com determinação comparável à de Napoleão Bonaparte liderando seu exército na batalha de Waterloo. No entanto, assim como Napoleão Bonaparte, estaria Rosemary levando-se para o seu fim? Não, Rosemary não temia a morte, estava pronta para qualquer que coisa que viesse:

— Rosemary! — gritou inconscientemente Gibbs Scott arrependendo-se quase instantaneamente do que havia dito.

Ainda muda, no entanto, já dentro do trem, a mulher virou-se e o fitou. Seu rosto emoldurado por loiras ondas de cabelo molhadas e escorridas sobre um rosto também ensopado e imóvel estava pálido, mais pálido do que costuma ser:

— Mas, e quanto a nós? — perguntou Gibbs ainda arrependendo-se do que dizia — Vai realmente deixar tudo para trás?

Após respirar profundamente e fechar a mão esquerda em um punho, Rosemary sentiu a mesma vontade de socar um rosto que havia sentido quando cometeu tal ato contra Florencia, no entanto, para socar um rosto Rosemary precisa estar fora de si, e a mulher apenas fica fora de si quando está surpresa, e, por não estar, soube como se controlar para não agredir o rosto do odioso homem engomado a sua frente. Drew conteve-se e limitou-se a dizer logo antes das portas do trem se fecharem com um sarcástico sorriso:

— Não sei do que está falando — disse com grande cordialidade — Senhor Scott!

As portas do trem fecharam-se em frente a Rosemary deixando para trás um homem brunidamente obstupido que sequer conseguiu fazer algo senão assistir a locomotiva distanciar-se em frente aos seus olhos sem poder impedi-la. Todavia, dentro do trem, uma mulher beirando a putrefatez, e ensopada sentou-se rapidamente em seu assento da cabine onde pôde assistir lentamente a capital inglesa ficando cada vez mais longínqua até que já não era mais possível vê-la juntamente de todas as possibilidades e histórias vividas que nela estavam, no entanto -sejamos sinceros — ela sabia que não sentiria falta de literalmente NADA da vida que ela possuía na capital, afinal, estava friamente disposta a extingui-la, no entanto, a sua vida em Bibury seria outra, ela torcia por isso.

Como escritora, eu gostaria de poder mencionar mais detalhes de como foi a viagem de Rosemary Drew, entretanto não será possível, pois a mesma adormeceu profundamente em menos de meia hora de viagem, acordando apenas com a fala de um homem baixo corado e adiposo que trabalhava na locomotiva:

— Senhora... — disse o homenzinho tampando o nariz ao sentir o cheiro que Rosemary exalava — A senhora está bem? — inquiriu.

Rosemary estava muito sonolenta e confusa para falar alguma coisa, portanto, limitou-se a fitar o homenzinho com olhar sério:

— Estamos na última estação — continuou ele — A linha do trem acaba aqui...

— A linha do trem acaba aqui? — bradou a mulher recobrando a consciência — Onde estamos?

Ah! Aquilo deveria ser um pesadelo! Só *poderia* ser um pesadelo! Caso ela não chegasse até o anoitecer do dia 05 tudo estaria arruinado! Ela teria de engolir o orgulho e voltar para a pensão de Ellen Crawford, onde viveria até o fim de seus dias testando e acendendo fósforos! Ela preferia atirar-se nos trilhos do trem e morrer a ter de voltar para Londres! Morrer:

— Estamos em Bibury — disse ele apontando para a janela — No condado de Gloucestershire!

Então havia dado certo! "Até que nem tudo tem que dar errado na minha vida, afinal" pensou secamente a mulher pegando sua pequena maleta:

— Obrigado! — disse ela levantando-se rapidamente e saindo de modo quase desesperado. Pela primeira vez em anos sentia-se ansiosa para algo!

Após sair do trem e olhar ao redor, ah! Era tudo tão belo quanto era há doze anos! Caso Rosemary fosse uma pessoa sensível, teria percebido que as árvores continuavam sendo tão gentis e hospitaleiras quanto eram há doze anos, teria percebido que a senhora Micheal continua visitando regularmente o cemitério da cidade que fica em frente à estação, teria percebido que as nuvens continuam figurativamente acariciando o telhado das casas, teria percebido a essência pitoresca e selvagem que ainda habitava a cidade, no entanto, como sua alma era encoberta por uma casca de dor e sofrimentos mundanos, ela não era sensível, portanto, limitou-se a apenas sentir-se satisfeita de ver que o lugar ainda era bonito, aquele seria o lugar onde ela passaria até o fim de seus dias, era certamente satisfatório finalmente poder estar de volta em casa!

Capítulo V

Bibury, Cavalo Raquítico e fugas estúpidas

Era tão bom poder estar de volta que Rosemary fora incapaz de perceber que o sol já começara a se pôr, fora incapaz de perceber que ainda estava ensopada e fora incapaz de perceber que um homem alto e moreno — talvez bonito demais para ser inglês — aproximara-se montando um cavalo raquítico e cinzento:

— Boa tarde! — disse o homem com sotaque inegavelmente estrangeiro — Você é a senhorita Banfield, certo? — inquiriu o homem preparando-se para descer do equino.

Todavia, para uma mulher que havia passado grande parte de sua vida na capital inglesa, onde sempre se deve manter em alerta e nunca, nunca comunicar-se com estranhos caso não seja estritamente necessário, pois isso pode custar-lhe a vida (principalmente no século XIX) era algo realmente difícil conversar com um estranho, principalmente quando ele sabe o nome de solteira da sua mãe:

— Eu não o conheço. — disse a mulher ensopada recuando.

— Vamos. — disse o homem — Charlotte II pediu que eu a levasse até Mulberry Creek antes do anoitecer.

Quem era aquele homem? Quem era Charlotte II? Onde ficava Mulberry Creek? Por que aquele homem estrangeiro queria levá-la? Ela deveria mesmo confiar em um homem aparentemente escocês vivendo no condado de Gloucestershire? Aquilo era tão...estranho! Algo dentro dela dizia que ela não deveria montar naquele cavalo! Em um impulso de extintos pela sobrevivência, sem pensar duas vezes, Rosemary se pôs a correr sem nem mesmo lembrar-se da geografia do pequeno vilarejo. No entanto, por algum motivo, ela sabia que não deveria confiar em um homem escocês montado em um cavalo raquítico e fraco tentando levá-la para um lugar desconhecido. Ela logo enfiou-se em uma trilha estreita e cheia de abetos estridentes, pois assim provavelmente o cavalo não conseguiria passar. No entanto, ao virar-se para trás, percebeu que por ser um cavalo muito, muito magrelo, ele conseguiu entrar na trilha sem grandes dificuldades, ah! Aquilo só podia ser um pesadelo! Por que aquele homem estava a perseguindo, afinal? Rosemary continuou incessantemente a correr e inclusive, em um ato de desespero, tirou seu chapéu e atirou-o na direção do homem estrangeiro, que por sua vez, sem grande esforço conseguiu segurá-lo com uma de suas mãos. Ah! Seria realmente difícil despistar um homem que conseguira fazer isso, o que ele queria afinal? Por que estava perseguindo uma mulher desconhecida em um vilarejo tão pequeno? O que ganharia ele com isso, afinal? Rosemary continuou correndo, continuou correndo embora suas pernas fraquejassem, continuou correndo embora já não tivesse fôlego, continuou correndo embora a anágua estivesse alfinetando sua barriga, ela continuou correndo! Completamente desalentada e esbaforida, Rosemary parou, puxou um de seus sapatos e — embora fosse o seu melhor sapato — novamente atirou-o em direção ao homem. No entanto, como ele já estava demasiado perto, ela não pode ficar parada para ver se o sapato o acertaria. Logo, novamente pôs se a correr, embora fosse mais difícil correr com um sapato de salto em apenas um dos pés!

 Enquanto corria, finalmente Rosemary havia avistado um estabelecimento! Seria perfeito para poder esconder-se e buscar informações, ela só precisava chegar a tempo, ah! Quase lá! Isso! Ela havia chegado a tempo, entretanto, novamente, boas notícias costumam ser maus presságios para ela, uma mulher estabanada, que por não perceber que havia um degrau para entrar no estabelecimento, tropeçou. Todavia, para uma mulher com cerca de quatro camadas em seu vestido e um salto francês em apenas um dos pés, um tropeço nunca seria apenas um tropeço, logo, como resultado, Rosemary foi atirada violentamente pelas camadas de seu vestido no chão, e com as pernas pro ar! E para piorar, ela estava em um bar! Rosemary estava de pernas pro ar em um bar lotado de bêbados! E como se não fosse possível piorar, o único sapato que ainda lhe restava nos pés havia sido atirado em direção a parede fincando seu salto nela, deixando assim, um homem preso pela barba. Aquela era a situação mais indesejavelmente vergonhosa de sua vida! Rosemary estava ensopada, esbaforida, descalça, e com as pernas para o ar em meio a um bar! Ela sentia que desmaiar seria uma bênção, no entanto, não aconteceu, mas ao menos, uma mulher ajudou-a a se levantar:

— Oh céus! — disse ela colocando as mãos nas costas ensopadas de Rosemary — O que aconteceu? — bradou indelicadamente.

— Ugh…Ugh — disse a ela esbaforida recuperando um pouco de sua dignidade ao pôr-se de pé.

Aquela mulher rude e branda havia aparecido semelhantemente a um anjo com sua cabeleira negra e olhos cortantes, o que outra mulher estaria fazendo lá, afinal? Bem, isso não importava, Rosemary agradeceu educadamente e então dirigiu-se ao balcão, onde estava o homem cujo seu pequeno sapato havia prendido a parede pelo bigode:

— Me desculpe por isso. — disse Rosemary pegando o sapato surrado de suas mãos — Não vi que havia um degrau na porta. — concluiu ela, sentindo-se vergonhosamente intimidada por seu ato estúpido.

— Rosemary Drew, certo? — disse o homem de bigode enquanto servia-a cerveja despreocupadamente.

— Não bebo… — disse ela recusando a jarra com um ato de repulsa — Mas, como sabe que sou eu? — indagou.

— Ninguém da cidade estava esperando visitas de fora, exceto a mulher que assumiria a propriedade Banfield! — acrescentou ele orgulhosamente por manter-se atualizado de todos os dramas da cidade — Corajosa você em assumir uma casa sem fundo de reserva alguma.

— Entendo. — disse ela achando assustador como um homem tão brusco conseguisse ter uma ótima memória.

— Mas — continuou o homem —, você veio até aqui a pé?

— S…sim? — gaguejou.

— Mas, Elizabeth Charlotte havia pedido para que Matthew lhe levasse a cavalo — disse o homem dando fortes goladas em sua jarra de cerveja renunciada —, ele estava indo todos os dias até a estação no horário do trem da capital. É um fato! Os escoceses tem uma ótima determinação. — continuou o homem entre as goladas de sua bebida — só Deus sabe como aquele cavalo magricelo dele ainda está vivo!

Elizabeth Charlotte? Rosemary conhecia alguém com esse nome… Elizabeth…Elizabeth…Prima Elizabeth? A querida prima Elizabeth dos tempos de infância! Ah! Como Rosemary pôde esquecer-se que o segundo nome da querida prima Elizabeth era na verdade Charlotte? Cavalo magricelo? Matthew? Esse nome soava escocês... o homem escocês montado no cavalo estava na verdade prestando um favor a sua prima Elizabeth?! Esse era o motivo por ele ter seguido-a! Estava apenas prestando favor à prima Elizabeth e provavelmente havia errado o seu sobrenome pois o primeiro sobrenome de Charlotte — sua prima — é de fato Banfield! Ah! Rosemary estava fazendo demasiado papel de boba! Ela havia fugido de um homem que apenas queria ajudá-la:

— Eu... eu vou indo! — disse a mulher cinza encolhendo-se atordoada — Seu nome é?

— Lewis! — disse uma voz forte com certo escárnio atrás dela — Lewis Jones Hill! O maior beberrão que essa cidade já viu! — disse com sotaque rótico.

— Ora! — bradou Lewis o beberrão batendo sua jarra contra a superfície amadeirada do balcão — Apenas dizem isso porque o velho Roger Wood já bateu as botas! Aquele sim era um beberrão!

— Se você diz! — riu a mesma voz estridente — Mudando de assunto, Banfield — disse a voz escarniosa atrás da mulher — Acho que essas coisas lhe pertencem.

Ela definitivamente não queria virar-se! Ela sabia que sentiria tanta vergonha de si que novamente desejaria morrer! No entanto, ela sabia que deveria. Ah! Rosemary não era uma covarde e sim uma Drew! Ela iria virar-se e enfrentar as consequências estúpidas de seus atos desesperados, ela virou-se. E... ah! Ela imediatamente desejou não tê-lo feito, um homem alto estrangeiro e cheio de escárnio estava segurando um de seus sapatos e seu chapéu! Coisas essas que ela havia utilizado para tentar acertá-lo! Coisas essas que não deveriam estar em mãos alheias:

— S...são sim! — disse ela frivolamente pegando suas coisas com as mãos trêmulas — Obrigada!

— Charlotte ficará muito feliz em lhe ver — riu ele.

— Assim es... Assim espero! — disse roucamente ela seguindo o Matthew.

Rosemary sentia-se tão tremendamente envergonhada que facilmente enfiaria-se em um buraco caso fosse-lhe possível! Ah! Mas, até mesmo se sentir horrível era um pouco mais suportável em Bibury, era de fato melhor sentir-se terrivelmente envergonhada enquanto se assiste patinhos nadando em um riacho do que enquanto se olha para o Tâmisa:

— Eu já sabia que jovens da capital eram imprevisíveis! — disse o homem escarniosamente — Mas, não que fossem tão imprevisíveis! — riu ele.

Imprevisíveis? Rosemary era imprevisível? Não! Como ele ousava dizer isso? Onde estavam os bons costumes? Se bem que ela não poderia exigir dele bons costumes, afinal ela havia agressivamente tentado acertá-lo duas vezes com suas vestimentas e estava ainda úmida de água de esgoto, embora todas essas coisas não fossem culpa dela, eram fatos! No entanto, uma mulher cinza e sarcástica nunca escuta algo de bom grado:

— Eu já sabia que os escoceses eram estúpidos! — disse ainda seguindo-o — Mas, não que fossem tão estúpidos. — concluiu com ar de triunfo.

— Ao menos sabe revidar! — riu o homem desamarrando seu cavalo de uma cerca gasta — Caso você fosse como as mocinhas quietas da capital, seria insuportável! — concluiu Matthew cinicamente.

Embora estivesse irritada com aquele homem alto e sarcástico que caminhava à sua frente — talvez por ter uma personalidade muito parecida com a dela —, Rosemary ainda sentia-se satisfeita, afinal, ambos estavam atravessando uma trilha hermética e adornada por belos ramos arroxeados que embora não estivessem com flores — por ser inverno — eram satisfatoriamente bonitos. Caso Rosemary fosse uma pessoa sensível, saberia que aqueles belos raminhos eram tímidos e gentis, no entanto, como não era, apenas deixou de seguir Matthew e parou para admirá-los:

— Vamos, logo Banfield! — disse ele virando-se — Não trouxe nenhum lampião e já está praticamente escuro — continuou o homem sem parar de andar — Uma vez Margaret Robins, no século passado, se perdeu nessa mesma trilha à noite e foi encontrada morta! — bradou Matthew com seu sotaque rótico — dizem que a alma dela vaga pela Mystic Mist Trail até os dias de hoje!

O conto da velha Margaret Robins! Rosemary lembrava-se de tia Nancy contando-o, no entanto, ouvi-lo em uma trilha desconhecida e escura era muito mais estranho:

— Caso Margaret lhe visse certamente puxaria-o consigo — alfinetou a mulher após apertar o passo e aproximar-se do homem.

— Impossível! — riu o homem retirando pequena uma árvore caída do caminho — Por ser uma Follet, Margaret apenas leva consigo pessoas com o sangue Banfield! Afinal, todos sabem da rivalidade entre ambos! — bradou ele — Aqui está! — vociferou o homem com gesto cortês — O centro velho da cidade! Dragonfly Hill é a rota mais rápida para Mulberry Creek — continuou ele guiando a mulher fétida — E de quebra, passa em frente a Lambert Ranch!

— Certo — disse ela quase encantada, admirando a pequena cidade de pedra —, mas por que precisamos passar em frente a Lambert Ranch? — indagou.

— Porque preciso guardar o Pegasus — disse ele apontando em contrapartida o pequeno cavalo magricelo e doente que não tinha nada em comum com o grandioso Pegasus da mitologia grega — e também porque Charlotte II pediu que assim que você chegasse na cidade eu lhe levasse a ela.

Caso fosse capaz de sentir-se empolgada, Rosemary teria sem dúvidas se sentido. No entanto, ela era de fato uma grande cicatriz mal cuidada ambulante, portanto, consolou-se com o fato de poder sentir-se satisfeita:

— A última vez que vi alguém da minha família foi há seis anos — riu chalaceiramente.

— Sei como é — disse ele cumprimentando uma mulher de meia idade — Estou morando aqui sem ninguém há cinco anos — continuou — acredita que não recebi uma carta sequer? Olha que minhas irmãs sabem escrever!

— Ao menos você sabe se elas estão vivas, certo? — inquiriu Rosemary evitando contato visual.

— Não! Pode ser que não estejam! Mas, que diferença faz? — disse ele acariciando a crina ressecada de Pegasus que relinchava agradavelmente — Essa é Lambert Ranch! — disse ele com um ato cortês exibindo uma casa razoavelmente grande com janelinhas amarelas — Vou guardar Pegasus! Caso queira falar com Charlotte, basta bater à porta — Após isso, seguimos viagem — concluiu Matthew com ar gracioso como se percorrer trezentos metros colina acima de fato contasse como viagem.

Rosemary estava parada em frente à imponente porta amarela dos Lambert. Uma parte de si desejava desesperadamente bater à porta, no entanto, uma parte igualmente grande de si faria tudo o que pudesse para não ter de bater à porta. Ela queria ver sua prima, ela queria lembrar-se de suas memórias de infância, ela queria poder bater à porta! Todavia, ela sabia que não reconheceria a prima que, por sua vez, não a reconheceria e isso iria doer demasiadamente, é uma sensação tão estranha não ter a capacidade de reconhecer uma pessoa que outrora havia sido-lhe importante. A garganta de Rosemary estava seca, e as mãos tremiam, ela sabia que não conseguiria bater à porta, ela não era capaz! No entanto, não fora necessário, uma mulher corada e vivaz com uma cabeleira espessa e negra e olhos azuis escuros abriu a porta e hesitantemente disse:

— Senhora — disse ela, fitando a mulher trêmula e putrefata que pairava a sua frente —, nós pagamos o dízimo pela manhã, me desculpe, mas não temos nada para lhe dar — disse ela com voz afável.

— E…e… Eu não estou pedindo caridade! — gaguejou confusa Rosemary olhando ao redor buscando meios de fuga — Eu apenas…

— A senhora é nova na cidade? — perguntou ela secamente com seus olhos azuis que mais se assemelhavam a pequenas bolinhas de gude.

— Charlotte! — bradou Matthew irritantemente sentando-se sobre a cerca insolente — Embora Banfield esteja ensopada, com os cabelos desgrenhados e o vestido rasgado, pensei que você reconheceria sua prima! — riu ele.

— Cale a boca! — gritou Charlotte sem sequer dar ouvidos à segunda parte da frase — Onde você enfiou o bom senso!

— Ela pensou, você pensou, eu pensei, nós pensamos! Logo, não há motivos para não dizer — riu o homem de acento rótico que satisfazia-se em ser inesperadamente rude.

Charlotte com sua cabeleira negra cruzou os braços, revirou os olhos e suspirou, embora já estivesse acostumada a ouvir as idiotices do homem, não esperava que ele fosse dizer tal coisa de sua…prima?! Seria aquela mulher a desaparecida Rosemary? Como ela estava mudada! Estava tão… Não! Não poderia ser, mas havia apenas um meio de descobrir:

— Rosemary? — inquiriu ela levando as mãos aveludadas à boca.

— Sim — disse ela envergonhada pela abordagem.

— Eu pensei que você não viria! — riu ela de espanto averiguando a estranha situação em que Matthew havia colocado-a — Você está tão…

— Diferente! — completou copiosamente o homem sentado sobre a cerca.

— Matthew! — gritou a mulher que a cada segundo sentia-se pior pela diminuta criatura a sua frente.

— Ele não está errado — acalentou Rosemary —, você também está...mudada! Mal consegui reconhecê-la. — disse sintética.

Um silêncio estranho e desconfortável de duas pessoas conhecidas que a muito tempo não se veem pairou por alguns segundos:

— Fico feliz que estejam se dando bem — disse Matthew olhando para o céu — Mas, aquela nuvem a oeste é presságio de chuva e a colina de Mulberry Creek é perigosa quando molhada.

— Acho que é melhor que vocês vão então — disse agradecidamente Elizabeth vendo-se livre da situação —, assim que possível irei visitá-la!

Rosemary acenou a cabeça e em seguida pegou suas coisas do chão e sorriu falsamente. Embora estivesse razoavelmente satisfeita em ver a prima, relembrar tantas memórias felizes de um passado no vilarejo havia deixado a mulher emocionalmente cansada, logo, apenas queria ver-se sozinha na luxuosa propriedade quanto antes:

— Sigamos viagem — disse Matthew satisfazendo-se com o ar de importância.

Não houve resposta, afinal, ela estava muito longe dele para que qualquer resposta soasse minimamente razoável, no entanto, continuou seguindo incessantemente a silhueta alta colina acima. Seus olhos já estavam cansados de continuar abertos e suas pernas já não queriam mais caminhar, no entanto, como Matthew havia dito, uma chuva estava por vir, e ela queria ver-se sobre cobertura o quanto antes possível. Ambos já estavam quase no topo da colina quando passaram em frente a uma casa que caso fosse descrita por uma palavra seria *tenebrosa*! Caso Rosemary fosse uma pessoa sensível, teria percebido que por trás das janelas semidestruídas haviam olhos suplicantes por afeto e uma lareira quente nas noites de inverno, teria percebido que a essência imponente outrora existente na casa suplicava para que fosse reinstaurada, teria percebido que a outrora existente trilha de pedrinhas brancas que levava até a casa era razoavelmente bonita, teria percebido que as bétulas azuladas que circundavam a casa eram velhas no entanto graciosas, teria percebido que os tijolinhos caídos da casa outrora foram bonitos, teria percebido que a destruída porta do século XVIII da casa outrora fora bela. No entanto, por não ser uma pessoa sensível, limitou-se a dizer:

— Que tipo de pessoa deplorável deve morar nessa casa?

— Você — riu Matthew — bem-vinda a propriedade Banfield! — completou.

— Não acha que você já brincou suficientemente com a minha cara? — murmurou Rosemary desejando que ele estivesse brincando.

— Quem disse que estou brincando? — disse o homem cruzando os braços.

— Não é possível que o patriarca da família Banfield tenha morrido nesse fim de mundo em um casebre sem telhado! — vociferou ela cada vez mais incrédula de onde havia se enfiado.

— Por não ter tido herdeiros homens que pudessem trabalhar, digamos que a família Banfield faliu.

— É *aqui* que eu vou ficar? — repetiu Rosemary desejando ter bebido o vinho.

— Exatamente! — bradejou ele — Assim como nos livros eu lhe entregaria uma chave agora! Mas, como pode ver, a porta está rachada então não há necessidade, apenas chute-a e ela se abre. — continuou — Vou indo agora antes que a chuva comece, têm compota do mês passado na cozinha caso sinta fome!

Caso sinta fome? É claro que Rosemary estava com fome! Ela não comia a horas! Que tipo de pegadinha Matthew estava pregando-a? Aquilo *era* uma pegadinha, certo? Deveria ser! Chutar a porta! Que tipo de mulher decente chuta uma porta? Rosemary sentiu vontade de desistir, e inclusive desistiu, no entanto, nem sequer fósforos para conseguir pôr um fim nisso ela havia trazido, logo, nem sequer a morte era uma opção! Sentindo-se contrariada e relutante, ela pegou suas coisas, chutou a velha e rangente porta e entrou na velha casa, *ela era pior por dentro!*

Como nem sequer minha imaginação como escritora consegue pensar em meios de descrever um lugar mais asqueroso e repulsivo que a velha hospedagem de Ellen Crawford, deixo a imaginação da parte de dentro da propriedade Banfield encarregada para você, meu caro leitor.

Sentindo-se cansada e desesperada, Rosemary desejou estar dentro do trem, sonhando, logo, decidiu que dormiria e quando acordasse estaria apenas a caminho de Bibury. Portanto, em meio a escuridão (pois Matthew havia levado o único lampião do lugar para conseguir enxergar a colina de Mulberry Creek), ela deixou suas coisas, ou seja, seu velho guarda-chuva e sua pequena e gasta maleta — no rangente e velho chão da casa, utilizando seu tato que era certamente apurado após anos trabalhando em um lugar escuro, ela encontrou um velho sofá de couro antiquado e demasiado duro posicionado na tenebrosa sala de estar e atirou-se nele, pois, como o lugar estava um breu, ela não queria arriscar flagelar-se na escadaria velha e repulsante da casa. Sentindo-se infeliz, desolada e assustada (afinal um casebre daqueles certamente teria das mais medonhas criaturas, ou seja, aranhas), Rosemary pôs-se a dormir a primeira de muitas noites que ela teria de passar naquele velho casebre no topo da colina.

Capítulo VI

O casebre de Rosemary, Dusty e irmãs Bolton

Pela manhã, Rosemary, infelizmente — como havia pensado ela — acordou e deparou-se com um velho negligenciado e desconhecido casarão mal cuidado e empoeirado que, por sua vez, ostentava uma ancestral arquitetura do século XVII, era como se de fato aquele muquifo gélido e antiquado agregasse a alma do outrora vivo Algernon Gilbert! Ou seja, era um lugar putrefato, burlesco, orgulhoso e demasiado velho! Após olhar em volta, a mulher pôs-se desconfortavelmente sentada e amargamente soube que aquilo de fato não era apenas um pesadelo, pois, caso fosse, ela teria acordado dentro do trem e não no topo da colina de Mulberry Creek! Ainda sonolenta e com o humor excepcionalmente ruim, ela começou a queixar-se do quão feio aquele lugar conseguia ser, era — estranhamente — pior que a desprezível hospedagem de Ellen Crawford! Certamente, era impossível imaginar o "ilustre" patriarca da família Banfield passando seus últimos dias de vida ali! Os móveis estavam "desgrenhados" como diria Matthew, as janelas estavam em sua maioria quebradas — o que trouxe uma noite excepcionalmente gélida para Rosemary — e as poucas janelas que ainda possuíam vidro estavam tão empoeiradas que mal era possível se ver através delas, o teto estava em sua grande maioria quebrado exibindo partes do andar de cima, sobre a sala havia um velho tapete irlandês que embora fosse bonito estava tão sujo que mal se era possível ver sua delicada estampa azulada, e as paredes...*As paredes*! Estas, por sua vez, ornavam-se de um excêntrico papel de parede com uma estampa desconhecida e estavam completamente asquerosas! Caso Rosemary fosse uma pessoa sensível, teria percebido que a alma daquele casebre era a alma de um lugar onde inúmeras crianças sorridentes e orgulhosas ao longo de séculos viveram, uma alma que havia assistido inúmeros nascimentos e com isso as suas consequências, a morte, uma alma que havia assistido jovens romances surgirem, risadas, latidos e miados, uma alma sempre imponente, todavia hospitaleira! No entanto, a alma da propriedade carregava o peso da negligência e do abandono mútuo, porém, Rosemary não era uma pessoa sensível, daquelas que fazem amizade com árvores, sorriem para as nuvens, leem o passado de pessoas através de seus olhos, daquelas que sentem a personalidade e essência de objetos inanimados, logo, apenas viu o quão velho aquele muquifo onde havia se enfiado conseguia ser.

 Após estar completamente acordada e tomar consciência de si, ela percebeu o quão faminta e malcheirosa estava! Todavia, Rosemary não queria nem comer e nem banhar-se, o que ela queria mesmo era enfiar seu rosto no braço do velho sofá de couro e chorar! Chorar tanto que morreria afogada em suas próprias lágrimas! Mas, nem mesmo isso lhe era permitido, afinal, seus olhos estavam secos demais para se darem ao luxo de chorar um pingo sequer, quem dirá o suficiente para afogar-se! Logo, reunindo suas falhas forças e sua inexistente vontade de viver, ela decidiu que "exploraria" aquele velho casarão já que iria ter de viver lá agora, atividade essa que provocou-lhe amargo arrependimento em questão de poucos minutos, afinal, a horrorosa sala de estar onde ela havia acordado conseguia ser o cômodo mais formoso da casa! As escadas rangiam, o piso bambeou horrores, os cômodos de carpete estavam tão sujos que mal era possível diferenciar as cores dos mesmos, os azulejos do banheiro haviam caído aos pedaços, e a cozinha? A cozinha conseguia ser ainda pior que todo o resto da casa! A grande vontade de Rosemary era de puxar, chutar, socar e golpear toda aquela velharia que nem sequer deveria ser chamada de cozinha! Todavia, nem isso lhe era permitido, afinal, ela não se permitiria destruir ainda mais aquele lugar horroroso pois o mesmo pertencia-lhe!

 Rosemary sentindo-se fortemente contrariada — isso antes do relógio sequer dar a sexta badalada —, decidiu abrir um velho armário em um pequeno quarto que provavelmente outrora fora uma dispensa, e, de fato, Matthew não estava mentindo e nem brincando quando disse que havia compota no armário, pois de fato havia um pequeno pote envelopado exibindo uma compota de textura gelatinosa e velha. Ela pegou o pote e cheirou-o com receio, embora a compota dentro ali depositada conseguisse ter um cheiro ainda pior do que o de Rosemary, ela havia comido coisas piores na capital, logo, aquela compota gelatinosa, velha e fétida deveria servir de alguma coisa. Relutantemente, sentou-se em um velho banco de madeira e pôs se a comer aquele "meleca" de consistência pegajosa e gosto ainda pior que o cheiro e sentiu-se friamente arrependida, pois quando já havia terminado de comer, virou o pote e percebeu que aquela compota havia sido feita em setembro! Ugh! No entanto, já havia comido tudo, logo não havia nada que pudesse ser feito. Após isso, decidiu que iria dar um jeito de tomar banho, afinal, a única coisa de Londres que ela ainda carregava — além de suas roupas — era a água putrefata que havia coberto-lhe! Após pôr-se em frente à janela, viu o riacho de Mulberry e lembrou-se de ver Matthew casualmente tomar água dele duas ou três vezes, logo, se ele havia tomado daquela água e ainda estava vivo, a mesma deveria ser pura o suficiente para banho. Ela pegou um velho balde semirachado da cozinha e encheu-o de água, e assim, fazendo um trabalho de formiguinha até que a banheira do andar de cima ficasse cheia, fornecendo assim o banho mais gelado da vida de Rosemary! A água estava tão gelada — devido ao frio mês de dezembro — que em algumas partes formavam-se cristaizinhos de gelo que alfinetavam a pele dela! Todavia, mesmo estando a beira da hipotermia, ela sentiu-se razoavelmente satisfeita de já não mais feder a água de esgoto. Após isso, colocou seu vestido violeta acinzentado e seus únicos sapatos limpos, e então ao olhar para o velho espelho de parede — que também estava caindo aos pedaços — ela teve certeza de estar razoavelmente mais apresentável se comparada ao dia anterior. No entanto, novamente, como todos sabem, para ela boas notícias são quase sempre maus presságios em sua singela vida.

Após descer cuidadosamente as escadas, Rosemary deparou-se com um homem escocês afobado certificando-se de fechar bem todas as cortinas do velho casebre:

— Por Deus! — vociferou ela assustada em frente a cozinha — Como você entrou? — inquiriu ela assistindo Matthew certificar-se de que as janelas estavam trancadas.

— Do mesmo jeito que você, chutando a porta! — disse ele trancando a porta dos fundos.

— Disso eu sei! — bradou Rosemary perseguindo-o — Mas, por que você entrou? Por…p…Por que está trancando as portas? — gaguejou.

— Elas estão vindo... — disse ele seguido de uma pausa dramática fitando uma velha pintura da sala de jantar.

— Por céus! Elas quem? — indagou Rosemary ainda seguindo-o.

— Elas... — repetiu profeticamente Matthew seguido de outra longa pausa dramática.

— Vamos logo! — bradou ela, pondo-se em frente ao homem — Explique-se de uma vez!

— Certo... — sussurrou ele conferindo se ninguém se aproximava do velho casarão — Você está com visitas? — mussitou.

— Não! Diga logo! — disse Rosemary fitando-o.

— Há muito tempo... — começou ele — Assim que eu havia me mudado para esse fim de mundo... — Se tem uma coisa que Rosemary certamente se satisfazia, era saber do passado alheio, o que fez com que ela se sentasse em uma velha cadeira de balanço — lembre-se, eu ainda era menor de idade! — disse ele colocando uma cadeira alta em frente a uma janela que não possuía cortina — eu comecei a trabalhar na casa das irmãs Bolton para poder financiar meus estudos... — continuou ele após outra pausa dramática — No começo, o trabalho lá era até que razoável, uma das irmãs era viúva, e ambas eram idosas, logo, não tinham muitas objeções quanto ao serviço da fazenda.

— Como elas são? — deixou escapar Rosemary sentindo-se interessada.

— Awellah Bolton é horrorosa! Parece o pão que o encardido amassou! A segunda mulher mais feia que eu já vi! — disse ele após uma pausa dramática colocando uma cadeira em frente a porta dos fundos — Já Lydia Bolton por sua vez, consegue ser ainda mais feia que a irmã! — disse ele, conferindo outra janela — Você acha que estava feia ontem? Lydia Bolton consegue ser pior!

— Cale a boca! — murmurou ela copiosamente após revirar os olhos.

— Eu trabalhei lá por cerca de um ano, até que Lydia perdeu o seu quinto marido, pobre homem! — bradejou roticamente — Após o falecimento do marido, Lydia começou a ficar desconfortavelmente próxima de mim. — sussurrou ele colocando uma cadeira ainda maior que a última em frente a porta principal — Até que um dia, o inevitável aconteceu! Ela me perguntou quando eu a assumiria! Embora eu entenda o lado dela, afinal, quem não se apaixonaria? — riu ele com escárnio.

Rosemary teria rido da história caso tivesse saído da boca de outra pessoa, no entanto, se limitou em perguntar:

— E o que você fez? Não a assumiu, certo?

— No mesmo dia peguei minhas coisas e procurei outro emprego, eu não me sujeitaria a isso.

Embora agora a história estivesse um pouco mais esclarecida, todo o afobamento dele em certificar-se de que a casa estava fechada ainda não fazia o mínimo sentido:

— Mas, o que isso tem a ver com você estar colocando cadeiras na frente da porta principal? — indagou Rosemary ajudando-o com uma janela.

— Sempre que há um novo morador na cidade, tanto Awellah quanto Lydia visitam-o, e após isso hospedam-se por cerca de três dias para saber do passado da pessoa e espalhar por toda a cidade. Já fizeram com que uma moça se suicidasse por causa disso.

— Certo, não vou permitir que elas fiquem — ciciou Rosemary —, e mesmo que fiquem, não vou me abrir.

— Esse não é o problema! — continuou Matthew fechando mais uma janela — Eu não quero nenhuma das Bolton no meu local de trabalho!

— Como assim? — demandou ela que definitivamente não via a propriedade Banfield como local de trabalho para um escocês.

— Esse é meu local de trabalho, não quero uma Bolton por aqui.

— Não! Esse não é! Eu nem sequer tenho dinheiro para isso!

— Algernon pediu que eu cuidasse daqui antes de morrer e me pagou com adiantamento por cerca de um ano. — disse ele logo antes de ser interrompido com algum visitante batendo à porta — São elas! Só podem ser! — sussurrou ele trancando-se dentro da dispensa deixando Rosemary sozinha com duas tiranas fofoqueiras que batiam à porta.

— Saia daí! — bradou ela esmurrando a porta da dispensa.

— Não até que aquelas corujas vão embora! — sussurrou uma voz por detrás da porta da dispensa.

Trabalhar ali? Do que ele estava falando? Deveria ter dito alguma idiotice! Irmãs Bolton? Seria aquela história verdade? Rosemary definitivamente não queria olhar na cara de pessoas naquele dia, e agora teria de lidar com uma dupla de irmãs inconvenientes? Tudo isso antes da sétima badalada? Ugh! Todavia, caso não quisesse ser difamada — e ela realmente não queria —, Rosemary teria de abrir a porta! Portanto, de modo despretensioso, retirou todas as cadeiras que em vão Matthew havia colocado na porta principal e abriu-a, revelando dois rostos redondos e horrorosos!

Definitivamente eram as irmãs Bolton! Provavelmente Awellah era a da esquerda, pois embora fosse a segunda criatura mais feia a qual Rosemary já havia visto, a mulher da direita conseguia ser pior! Após uma rápida fitada e uma semi revirada de olho, Rosemary disse secamente:

— Como posso ajudar? — disse ela, fitando as irmãs.

— Definitivamente não é bonita! — sussurrou Awellah Bolton alto demais para não ser ouvida com seus lábios flácidos e pálidos.

— E também é mal-humorada demais! Como ela vai achar um marido desse jeito? — sussurrou Lydia Bolton alto demais para não ser ouvida.

— Definitivamente! — respondeu Awellah Bolton.

Como assim "não é bonita?" Rosemary tinha plena consciência de não ser bela como a prima Elizabeth ou como Florencia Bianchi, mas ouvir um "não é bonita" saído da segunda pessoa mais feia que ela já tinha visto era abominável! Ela era a própria Afrodite se comparada à Awellah Bolton! Como assim "mal-humorada demais"? Rosemary era a mal-humorada da situação? Aquelas duas irmãs feias e mal-educadas haviam visitado-a antes da sétima badalada e queriam encontrá-la de bom humor? Como assim "marido"? Quem disse que Rosemary com menos de uma semana de um término de relação queria encontrar um "marido"? Ela sem dúvidas preferia se ver solteira do que casada com um idiota. Ah! No que ela estava pensando? Teriam aquelas irmãs malucas e pavorosas absolvido sua sanidade? Ela revirou os olhos novamente e então repetiu:

— Como posso ajudá-las? — no seu tom mais seco e informal.

— Você se importaria se nós entrássemos para tomar um bom e velho chá preto? — inquiriu cordialmente Awellah seguida de um sussurro da irmã.

— Na verdade... — começou Rosemary falsamente — Eu me importaria sim!

— Uma moça solteira que não quer receber visitas em uma manhã de sábado? — sussurrou Lydia coçando seu nariz caído e fino.

— Deve ter algum homem lá dentro! — sussurrou Awellah alto demais colocando seus dedos tortos no ombro da irmã.

— Não tem não! — intrometeu-se Rosemary sentindo-se injuriada (embora realmente tivesse).

— Então, você não se importa se entrarmos, certo? — inquiriu rudemente Lydia.

Rosemary sentia-se em um embate que não poderia ser vencido se não pela violência, seus dentes se cerraram e seus punhos se fecharam, ela sabia que não poderia agredir mulheres idosas, mas também sabia que não poderia permitir que elas entrassem lá dentro! E se elas se hospedassem lá sem nem perguntar se podiam? O que elas pensariam? O que espalhariam para Bibury e os céus a respeito de Rosemary? Ah! Aquela era uma situação horrível! Aquela semana inteira parecia ser apenas um pesadelo confuso e macabro! Rosemary estava prestes a permitir que ambas as mulheres entrassem quando escutou gritos fortes vindos de ambas:

— Coelho! Coelho! Que criatura mais horrorosa! — bradaram ambas vendo o pequeno animal sair de baixo da saia de Rosemary.

— O que essa "coisa" está fazendo debaixo da sua saia? — inquiriu Awellah desesperada.

— Ele…El…Ele é meu! — mentiu Rosemary satisfazendo-se com as horrorosas faces de pânico produzidas pelas irmãs Bolton.

— Va…Vamos embora, Lydia! — bradou a segunda mulher mais feia da cidade cambaleando Mulberry Creek abaixo seguida da fiel irmã.

— Ufa! — sussurrou Rosemary pegando a pequena criatura cinzenta que se escondera debaixo de sua saia — De quem é você, afinal?

— Bom trabalho, Dusty! — disse Matthew pegando o coelho do colo dela.

— Onde você encontrou esse "bicho"?

— Desde que eu descobri que as irmãs Bolton tem pavor a coelhos, eu adotei esse carinha! — disse ele exibindo a criatura cinza — Agora ele está sempre comigo, afinal, nunca sei quando vou encontrar uma Bolton!

— Como eu faço para conseguir um coelho? — indagou exasperada apreciando Dusty roer uma cenoura.

— Eu já trabalhei para o senhor Slyfeel do centro novo, ele tinha uma criação de coelhos, mas após a viuvez ele se mudou pra capital.

— Ah! — suspirou Rosemary imaginando como seria legal ter uma arma espanta Bolton — Tem algum outro meio de conseguir algum?

— Não que eu saiba! Depois de sua partida, os coelhos foram todos abatidos — disse ele colocando Dusty no chão —, esse carinha mesmo quase foi pra panela.

Matthew sentiu que estava se esquecendo de alguma coisa, talvez de algum lembrete que vá trazer problemas para Rosemary no próximo capítulo, quem sabe? Mas, isso não importa no momento:

— Entendo — disse ela grata por não terem mais coelhos, afinal, ela foi apenas capaz de repensar nas consequências e responsabilidades de cuidar de um animal após ter feito a objeção —, mas eu ainda gostaria de ter uma máquina de espantar Boltons!

— Por que? Escutei toda a conversa e elas foram inclusive muito gentis pensando que são Boltons!

Educadas? Como assim educadas? Aquelas duas mulheres se assemelhavam ao encardido! Ah! Pessoas são tão...estúpidas! Após isso, Matthew virou-se, chutou a velha porta, colocou Dusty em sua maleta de serviço e assim partiu deixando para trás uma mulher ainda exasperada e emocionalmente cansada.

Como era sábado, todo o centro da cidade estava fechado, por ser uma cidade interiorana — diferentemente de Londres —, e por não possuir amigos nem familiares para poder visitar ou receber como visita, Rosemary estava destinada a passar o dia sozinha, assim como muitos outros que viriam. Portanto, a mulher cinza decidiu tricotar com as coisas da falecida avó Rosemary, afinal, com dedos calejados e hábeis, pasmem! Tricotar era uma habilidade escondida dela! Tudo estava aparentemente calmo, novamente, um mau presságio que ela nem sequer esperava estava por vir!

Capítulo VII

Banfields, Banfields e mais Banfields

Já passava da décima terceira badalada do primeiro domingo do mês, quando uma mulher bonita, corada e vivaz chutou rapidamente a porta da propriedade Banfield e correu de modo urgente com seus delicados sapatinhos cor de rosa até a horrorosa sala de jantar onde Rosemary recepcionou-a com uma velha vassoura com a qual buscava varrer o chão amadeirado do cômodo.

— O que quer aqui? — inquiriu agressivamente ela apontando sua vassoura em direção a invasora.

No entanto, a "invasora" era na verdade a... Prima Elizabeth? Com as mãos depositadas no joelho? O que estaria ela fazendo ali? Esbaforida e vermelha! Algo muito ruim deveria ter acontecido! Mas...o que? O que? Rosemary jogou a vassoura no chão e correu rapidamente até a prima Elizabeth, até que a mesma recobrou o fôlego e disse:

— Você está atrasada! Atrasada! Tia Madalene está uma fera! Como você pôde? — disse Charlotte com seus grandes olhos azuis sem energia alguma.

— Atrasada? — indagou Rosemary dirigindo a prima até uma horrorosa poltrona de couro — Atrasada para o quê exatamente?

— Ora! — vociferou Elizabeth recobrando novamente o fôlego — Matthew não lhe avisou?

— Ele não me disse nada sobre a tia Madalene! — falou Rosemary confusa sem nem sequer saber quem era tia Madalene afinal.

— Oh, meu Deus! — sussurrou prima Elizabeth colocando suas delicadas mãozinhas rosadas sobre o rosto gelado — Ele realmente não lhe avisou?

— Não! Eu nem vi ele hoje! Me avisou do que?

— Ah! — murmurou Elizabeth passando sua mãozinha sobre o pescoço tentando limpar-se do suor — Mamãe e suas irmãs marcaram uma reunião para conhecer "a menina", como te chamam. Você está muitíssimo atrasada! Oh! Tia Madalene está uma fera! — bradejou ela fitando a sua prima — Realmente ninguém lhe avisou de *nada*?

— Nada! — murmurou Rosemary que estava tremendo simplesmente com a ideia de ir a uma reunião de família dos Banfield — Creio que como já estou atrasada, não dá mais tempo de ir! — concluiu.

— Você vai sim! — suplicou Charlotte colocando suas mãozinhas nos braços da prima — Estão todas te esperando! Você só não pode vestir esse trapo.

— Esse "trapo" é meu melhor vestido — disse ela encarando-se insatisfeita no espelho — Mesmo depois de lavar o outro, continua fedendo!

Dramaticamente, Elizabeth jogou suas mechas negras para trás e fitou o chão por alguns segundos, fazendo com que a pobre Rosemary ficasse assustada — afinal, ela não sabia que pausas dramáticas eram rotineiras para Elizabeth —, após isso, Charlotte pegou sua maleta envelopada e ciciou:

— Você acha mesmo que um vestido sujo é um problema para mim?

— Ugh... — murmurou atônita a mulher dando um ou talvez dois passos para trás.

Então, Elizabeth abriu sua maleta envelopada e retirou uma infinidade de coisas, entre elas, léquis, maquiagens, acessórios de cabelo, sabão, luvas e um vestido verde musgo:

— C... como coube tanta coisa aí dentro? — Balbuciou Rosemary olhando para os diversos objetos espalhados pela mesa.

— Nunca duvide de uma maleta envelopada! — riu a prima Elizabeth após uma pausa dramática antes de dizer — Vamos! Vista-se!

— Certo — falou Rosemary aceitando o vestido sem refutar.

Após algumas alfinetadas, um pouco de sangue derramado pelo chão do quarto, lágrimas de dor tentando fazer com que o espartilho coubesse e suor! Muito suor devido às camadas aveludadas do vestido, Rosemary estava pronta! Ao olhar para o espelho, uma criatura estabanada e engraçada foi revelada, definitivamente verde musgo era uma das cores de Rosemary, porém aquele corte de vestido não era dos melhores para seu formato de corpo. Poucos minutos após a décima quarta badalada, uma voz rouca ecoou por de trás da porta:

— Está demorando uma eternidade, Rosemary! Tem certeza de que sabe colocar esse tipo de vestido? — inquiriu a prima Elizabeth por detrás da porta.

— Tenho sim! Já estou pronta! — murmurou Rosemary saindo do quarto.

— Oh! — vociferou Elizabeth com um misto de admiração e horror.

— Pode ser sincera! Eu também não gostei. — acalentou ela percebendo as expressões da prima.

— Não temos tempo para trocas! — disse Charlotte comprovando que o vestido não estava bonito — Da última vez em que ficou brava, a tia Madalene atirou uma cadeira contra a parede! Ela é uma pessoa adorável! Só tem umas questões... — riu ela lembrando-se do temido dia — Melhor irmos!

— Ugh! — resmungou Rosemary sentindo-se alfinetada pela de fato grossa anágua — Certo!

Enquanto desciam, Elizabeth parecia estar bipolarmente feliz, pois mesmo que descer uma colina usando um sapato de salto fosse doloroso e cansativo, ela cantarolava e dançava colina abaixo. Como ela conseguia? Parecia até um desrespeito ao temor de Rosemary! Como o dia conseguia estar tão ensolarado — embora com neve? Como os esquilos conseguiam estar tão contentes? Como o mundo conseguia continuar existindo? Ah! Aquilo tudo era tão...*insuportável*! Após alguns rodopios, prima Elizabeth virou-se e disse:

— Estamos quase lá! Quase lá! Está animada? Ah! Tia Sarah é um amor de pessoa! Uma vez ela até pagou o dízimo!

Tia Sarah um amor de pessoa? Um amor de pessoa por simplesmente pagar o dízimo? Todas as pessoas religiosas pagam o dízimo! Caso Rosemary fosse religiosa — por enquanto ela não era — também pagaria o dízimo!

De qualquer forma, um Banfield nunca seria classificado como "um amor de pessoa" independentemente do que fizesse:

— Sério? Ela deve ser muito amável! — riu sarcasticamente Rosemary.

— E é! Ela nunca agrediu um cachorro! Diferentemente da tia Madalene...

Após dois ou três minutos, ambas chegaram na propriedade Crampton. Futuramente Rosemary descobriria que essa era a casa de tia Peggy, e de fato, a casa era basicamente uma extensão da mulher! Com janelas curvadas e de um tom sujo de bege, portas imponentes e decoração antiquada do século XVIII, aquele lugar exalava tia Peggy por toda a parte:

— Apenas as suas tias e eu estamos aqui, todos os outros foram embora quando eu saí pra te buscar! Impacientes!

Certo, Rosemary conseguia lutar contra um exército de seis tias Banfields — spoiler, não conseguiu —, seria muito mais fácil suportar seis Banfields do que toda uma família deles. Ambas subiram degrauzinhos atijolados que davam acesso a porta principal:

— Bata à porta! — disse Charlotte com um sorriso exagerado.

— Pode ir! — murmurou Rosemary sabendo que seria incapaz de fazer isso.

— Certo! — riu ela batendo à porta com delicadeza.

Após alguns segundos, uma criada jovem e bonita abriu a porta:

— Boa tarde, senhorita Lambert! A senhora Crampton me deu permissão para deixar que entrem, então sintam-se à vontade — disse ela logo antes de se retirar.

— Viu? Não é como se a casa fosse uma armadilha cheia de espíritos — riu Elizabeth percebendo a palidez anormal da prima.

Não houve resposta alguma, Rosemary estava preocupada demais em manter-se viva e ereta para se dar ao luxo de dialogar:

— Por aqui! — disse prima Elizabeth com um ato cortês abrindo a velha porta de madeira revelando assim uma sala de jantar informal com cadeiras contadas onde cada uma das irmãs Banfield estavam sentadas fitando Rosemary como se ela fosse uma invasora — Voltamos! — vozeou Charlotte exibindo Rosemary com as mãos.

Não houve resposta de imediato, todas as seis irmãs Sarah, Patience, Peggy, Phoebe, Madalene e Thalita fitaram-a sincronizadamente e então colocaram-se a discutir sobre o que pensavam a respeito de Rosemary, na frente dela! Todavia, diferentemente das irmãs Bolton, elas sabiam como sussurrar. Após um ou dois minutos de tensão, a mais velha entre elas, portanto tia Sarah, virou-se para Rosemary e disse:

— Sente-se — com sua voz rouca e penetrante — Aquela cadeira está disponível.

— C...c...c... — Ah não! A garganta de Rosemary havia esquecido como se faz para formar sílabas! O que ela faria? Ah...Ah... Rosemary estava soando frio — C...c...

Desistindo da comunicação verbal, Rosemary apenas acenou com sua cabeça pequena e deu um sorriso amarelo. Ah! Aquilo era tão vergonhoso! Tia Sarah com seus dentes podres e grandes definitivamente estava rindo dela! Ah! Banfields são criaturas horríveis:

— Sente-se! — repetiu uma mulher que deveria ser a tia Phoebe por se parecer muito com Elizabeth.

Rosemary começou a movimentar suas pernas! Ah não! Suas pernas também haviam esquecido como se locomover! O que seria dela sem saber falar e nem andar direito? Vamos lá, Rosemary, um passo de cada vez! Movimente essa perna...e depois essa! Isso! Lembre-se de se manter ereta! Esse vestido é horroroso! Certamente essa mulher ruiva fitando-a com raiva é a tia Madalene! Não pode ser outra! Ah! Como Rosemary conseguiu fazer com que seis mulheres desconhecidas a odiassem tanto sem nem mesmo dizer uma palavra? Após colocar tantas preocupações em sua cabeça em vez de apenas caminhar ereta, o inevitável ocorreu, Rosemary tropeçou horrorosamente em frente a todas! De algum modo ela havia conseguido enfiar sua cara no antiquado carpete! Ela estava basicamente deitada no chão da casa da tia Peggy! Provavelmente Elizabeth havia se levantado para ajudá-la, pois Rosemary ouviu tia Sarah vociferar:

— Ela já é uma mulher adulta, Charlotte! Deixe que se levante.

Caso conseguisse, Rosemary definitivamente choraria até criar uma poça d'água em volta de si e então morrer afogada em suas próprias lágrimas. Entretanto, ela sabia que não conseguiria, logo pensou "Eu não vou dar satisfação alguma a elas, deixe que praguejem sobre mim para meio mundo!", após isso, fincou seus braços magros e pálidos no chão e levantou-se de modo razoavelmente gracioso considerando que ela estava em um vestido de modelagem francesa. Portanto, utilizando-se de forças que ela não tinha, Rosemary ergueu o rosto e sentou-se na cadeira que a si havia sido designada. Em volta dela, quatorze olhos curiosos fitavam-na, alguns com admiração, outros já com desdém. Tentando descontrair a situação, tia Peggy disse:

— Quem nunca fumou um charuto que atire a primeira pedra!

Naquele momento a frase de tia Peggy havia soado completamente estúpida, mas em um futuro próximo, Rosemary viria a descobrir que quando criança tia Peggy bateu fortemente sua cabeça, ficando assim com um senso de humor deturpado! Após um silêncio ensurdecedor, uma mulher que em breve Rosemary descobriria ser tia Patience disse:

— A quanto tempo está na cidade, *Drew*? — ela havia falado "Drew" de modo semelhante a Ellen Crawford.

— T...Três dias! — disse Rosemary enquanto beliscava os próprios braços.

— Estou até passando mal de desgosto! — disse friamente tia Sarah fitando a trêmula mulher cinza — Nunca pensei que me sentaria à mesa com uma *Drew*!

— Quanto desgosto! — repetiu novamente a tia Phoebe — Uma *Drew*, quem diria?

— Tia Sarah! — bradejou Charlotte levando as mãozinhas até a boca.

— Não ouse me corrigir, criança! — contestou tia Sarah fitando a pequena criatura trêmula na outra ponta da mesa chamada Rosemary — O que tem de ser dito será. Madalene — disse ela virando-se para uma mulher austera de cabelos ruivos —, você parece que tem algo a dizer, gostaria de compartilhar?

Tia Madalene colericamente esmurrou a mesa, virou-se para Rosemary e então disse:

— Por que você se atrasou? Por quê? Por quê? Caso não houvesse hora para chegar, não teríamos lhe informado! Ugh! Típico de uma Drew!

— E..e... — tentou explicar-se Rosemary.

— Foi minha culpa! — interrompeu a prima Elizabeth cabisbaixa — A senhora pediu que eu fosse pessoalmente avisá-la e eu pedi a um amigo meu que fizesse isso por mim. — completou.

— Você deveria ter sido mais prudente! — murmurou tia Madalene esmurrando novamente a mesa.

— Calma, pessoal! — começou a tia Peggy com um sorriso bobo — Afinal, uma garça nunca toca uma gaita até encontrar uma!

Apenas a prima Elizabeth riu da piada, não por ter visto graça, mas sim por pura misericórdia com a pobre mulher delirante. Tia Thalita por sua vez, havia se mantido calada desde que Rosemary entrou no cômodo simplesmente porque (embora Rosemary ainda não soubesse), tia Thalita era a única Banfield tímida que já havia existido, logo, ela julgaria Rosemary até o fundo de sua alma e após isso compartilharia com as irmãs o que descobriu. Após alguns segundos de silêncio, tia Sarah virou-se novamente para Rosemary com seus olhos azuis enrugados fitando-a e disse:

— O que pretende fazer com a propriedade Banfield? Todos nós sabemos que ela não está sobre boas condições, não sei se uma *Drew* daria conta do recado!

— O que vai fazer? — repetiu a tia Phoebe que sempre repetia as frases da irmã assim como um eco repete as sentenças — A propriedade não está em boas condições, uma *Drew* não daria conta!

Felizmente, Rosemary havia vivido por seis anos na hospedagem de baixa renda de Ellen Crawford, onde havia acostumado-se a ser sarcasticamente chamada pelo sobrenome, caso contrário, teria contraído-se de indignação e vergonha alheia:

— A...a princípio, vou apenas...viver lá! — disse Rosemary que nem sequer sabia o que faria com aquele casebre mal cuidado — E não entendo o motivo de tanta repulsa, afinal, a casa apenas ficou desse jeito devido a negligência da parte Banfield da família! — completou Rosemary sentindo-se a mulher mais poderosa que já havia existido em contraste com sua versão de poucos minutos atrás.

— Sua! Sua! Sua! — bradou a tia Madalene em seguida cerrando os dentes.

A cada pergunta feita, Rosemary sentia-se mais estonteada e suas tias eram cada vez mais rudes! Tia Sarah por sua vez, dizia tudo o que sentia-se no direito — ou seja, qualquer coisa ofensiva que ela pensasse — sendo fielmente seguida pela tia Phoebe que incansavelmente repetia suas frases, tia Patience por sua vez, fitava-lhe com os olhos negros arregalados, tia Madalene praguejava — de modo indecente para uma mulher de classe alta — e esmurrava a mesa regularmente, tia Peggy dizia as piores atrocidades que inclusive tiraram o apetite de Rosemary durante o jantar, e prima Elizabeth, prima Elizabeth! Ela estava completamente atordoada pela prima, afinal embora tivesse sido criada por Phoebe, Charlotte era apenas uma mulher misericordiosa e — um pouco — bipolar.

A cada pergunta feita. Rosemary sentia-se menos dona de si, sentia-se mais atordoada, sentia-se mais envergonhada e desesperada! Ah! O que a tia Thalita tanto pensava? Será que, semelhantemente a Matthew, a tia Peggy sabia que não deveria dizer as coisas que dizia, mas mesmo assim as falava? Ou será que ela realmente achava suas atrocidades verbais dignas de serem ditas? Tia Madalene deveria estar em um bar cheio de homens caso quisesse dizer todas aquelas palavras asquerosas! Isso sim! Tia Sarah, ela era como uma sanguinária verbal incansável que lentamente vencia Rosemary a cada golada de vinho que ela dava, a cada pergunta inquirida, a cada fungada feita! E tia Phoebe, ela não tinha opinião própria e nem capacidade de criar as próprias sentenças? Estaria ela destinada a apenas repetir frases da tia Sarah para todo o sempre? Que destino cruel! E prima Elizabeth! A prima Elizabeth era o que? Ah! Estava tudo muito embaçado, não era possível ver direito, mas certamente os lábios rosados da prima Elizabeth estariam tremendo! Elizabeth Charlotte Banfield Lambert II! Que nome grande e engraçado! Espera! No que Rosemary estava pensando, afinal? Por que até mesmo a tia Peggy havia se calado? Ah! Ela estava mesmo calada? Ou seria apenas uma alucinação? Os cabelos loiros de tia Madalene eram bonitos! Espera, eles eram ruivos, não? Ah! Rosemary sentia-se suada, suas mãos tremiam e sua cabeça estava pesada! Estaria ela sonhando? Alucinando? Ela nem sequer havia bebido mais que duas taças! Ah! O que estava acontecendo afinal? Mesmo sendo um dia de inverno, o vestido de Rosemary estava tão quente! O que havia acontecido? Ela já não conseguia enxergar nada! Rosemary sentia-se tão estranha e derrotada que morrer seria de fato um alívio para sua agonia. Em um ato de desespero, ela tentou levantar-se, todavia Rosemary sentia-se tão fraca que caiu no chão. Ah! Ela estava tão cansada que dormir...não...faria-lhe mal...

Após alguns minutos, ou horas, quem sabe, Rosemary finalmente foi capaz de abrir os olhos, ela estava em um cômodo que exalava a essência de tia Peggy, certamente ela ainda estava na casa de tia Peggy, embora já estivesse acordada e quase completamente consciente, ela não conseguia comunicar-se e nem se mexer, logo, continuou ali parada, haviam duas pessoas, uma mulher bonita e um homem alto, ambos estavam de costas e conversando:

— Ah! Nunca vi algo tão lindo! — disse prima Elizabeth colocando as mãos delicadas sobre as bochechas — Rosemary tem um talento nato pra desmaios, que inveja!

— Charlotte — começou Matthew —, não acho que desmaios sejam algo digno para se invejar.

— Desmaios em si não! — explicou-se ela — Mas, sim a graciosidade em que eles são feitos! Ela desmaiou tão bem que todas nós até achamos que Rosemary estivesse fingindo! Mas, não, ah! Ela realmente sabe como desmaiar! Foi um desmaio digno da rainha Vitória! — bradou bipolarmente ela.

— De qualquer jeito, isso já era de se esperar! — riu ele — Suas tias são como monstros! Peggy Crampton então, parece louca!

— Não diga assim da tia Peggy! E minhas tias não são monstros! São apenas...

— Mal-amadas? Avarentas? — completou ele.

— Ugh! Seu...

— Desse jeito parece até a Madalene Hill praguejando! — alfinetou o homem.

Rosemary sentia-se fraca demais para manter os olhos abertos, de fato, havia sido um "desmaio digno da rainha", portanto, ela fechou os olhos novamente:

— Já é tarde... — disse prima Elizabeth colocando uma das mãos na testa quente de Rosemary — Acho que é melhor ela passar a noite aqui com a tia Peggy!

— Prudente! — disse Matthew ainda de costas.

Passar a noite na casa de Peggy? Não! Aquilo deveria ser um pesadelo! Só poderia ser! Juntando todas as suas forças — o que demorou alguns minutos pois Rosemary ainda estava suando frio — ela abriu os olhos e disse:

— Por favor, não! Peggy Crampton...Não! — e então fechou os olhos devido ao cansaço.

— A...acho que é melhor levarmos ela... — gaguejou Elizabeth conferindo os sinais vitais da prima.

— Nem pensar, Charlotte! E se ela morrer lá! Sozinha! — vociferou Matthew.

Elizabeth então, deu um pequeno sorriso, afinal, era satisfatório ver Matthew ter compaixão com outro ser humano que não fosse ele:

— Já pensou se as pessoas nos vêm deixando ela lá? Além de ser conhecido como o homem que paquerou Lydia Bolton, algo injusto, vou ser conhecido como o homem que matou uma mulher?! Nem pensar!

O singelo sorriso de Elizabeth murchou, de fato, aquilo não era compaixão.

Sentindo-se muito fora de si, Rosemary desmaiou novamente — por mais que ninguém tenha percebido —, logo, eu não sei ao certo o que aconteceu naquela noite, e como não gosto de mentir, prefiro deixar isso em forma de incógnita. Todavia, devem ter atendido o pedido da pobre mulher, pois no dia seguinte ela acordou no tapete da casa sentindo-se fraca e confusa, no entanto, antes sentir-se fraca e confusa quando sozinha do que na casa de Peggy Crampton!

Capítulo VIII

Visitantes indesejados e uma pequena floricultura

Após receber a fria pergunta de sua implacável tia Sarah "como você vai fazer para levantar a propriedade Banfield?" Rosemary ficou realmente absorta e angustiada, afinal, ela sabia que queria levantar aquele casebre velho e negligenciado, só não sabia *como* ela faria isso. Portanto, como sua única habilidade é o tricô, ela decidiu que tricotaria roupinhas para bebês, até conseguir algum dinheiro e então decidir o que faria. Logo, dois ou três dias se passaram e as hábeis mãos de Rosemary produziram alguns tricozinhos que embora não fossem da melhor qualidade imaginável, conseguiam ser razoavelmente bons:

— O que achou? — perguntou Rosemary satisfeita espalhando as pequenas roupinhas pela bancada da cozinha

— Eu nunca vi uma ideia tão boa! — bradou Matthew pegando uma das roupinhas.

— Sério? — inquiriu ela desconfiando de sarcasmo.

— Sério! — repetiu ele.

O homem então, pegou Dusty no colo e vestiu-o com a pequena peça de vestimenta e após isso, exibiu-o:

— Nunca vi alguém se preocupar tanto com coelhos! — concluiu — Esse carinha costuma passar frio no inverno.

Coelhos? Não! Não eram roupas para coelhos! Quem teria uma ideia tão estúpida assim? Quem em sã consciência venderia roupas para coelhos? Coelhos?! Ah! Como Rosemary conseguiu esperar algo diferente de si mesma? Ela nunca deveria ter tricotado na vida! Após com desgosto colocar os cotovelos na bancada e apoiar as bochechas geladas em suas mãos, ela confessou:

— Não são roupas de coelho!

— São para lebres? Não vão vender muito já que não tem lebres na cidade! — completou ele admirando a criatura cinzenta que agora se aquecia em uma roupinha laranja.

— Nem para lebres! — disse ela infeliz olhando para as roupinhas as quais haviam dado-lhe tanto trabalho — Não são para animal algum! São para bebês!

Sem reação, ele fitou-a e então mediu os tricôs:

— Nenhum bebê tem pernas nesse formato, só se for deformado — Ele esticou a roupa — A não ser que seja um filho de Lydia Bolton. — concluiu com escárnio.

Realmente, Rosemary não tinha o mínimo direito de ficar brava, pois agora que ele havia dito ela percebeu que aquelas peças de tricô realmente pareciam ter sido feitas para coelhos! Nenhum bebê tem um pescoço tão largo, pernas tão flexionadas e nem pés tão alongados! Onde Rosemary estava com a cabeça? Como ela havia conseguido fazer roupas para coelho? Só faltaram as orelhas! Matthew, porém, havia gostado da ideia, já que Dusty costumava passar frio no inverno:

— Quanto custa esse?

— Pode levar todos por qualquer valor — concluiu ela desinteressada.

Feliz então, ele colocou certa quantidade de moedas na mão da mulher e guardou todos os suéteres de coelho na mala e então voltou ao trabalho. Ao menos Rosemary conseguiu fazer alguns trocados com essas roupas de coelho afinal. Com ambas as mãos no rosto cadavérico, ela jurou para si mesma nunca mais tricotar nada que não fossem tapetes, travesseiros ou cachecóis — pois esses eram os mais fáceis.

Rosemary agora tinha dinheiro para fazer compras então julgou que seria uma boa ideia ir para o centro novo da cidade, afinal, como o vilarejo era realmente pequeno, ela já conhecia quase todas as suas ruas, ela vestiu suas galochas, casaco e gorro e assim partiu, deixando então Matthew sozinho na propriedade Banfield, por confiar nele — afinal o mesmo conhecia o casebre melhor que ela —, não foi um incômodo sair.

Matthew estava no quintal, retirando a neve — atividade essa que ele odiava. "Seria ótimo se alguém aparecesse para ajudar" pensou ele quando alguém bateu à porta. Não poderia ser Elizabeth pois a mesma havia apanhado um resfriado, e Rosemary não bateria à porta, apenas chutaria. Seriam as irmãs Bolton? Não! Elas já haviam sido recepcionadas com um coelho, jamais pisariam os pés ali novamente! Logo, ele decidiu que era melhor abrir. Do outro lado da porta, havia uma família ruiva de roupas refinadas, provavelmente eram da capital. O que estariam fazendo ali afinal? Certamente não eram de Bibury e de nenhum vilarejo das redondezas, pois com menos de um semestre vivendo lá, você conhece todos os moradores:

— Ugh...Boa tarde? — inquiriu ele fitando a família.

— Boa tarde, Rosemary está? — inquiriu uma mulher baixa e séria.

— Não, ela acabou de sair, inclusive... Posso ajudar?

— Sim! Viemos de Yorkshire para visitá-la, ugh! Você deve imaginar o quão cansativa é a viagem! — disse ela com ares dramáticos e colocando despreocupadamente suas malas solidamente pesadas nas mãos de Matthew — Vamos nos hospedar por cerca de uma semana!

— Certo, mas, quem é você? — indagou ele colocando todas as malas embaixo da escadaria.

— Rosemary não lhe contou nada sobre nós? — requiriu a mesma mulher indignada coçando seu nariz fino — Eu sou a mãe dela! Ah! Rosemary sempre foi muito egocêntrica! Já vive como se nem tivesse mais uma família!

Matthew nunca havia se importado com a vida pessoal de Rosemary, mas havia ouvido alguma coisa sobre ela não ter mãe...aquilo parecia estranho...Ah! Bobagem! Se a mãe dela estava na frente dele, então ela certamente existia:

— Certo, podem entrar! — disse ele segurando todas as malas que a família inconsequentemente havia atirado nele.

— Que fim de mundo! Onde Rosemary se enfiou? — resmungou uma criança corada e arrogante olhando com desdém pra casa.

— Sua tia nunca foi boa da cabeça, você sabe, Hesther — disse um homem bigodudo averiguando a situação da casa com o mesmo desdém.

Após isso, todos andaram sincronizadamente pela casa, coçaram seus narizes também de modo sincronizado e, mantendo a sincronia sentaram-se no velho sofá de couro e olharam com repulsa para a decoração do velho casebre:

— Posso ajudar com alguma coisa? — inquiriu Matthew.

— Já passou da décima quinta badalada! — suspirou a mulher — Esse lugar não serve chá sequer?

— Eu posso fazer! — vociferou Matthew decidido a fazer o pior chá que conseguisse soltando então uma risada baixa e maquiavélica.

— Ótimo! — suspirou a mulher jogando seu cabelo para trás e sorrindo arrogantemente — Se tiver alguma coisa para acompanhar...

Mas, animado com a ideia de torturar os novos visitantes, Matthew já havia dado as costas e ido para a parte exterior da fazenda, onde pegou grama da mesma a qual alimentava os animais e ferveu-a em um bule empoeirado, ele nunca havia feito chá antes, mas dedicou-se ao máximo para que fosse o pior chá imaginável, seria realmente tão burlesco poder assistir a todos tomando grama fervida! Será que ele conseguiria segurar o riso? Tomara! Após certificar-se de que aquela grama fervida estava com o pior gosto possível, ele serviu despretensiosamente em xícaras por sua vez, ainda mais empoeiradas que o bule:

— Aqui está! Espero que gostem! — disse ele servindo as xícaras tentando segurar uma gargalhada cínica e mal-intencionada.

— Este chá está ótimo! — disseram todos sincronizadamente dando duas ou três goladas em períodos repetidos até que a grama fervida acabasse.

— Nunca tomei nada parecido! — disse uma mulher integrante do grupo estranho e sincronizado de visitantes — Qual foi a erva usada?

— É... é... Canabraz! — inventou ele frustrado.

— Exótico! — disse a mãe de Rosemary com arrogância.

De alguma forma eles haviam gostado daquela grama velha e fervida, como? Ugh! Pessoas da cidade! Seu plano maquiavélico havia sido mal sucedido? Mas, ele tomou por consolo que como aquela família arrogante se hospedaria por um bom tempo em Mulberry Creek, certamente ele teria mais oportunidades de fazer um chá ainda pior! Todavia, aquele grupo de seis pessoas estranhas e arrogantes pareciam estar falando mal de... Rosemary? Saber de coisas ruins e vertiginosas de alguém que se conhece superficialmente não é algo ruim! Parado e "camuflado" no canto da velha sala — pois um dos defeitos de Matthew é a curiosidade — ele escutou satisfatoriamente tudo o que aquelas pessoas insanas tinham a dizer:

— Eu não consigo me esquecer daquela vez — riu o mesmo homem sardento de outrora —, quando na escola Rosemary havia dito que a Europa havia sido descoberta por Colombo! — Houve uma pausa e todos riram, exceto Matthew que queria continuar despercebido no canto da sala, a neve toda que ele tinha que tirar do cercado poderia esperar:

— Rosemary sempre foi muito...burra! — arfou a mãe de Rosemary — Ela nunca foi muito boa da cabeça!

— Houve também a vez em que a tia Rosemary soltou o maior arroto durante o culto! — acrescentou Hesther entre gargalhadas — A assembleia inteira começou a encarar o nosso banco.

Aquilo era sério? Eles estavam falando da mesma mulher a qual Matthew conhecia? Aquilo era hilário! Ele queria muito rir, porém, sua vontade de continuar passando despercebido no canto era maior:

— Como pai dela eu não queria admitir — disse um homem bigodudo enquanto apreciava seu líquido de grama fervida — Mas, ela não parece ser da família!

— Houve também! — disse uma mulher que parecia ser esposa do homem sardento — Aquela vez em que ela foi pega beijando o carteiro! — Novamente todos, exceto Matthew riram — Ugh! Ela quase desgraçou o nome da família! — concluiu ela.

— Eu já havia me esquecido desse dia, Abby! — gargalhou o pai de Rosemary — E quando ela foi pega rindo e conversando sozinha no funeral do próprio marido.

Rindo no funeral do próprio Marido? Hilário! Como Matthew conseguiu passar tanto tempo sem saber disso? Espera...Rosemary parecia nova demais para ser viúva...Bobagem! A família dela não mentiria sobre algo assim:

— Houve também a vez em que ela foi pega dormindo no quintal! Durante o inverno! — novamente, aquele grupo estranho de pessoas riu sincronizadamente das desgraças de Rosemary.

Enquanto, isso, no centro novo da cidade, sem nem sequer imaginar o que acontecia no topo de Mulberry Creek, Rosemary divertia-se caminhando pela praça gélida da cidade. Era tudo tão...bonito! Era quase impossível imaginar que Boltons e Banfields vivessem naquela cidade, comprassem comida naquela conveniência, alimentassem os patos daquele riacho, tivessem suas ovelhas comendo daquela grama e...ah! Comprassem flores naquela floricultura! Em meio a todo aquele centro, o único lugar ao qual os olhos de Rosemary permitiram-se repousar era aquela pequena floricultura de pedra, ela era tão donairosa! Embora estivesse abandonada e negligenciada, Rosemary conectou-se quase instantaneamente com aquele lugarzinho charmoso, ela sentia que ele lhe pertencia. Era quase um desrespeito na placa estar escrito "Floricultura de Beatrice Worthington"! Não! Aquele nome estava errado! Certamente aquele lugarzinho pertencia a Rosemary! Era tão...Dela! Após caminhar quase despreocupadamente pelo centro novo — afinal ela ainda não havia visitado o centro velho —, Rosemary escutou o relógio da catedral badalar, portanto, já passava da décima oitava badalada, era melhor voltar para Mulberry Creek. Ah! Ela não queria voltar para aquele lugar velho e gelado! Dormir na praça, todavia não era uma opção caso ela não quisesse contrair uma hipotermia severa. Devido a fraqueza causada pelo desmaio do último domingo, Rosemary subiu lentamente a colina, logo, quando finalmente chegou na propriedade Banfield, já era quase hora da décima nona badalada:

— Você finalmente chegou! — bradou Matthew fitando Rosemary de um jeito nunca antes feito agora que ele sabia de muitos "segredos" dela.

— Sim? Eu avisei que ia demorar. — ciciou ela confusa escutando risadas de pessoas desconhecidas — Por que?

— Sua família está aqui! — falou ele apontando cortesmente para a sala.

Tia Sarah, Patience, Thalita, Madalene e Phoebe? Não! Aquilo deveria ser um pesadelo! Como assim? O que aquelas seis tiranas insensíveis estavam fazendo ali afinal? Ela já havia tido uma dose mais que suficiente de Banfields! Rosemary estava novamente começando a sentir-se mal:

— O que minhas tias querem aqui? — sussurrou ela pronta para chutar a porta e de fato dormir na praça.

— Suas tias? Não! Seus pais! — explicou ele.

Pais? Pais? Como assim "pais"? Rosemary já era órfã há quase dez anos! Ela jamais receberia visitas de seus pais! E ela nem queria! Receber visitas de pessoas já falecidas não deveria ser...razoável?! Sentindo-se agora mais calma — afinal Rosemary preferia lidar com os pais falecidos do que suas vivas tias — ela disse:

— Pais? Meus pais morreram há quase uma década! Não podem ser eles!

— São sim... — sussurrou Matthew — Embora não se pareçam com você, é normal, você é adotada!

— Adotada? Da onde você está tirando essas coisas? Minha família morreu há anos! — bramiu ela.

— Olhe pela janela, então.

Confusa e pensando ser apenas uma pegadinha — muito mal feita por sinal —, ela dirigiu-se até a janela apontada e com dificuldade — devido a sujeira — fitou o grupo de pessoas desconhecidas rindo e assando... Marshmallows? Desde quando o chão da fazenda estava tão limpo? Sem neve alguma! Como haviam feito essa fogueira? Ugh! O que estava acontecendo? Ela virou-se atordoada:

— Eu nunca vi essas pessoas! — sussurrou ela — Matthew! Que tipo de gente você colocou na casa!

— Realmente não os conhece? — disse ele ainda fitando a janela.

— Não! Nunca vi essas pessoas! — repetiu ela colocando novamente seu gorro e agasalho — Eu me recuso a falar com eles! Ugh! — arfou — Dê um jeito! — mussitou ela chutando a porta da casa.

— Como eu faço pra me livrar deles? Falaram que vão se hospedar aqui por uma semana.

— Do mesmo jeito que você os colocou aqui dentro! — concluiu ela sarcástica antes de se virar.

— É mais fácil você explicar que não os conhece. — refutou Matthew decepcionado após passar algumas horas descobrindo segredos vergonhosos de uma Rosemary falsa.

— Ugh!

Após chegarem a um acordo, ambos concluíram que seria melhor pedir para ler uma carta enviada pela suposta Rosemary e buscar alguma informação que comprovasse que a Rosemary filha deles não era a Rosemary de Mulberry Creek:

— Senhora Ruth! — bradejou Matthew batendo palmas para chamar a atenção da mulher aristocrática — Pode me emprestar a carta da sua filha?

— Por que um criado se importa com esse tipo de coisa? — riu Ruth assando seu marshmallow.

— Por que uma mulher tão baixa usa salto alto se nem consegue parecer alta? — revidou ele mesmo assim não convencendo-a de entregar a carta.

Por ter passado alguns anos vivendo na capital, Rosemary sabia perfeitamente como ser mal educada sem de fato ser mal educada, então, sem hesitar, ela foi em direção a fogueira, puxou a carta sem inquisições e entregou-a a Matthew:

— Não se deve perder tempo negociando com essa gente! Vai logo! — disse ela sentindo-se orgulhosa das inexistentes habilidades de dialogação.

— Se fosse pra fazer isso eu também conseguiria — refutou ele pegando o envelope.

Após alguns segundos lendo a carta de caligrafia delirante, ele virou-se e disse:

— Senhora, estamos no condado de Gloucestershire, sua filha em questão enviou essa carta do condado de Berkshire. — disse ele inexpressivo com sotaque rótico.

— Não é possível! — arfou o irmão de Rosemary puxando agressivamente a carta para si — Um criado como você não deve saber ler direito. — concluiu ele lendo a carta e então corando.

— Me dê isso aí! — refutou a cunhada de Rosemary — Não nos confundiríamos sobre algo assim! — disse ela corando suas bochechas finas após ler a caligrafia delirante.

E de fato, todos eles haviam se confundido! Eles haviam trocado Gloucestershire por Berkshire, talvez devido a desatenção, talvez devido ao baixo intelecto, ou talvez por obra do destino, quem sabe? Após alguns segundos onde todo aquele estranho grupo de seis pessoas leu e releu a carta da delirante Rosemary de Berkshire, a mãe de Rosemary virou-se e disse:

— Meus queridos! — com um sorriso forçadamente afável — Vocês sabem que viemos de longe...Poderíamos passar a noite aqui?

— Claro! — vozeou Rosemary sem pensar duas vezes — Mas, vocês vão infelizmente ter que dormir na dispensa já que os outros quartos estão interditados. — completou sorrindo sarcástica.

— Ugh! Que horror! — bradou o pai de Rosemary de Berkshire — Você não possui um pingo de caridade?

— Mas, que eu saiba... — começou ela satisfazendo-se com cada palavra pronunciada — Famílias de classe alta não precisam de caridade — concluiu Rosemary fazendo gestos rígidos com as mãos.

Após alguns segundos de silêncio, Hesther, a sobrinha de Rosemary de Berkshire vozeou:

— E quem disse que eu queria dormir nesse calabouço? — com ar de demasiada arrogância para uma menina de menos de dez anos.

Após a refutação da criança, todos os familiares da Rosemary de Berkshire retiraram-se de nariz empinado daquele velho quintal, no entanto, caso tivessem demorado um pouco mais, teriam ouvido uma mulher cinza irada berrar:

— Esse lugar não é um calabouço! — Embora realmente fosse um calabouço, não eram eles que estavam cuidando daquele casebre, logo, não tinham o mínimo direito de ofendê-lo.

— Na verdade eles estão certos — riu Matthew olhando aquela casa caída aos pedaços.

— Mas, eles não têm o direito de falar isso! — murmurou ela cruzando os braços sentindo-se pela primeira vez pertencente à propriedade Banfield.

Após perceber-se livre da cólera causada pelos invasores, Rosemary olhou em volta e percebeu que o trabalho de três dias, assim como Matthew havia avisado, já havia sido feito, toda a neve já havia sido retirada do espaço exterior da fazenda:

— Você não disse que ia levar alguns dias? — indagou ela — Como terminou tão rápido?

— Então... — começou ele sentindo-se um ótimo manipulador. — Trabalho escravo!

— O que? Trabalho escravo? — repetiu — Como?

— Disse que retirar neve e jogar era um esporte russo de alta classe — riu ele orgulhoso de sua persuasão — Depois disso, eles disseram que eram ótimos em Snezhnyy dubl' seja lá o que isso quer dizer e se colocaram a limpar a neve.

Após um dia longo e estressante, Rosemary sentiu-se razoavelmente satisfeita quando finalmente pôde atirar-se contra a cama, mesmo que não tenha dormido pois não conseguia parar de pensar na pequena floricultura do centro novo que ela havia visto.

Capítulo IX

Uma limpeza frenética e tia-bisavó Jemima

Após menos de uma semana vivendo na velha e empoeirada propriedade Banfield, Rosemary havia desenvolvido um quadro grave de alergias! Seu nariz coçava tanto que ela não conseguia parar de espirrar o dia inteiro! Matthew caçoava-a por isso, o que não a incomodava já que era o esperado, o problema mesmo era que até a prima Elizabeth estava rindo dela! Esse foi um dos motivos para Rosemary ter decidido limpar a casa, o outro motivo, era o ócio! Após ter jurado para si mesma que ela não tricotaria nada que não fossem cachecóis, tapetes ou travesseiros, ela acabou com todo o estoque de lã suficiente para três meses de sua falecida avó em poucos dias! Logo, decidida a acabar de uma vez com suas alergias, seu ócio e tentar deixar aquele lugar mais aceitável de se viver, Rosemary nem sequer esperou o dia raiar, assim que teve a ideia, pulou da cama com determinação — embora isso tenha causado-lhe tonturas semelhantes a um desmaio — acendeu uma vela velha, vestiu-se e se colocou a limpar.

Ela começou pelo chão, que, por sua vez, era onde a maior parte do pó estava, Rosemary estava tão frenética que em menos de alguns minutos — o relógio nem sequer havia soado a segunda badalada — já havia varrido toda a casa. Após isso, ela limpou os vidros das janelas — os que não estavam quebrados, obviamente —, ela esfregou vertiginosa e pertinazmente até que se tornou possível enxergar através dos vidros. Então, ainda movida pelo frenesi da noite mal dormida, ela arriscadamente subiu em cima da mesa de jantar — que por ser efêmera podia muito bem ter quebrado- e espanou com vivacidade cada partícula de pó do velho lustre do século XVII. Consequentemente, Rosemary limpou todo o carpete de todos os cômodos com uma mistura estranha de diferentes tipos de sabão, por estar limpando tecidos, aproveitou a deixa para limpar também os tapetes. Ah! O tapete da sala de estar não era tão feio, só estava sujo! Embora Rosemary não tenha conseguido — não por falta de esforço — limpar totalmente os tapetes, já era possível ver indícios de suas cores originais. Após isso, com o espanador de pó — que embora ela não soubesse, era um presente de tia Madalene para Algernon —, ela retirou todo o pó da cozinha, provocando-lhe espirros que quando levados pelo vento para fora da casa, assemelhavam-se a súplicas de fantasmas distantes, aproveitando que estava com o espanador de pó, espanou também todas as estantes, cômodas, prateleiras e coisas do tipo que ela encontrava pela casa, inclusive pinturas de ancestrais desconhecidos. Ainda movida pelo frenesi de uma noite — muito — mal dormida, ela esfregou incansavelmente todos os azulejos de todos os banheiros e também seus espelhos. Depois, quando o sol já ameaçava nascer, ela beneficiou-se das janelas estarem limpas e também limpou rapidamente as cortinas, assim, causando em si mesma ainda mais espirros. E por fim, para finalizar aquele casebre já não tão mais negligenciado mas ainda sim, muito indecoroso, Rosemary colocou seus tapetes de tricô em todo lugar que fosse adequado.

Após colocar o último tapete no banheiro de visitas, foi como se uma onda de sono houvesse inundado Rosemary, todo o seu frenesi havia desaparecido em uma pontada só, ela estava tão extenuada, que bambeou até o tapete da sala onde atirou-se no chão e dormiu.

Por ter caído de modo semelhante a um cadáver, Matthew colocou a mão em seu pulso, estava bombeando sangue, então largou-a caída no chão onde continuou adormecida por não mais que uma hora quando encontrou Elizabeth e outra mulher parecida com ela — provavelmente sua irmã Janne — sentadas no velho, mas agora limpo sofá de couro. Ainda sentindo-se muito tonta, Rosemary apenas sentou-se no chão da sala ainda tentando entender o motivo de estar ali:

— Rosemary? O que você fez a noite toda? — indagou prima Elizabeth olhando ao redor da sala que parecia...dessemelhante.

— Não sei — murmurou ela seguida de um ou dois espirros.

Ela realmente não sabia! Por que estava no chão da sala afinal? Rosemary lembrava-se de ter realmente acordado e feito alguma coisa, ela estava

89

vestida, provavelmente caso fosse sonambulismo ela não estivesse. Sua cabeça doía e seus olhos pediam-lhe para se fechar novamente e voltar a dormir:

— Não sei o que aconteceu — repetiu ela —, mas eu sei que vou voltar a dormir — concluiu com um espirro meio bocejo.

— Não vai não! — disse Charlotte colocando sua mãozinha no queixo gelado da prima para que a mesma não dormisse.

Rosemary não respondeu, estava sonolenta demais para isso, apenas tirou a mão da prima do seu rosto e então jogou-se no chão novamente:

— Tia-bisavó Jemima quer lhe conhecer! — ciciou Janne com uma voz tão amistosa quanto a de Elizabeth — Não é bom deixá-la esperando.

— Quem é essa? — indagou despreocupadamente Rosemary semiacordada.

— Tia-bisavó Jemima é a pessoa mais velha e sábia de Bibury! — declarou Elizabeth com doçura e admiração — E ela é nossa tia-bisavó!

— Ela disse hoje mesmo que queria te conhecer! — repetiu Janne beirando a abespinhadez.

— Vamos logo! Ela não gosta de esperar! — bradaram ambas as irmãs de modo sincronizado puxando então Rosemary pelos braços.

Elizabeth e Janne foram então até o riacho de Mulberry em frente a casa, onde impiedosamente — mesmo sendo o auge do inverno — lavaram o rosto dela:

— Está bem! Já acordei! — bradou Rosemary colocando ambas as mãos no rosto que agora estava ainda mais gelado.

Brava, por ter sido acordada de modo desumano, Rosemary decidiu que faria a visita mais breve possível a essa tal de "tia-bisavó Jemima". Ela, porém, não conseguiu fazer isso.

Caminharam por algum tempo e enfim chegaram a casa de tia-bisavó Jemima, era pequena e aconchegante, cercada por um muro de pedra e estacas de madeira, ao lado da casa havia uma chaminé de pedra do século passado, grama crescia pelas paredes que estavam cobertas pela neve e as janelinhas da pequena moradia eram de um azul pálido e bonito. Embora a casa fosse muito antiga, futuramente Rosemary viria a descobrir que tia-bisavó Jemima assistiu a casa ser construída:

— Eu amo a casa dela! — declarou Charlotte rodopiando pelo quintal enquanto Janne segurava-a pelo braço para que não caísse.

— É mesmo bonita — concordou Rosemary.

Logo, após alguns ligeiros rodopios bipolares de Elizabeth, a mesma bateu à porta. Uma mulher gentil — que já beirava a terceira idade —, abriu uma das janelinhas azuis e disse com cordialidade:

— Bom dia!

— Bom dia! — disseram as irmãs ao mesmo tempo.

— Vovó está muito ansiosa para vê-las! A porta está aberta, entrem! — vozeou ela — Vou fechar a janela para que a vovó não apanhe um resfriado.

— Eu vou viver mais do que você! — bradou uma voz rouca e abafada de dentro do quarto.

Rapidamente, Janne abriu a porta e as três entraram, Rosemary começara a sentir-se mais aberta em relação a tia-bisavó Jemima, afinal, talvez ela fosse uma pessoa razoavelmente agradável. Sua casa era bonita, embora fosse quase tão velha quanto a propriedade Banfield, era uma casa amada e bem cuidada com um papel de parede florido e rosa:

— Por favor, entrem! — disse a neta de Jemima — Vovó ama receber visitas.

As três jovens agradeceram e então entraram no quarto, ele estava bem quente, com uma velha lareira de pedra reluzindo sua luz sobre o rosto pálido e enrugado de tia-bisavó Jemima:

— É essa a nova moradora? — inquiriu a senhora rouca.

— É sim! — respondeu Elizabeth empurrando a prima em direção a senhora — Não seja rude! Apresente-se!

Se apresentar? O que Rosemary diria a respeito de si mesma afinal? Ela nunca havia feito nada de útil, muito menos interessante! Jemima certamente estava em Bibury há muito tempo e talvez se lembrasse dela! Talvez apenas dizer seu nome seria o suficiente! Rosemary colocou uma de suas mãos no cotovelo do braço oposto e balbuciou:

— M…M…Muito…Muito dia bom, senhora — Ah! Rosemary não sabia sequer dar um bom dia.

— Pare com isso! — resmungou a senhora forçando sua visão — Não me chame de senhora! Faz com que eu pareça velha! Sou apenas a jovem Jemima! — bradejou ela olhando filosoficamente para uma pintura de sua juventude.

— Ela sofre com algum problema de memória ou algo do tipo? — sussurrou Rosemary para Janne.

— Não! Ela apenas tem um espírito muito jovem! — explicou Elizabeth no ouvido dela.

— O que as mocinhas estão fofocando? — resmungou a senhora que apenas queria sentir-se incluída.

— Nada — continuou Rosemary —, senh...digo...Jemima! Ugh...Sou Rosemary! — apresentou-se ela após tomar coragem e estender sua mão.

— Não gosto de apertos de mão. — disse a senhora com sua mão enrugada recusando o aperto — Rosemary...Rose...Rosemary Drew neta de Algernon? — inquiriu Jemima após filtrar todas as informações que tinha a respeito do nome.

— Sim, senho...digo...Jemima! — as mãos de Rosemary estavam soando.

— Você tem um nariz de Comerford? — inquiriu Jemima — Elizabeth, pegue meus óculos por favor! — disse ela roucamente com seu dedo enrugado apontado para uma estante onde os óculos estavam.

Elizabeth acenou com a cabeça, pegou os óculos e colocou-os com cuidado no rosto enrugado de sua tia-bisavó e então beijou sua bochecha:

— Vire de lado, Drew — disse Jemima forçando seus olhos diminutos para enxergar.

Sem questionar nem pensar duas vezes, Rosemary virou-se, o que era um nariz Comerford? Deveria ser o tipo de nariz que a sua avó tinha, Rosemary não tinha certeza de como era o nariz dela e nem o de nenhum outro Comerford, e se ela realmente tivesse um nariz Comerford? O que Jemima faria? E se ela não tivesse um? Após alguns segundos fitando com cuidado a mulher pálida e jovem em sua frente, Jemima disse:

— Seu nariz é um nariz Banfield, ótimo! — disse ela com um ato cortês e difícil para sua idade, chamando todas as três jovens para perto de si naquela cama antiga — Se tem uma coisa que eu odeio, são narizes Comerford! Seu nariz é bonito — riu ela passando seus dedos enrugados no nariz da pobre Rosemary que suava frio.

— Jemima gostou de você — sussurrou Janne de um lado.

— Tia-bisavó Jemima gostou muito de você — sussurrou Charlotte do outro.

— Tia-bisavó... — chamou Janne que estava agora sentada na cama e envolta pelos braços enrugados da amada tia.

— Diga, meu anjo! — respondeu Jemima.

— Acho que Rosemary gostaria de ouvir sobre a história do funeral do quinto marido de Lydia Bolton!

— Eu também! Essa é sua melhor história! — suplicou Elizabeth.

— Certo! — disse Jemima retirando seus óculos do rosto, afinal, não é preciso enxergar para contar histórias.

Rosemary ainda gostaria de poder dormir, mas manter-se acordada para descobrir o que havia acontecido no funeral do quinto marido de Lydia Bolton não faria mal:

— O ano era 1862 — começou tia-bisavó olhando pela janela entre suas pausas devido à rouquidão —, Lydia Bolton havia acabado de perder o seu quinto marido, ambos viveram apenas seis meses de casamento! Tempo o suficiente para o pobre Percival dizer que caso a tuberculose não o matasse, ele mesmo cuidaria disso.

Rosemary arfou um som baixinho de espanto, o que fez com que tia-bisavó Jemima parasse de contar sua história por alguns breves segundos:

— Mas, não foi preciso que ele cuidasse disso, ele acabou morrendo de tuberculose durante a epidemia que houve, uma irmã minha também morreu — disse Jemima com um preocupante tom de desinteresse —, mas, o que chocou as pessoas "mexmo" foi a maneira indecente com a qual Lydia Bolton se comportou.

As três jovens estavam imóveis, pois embora duas delas já conhecessem a história de trás pra frente, ela nunca perdia a graça:

— Você acredita que aquela tirana não derramou uma lagriminha sequer? — inquiriu Jemima — Mas, o problema nem foi esse, Lydia Bolton levou um bolo para poderem comemorar a morte do "difunto"! — Outra pausa dramática foi feita por Jemima Hancock — Você acredita em uma indecência dessas? O pastor ficou completamente desnorteado quando Lydia pediu que ele abençoasse o bolo!

— E ele abençoou? — requereu Rosemary que já estava completamente imersa na história.

— Não se sabe! — resmungou Jemima que gostava de saber dos detalhes de todas as suas histórias — Mas, o que se sabe é que no meio do velório, um coelho cinza entrou correndo no cemitério! Foi a maior gritaria da parte das irmãs Bolton! Lydia mesmo pulou em cima do caixão do marido e Awellah no colo do pastor!

Todas as presentes no quarto — inclusive Rosemary mesmo sabendo perfeitamente da onde aquele coelho cinza havia saído — riram alto e estrondosamente, depois de rirem o suficiente por alguns dias, um silêncio estranho tomou conta do quarto, onde era possível escutar o fogo crepitando e se contorcendo. Rosemary e Charlotte se entreolharam e trocaram risos, mesmo que sem motivo algum, a primeira troca de risos de muitas que elas ainda dividiram ao longo de muitos anos, embora não soubessem, uma amizade duradoura que apenas acabaria quando uma das duas partissem deste mundo germinou ali, perante um rápida troca de risos. Após mais alguns minutos de conversa e outras histórias, Janne perguntou:

— Tia Jemima, sabe se tem alguma novidade recente? — requeriu ela com a cabeça no colo da senhora.

— Sei sim! — disse roucamente a tia-bisavó Jemima — Estava apenas esperando que uma de vocês perguntassem!

— E...qual é? — deixou escapar Rosemary que já sentia-se em casa assim como suas primas, afinal, não eram todos que tia Jemima permitia que sentassem em sua cama ou que ela envolvia com seus braços pálidos.

— Vocês conhecem a floricultura do centro novo? — interpelou Jemima com voz rouca.

— Sim! Ela anda tão...malcuidada! — respondeu Elizabeth, assistindo as chamas dançarem na lareira — É como se estivessem esperando que ela caísse aos pedaços.

Rosemary sentiu-se magoada de escutar alguém falando mal de sua floricultura, que, embora ainda não lhe pertencesse, ela já amava:

— Beatrice Worthington contou-me ontem — disse a senhora dando uma ou duas goladas em seu chá — estão servidas? — perguntou ela mostrando as outras xícaras das quais as jovens poderiam se servir.

Tanto Elizabeth quanto Janne aceitaram, entretanto Rosemary, por sua vez, apenas desejava que tia-bisavó Jemima voltasse ao assunto:

— Ela contou-me ontem que não está conseguindo mais pagar as despesas da floricultura e provavelmente irá deixá-la para sua sobrinha, Abigail.

O que? A floricultura seria passada para outra pessoa? E se ela oferecesse algum dinheiro? Seria Rosemary capaz de comprar aquele lugar? Espera, que dinheiro? Os únicos trocados que ela havia feito já haviam sido gastos, não tinha sobrado nada! Ah! E agora? E se essa Abigail conseguisse levantar a floricultura e nunca mais a vendesse? Rosemary não suportaria perder aquele lugarzinho que sequer lhe pertencia! Após alguns segundos de inatividade, onde ela buscava pensar em alguma solução, Rosemary virou-se para Jemima e inconscientemente sussurrou:

— E se eu oferecesse algum dinheiro? Acha que Beatrice aceitaria?

— Ora! — disse a senhora colocando sua xícara na mesa de cabeceira — Tudo pode ser negociado com algumas cédulas, não acha?

De fato, Jemima era uma senhora — quero dizer, jovem mulher como a mesma havia se intitulado — realmente sábia, talvez houvessem sobrado algumas poucas economias na fazenda, não é possível que não houvesse sobrado um tostão sequer! As três jovens continuaram ali ouvindo histórias escandalosas, dramáticas, engraçadas e variadas por mais um certo tempo, até que a neta de tia-bisavó Jemima entrasse no quarto com alguns remédios:

— Vejo que estavam se divertindo — disse ela com carisma arrumando as coisas da senhora Hancock — Mas, está na hora da vovó dormir! E também de tomar os seus remédios.

— Eu posso dormir depois, Molly — buscou defender-se Jemima — Essas jovens são boas companhias.

— A senhora já não descansou ontem — refutou ela pegando um ou dois comprimidos.

— Nem depois dos meus cem anos eu posso fazer o que eu quiser! — murmurou Jemima revirando os olhos enrugados.

Como Molly e a tia-bisavó Jemima ameaçavam começar a brigar, as três jovens se despediram e rapidamente saíram da casa, antes que testemunhassem uma briga feia. Tanto Elizabeth quanto Janne riam e divertiam-se horrores, afinal, embora fosse a primeira vez em que Rosemary saía com ambas, as irmãs estavam acostumadas a casualmente visitar a tia-bisavó Jemima e assistir suas discussões com a neta. Rosemary, porém, não se permitia pensar em nada que não fosse a pequena floricultura. Quem Beatrice pensava que era para passar a sua floricultura para Abigail e não para Rosemary quando claramente ela era a melhor opção? Absorta, ela despediu-se das primas e foi até a floricultura, onde melancólica admirou ela, havia um pequeno gato ruivo lá dentro. Ele parecia estar com frio... pobre criaturinha! Felizmente nem todos os suéteres para coelho haviam sido entregues para Matthew, Rosemary retirou um exemplar verde de sua bolsa, embora não fosse ser possível vestir o gato — pois os suéteres apenas cabiam em coelhos —, deveria servir como um bom cobertor:

— Aqui está — sussurrou Rosemary jogando o suéter lá dentro —, esse é pra você.

O gato curvou-se em modo de se defender da invasora, mas então percebeu que ela apenas queria ajudá-lo, logo, aceitou de bom grado o tricô e aqueceu-se nele. Era tão bom ver que uma ação desempenhada por ela podia aliviar o tenre sofrimento de alguém, mesmo que fosse um gato! Esquecendo-se de suas preocupações e do quão cansada estava, Rosemary soltou um sorriso rápido, e então, deu as costas. Já não importava mais se a floricultura seria dela ou não, ela já havia adquirido posse daquele lugar ajudando o gato a se aquecer, ela sabia que tinha. Após dar um espirro rápido, Rosemary coçou seu nariz que ainda estava vermelho e então voltou a andar.

Capítulo X

Uma floricultura Notória

Rosemary estava suando frio, ela buscava manter-se serena, todavia seus olhos, por sua vez, não se permitiam olhar para apenas um lugar. A resposta que ela estava prestes a receber mudaria a sua vida por completo! E também, o destino daquela pequena floricultura do centro novo da cidade. Ah! No que ele tanto pensava? Estaria ele internamente rindo dela? Doeria dar para Rosemary uma resposta rápida e objetiva? Ela estava beliscando seus braços e seus olhos vagavam por todas as direções imagináveis. Ele estava abrindo a boca! Ele responderia! Rosemary queria poder tapar os ouvidos pois estava com medo da resposta, mas também queria ouvi-lo o mais rápido possível:

— Caso o valor seja razoável, as economias de Algernon podem bancar — respondeu Matthew.

Razoável? Claro que o valor seria razoável! Qualquer quantidade que ela pagasse seria um pouco de lucro a mais para Beatrice Worthington! Afinal, Beatrice estava planejando entregar a floricultura de graça para sua sobrinha Abigail que nem sequer devia dar importância para aquele lugar! Que nem sequer devia gostar do gatinho ruivo que ali dormia! Espera, Rosemary gostava daquele animal? Talvez, ele era um bom felino! Ah! No que ela estava pensando? Rosemary apenas havia coberto ele! Ele deveria ter dono! Ela tinha de ir o mais rápido possível para o centro novo! Cada segundo gasto ali era um novo risco pois aumentava as chances de Beatrice passar o lugar para Abigail! O que estaria Beatrice fazendo nesse momento? No entanto, antes de se virar para ir correndo ao centro, uma voz ecoou:

— Mas, não acho que seja prudente gastar dinheiro com uma floricultura no inverno.

Não era prudente? A questão não era a estação! O inverno passaria, mas a posse de Abigail sobre a floricultura *não*! Ela demoraria muito para passar! Como ele não conseguia entender isso? Ugh! Homens! Espera, seria mesmo uma boa ideia gastar dinheiro em uma floricultura abandonada? Ah! Seria sim! Não era *uma* floricultura, mas sim *a* floricultura. Aquele lugar precisava dela e ela precisava dele, sem contar que aquele pobre gatinho, deveria estar passando tanto frio! Fome! Mas, caso ela comprasse a floricultura, o gato viria junto, certo? Ah! Isso não importava! E agora? O que ela diria? Realmente não era prudente comprar uma floricultura no inverno, ela precisava de dinheiro e rápido! Ugh...Ugh! Quando criança Rosemary sempre quis trabalhar com flores, ela havia lido alguma coisa sobre flores que florescem mesmo no inverno...Ah! O que era? Tulipas...Ah! Sim! Estava claro! Tulipas florescem no inverno! Ela precisava dizer isso em voz alta para se convencer:

— Tulipas florescem no inverno! — gritou ela com os punhos fechados.

Por que ela havia gritado? Era apenas para dizer em voz alta! As pessoas a considerariam louca, ela *se* consideraria louca! No entanto, ninguém ouviu, ela estava sozinha no quintal em meio a neve. Ah! Aquela frase idiota não havia servido de nada! Rosemary não estava nem um pouco convencida de si! Sentindo-se revoltada consigo mesma, ela chutou uma bolota de neve e permitiu que uma ou duas lágrimas escorressem. Não pela floricultura em si — também por ela —, mas sim por estar emocionalmente cansada depois de tantos anos árduos:

— Aqui está! — disse Matthew entregando-lhe uma caixinha com a assinatura de Algernon — Beatrice consegue ser muito sanguinária quando o assunto é dinheiro, não gaste tudo.

Ela pegou a caixinha, o que ela tinha mesmo a dizer? Ah! Pensa! Estava na ponta da língua, ela só precisava pensar...Era alguma coisa de um livro antigo de tia Nancy:

— Begônias e Camélias também florescem no inverno — bradejou ela para si mesma novamente em voz demasiada clara e alta.

Matthew fitou-a por alguns segundos, inclusive pensou em uma boa resposta, apenas não disse pois Rosemary jamais teria ouvido, a mesma já havia dado as costas e se dirigia ao único lugar ao qual seus pés queriam ir, o centro novo! Era como se ela houvesse pulado do topo de Mulberry

Creek, pois jamais seria possível que alguém andasse ou corresse tão rápido. Será que o que a tia Jemima havia dito era mesmo verdade? Onde Rosemary estava com a cabeça? Ela estava confiando demais em estranhos, mas uma parte de si não queria continuar vivendo isolada, uma parte de si não queria continuar vivendo no próprio mundo! Por que ela queria tanto aquela floricultura afinal de contas? Embora seu sonho de infância fosse trabalhar com flores, ela já havia desistido disso…há seis anos. Também não fazia o mínimo sentido ela acreditar que aquele lugar sempre havia lhe pertencido, pois, por mais que ela quisesse acreditar que sim, ele nunca havia sido seu, Rosemary estava delirando! Mas, aquele pobre gatinho ruivo abandonado e com frio…Será que ela queria cuidar dele? Loucura! Ela não poderia se permitir pegar amor por um gato que ela sequer conhecia, ele poderia ter dono! Talvez, no final das contas, Rosemary só quisesse preencher um vazio em sua alma que ela sabia que floricultura alguma, gato algum ou pessoa alguma seria capaz de preencher. Um lugar de sua alma que precisava ser tratado, Rosemary precisava de um médico de almas! Imersa em pensamentos, assim que percebeu, ela estava parada em frente a floricultura, frente a frente com uma mulher alta e distinta:

— Como posso ajudar? — requeriu ela com voz grave fazendo movimentos estranhos com os dedos e barulhos estranhos com a boca — Gostaria de alguma flor específica, posso lhe ajudar, sabe?

— T...Todas! — vociferou Rosemary que embora não estivesse mentindo, não era exatamente isso o que ela queria dizer.

— Tem certeza que consegue carregar tantas flores? São pesadas, sabe? — indagou ela olhando para trás.

— Não! — bradou Rosemary — Eu...Eu posso falar com a senhora Beatrice?

— Ela está na sua frente — respondeu Beatrice confusa.

— Ótimo! — disse Rosemary beliscando seus braços — Ouvi dizer que você...digo a senhora vai doar a floricultura, é verdade?

— Sim — proferiu Beatrice abrindo o cenho — Sinto que já estou velha pra continuar trabalhando aqui. Já não tenho mais tanta energia, sabe?

Rosemary acenou positivamente com a cabeça embora ainda não houvesse atingido a idade necessária para compreendê-la:

— E ultimamente não tenho conseguido bancar as despesas, as pessoas já não veem aqui, acho que eu perdi o carisma, sabe?

Novamente, Rosemary acenou positivamente com a cabeça embora ainda não houvesse atingido a idade necessária para compreendê-la, e assim, ambas seguiram esse discurso interminável onde Beatrice desabafava sobre diversas coisas as quais claramente Rosemary não entendia devido a sua pouca idade. Todavia, Beatrice Worthington nunca havia sentido-se tão compreendida há anos — embora Rosemary nem sequer estivesse ouvindo o que ela dizia, pois em sua cabeça, apenas uma palavra era absorvida e ela era "floricultura" —, até que, finalmente, após alguns minutos ou quem sabe horas, Beatrice disse uma frase a qual Rosemary ouviu e gostou:

— E pra piorar, Abigail é minha única familiar viva aqui na cidade a não ser meu marido e ela não quer assumir o negócio! Eu já não sei o que fazer! Sabe?

Dessa vez Rosemary não acenou positivamente com a cabeça e nem sequer se beliscou, ela sabia que caso não utilizasse aquele momento, ela jamais teria outra oportunidade tão boa de...realizar o seu sonho de criança! Ela bateu as duas mãos machucadas na bancada da floricultura, fitou inconscientemente com certa agressividade aquela mulher assustada em sua frente e reunindo coragem e forças inexistentes:

— Eu quero! Eu quero muito esse lugar! Muito! — bradejou Rosemary sentindo-se então amargamente arrependida após ver a reação completamente esperada de Beatrice — Ugh... — o que ela havia lido sobre flores mesmo? — Tulipas, camélias e begônias florescem no inverno! Cravos e margaridas, embora não sejam próprias da época, também podem florescer! — Da onde ela havia tirado tudo aquilo? Rosemary não conseguia parar de falar atrocidades! Após perceber que caso não fosse urgentemente parada ela não conseguiria parar de falar, colocou ambas as mãos na boca.

Um pouco pálida e atônita, Beatrice não respondeu-a, ela apenas abaixou-se e pegou um caderno de anotações muito, *muito* velho. Enquanto lia o que havia sido escrito ali com uma caligrafia antiga e ortograficamente incorreta, ela produzia alguns barulhos estranhos tanto com sua boca quanto com os seus pés. Rosemary sentia-se trêmula, embora por fora ela ainda aparentasse ser a mesma pessoa cinza de outrora, por dentro ela sentia-se desnorteada, inconsolável! Rosemary sentia-se tão nervosa que facilmente conseguiria desmaiar, mas, ela não se daria por vencida! Caso fosse necessário, ficaria imóvel ali durante toda a noite, durante toda a sua vida inabalável por fora, ela não permitiria que Beatrice a vencesse com aqueles barulhos esdrúxulos. Após alguns segundos — ou horas como haviam parecido para Rosemary —, Beatrice copiosamente fechou o seu caderno:

— Já havia trabalhado com flores ou algo do tipo? — era uma das primeiras sentenças de Beatrice que não possuíam um "sabe?" na frente.

— N...não — admitiu Rosemary sentindo-se então derrotada.

Houve outra pausa onde Beatrice voltou a conferir minuciosamente todo o manuscrito, novamente, ela fitou a mulher aflita em sua frente que caso pudesse, sem pensar duas vezes sairia correndo e então voltou a ler. Outra onda de barulhos estranhos aconteceu, Beatrice então, com ar de importância pegou uma caneta de pena e começou a escrever algumas coisas. Sentindo-se mais fraca a cada barulho de boca ou pé, Rosemary atrevidamente retirou suas duas luvas e começou a roer as unhas, mas sem antes dar alguns passos para trás devido ao seu inconsciente mecanismo de defesa:

— Pode me dizer o que sabe sobre flores no outono? — inquiriu Beatrice que suspeitava de que aquela jovem inusual estivesse brincando com ela.

Flores no outono? Ela era florista! Definitivamente Beatrice sabia mais sobre flores no outono do que ela! Aquela mulher fria e insensível deveria estar apenas caçoando e divertindo-se às custas de seu sonho de infância, Rosemary, porém, lembrava-se de alguma coisa sobre flores no outono, alguma coisa dita por tia Nancy, mas...O que? Ugh...Pensa! Ela fechou agressivamente seus olhos e buscou uma memória...Flores no outono... Rosemary lembrava-se! Poderia estar errado, mas ela não desistiria daquele lugar:

— As flores mais conhecidas...Entre as que eu me lembre... — Rosemary inspirou profundamente, por não ter conseguido lembrar, ela apenas diria nomes de flores que ela achava que fariam sentido — Lírios, Gérberas e Orquídeas.

Dessa vez definitivamente Rosemary teria errado! Ah! Por que ela havia dito tudo aquilo? Ela sentia-se vencida, tão vencida quanto havia se sentido na casa de tia Peggy. Olhou rapidamente para seu caderno manuscrito, fez casualmente alguns barulhos com a sua boca e então, virando-se novamente para Rosemary:

— Onde você aprendeu isso? — inquiriu ela folheando seu caderno velho e mal cheiroso.

— Eu... — Rosemary podia muito bem dizer que havia aprendido com sua tia Nancy, pois grande parte das coisas que ela sabia haviam de fato sido ensinadas pela sua tia, mas e se estivesse errado? Ela não podia difamar o nome de sua tia! Mas, ela também tinha de dizer alguma coisa...

— C...Com minha tia! — O que ela havia dito?

— Nancy Comerford, certo? — inquiriu a mulher com olhos úmidos.

— S...Sim! — gaguejou.

Não houve resposta, Beatrice fechou a janela da floricultura pela qual ambas estavam conversando e rapidamente dirigiu-se a porta principal, após ver Rosemary parada e pálida em sua frente ela figurativamente flutuou em sua direção envolvendo-a então em um abraço ao qual Rosemary não soube como reagir:

— Minha querida! — disse aquela mulher permitindo que algumas pérolas escorressem de seus olhos e molhassem o vestido marrom de Rosemary — Eu era exatamente assim, como você quando tinha a sua idade! Eu amava tudo relacionado a flores, sabe?

Normalmente, aquela mulher confusa e pálida acenaria positivamente com a cabeça após receber um "sabe?" de Beatrice Worthington, mas dessa vez ela não conseguiu devido ao choque! Rosemary nunca pensou que mentir poderia deixar o dia de alguém tão melhor! Após alguns segundos abraçando a jovem, Beatrice fitou-a com admiração e disse:

— Sua tia Nancy era uma pessoa incrível! Ela adoraria saber que você tomou posse da floricultura, sabe?

Tomado posse? Do que ela estava falando? Teria o plano de Rosemary funcionado? Sentindo-se ainda muito cansada — devido ao frenesi de limpeza que ela havia tido no dia anterior —, Rosemary olhou para aquela mulher estranha e quase desconhecida abraçando-a e disse:

— Quanto eu tenho que pagar pela floricultura? Eu posso pagar à vista.

Embora não tenha aparentado, Rosemary havia escutado o conselho de Matthew e estava pronta para um valor alto, todavia ela estava disposta a negociar incansavelmente até ter posse daquele lugarzinho florido e charmoso que de alguma forma já lhe pertencia:

— *Pagar*? — indagou Beatrice dando um passo para trás — Você acha mesmo que vai ter que *pagar*? Não, minha querida! — Beatrice envolveu as mãos de Rosemary nas dela — O seu pagamento será me deixar com a consciência limpa em relação a esse lugar! Eu sei que uma pessoa apaixonada por flores como você vai fazer com que elas vendam feito água, sabe?

Vender feito água? Rosemary não havia preparado-se para isso, ela nem sequer havia julgado a ideia de vender flores! De certo modo, ela não havia planejado o que faria depois que tomasse posse do lugar, Rosemary não acreditou que fosse capaz de chegar até aquela etapa:

— S...Sim!

— Só não seja como eu! — riu Beatrice com certo toque de melancolia — Eu comecei a trabalhar aqui quando eu ainda era nova, no tempo em que os Banfield ainda eram numerosos, eu estava tão dedicada a fazer com que esse lugar desse certo, que eu me esqueci do mais importante, sabe?

Ela apenas sorriu sem dizer o que era "o mais importante", de qualquer forma, Rosemary estava muito absorta em si para perguntar o que isso era afinal, mas caso houvesse questionado, com outro sorriso melancólico Beatrice teria dito "O mais importante não pode ser revelado por palavras, mas sim por ações".

Após certo tempo conversando sobre flores das quais Rosemary nunca havia ouvido antes, mas que conseguiu fingir com grande elegância que dominava, Beatrice Worthington pegou suas coisas e com uma despedida casual, foi distanciando-se aos poucos até que já não era mais possível vê-la. Embora tenha sentido-se extremamente rude por isso, Rosemary arfou de satisfação ao perceber que finalmente estava sozinha, não por ter algum tipo de problema pessoal com Beatrice ou algo do tipo, mas sim por querer ficar a sós com a sua mais nova aquisição. Ela era tão bonita? Mesmo que ela sempre tenha sido de Rosemary, ela não imaginou que pudesse *realmente* tê-la. Já passava da décima sétima badalada, então Rosemary decidiu que seria melhor fechar o lugar que...Ainda não tinha nome... E voltar para Mulberry Creek que de alguma forma também já não era mais um lugar tão odiado, por mais que continuasse feio. Ela só precisava pensar em um bom nome, tanto para sua casa que já não era mais propriedade dos Banfields quanto para sua floricultura que já não era mais de Beatrice...Ah! Pela primeira vez, Rosemary sorriu com a ideia de voltar para casa.

Capítulo XI

Poemas e Lavagem de Porco

Bibury era um vilarejo majoritariamente cristão e seus habitantes levavam realmente a sério o calendário do advento, logo, para a desdita de Rosemary, todos os estabelecimentos ficariam fechados até o dia seis de janeiro como era a tradição da cidade. Ela nem sequer havia chegado a inaugurar a sua floricultura! Mas, embora ela nunca tenha assumido, acabou sendo algo bom não ter motivos para sair de casa, pois, acho que vocês já perceberam, Rosemary tinha um sistema imunológico certamente fraco e com certeza ela apanharia alguma doença grave caso ficasse vagando pela cidade durante o auge do inverno inglês.

    Era uma manhã de sábado, por não ter nenhum compromisso, Rosemary decidiu que cozinharia alguma coisa decente que não fosse sopa de batata, provavelmente alguma refeição do livro de receitas iria servir, pronto! Agora só bastava esperar o tempo do livro e então voltar para a cozinha! Alguns minutos haviam se passado e ela estava deitada no tapete azulado da sala com suas pernas esticadas para cima reclinadas no sofá, seu cabelo loiro escuro espalhara-se desinteressadamente pelo chão e seus olhos seguiam o fluxo do relógio de chão de Algernon, era tão entediante ficar sozinha naquela casa grande e desolada! Se bem que ela tinha de ser grata, pois há um mês ela não tinha tempo sequer de ficar entediada! Ah! Se ao menos ela não tivesse gasto toda a sua lã de tricô, ela ainda teria alguma coisa para fazer! Ela não podia visitar a tia-bisavó Jemima pois a mesma estava resfriada — como costumava ficar no inverno —, e Elizabeth provavelmente estaria ocupada fazendo compras de natal. Espera, e aquele pequeno gato ruivo do centro! Ah! Aquela pobre criatura deveria estar com tanto frio! Após tomar posse da floricultura, Rosemary nunca mais o viu! Teria alguma pessoa estúpida mal tratado aquela pobre criatura indefesa? Não! Ficar pensando naquilo não a ajudaria em nada, Rosemary precisava urgentemente encontrar alguma coisa para fazer! Não é possível que um casarão tão grande como aquele não possuísse nada de interessante! Um pouco atordoada e preocupada com o felino que sequer pertencia-lhe, Rosemary começou a andar pelo cômodo em círculos até que casualmente seus olhos repousaram sobre um livro nunca antes visto, estivera aquela peça singular sempre ali? Não parecia que ele pertencia ao resto da casa! Cativada pela capa azul marinho de bordados dourados, Rosemary deu um pulinho e puxou-o da estante:

— Lily Window — sussurrou ela para si mesma abrindo o manuscrito após ler o título.

Era um livro não muito antigo com algumas ilustrações informais, tinha algumas poesias bem marcadas e apolíneas, deslizando seus olhos pelas ilustrações, um sentimento de nostalgia avassalador atingiu Rosemary lembrando-se dos livros de poesia de tia Nancy! Absorta no livro nunca antes visto e de caligrafia familiar — embora ela não soubesse de quem era —, provavelmente Rosemary passou a manhã inteira lendo-o. Folheando aquelas páginas gastas com seus dedos finos e deslizando absortamente seus olhos esverdeados, ela percebeu que era como se cada palavra adquirisse um significado específico e bem rimado! Sim! Esse é o trabalho de um poeta, mas quando bem feito, o trabalho de um poeta pode trazer sentimentos muito bonitos! Embora na biografia do escritor dissesse que ele era do interior da França, era como se ele conhecesse perfeitamente Bibury! Como se ele conhecesse o íntimo de cada morador e os segredos escondidos por trás de cada esquina! Haviam poemas que representassem as Boltons, os Banfields, os Hancocks, os Lamberts entre muitas das famílias que ali moravam e escreviam o livro de suas vidas. Não havia poema nenhum entre aqueles que fizessem apologia a Rosemary, de alguma forma, ela gostaria caso houvesse algum. Todavia, após algumas horas dedicadas à minuciosa leitura daqueles manuscritos, ela encontrou um poema ao qual decorou após apenas uma lida. Era como se cada palavra, cada vírgula, cada ênfase retratasse especificamente a essência da propriedade Banfield! Cada detalhe estava ali retratado e bem marcado, era como se alguém houvesse capturado a alma da casa, guardado em um pote e então transformado-a em palavras! Rosemary leu e releu aquele último poema e a cada vez que relia, era como se ele ganhasse outro significado cada vez mais parecido com a casa! Após alguns minutos compenetrados de leitura, ela finalmente conseguiu juntar forças para fechar aquele livro antes que ele a sugasse:

— Finalmente, eu estava ficando com medo! — arfou uma voz doce atrás dela — Você parecia ter enlouquecido!

Rosemary virou-se com um pequeno sorriso, afinal, aquela voz melódica não poderia ser de ninguém além de Elizabeth:

— Pensei que estivesse fazendo compras na capital! — respondeu ela ainda um pouco fora de si — E bater à porta também não faz mal — completou ela rindo.

— A questão é que se eu batesse, ela cairia! — respondeu ela apontando para a porta mais destruída e efêmera a qual elas já haviam visto — Não, eu realmente gostaria de fazer compras, mas não foi possível. O único trem que parte daqui sai depois da décima nona badalada, meu pai não permitiu que eu fosse. — Após isso, Elizabeth cruzou os braços e soltou um pequeno murmúrio de indignação.

— Ele está certo, você não quer andar por lá depois da décima nona badalada — vozeou Rosemary que entendia do assunto quando ele era a capital.

— Mas, aqui nesse fim de mundo todos os estabelecimentos fecham depois do terceiro domingo do advento! — reclamou Charlotte de modo bipolar sentando-se no mesmo sofá que Rosemary e abraçando seus joelhos.

— Essa parte realmente não é tão boa. — concordou Rosemary sentindo-se que havia esquecido de alguma coisa.

Elizabeth, ainda possuída pela sensação de ser contrariada, olhou ao redor, fungou e percebeu que havia algo de errado:

— Você também está sentindo esse cheiro? — inquiriu ela coçando seu nariz arredondado.

Cheiro? Espera, Rosemary também sentia...vinha da cozinha...O bolo de carne que Rosemary havia deixado no forno de manhã! Ah! Ela havia ficado tão distraída com o manuscrito de poesias e então com a sua prima que esqueceu-se completamente da sua tentativa de cozinhar! Ainda sem responder a prima, ela, seguida de Charlotte correu para a cozinha onde colocou seu avental e então averiguou a situação...A comida estava quase completamente queimada! Tantas mulheres de sua idade já eram mães e esposas e Rosemary sequer conseguia fazer bolo de carne para si! Ugh! Como ela conseguia ser tão inútil? Se bem que ainda ficou um pouco melhor do que ela esperava...Sentindo-se desolada, ela colocou a sua velha gororoba de carne no balcão da cozinha:

— Uau! — começou prima Elizabeth colocando suas duas mãos unidas embaixo de seu maxilar — Que...Revolucionário! Inovador! — mentiu ela que nem ao menos sabia o que era aquilo a sua frente.

— Não precisa mentir — consolou-a Rosemary que tinha plena consciência de suas péssimas habilidades —, você nem sequer deve saber o que era pra ser isso. — ela estava certa.

Elizabeth sabia que precisava fazer alguma coisa para alegrar sua prima, mas...O que? Ah! Sim! Ela sabia perfeitamente o que fazer:

— Eu quero um pedaço! — bradejou ela, arrependendo-se quase instantaneamente após perceber as consequências de sua fala.

— Tem certeza? — indagou Rosemary franzindo o cenho.

— Sim! — Não, ela não queria — Um pedaço bem grande!

Respeitando as vontades inusuais de Charlotte, ela cortou então um pedaço grande de seu bolo de carne. Uma coisa que Rosemary não sabia, é que havia jogado açúcar em vez de sal na comida, e também, além de estar queimada, o tempo de descanso da carne estava completamente errado. Olhando corajosamente para seu prato de comida asqueroso, Elizabeth fechou seus olhos e com um movimento bruto encheu uma colher daquela gororoba e enfiou o garfo em sua boca antes que mudasse de ideia. O gosto era ainda pior que a aparência! Rosemary era mais velha que ela, não era? Ugh! Como ela havia conseguido cozinhar aquilo?! Nem mesmo Rachel — a irmã caçula de Charlotte — conseguia cozinhar tão horrivelmente mal! Aquele gosto ruim e repulsivo, aquele cheiro forte e queimado, aquela consistência pegajosa e molenga! Ugh! O gosto era tão ruim que uma lágrima escorreu de Elizabeth:

— O gosto...é tão bom! — disse ela mastigando com desdém — Eu não consigo parar de comer! — mentiu ela entre lágrimas.

— É sério? — Rosemary nunca havia recebido um elogio de sua comida antes! Aquilo era incrível! Talvez aquele bolo de carne não fosse tão ruim quanto ela havia pensado afinal!

Como era sábado, o trabalho de Matthew acabava mais cedo, como sempre, antes de ir ele passava pela cozinha para pegar as suas coisas:

— Elizabeth — inquiriu ele — por que você está comendo lavagem de porco?

— Não! — mentiu ela entre lágrimas dando-lhe um tapa na nuca — Não é lavagem de porco! É a melhor comida... — Por que ela estava mentindo afinal? Ah! Sim! Pela sua prima! Mentiras nesse caso valem a pena — É a melhor comida que eu já comi na minha vida! — em seguida enfiou outra colher generosa.

Rosemary então colocou suas duas mãos no rosto e permitiu que uma lágrima escorresse, era tão bom ver que alguém havia gostado de sua comida:

— Pode...Pode me servir mais? — inquiriu Elizabeth secando suas lágrimas que haviam borrado sua maquiagem — Está muito...Muito bom!

Despreocupado com as leis de higiene, Matthew puxou um pedaço daquela gororoba pegajosa e colocou-a na boca:

— Já vi porcos comerem coisa melhor — disse ele antes de se virar.

— Eu nunca vi! — gritou Elizabeth tentando abafar a sua voz — Eu nunca comi algo tão bom! — e então enfiou outra garfada na boca — Me sirva mais!

— É melhor parar, você vai acabar matando ela — ciciou Matthew abaixando a faca de Rosemary.

— Não vai! — disse Charlotte secando suas lágrimas e colocando sua mão na boca para segurar o vômito — Eu nunca comi algo tão bom!

A questão é que Elizabeth raramente mente, logo, quando o faz, segue até o fim com sua mentira, mesmo que isso faça com que ela tenha que comer algo pior que lavagem de porco. Sentindo-se em um dilema se deveria ou não servir mais um pedaço daquele pedaço de carne pegajoso, Rosemary pegou uma colher, encheu-a e estava prestes a colocá-la na boca:

— Não faça isso! — alegou fortemente Elizabeth estendendo uma de suas mãos — Porque...Ugh...Éh... — o que ela diria? Rosemary descobriria que a comida estava horrível!

— Se eu fosse você, não colocaria isso na boca, parece a comida da Peggy — disse Matthew, por mais que ele quisesse ver a reação dela comendo, não perderia uma oportunidade de insultar a tia Peggy.

Fechando os olhos, Rosemary enfiou aquilo na boca e...Eca! Realmente não era bom! Que nojo! Por que Elizabeth havia repetido tantas vezes aquela...Ugh! Lavagem de porco! Por que? Sentindo-se enojada, Rosemary abriu a janela e cuspiu aquele pedaço gelatinoso de bolo de carne:

— Viu! Não era tão ruim! — compensou Elizabeth.

— Era sim! — respondeu Rosemary...rindo?

— Eu avisei — riu Matthew sentindo-se satisfeito com a reação de nojo de ambas.

— Ugh! — murmuraram as primas sincronizadamente.

Certo tempo depois, Elizabeth já havia se agasalhado e estava pronta para ir:

— Rosemary! — começou ela — O natal já é essa semana! O que acha de passar conosco? Tia Peggy quer muito ver você! Será em Lambert Ranch por volta da hora do almoço! — concluiu ela.

— Ugh… — Rosemary não estava certa se devia aceitar, mas...e se... ela tentasse ter uma família? E se talvez...ela tentasse ser... normal? — Sim! — Por que ela havia dito aquilo? Ugh!

— Ótimo! — bradou a prima Elizabeth abraçando-a — Você não vai se arrepender! — Rosemary já havia se arrependido!

Após ver a partida da prima, Rosemary sentiu-se vazia...mesmo que agora ela já não fosse mais tão cinza...era como se ela estivesse destinada a ser vazia e distante! Deitada na cama, ela verteu sua doença espiritual em lágrimas, afinal, lágrimas são como os espirros das enfermidades da alma, são uma tentativa inútil de se curar! Por que Rosemary era tão vazia? Ela sempre acreditou que essa sensação se devesse à sua solidão, mas...agora ela tinha uma floricultura, ela tinha Elizabeth e Janne! Por que ela ainda era vazia? Embora não aparentasse, pois doenças espirituais não possuem aparência, Rosemary precisava de um médico de almas! Caso ela conhecesse algum, prostraria-se diante dele e imploraria pela cura! Mas, não existia médico algum assim, logo, ela voltou a chorar.

Capítulo XII

Caos, Felinos e Natal

Alguns dias haviam se passado e era véspera de natal, Rosemary estava deitada na cama, ela não havia conseguido dormir, afinal, eram tantas as coisas que podiam dar errado! Além disso, ela não tinha roupa alguma adequada! Seu vestido marrom era horroroso, o roxo não era muito mais bonito e o aveludado ainda estava fedendo a água de esgoto — por mais que ela já houvesse limpado-o três vezes —, e agora? O que ela vestiria? Nada era adequado! De modo quase sonâmbulo, Rosemary subiu para o sótão enquanto recitava algum poema bonito daquele manuscrito de outrora e então começou a abrir e fuxicar caixas, ela encontrou várias decorações que poderia usar no casebre, mas nada do que ela estava procurando! Espera, o que ela estava procurando? O relógio mal havia dado a terceira badalada ainda! Bem, de algum modo, quando ela encontrasse o que estava procurando, ela saberia! Rosemary já havia aberto todas as caixas — exceto por uma — e havia encontrado diversas coisas, cartas de amor antigas, joias antiquadas, decorações, roupas de bebê entre outras, mas nada disso era o que ela procurava! Faltava apenas uma caixa. Sim! O que Rosemary tanto procurava estava ali! Ela sabia disso! Ela abaixou-se e abriu aquela velha caixa empoeirada, mas não sem antes dar alguns espirros, e estava ali! Sim! Ela sabia que era isso o que ela procurava! Era um vestido branco com o nome de sua mãe bordado por dentro, ela devia usá-lo antes de ir embora! Sentindo-se satisfeita por ter achado o que procurava, Rosemary colocou o vestido no chão e então inspecionou-o, era um vestido empoeirado de modelagem do começo do século! Embora seu maior talento fosse o tricô — por mais que Rosemary nunca tenha sido capaz de fazer suéteres decentes para bebês —, ela também tinha certa habilidade com a costura! Caso aquele decote fosse um pouco maior, aquelas mangas mais marcantes e a saia mais cheia, ninguém perceberia que era um vestido da década de 30! Sentindo-se frenética — pois estranhamente o auge de sua energia vinha depois da segunda badalada —, Rosemary acendeu mais uma vela e colocou-se a costurar, era como se seus pés e suas mãos possuíssem habilidade nata com a costura! Ela picotou, costurou, afinou, preencheu e mutilou tecido, até que por fim, algumas horas depois:

— Está pronto! — disse ela averiguando o resultado orgulhosa de si.

Todavia, agora que o sol havia surgido, sua energia havia passado e o único anseio de Rosemary era dormir...Não! Ela não podia! Caso dormisse iria se atrasar! Caso ela se atrasasse novamente, certamente a tia Madalene atiraria uma cadeira contra ela! Logo, convicta a manter-se acordada, ela decidiu que leria Lily Window novamente, ela abriu o livro e novamente sentiu-se imersa em cada palavra ali escrita, como um escritor conseguia descrever essências de modo tão condizente com a realidade? Rosemary já havia tentado escrever alguns poemas antes, mas nem sequer chegavam aos pés daqueles manuscritos! O plano de manter-se acordada deu certo, e pouco antes da décima badalada, Rosemary já havia começado a se arrumar. Ela estava trajando o seu mais novo vestido branco que agora estava limpo e bonito, seus melhores sapatos que depois da sexta lavagem finalmente haviam parado de feder, seu casaco de musselina bege e seu único chapéu — que parecia não pertencer a sua roupa mas daria conta do recado — e luvas brancas básicas que ela havia encontrado junto com o vestido. Por mais que seu cabelo estivesse ressecado — felizmente não tanto quanto o de Pegasus, o cavalo raquítico —, isso não lhe incomodava, afinal, ninguém o veria:

— Bom! — mussitou ela sorrindo para o espelho.

Por mais que dessa vez Rosemary tenha feito de tudo para não se atrasar, parecia que chegar tarde nos lugares já fazia parte dela, entretanto dessa vez ela não estava tão atrasada quanto na última. Lá estava ela em frente a Lambert Ranch, prendendo a respiração por alguns segundos e engolindo um seco, Rosemary bateu à porta:

— Finalmente você chegou! — manifestou-se Janne puxando-a para dentro — Você não faz ideia do quão desesperada Elizabeth estava — concluiu ela fechando a porta.

— Eu estou tão atrasada assim? — sussurrou ela ainda sendo puxada.

— Trinta e quatro minutos, o suficiente pra minha irmã desesperar-se — respondeu Janne.

Por que Rosemary nunca conseguia chegar na hora? Ugh! Com certeza dessa vez tia Madalene atiraria-lhe uma cadeira no rosto, com certeza! Ela sabia que a cada passo que dava seguindo a prima, estava mais próxima das tias, e se ela desmaiasse na frente de todos de novo? Dessa vez teria ainda mais gente lá! Se as suas tias — aquelas tiranas verbais — já haviam vencido-a da primeira vez, imagina só dessa! Seus maridos e filhos também estariam lá! Ugh! Talvez elas nunca fossem considerar Rosemary parte da família... Por quê? Ela era tão integrante da família quanto todos ali, Rosemary queria ser parte de *uma* família, mas não necessariamente parte *daquela* família:

— Finalmente! — bradou Elizabeth saindo de algum lugar desconhecido — Pensei que você não viria, igual da outra vez! — confessou Elizabeth.

— E...Eu... — Como já era de se esperar, novamente Rosemary havia esquecido como dialogar.

— Vamos logo! — bradaram Charlotte e Janne sincronizadamente empurrando Rosemary para a sua morte.

Rosemary então havia sido empurrada na sala de jantar onde *todos* os Banfields estavam! Eles eram tantos que Rosemary inclusive sentiu falta de ar, por mais que ela tivesse pavor de aranhas, ela preferia estar trancada em uma sala cheia de aracnídeos a estar trancada em uma sala cheia Banfields. Todos haviam parado de falar e agora fitavam-a, ugh...O que ela diria? Nada engraçado para não acabar soando estulta assim como tia Peggy, também não podia ficar calada pois assim pareceria tia Thalita, mas também não poderia ser rude como todas as demais tias...Pensa...Rosemary olhou ao redor e sentiu que desmaiaria, espera...Matthew também estava ali! Ela não podia desmaiar na frente dele, senão seria amargamente lembrada desse dia trágico enquanto ela conseguisse respirar...Ugh...Pensa...Juntando as mãos e vagando os olhos pelo cômodo:

— F...Feliz natal! — mussitou ela corando de vergonha.

— Feliz natal, pequeno naval! — comentou rindo a tia Peggy junto de um homem corado que sentava ao seu lado.

E agora? O que ela faria? Continuaria ali parada? Rosemary não podia sentar em qualquer cadeira vazia, e se tivesse dono? Caso ela se sentasse acidentalmente na cadeira designada para tia Sarah, a mesma a mataria verbalmente seguida de sua fiel "repetidora de frases" chamada tia Phoebe. Rosemary então posicionou-se no canto do cômodo buscando não ser vista:

— Não seja boba! — disse Elizabeth empurrando-a — Sente-se em algum lugar!

— Nenhum deles tem dono? — Ciciou.

— Tem sim! Todos têm, mas como você foi a última a chegar, o único lugar vazio é o seu. Você pode se sentar ali, perto da tia Talita! — concluiu ela acenando para a tia.

— Mas, e quanto a Janne e você? — indagou Rosemary pois dentre as vinte e poucas pessoas ali presentes, ela apenas sentia-se confortável perto de duas.

— Nós estamos organizando tudo junto de Rachel, minha irmã. — explicou Charlotte jogando algumas de suas mechas negras e rebeldes para trás — Vamos, sente-se!

— Por favor! — suplicou Rosemary — deixe-me ajudar também... eu sou ótima em... — Ugh! Nem fazer fósforos e nem tricotar seria útil naquele momento.

— Sinto muito, mas não posso aceitar. — explicou Elizabeth juntando suas mãos — Está fora do código de etiqueta! Estão todos olhando, sente-se! — concluiu ela docemente apontando-a a única cadeira vazia.

Sentindo-se completamente estúpida e envergonhada, Rosemary caminhou tremulamente até a cadeira vazia ao lado da tia Talita que fitava-a com olhos arregalados e então sentou-se ainda cabisbaixa. Ah! Onde ela havia se enfiado? Muitos dos rostos distribuídos naquela mesa lhe eram familiares, entretanto nenhum deles era um rosto conhecido! Rosemary estava no pior lugar possível, caso não existisse código de etiqueta, caso sua anágua não estivesse espetando-a e caso seu sapato não fosse de salto, ela certamente correria, todavia isso não lhe era possível:

— Então, *Drew* — começou a tia Sarah friamente — Os boatos de que você comprou a floricultura de Beatrice Worthington são verdade? Espero que não, afinal, essa não é uma ideia prudente!

Antes que tia Phoebe pudesse repetir a frase de sua irmã, um homem ao qual Rosemary falhamente lembrava-se, mas futuramente descobriria que era Adolphus, irmão de Elizabeth, bradou:

— E desde quando ela é prudente? — disse ele, palitando os dentes.

Todos os presentes — exceto duas pessoas — riram então as custas de Rosemary que fardosamente beliscava-se e suava frio, ela precisava dizer alguma coisa...Ela precisava dizer a verdade:

— O...O... — Essa não! Todos estavam olhando para ela (ao menos Rosemary pensava que sim) — Os boatos...São verdade! Os boatos são verdade. — repetiu ela — E na verdade, foi uma ótima decisão porque... — O que ela diria? Aquela definitivamente não havia sido uma ótima decisão, onde ela estava com a cabeça? — Tulipas, camélias e begônias florescem no inverno! — disse ela fitando atrevidamente tia Sarah.

— Claro que florescem — disse tia Sarah revirando os olhos.

— Claro que florescem — repetiu a tia Phoebe.

— Sabem o que a tulipa falou para a rosa? — inquiriu o marido da tia Peggy.

— Nada porque tulipas não falam! — completou tia Peggy rindo horrores.

Novamente, todos os Banfields — inclusive o único não Banfield — se calaram e assistiram aquele casal estranho rir de suas piadas estranhas. Após mais algumas perguntas torturantes contra Rosemary, as tias acabaram cansando-se de se divertir às custas da sobrinha cuja boca tremia e as unhas roía e voltaram a conversar entre si, assim como seus maridos também conversavam entre si e suas primas também. Todos ali se conheciam e faziam parte de algo lá, todos ali eram importantes, seria isso ter uma família? No que Rosemary estava pensando? Ela já tinha tido uma família! Mas...todos eles deixaram-na quando ela era muito nova...Como era aquela frase de seu poema mesmo... "Uma família a qual possa lhe acolher" sim, ela queria se sentir acolhida...Rosemary abaixou a cabeça para que ninguém percebesse que ela havia derramado uma lágrima a qual molhou seu vestido, tia Patience, porém, percebeu e não deixou isso barato:

— Algum problema, *Drew*? Não vá me dizer que você é tão emotiva quanto Honora? — bradou ela, deliciando-se com o sofrimento jovem.

Rosemary em contrapartida, com seus olhos úmidos estava muito imersa dentro de si para conseguir ouvir sua tia:

— Responda-a! Responda-a! — bradou Madalene do outro lado da mesa socando a superfície amadeirada.

— Sabem o que o número zero falou para o número oito? — inquiriu tio Tom que não se importava com o drama feminino — Mas, que bela cinta!

Apenas as pessoas que queriam a herança do tio riram, as demais limitaram-se em ficar caladas e então voltaram a conversar em grupos, Rosemary então, sentiu que ficaria consolada caso encontrasse uma outra pessoa sequer — além de tia Thalita, obviamente — que não estivesse conversando, mas...Até Matthew, que não era da família, estava sendo tratado com dignidade! Não que Rosemary fosse sentir-se bem em ver outra pessoa sendo torturada verbalmente assim como ela, mas era completamente impossível compreender o motivo de tamanha arrogância vinda de sua própria família! Após alguns minutos que para Rosemary passaram como anos, o almoço foi servido, foi um almoço excepcionalmente tradicional como já era de se esperar dos Banfields, todavia ela não conseguiu comer mais que duas ou três bocadas:

— Se eu fosse você, eu comeria mais — berrou tio Kendall, marido de tia Thalita que era o completo oposto dela —, você parece um cadáver ambulante de tão magra e branca! — riu ele enquanto comia algumas passas.

— Kendall! — corrigiu-o tia Thalita baixinho.

— N...Não estou com fome, só isso. — mussitou Rosemary com veemência.

Por uma perspectiva geral — ou seja, a de qualquer um sentado à mesa por exceção de Rosemary — o almoço correu bem, entretanto tia Sarah não sentia que já havia desfrutado o suficiente de sua tortura natalina:

— *Drew* — disse a tia Sarah.

— *Drew* — repetiu fielmente a tia Phoebe.

— S...Sim? — indagou Rosemary segurando os cotovelos.

— A floricultura se chama Beatrice Worthington, certo? — alfinetou ela satisfazendo-se com cada palavra.

— Beatrice Worthington! — repetiu a tia Phoebe.

— S...Sim... — disse novamente Rosemary brincando com os dedos.

— Não acha que deveria mudar o nome? — requeriu tia Patience — Caso não o faça, ela sempre será de Beatrice e nunca sua.

Phoebe teria repetido a frase caso houvesse sido dita por Sarah, mas Patience não era digna de repetição:

— E... — as palavras da tia Patience haviam machucado-a, Rosemary não havia parado para pensar por esse lado, mas...Ela não poderia dizer que não havia pensado em um nome.

— Não conseguiu pensar em um nome? — interpelou tia Sarah dando uma ou duas goladas em seu vinho.

Uma borboleta azul atípica dessa época do ano entrou no cômodo e instaurou-se em cima da lareira:

— Não conseguiu? — repetiu a tia Phoebe.

O que Rosemary diria? Ugh! Por que elas ainda insistiam em conversar com ela? Rosemary jurou para si mesma que jamais iria a nenhuma outra reunião de família, porém, aquilo não era o suficiente, ela precisava arranjar um nome, um nome que ela gostasse, afinal, após dito ele jamais poderia ser alterado, Rosemary beliscou seus braços e sentiu seus olhos ficarem úmidos...ela estava um pouco tonta...ela conseguia ver duas tias Sarahs sentadas na cadeira, conseguia ver também dois Matthews... espera... Tudo estava duplicado e dançante...a borboleta estava caminhando pela lareira, caso Rosemary fosse tão livre quanto uma borboleta, sairia voando dali...No que ela estava pensando? Ela não podia desmaiar de novo...duas Elizabeths haviam passado com algumas coisas na mão...Tudo estava dançante...Rosemary olhou para um lado e viu uma de suas primas rindo...ela também estava duplicada...por que suas mãos estavam tremendo tanto? Rosemary olhou para seu outro lado e...Matthew estava segurando um livro azul marinho...Um livro azul marinho...ela lembrava-se de alguma coisa dessa cor...alguma coisa que ela gostava...Mas...O que? Por que sua cabeça estava doendo tanto? Rosemary flexionou seus olhos com força e tentou lembrar-se, azul marinho...Azul marinho era a cor daquele livro, ela sentiu-se inútil por ter sido capaz de se esquecer. Embora o tempo que gastou para pensar em um nome tenha parecido uma longa eternidade para Rosemary, na realidade não durou mais que cinco segundos, Rosemary fechou seus olhos com agressividade, cerrou os dentes e fechou suas mãos em punhos:

— Lilly Window! Vai ser Lilly Window!

A borboleta voou até o outro canto do cômodo sem que ninguém a visse.

— Que mal gosto literário — murmurou Matthew.

Não houve resposta pois suas tias não estavam prontas para isso, não estavam prontas para uma boa resposta, logo, tia Patience limitou-se a dizer:

— Descente, para uma *Drew*, é claro.

Outra vez, Rosemary estava absorta demais em si mesma para ouvir a resposta de sua tia, ela apenas conseguia pensar em Lily Window e no quanto a amaria, talvez...a propriedade Banfield também pudesse adquirir esse nome...afinal, nesse livro ela era perfeitamente descrita, sim, essa era uma boa ideia. Após pouco mais de uma hora, a sobremesa foi servida, entretanto quase ninguém a comeu, afinal, ela havia sido preparada pela tia Peggy! Rosemary não possuía muito preconceito pela comida da tia, mas, lembrou-se de Matthew comparar sua comida com a dela, logo, era melhor manter-se longe disso:

— Eu fiz e faria de novo! — bradou a tia Madalene batendo em seu peito.

Caso você não se lembre, irei repetir, um dos defeitos de Rosemary era a sua curiosidade, logo, disfarçadamente ela se pôs a escutar a tia:

— Mas, que horror, tia Madalene! — mussitou Janne que lhe servia vinho.

— Aquele bichano estava me dando nos nervos! — bradou a tia Madalene irada — Gatos ruivos trazem azar!

— São os gatos pretos que as pessoas consideram que trazem azar, mas nós somos presbiterianas, Madalene. — sussurrou tia Thalita com doçura.

— E são? — riu Madalene esmurrando a mesa — Então, bati em um gato ruivo sem motivo! — concluiu ela com um assustador orgulho de si.

Bateu em uma gato ruivo? Rosemary lembrou-se então da pequena criatura assustada no centro, ele era o único gato ruivo que ela havia visto em Bibury! Certamente ela havia o agredido! Caso Rosemary fosse livre, assim como uma borboleta, ela pularia de sua cadeira e voaria até o centro, não ficava muito distante dali, mas...Ela não era livre como uma borboleta! Aquele gatinho deveria ter passado por tanta dor! Consternada, Rosemary olhou ao redor buscando por consolo, aquela mesma borboleta, ela havia voado para fora da casa e ninguém havia percebido! Sentindo-se motivada pelo inseto, de fininho se levantou e sem chamar atenção deslizou para o lado de fora, onde, recostada na parede, ela abraçou os seus joelhos e ficou ali, pensando na dor do pobre gatinho ruivo. Sentindo-se inconsolável, Rosemary enfiou seu rosto dentro dos joelhos pois ela considerou ser um desrespeito que o dia estivesse tão bonito enquanto um pobre animal inocente sofria em algum lugar desconhecido sem que ela pudesse ajudar. Então, algo felpudo se esfregou na perna de Rosemary, ela olhou e...O gato ruivo! O pobrezinho estava com o rabinho machucado e uma das pernas estava suja de sangue, e de alguma forma aquele gato se lembrava dela ter lhe prestado ajuda, caso contrário, não se esfregaria nela, gatos sem dono não fazem isso. Sentindo-se amada pela primeira vez em muitos anos, Rosemary puxou aquela pequena criatura alaranjada para perto de si, agora, mesmo que ele sofresse, ela estava um pouco mais calma, porque agora ela sabia que poderia aliviar o sofrimento daquela pobre criatura:

— O que está fazendo aí? — questionou Elizabeth abrindo a porta dos fundos — Não acha que está muito frio do lado de fora?

Como o gato era muito pequeno, para que não fosse visto, rapidamente Rosemary colocou-o dentro de sua bolsa:

— Apenas...Tomando ar fresco — disse Rosemary.

— Vamos, você vai apanhar um resfriado se continuar aí — respondeu Elizabeth.

Fazendo muito barulho com o pé para que o gato não fosse ouvido, Rosemary entrou novamente em Lambert Ranch, agora com um pequeno aliado laranja dentro de sua bolsa:

— Caso você não fosse louca, não teria feito isso — respondeu Matthew atrevidamente a tia Madalene (ele era a única pessoa com tamanha coragem, ou talvez fosse apenas falta de amor à própria vida).

— Você! — tia Madalene ficou vermelha de raiva, ela não costumava ser respondida com tamanha audácia.

— Algum problema? — riu ele com acento rótico balançando o curto cabelo escuro.

Tia Madalene então, tomada por uma raiva a qual ninguém possuía igual, levantou-se austera e com as duas mãos segurou a cadeira a qual havia sentado durante todo o almoço. Todos instantaneamente souberam o que ela iria fazer. Sendo controlada pela força da ira, tia Madalene ergueu a sua cadeira, aquela não era a primeira reunião de natal dos Banfields a qual Matthew participava, ele sabia perfeitamente que caso não fizesse alguma coisa, a sua vida acabaria ali. Logo, como ele era um desviador nato, assim que tia Madalene arremessou a cadeira, ele deu um ou dois pulos para a frente assim poupando a sua vida e então correu para fora da sala de jantar antes que outra cadeira lhe acertasse. Mas, tinha um porém...Rosemary estava atrás dele então agora a cadeira estava indo em sua direção! Caso aquela cadeirada certamente fosse lhe matar, Rosemary não se importaria com a morte pelo menos ela não sentiria mais aquele vazio...espera, o gatinho ruivo estava com ela e Rosemary precisava protegê-lo! Ela estava convencida a conviver com o seu vazio interior para poupar o pequeno gatinho. Semelhante a Matthew, Rosemary pulou para o lado com graciosidade e um rodopio desviando então da cadeira fatal que atingiu bruscamente a parede arruinando assim o quadro favorito de Janne e Rachel. Todavia, o pulo dela diferentemente do de Matthew, havia causado prejuízos — pois ela não era uma desviadora nata —, após cair obstinadamente no chão segurando com cautela a sua bolsa onde o gato miava escandalosamente, Rosemary atingiu uma criada assustada que manchou o vestido de ambas com vinho e então tropeçou na prima Elizabeth que carregava com si uma travessa cheia de batatas que voaram descontroladamente em direção ao cabelo de tia Sarah que, por sua vez, pegou furiosamente as batatas e atirou-as em Madalene. Buscando proteger seu pequeno gatinho machucado daquele caos de família que a cada segundo ficava pior, Rosemary começou a correr de costas — pois não conseguia parar de assistir todos discutindo fervorosamente — até que chegou na entrada. Matthew havia tentado sair da casa, mas quando abriu a porta, foi surpreendido pelo grupo interiorano do coral de natal que cantava vertiginosamente músicas natalinas, eles finalmente haviam ido embora, agora Matthew poderia fugir daquela casa cheia de gente insana, entretanto Rosemary, ainda distraída, esbarrou na árvore de natal que, por sua vez, tombou em cima do homem.

 O que ela havia feito? Quem estava ali embaixo? Ela havia escutado um grito! Teria Rosemary assassinado alguém? Aquela árvore era muito grande! Com certeza ela tinha! Em choque, ela dirigiu-se até a sala de jantar que estava um completo caos! Tias brigando entre si, comida voando por todas as direções, as filhas de tia Patience haviam enlouquecido completamente, as crianças estavam divertindo-se com a situação e jogavam cinzas umas nas outras e até mesmo tia Thalita que costumava ser calada e tímida estava gritando com tio Tom. Mas, Rosemary estava muito assustada certa de que havia assassinado alguém, logo, ela pegou outra cadeira e atirou-a contra a parede com ferocidade para assim chamar a atenção de todos, afinal, ela sabia que sozinha jamais conseguiria levantar um grande pinheiro. Deu certo, todos os Banfield pararam de brigar e olharam para aquela austera mulher pálida e assustada:

 — A árvore de natal caiu em cima de alguém! Pode ter matado! — berrou ela cuidadosamente certificando-se de que seu gato ruivo estava seguro dentro da bolsa, ele estava, caso contrário não teria lambido a sua mão.

 Esquecendo por certo momento de suas intrigas, os Banfields uniram-se a uma Drew para assim poder salvar a vida da pessoa desconhecida debaixo do pinheiro. Cada um posicionou-se em um galho diferente e então todos fizeram força para erguê-lo, como havia cerca de trinta pessoas lá e até mesmo as crianças ajudaram a carregar um pouco do peso, logo o corpo desfalecido de Matthew foi revelado, ele não estava respirando. Rosemary deveria ter previsto isso! Ela acabaria causando um grande acidente devido a sua falta de atenção! Ela poderia ter matado um animal ou até mesmo uma criança desse jeito! Como ela conseguia ser tão descuidada? Desolados e definitivamente sem espírito natalino algum, eles arrastaram o pinheiro para o outro canto da entrada principal, não adiantava chamar o médico porque o único médico da cidade havia ido para a capital, logo, não havia nada que pudesse ser feito para preservar a vida do homem de uma morte trágica e cómica. Ainda em choque, Elizabeth e Rosemary continuaram a fitar aquele imóvel corpo sem vida no chão:

— Eu nunca pensei que um natal pudesse acabar tão mal — confessou Rosemary sentindo-se culpada por ter matado alguém.

— Nem eu — respondeu Elizabeth colocando suas mãozinhas na boca e chorando um pouco.

De modo deploravelmente contagiante, Rosemary colocou sua mão machucada no ombro da prima, todas aquelas pessoas que outrora gritavam estavam agora pálidas e atônitas, todos continuaram assim por alguns segundos até que uma risada grave ecoou:

— Vocês tinham que ver suas caras! — bradou roticamente Matthew, não conseguindo conter risos — Eu nunca pensei que um natal pudesse acabar tão mal! — repetiu ele ainda no chão contorcendo-se de rir.

— Ugh! — murmurou Elizabeth chutando-o — Era melhor que você realmente tivesse morrido!

— Eu deveria ter imaginado! — observou Rosemary segurando os cotovelos e revirando os olhos (embora por dentro ela estivesse aliviada).

— Caso eu tivesse a oportunidade, faria tudo de novo — concluiu ele orgulhosamente se levantando.

Após tantas emoções, cada pessoa ali presente rapidamente se despediu e foi embora — antes que alguém realmente morresse —, deixando para trás apenas duas jovens irritadas, uma desolada e um homem risonho:

— Esse natal foi um fiasco! — murmurou chorosamente Charlotte enquanto puxava suas bochechas para baixo com a palma das mãos.

— Não foi tão ruim assim — consolaram Janne e Rosemary de modo sincronizado.

— Vocês acham? — indagou ela olhando para a bagunça sentindo-se inconsolável.

— O natal do ano passado que você organizou conseguiu ser bem pior — acrescentou Matthew.

— Cale a boca! — ecoaram as três.

Após isso, um silêncio curto se seguiu, todavia foi longo o suficiente para que uma miada do gato ruivo fosse ouvida:

— De onde veio isso? — inquiriu Janne.

— Isso o quê? — blefou Rosemary beliscando os braços.

— Um miado — respondeu Elizabeth.

Matthew ficou em silêncio pois estava relembrando seu momento ilustre:

— Miado? — blefou Rosemary novamente certificando-se de que a tia Madalene havia ido embora.

Durante seu momento de distração, um felino ruivo miou novamente e exibiu sua cabeça felpuda, logo, sentindo-se confiante, pulou de dentro da bolsa de Rosemary antes que a mesma conseguisse alcançá-lo. Aquele gato que agora desfilava despretensiosamente pelo chão enquanto tremia de raiva era um ser ruivo e irritado, Rosemary conhecia alguém assim:

— Não sabia que você gostava tanto de Madalene a ponto de andar com a versão felina dela — disse Matthew.

— Não é uma versão felina daquela mulher! Vai acabar ofendendo meu gato desse jeito — refutou Rosemary defendendo seu mais novo gato — Ele se chama Ginger.

— Ei! — retrucou Elizabeth tentando defender sua tia, mas não conseguindo pensar em nada de bom sobre ela.

Já estava tarde, Rosemary pegou então Ginger no colo e colocou-o novamente na bolsa para que ele não tivesse de andar com a perna machucada e após despedir-se, pela primeira vez não voltou para Lily Window desacompanhada.

Capítulo XIII

A floricultura de Rosemary

Era a madrugada do dia seis de janeiro, o tempo de natal cristão finalmente — como havia pensado ela — tinha passado e pela manhã Rosemary poderia enfim inaugurar Lily Window, como já era de se esperar, ela ficou frenética durante toda a noite, afinal, quando está ansiosa, preocupada, triste ou irritada, Rosemary é incapaz de dormir. Logo, percebendo que continuar na cama seria apenas uma grande perda de tempo, ela beijou a cabecinha ruiva e felpuda de Ginger, vestiu-se com seu vestido branco, acendeu uma vela e de modo quase fantasmagórico, começou a perambular pela casa. Ela não queria fazer nada em específico, apenas não queria continuar parada na cama, pois o ócio sempre revelava-lhe seu vazio interior, logo, ela lembrou-se de na véspera de natal ter encontrado algumas decorações que ornariam Lily Window muito bem, mas ela nunca mais voltou para o sótão. Portanto, seguida de seu fiel amiguinho pequeno e ruivo, Rosemary novamente abriu caixa por caixa em busca de novas decorações, todavia como dessa vez ela estava ociosa e não afobada, Rosemary foi capaz de perceber ainda mais coisas negligenciadas ali. Ela já estava há um mês utilizando uma prataria velha e rachada enquanto lá em cima tinha um belo jogo de pratos chinês com pintura refinada! Lá haviam também colchas de cama muito bonitas que serviriam bem para decorar tanto o seu quarto quanto os quartos que não eram usados, encontrou também alguns vasos de flor vazios que serviriam bem para decorar a floricultura — que também se chamava Lily Window — caso ela conseguisse fazer alguns arranjos. Satisfeita com as coisas que encontrou, Rosemary colocou-as em seus novos lugares e também guardou os vasos em uma cesta a qual levaria para a floricultura quando desse a hora.

Aproveitando que ela já estava gastando a madrugada toda arrumando pequenas coisas pela casa, Rosemary aproveitou para organizar também as estantes, aquilo estava sempre ali? Ela encontrou outro livro azul marinho com bordados dourados escrito pelo mesmo autor "TS", como era seu pseudônimo:

— Verses for a Hill — sussurrou ela para si mesma abrindo o manuscrito com satisfação.

Ela sentia-se contente em encontrar mais poesias daquele autor, afinal, após tantas semanas de ócio, Rosemary já havia decorado todos os seus poemas escritos no livro "Lily Window" e já não tinha mais a mesma sensação lendo-os. Novamente, eram poemas bem marcados, rimados e apolíneos, não eram poemas escritos pela visão de uma mulher e talvez fosse isso que Rosemary gostasse deles, pois traziam-lhe uma visão diferente do mesmo mundo ao qual ela vivia. Esse livro por sua vez, com suas ilustrações informais e caligrafia familiar, por mais que não estivesse escrito com todas as palavras, estava falando da colina de Mulberry Creek, sim, estava! Nenhuma outra colina, por mais que fosse bonita conseguiria encaixar-se naquele molde bem delimitado escrito ali. Sentindo-se certamente atraída pelo livro, Rosemary aqueceu-se sobre uma manta junto de Ginger e passou algumas horas lendo, por mais que poemas sejam algo rápido de se ler, após começar um deles era difícil conseguir passar para a próxima página sem lê-lo de novo.

Já passava da quinta badalada quando Rosemary terminou o livro ao qual guardou em sua cesta para ler também na floricultura e como café da manhã, contentou-se em pegar um punhado de mirtilos, ela estava ansiosa e absorta em si demais para cozinhar e sabia que colocaria fogo na cozinha caso o fizesse. Ela abriu a janela e olhou com satisfação para o quintal que já estava pronto para receber sementes — Matthew só não as havia plantado ainda pois não sabia quantas flores em média ela venderia por dia — e logo em seguida fechou a janela novamente para não apanhar um resfriado. Caso dependesse de Rosemary, ela já teria descido rapidamente sem pensar duas vezes para o centro novo, mas, como ela não queria ser a primeira pessoa a chegar lá, jurou para si mesma que se controlaria e esperaria até a sexta badalada. Impacientemente, ela colocou Ginger também dentro de sua cesta para que o felino não passasse frio e esperou, o relógio era sempre tão lento assim? Ugh! Ou seria ela que estava ansiosa? Como era de costume, Matthew chutou a porta principal e entrou, espera! O relógio! Ele havia tocado!

Rosemary finalmente podia ir! Sentindo-se livre de uma prisão do tempo, sem nem sequer dar uma palavra — não por falta de educação, mas sim por distração —, ela pegou sua cesta e abruptamente se pôs a deslizar até o único lugar ao qual seus pés queriam e conseguiam ir, a sua floricultura! Sentindo-se demasiada exultante, Rosemary tirou a chave de seu bolso e abriu pela primeira vez a sua floricultura, posicionou os vasos que havia encontrado nos lugares que julgou adequado presenteou-os com algumas flores. Já para Ginger, uma cesta quentinha, um suéter para coelho e uma tigela de leite serviram-lhe muito bem, após isso, pela primeira vez ela abriu a janela cor de rosa a qual utilizaria para conversar com os clientes e sucedendo Beatrice Worthington, pela primeira vez, ela sentou-se na cadeira a qual a senhora havia sentado-se todos os dias de sua vida até então.

De certa forma, era um pouco entediante, afinal, o subconsciente de Rosemary havia imaginado que inúmeros clientes apareceriam assim que ela se sentasse na cadeira, no entanto, isso não aconteceu "mas não acho que seja prudente gastar dinheiro com uma floricultura no inverno" as palavras de Matthew ecoaram de modo atordoante em sua cabeça, teria Rosemary arranjado um grande problema para si com aquela floricultura? Mas...Ela nem sequer podia passá-la para outra pessoa pois isso abalaria Beatrice e Rosemary também havia se apegado àquele lugar...o que ela faria? Um pouco tomada pelo desespero e pelo seu vazio interior, ela enfiou sua cabeça dentro do livro azul marinho de odor forte ao qual lia e mesmo que não tenha permitido, algumas lágrimas rebeldes haviam pingado de seus olhos e molhado o livro, lá estava Rosemary, no seu dia tão esperado, sentada em sua floricultura e chorando, aquela situação não podia piorar, ao menos que:

— Mas, olha só quem está aqui! — relatou Lydia Bolton coçando seu nariz — Trabalhando? Pensei que já houvesse arrumado um marido — riu ela sentindo-se vingada após o susto do coelho.

— Prefiro não ter nenhum a matar cinco — sussurrou graciosamente Rosemary para si enquanto secava seus olhos úmidos — Gostaria de alguma flor específica? — indagou ela — As flores de hoje são orquídeas e petúnias — concluiu ela beliscando seu cotovelo desnudo.

— Não sei — começou Lydia Bolton novamente coçando seu nariz — Alguma flor que se assemelhe a minha formosura! — completou a pessoa mais feia a qual Rosemary já havia visto enquanto coçava seu nariz.

"Nenhuma flor consegue ser tão hórrida" pensou Rosemary olhando para suas orquídeas e petúnias "Mas, se eu quiser o dinheiro dela, vou ter que inventar algo" concluiu Rosemary enquanto fitava aquela viúva estranha:

— O que acha de petúnias? — perguntou Rosemary exibindo-lhe uma mudinha.

Lydia fitou as florzinhas roxas que a si haviam sido oferecidas e coçando o nariz:

— Acha que agraciaria minha beleza? — respondeu Lydia, olhando-se em um espelho de mão.

Rosemary desejou ser tão desprovida de noção quanto Matthew para poder dizer "Nem mesmo uma flor amassada pelo encardido seria tão feia", mas ela não era, logo limitou-se a respirar profundamente e cochichar:

— Esse espelho certamente veio com algum defeito.

— O que disse? — questionou Lydia.

— Disse que esse amontoado de flores certamente será perfeito — blefou ela novamente oferecendo-lhe a mudinha de flores.

— Acho que servirá. — concluiu Lydia após uma pequena pausa pegando o buquê.

Ela então disse o preço que deveria ser pago pelas flores e Lydia pagou-a, era a sua primeira cliente! Se bem que ela deveria ter pago o dobro do valor simplesmente por fazer com que Rosemary tivesse de olhar em sua cara logo pela manhã! A mulher mais feia da cidade certificou-se de que não havia ninguém por perto, colocou as suas duas mãos rugosas em cima do balcão e segredou:

— Promete guardar segredo? — Lydia olhou novamente para os lados para ter certeza de que ninguém se aproximava.

— Claro — respondeu Rosemary cujo maior defeito era a curiosidade — Minha boca é certamente um túmulo.

— Matthew tem trabalhado para você, não tem? — a cada palavra a voz de Lydia ficava mais baixa e mais árdua de se compreender.

— Sim... — Rosemary então arrependeu-se de sua diligência pois sabia que escutaria algo bizarro vindo da mulher mais feia a qual ela já havia visto.

— Ele fala muito de mim, não? — questionou Lydia com um sorrisinho medonho.

Sim! Ele falava! Mas, Rosemary não podia contar a Lydia Bolton as coisas que havia ouvido, não se ela ainda quisesse continuar ouvindo mais coisas ruins sobre ela. Mas, Rosemary precisava dizer alguma coisa...Talvez...

Ela então olhou copiosamente para os lados:

— Nunca o ouvi falando nada da senhora. — respondeu ela em um sussurro quase desesperado.

— Você não me engana. — respondeu Lydia abrindo um sorriso ainda maior — Não quer me contar nada pois não quer alimentar o nosso amor, hein? — grunhiu Lydia quase ronronando.

— Não é isso! — respondeu rapidamente Rosemary sentindo-se enjoada, como uma mulher idosa conseguia pensar coisas do tipo com um homem pouco mais velho que Rosemary? Ugh!

— Tudo bem, já entendi. — respondeu Lydia coçando seu nariz — Tenha um ótimo dia. — e então aquela criatura estranha sorriu novamente e partiu.

Sentindo-se aliviada de já não estar mais dialogando com uma Bolton, ela apoiou seus dois cotovelos na bancada e prestou-se novamente a leitura de Verses for a Hill enquanto sentia Ginger esfregando-se em seu vestido, era tão bom sentir-se importante para alguém! Duas ou três pessoas passaram então e compraram uma quantidade razoável de flores, por mais que Rosemary realmente estivesse esperando vender aquelas flores feito água, ao menos ela havia conseguido algum dinheiro. Até que uma voz desconhecida disse:

— Esse livro é ótimo, não?

Por mais que Rosemary ainda não conhecesse todas as pessoas da cidade por nome, ela já reconhecia os rostos de lá, e ela sabia que nunca havia visto aquele rosto magro e um pouco barbudo:

— É ótimo sim — observou ela enquanto acariciava Ginger que havia saltado em cima do balcão — Me desculpe pela pergunta...

— Pode dizer! — interrompeu ele com certa cortesia.

— O senhor não é da cidade, certo? — indagou ela sentindo-se orgulhosa de já saber distinguir os rostos dos habitantes — Não me lembro de te ver — acrescentou ela desejando que o homem fosse embora e ela pudesse voltar a ler.

— Na verdade sou sim! — respondeu ele — Thomas Scott — disse o homem tirando o chapéu e colocando-o de volta.

Rosemary lembrava-se de alguém com esse nome...Alguém da cidade... Ah! Sim! O homem que lhe enviou a carta avisando da morte de seu avô! Ela então colocou sua mão calejada na barriguinha peluda de Ginger:

— Já você é nova na cidade, não? — indagou ele.

Por que aquele homem simplesmente não ia embora? Se ele não estava lá para comprar nada, decerto não deveria estar lá. Rosemary então respirou profundamente — afinal, esmurrar pessoas em um vilarejo tão pequeno não é uma opção — e disse:

— Sou sim, estou aqui há pouco mais de um mês. — Por que aquele homem simplesmente não ia embora? Ele era tão desinteressante.

— Creio que seja a neta de Algernon. — concluiu ele com um sorriso de lado estranho.

Uau! Mas, que surpresa! Rosemary mesmo sendo a única pessoa que se mudou para lá em três anos mal podia acreditar que era a neta de Algernon! Mas, que surpresa! Ugh! Por que aquele homem não ia embora? Ela só queria ler e vender flores, isso é algo difícil? Ela então beliscou um de seus braços:

— Sou sim, Ro...

— Semary Drew — completou o homem ruivo rindo, mas que maníaco!

— Sim — acrescentou ela sentindo-se inconfortável e beliscando novamente os braços.

— Eu estava fora, especificamente na capital durante o último mês...

Rosemary então utilizou de sua habilidade mais útil, a mesma que ela havia utilizado com Beatrice Worthington, fingir estar ouvindo a pessoa, enquanto Rosemary pensava em suéteres coloridos que faria para Ginger quando tivesse a oportunidade e recitava alguns poemas em sua cabeça, ela ouviu as palavras chave do que Thomas dizia enquanto olhava em seus olhos e acenava com a cabeça e então, ao fim de cada frase fazia uma pequena observação com as palavras chave, como Thomas era um homem egocêntrico, fingir estar ouvindo-o deu certo. Rosemary estava imaginando um suéter listrado que faria para seu gato alaranjado assim que tivesse a lã e a habilidade quando identificou uma palavra chave que lhe interessou, a palavra "semente":

— Como acabei de abrir uma loja de sementes, estarei distribuindo amostras gratuitas — disse ele — Isso lhe interessa?

Caso ainda estivesse fingindo ouvir o homem, ela teria dito "Sementes gratuitas? Que interessante!", Rosemary porém, já não estava mais fingindo ouvi-lo, ela queria sementes gratuitas:

— Interessa sim. — respondeu cuidadosamente ela — Tem sementes de flores também?

— Tenho sim! — respondeu ele tirando um pequeno envelope de seu bolso — Aqui está-

Rosemary já havia esticado o seu braço para pegar as sementes quando um balde de água foi despejado em cima de Thomas! Um pouco d'água havia caído em cima de Ginger que desnorteado voou em cima da mulher e começou a arranhá-la! Ginger estava em cima de seu rosto arranhando-o, sem conseguir ver o que fazia, ela acabou tropeçando em cima de um vaso de plantas derramando assim a sua terra pelo chão o que fez com que Rosemary escorregasse para fora da floricultura e ainda tentando retirar o felino agitado de seu rosto pálido sem machucá-lo, ela tropeçou em cima do delinquente que havia despejado a água em cima do vendedor de sementes. Agora caída no chão, Rosemary foi finalmente capaz de retirar o gato de seu rosto e acalmá-lo, e então, após fazer isso, levantou-se e analisou a estranha situação. Matthew estava com um balde vazio! Por que ele havia feito isso? Bem...tanto faz se ele vai jogar um balde de água em alguém, mas que ao menos esperasse que Rosemary adquirisse suas sementes! Ugh! Ela havia passado todo aquele tempo fingindo escutar Thomas sem motivo algum! Um homem ruivo e molhado então berrou:

— Você é mesmo um... — ele disse então palavras muito pesadas as quais Rosemary, como uma moça de respeito, tampou os ouvidos para não ouvir.

— Me desculpe! — riu Matthew sarcasticamente colocando o balde no chão — Eu apenas tropecei, meu caro — completou ele rindo — Não pensei que uma aguinha poderia irritar tanto um homem.

Novamente, Thomas praguejou com algumas palavras feias as quais Rosemary tampou os ouvidos para não ouvir, após isso, sentindo-se impetuosa, ela puxou Matthew pelo braço e mussitou:

— Por que você fez isso? Aquele homem estava prestes a me dar amostras de sementes! — ela certificou-se de que Thomas não estava ouvindo e então continuou — E se ele morrer de hipotermia? Você vai ir preso e eu não tenho dinheiro para pagar por outro trabalhador! — concluiu ela secando o sangue do rosto.

— Esse homem não é boa pessoa — concluiu ele rindo satisfeito — Mas, eu apenas tropecei.

— Ugh! Eu apenas queria sementes! — cochichou ela segurando Ginger.

Thomas então praguejou mais algumas coisas, entregou as sementes para ela e então foi embora, já passava da décima sétima badalada, portanto, Matthew também foi. Sentindo-se vazia, Rosemary secou outra vez o sangue que lhe escorria pelo rosto e voltou para a floricultura, já estava tarde, portanto, ela fechou a janela e começou a limpar a terra a qual havia derrubado enquanto lutava custosamente contra seu felino. Após isso, sentindo-se mais vazia do que jamais havia se sentido, ela abraçou seus joelhos e pingou lágrimas. Não eram lágrimas semelhantes às que ela havia chorado pela manhã, essas, por sua vez, eram muito mais pesadas e machucavam-lhe. Quanto tempo mais ela teria de conviver com essa dor? Quanto tempo mais ela teria de aturar sendo uma enferma espiritual? Rosemary desejava que a sua doença fosse física, pois assim teria médico que a ajudasse, entretanto, sua enfermidade era espiritual e ela não conhecia médico algum que pudesse curar almas.

Capítulo XIV

O Médico de Almas

Era uma agradável, entretanto gélida noite do meio de janeiro, as bétulas dançavam solenemente enquanto regozijavam-se sobre a luz da lua, a neve branca encobria com delicadeza a grama que esperava pacientemente que março chegasse para que então pudesse começar a florescer, as estrelas brilhavam como risonhos olhos dançantes no céu, resguardando segredos de um romântico tempo passado e as nuvens, por mais que fossem poucas, pacificamente flutuavam por entre as estrelas. Uma mulher que saía de sua amada floricultura, sentia-se preocupada e vazia com ondas de um cabelo loiro escuro emoldurando seu rosto triangular, ela trajava um vestido verde escuro e caminhava acompanhada de seu gato ruivo, em seu braço, ela carregava um buquê de camélias as quais entregaria para tia-bisavó Jemima Hancock. Ugh! Ela sentia-se tão oca! Rosemary gostava de como sua vida estava mudando, afinal, dois meses atrás ela não possuía esperança alguma de um dia poder ser quem ela era, não tinha motivo algum para continuar vivendo, agora, ela tinha uma floricultura, ela tinha Elizabeth, ela tinha Janne, ela tinha Ginger, ela tinha Lily Window! Mas, de certa forma, era como se nada disso fizesse sentido, qual era o motivo de tudo isso? Por que... Por que ela foi tão ingênua ao ponto de acreditar que ter essas coisas a tornaria feliz? Antes ela acreditou que deixar Londres a tornaria uma pessoa feliz, depois, acreditou que ter alguma companhia a tornaria-a feliz, após isso, acreditou que ter uma floricultura tornaria feliz, também acreditou que ter o gato ruivo do centro a tornaria feliz! Talvez...quem sabe o dinheiro pudesse torná-la feliz... Não! Rosemary tinha certeza que não! Ter dinheiro seria útil, mas não seria motivo de felicidade para ela, afinal, no fim das contas dinheiro é apenas um pedaço de papel que poderia proporcionar-lhe coisas, mas coisa alguma a tornaria feliz. Seria o amor? Não...Amar alguém poderia ser bom inclusive, mas o espaço vazio dentro de Rosemary era demasiado grande, caso ela utilizasse de uma pessoa para preencher todo aquele vazio, esse amor seria insano, doentio, e também, não dá para depositar sua confiança em pessoas! Rosemary havia dolorosamente aprendido isso ao longo de sua existência... pessoas vêm e vão, não se pode depender delas para ser feliz, caso contrário, quando elas te deixarem você estará desamparado. Ela precisava curar a sua enfermidade...se ela ao menos fosse capaz de encontrar um médico de almas!

Segurando algumas lágrimas, Rosemary então foi até a casa da tia-bisavó Jemima, deixou-lhe o seu buquê de flores, pois era seu aniversário de 101 anos e colocou Ginger no colo dela para que a amada senhora pudesse acariciá-lo, ela amava gatos. Rosemary temporariamente esqueceu-se de seu vazio. Após isso, estava na hora da tia-bisavó Jemima descansar, como havia dito a sua neta Unity, então ela despediu-se da senhora e novamente sentiu-se vazia e sem necessidade alguma de existir. Sem demora, Rosemary estava indo para a conveniência de Martin comprar farinha e ovos quando uma mulher corada, de cabelo castanho, olhos azuis e nariz redondo apareceu rapidamente segurando-a por trás:

— Que bom que eu te encontrei! — arfou Janne — Elizabeth precisa muito de ajuda mas eu não posso ajudá-la. — acrescentou ela abraçando a prima.

— Aconteceu alguma coisa? — indagou Rosemary colocando Ginger dentro de sua cesta — É algo grave? — perguntou ela novamente.

— Não que eu saiba — explicou Janne — É que Leah Ware, uma amiga de infância dela está com suspeita de catapora, ou algo do tipo — Ginger ronronou dentro da cesta de Rosemary —, e como eu nunca tive catapora, Charlotte não quer que eu a ajude.

— Eu já tive — respondeu com cuidado Rosemary —, talvez eu possa ajudar.

Grata, Janne levou Rosemary até a sua irmã e juntas, foram para a casa de Leah Ware que ficava do outro lado do riacho de Mulberry. Talvez o vazio de Rosemary pudesse ser preenchido com a caridade...Bobagem! Todo mundo deveria sentir-se vazio por dentro, certo? Certo? Elizabeth parecia afobada:

— O médico já foi até a casa de Leah? Certo? — questionou Rosemary beliscando um de seus braços — Caso realmente seja catapora, ela tem que começar a se tratar urgentemente.

— Não, o médico não foi visitá-la — explicou Elizabeth com os olhos úmidos — Ela se recusa a acreditar que o que ela tem é grave, deve ser apenas um resfriado. — consolou-se falsamente Charlotte.

— Caso fosse apenas um resfriado, ela não precisaria de ajuda... — observou.

Rosemary então calou-se, ela nunca havia visto Charlotte tão preocupada nem mesmo quando Matthew falsamente morreu debaixo do pinheiro natalino. Elas haviam enfim chegado ao outro lado do riacho, a casa de Leah Ware era pequena, simples e isolada. Antes de bater à porta da casa, Elizabeth virou-se e sussurrou:

— Eu te chamei aqui, mas a ajuda que eu preciso não é com Leah...

Não houve resposta verbal, Rosemary apenas mexeu as sobrancelhas finas para cima em expressão de "continue" e então, Elizabeth colocou sua mão enluvada em frente a boca para abafar a sua voz:

— Eu preciso de ajuda com o filho dela, o pequeno Charles — ela então certificou-se de que a janela ao lado estava fechada —, mas por favor, não o mencione para Leah!

— Por que eu não deveria? — deixou escapar Rosemary.

— Ela não gosta muito do filho... — uma pérola escorreu dos olhos azuis da prima Elizabeth — ele se parece muito com o marido de Leah e ele a abandonou, desde então ela vive como se não tivesse o Charles.

Rosemary achou que iria cuidar de Leah Ware e não de seu filho, ugh! Ela detestava crianças, o jeito que elas choram, que elas pensam, que são tão dependentes...bem talvez ela apenas odiasse crianças porque elas lhe lembravam de feridas dentro dela as quais não haviam tido o tempo de cicatrizar:

— Eu não posso cuidar de Leah? Acho que seria mais fácil — pediu ela.

— Leah... — novamente Elizabeth certificou-se da janela estar fechada —, Ela é uma pessoa difícil e se recusa a ficar perto de quem ela não conhece.

— Certo então, eu lhe ajudo com o filho dela — concluiu ela relutante.

Ambas então entraram na casa, era possível ouvir tossidas agonizantes de dentro do quarto, mas não foi isso o que chamou a atenção de Rosemary, e sim o "pequeno Charles" como havia dito sua prima. Era uma criança pequena, não deveria ter mais de três anos, seus olhos eram castanhos e profundos, olhos de crianças não costumam ser assim, os olhos de Charles carregavam o abandono emocional por parte de ambos os pais, carregavam algo que o olho de criança alguma deveria carregar. Seu cabelo era claro e não era muito, era uma criança bonita, embora ninguém pensasse isso dele, pois seus olhos sempre ofuscavam a atenção:

— Elizabeth, muito obrigada por vir... — disse uma voz rouca e seca de dentro do quarto.

— Mas, é claro que eu viria! — respondeu Elizabeth dando um pequeno empurrão em Rosemary — Não deixe que ela te veja — sussurrou ela colocando a mão em frente a boca e em seguida dando um sorriso amarelo.

Charlotte então, entrou no quarto ao qual Leah estava e fechou a porta com cuidado. Após isso, Rosemary, virou-se de costas e viu aquela criança pálida e calada balançando em sua cadeira de balanço, assim como um homem de idade avançada. O que tinha de errado com aquela criança? Ugh! Rosemary sentindo-se aflita, tirou Ginger da cesta onde o mesmo cochilava e com a sua voz mais tímida:

— Olhe só que gatinho mais...Picaresco. — mussitou ela exibindo o bichano confuso.

— Não gosto de gatos. — respondeu secamente Charles fitando o felino.

Não gostava de gatos? Como ele ousava? Rosemary também não gostava de crianças e nem por isso saía por aí dizendo em alto e bom tom, puxando o fôlego, ela decidiu que faria tudo o que podia para entreter aquela criança emocionalmente ferida, isso era uma questão de honra:

— Por que não gosta? Olhe só que orelhas grandes ele tem! — Rosemary então exibiu as orelhas peludas e arredondadas de Ginger.

Charles por sua vez, não prestou-se a responder, com uma expressão de indignação, ele fitou o gato ruivo e então voltou a balançar:

— Olhe só que rabo mais legal ele tem. — disse ela exibindo o rabo machucado do pobre e confuso Ginger que apenas queria dormir.

Sem querer, enquanto exibia o rabo do felino, ela acabou colocando seu dedo na parte em que tia Madalene havia agredido-o, assim, irritando Ginger que agressivamente miou e arranhou o pescoço já machucado de Rosemary com agressividade. Normalmente, ela teria colocado o gato longe de si, pois já estava acostumada com as suas mudanças de humor, mas, ao virar e olhar para a cadeira de balanço, o garotinho havia dado um pequeno sorriso! Rosemary havia conseguido! Charles parecia entreter-se com algo! No entanto, foi um sorriso falho e rápido que ligeiramente se murchou, após isso, Rosemary continuou por algum tempo falhamente tentando dialogar com aquela criança que recusava-se a abrir a boca. Era por volta da décima oitava badalada quando Elizabeth, com certa preocupação, saiu com alguns panos de dentro do velho quarto:

— Leah adormeceu, acho que é melhor irmos. — cochichou ela.

— Charles não vai comer nada? — indagou Rosemary percebendo o quão pálida e magra a criança era.

— Eu já havia dado comida para ele quando fui te chamar, vamos, ele vai ficar bem.

Rosemary então, despediu-se do menino, guardou Ginger em sua cesta e junto de Elizabeth, ambas partiram. Privadamente, Rosemary havia acreditado que poderia sentir-se menos vazia ajudando a prima com a caridade, e de fato, enquanto ela buscava deixar melhor a vida daquela pobre criança, Rosemary havia sentido-se um pouco mais...completa! Mas, assim como Bibury, a floricultura, Lily Window e muitas das outras coisas as quais Rosemary tentou utilizar para preencher o seu vazio, logo após sair da velha casa no outro lado do riacho, ela sentiu-se novamente oca e sem propósito:

— Você está bem? — indagou ociosamente Charlotte.

— A...A... — ela estava bem? — Acho que sim! — concluiu ela com pesar.

— Certo...

Um pouco imersa em seu vazio interior, Rosemary flexionou seus olhos e virou-se em direção ao centro velho:

— A...Aonde você está indo? — interpelou a prima Elizabeth fitando-a — Sua casa não é por ali? — acrescentou ela apontando para a estrada de Lambert Ranch.

Para onde Rosemary estava indo? Ela não conhecia nada do centro velho, ela nunca sequer havia ido para lá! Mas...de certa forma ela precisava ir para a direção a qual seus pés apontavam, ela sabia que sim, era como se uma linha de costura estivesse amarrada em seu braço e estivesse puxando-a naquela direção...Por quê? Um pouco atordoada, Rosemary virou-se em direção a prima Elizabeth:

— Eu p...p...preciso ir por...ali — e então apontou em direção a uma rua atijolada —, eu preciso! — o que ela estava falando? Nada fazia sentido!

— Por que? — Indagou ela tentando compreender a prima.

Não houve resposta, nem sequer Rosemary sabia o porquê dela *precisar* ir naquela direção! Por que? Por que seus pés não conseguiam parar de caminhar? Teria ela enlouquecido? Para onde ela estava indo? De certa forma, Rosemary sentia-se mais atordoada a cada passo que dava, era como se ela conseguisse escutar um chamado, um chamado que clamava por ela, ela precisava atendê-lo! Preocupada com a consciência de sua prima, Elizabeth continuou seguindo-a enquanto buscava manter comunicação, todavia era como se Rosemary não estivesse ali, era como se sua mente estivesse vagueando por qualquer outro canto do mundo:

— Me responda, Rose! — vozeou ela perseguindo a prima — Para onde você está indo?

Para onde? Para onde? Ela não sabia! Mas...Ela sabia que precisava ir a algum lugar, qual? Qual? Rosemary sentindo-se avessa a qualquer coisa humana, continuou caminhando de modo frenético por entre a neve da cidade. Finalmente, sua necessidade de caminhar havia parado, ela estava em um lugar completamente desconhecido...aturdida, ela olhou ao redor, seus olhos buscavam incansavelmente algo...buscavam o que? Rosemary sabia que quando encontrasse o que procurava, ela saberia, sim! Ela saberia. Ignorante as súplicas da prima, ela virou-se e viu um lugar belo, era uma igreja por mais que Rosemary não soubesse qual fosse a religião daquele lugar, não fazia diferença, ela entraria de qualquer jeito, ela sentia um anseio ardente de sua alma, algo dentro de si mais forte que ela tinha sede daquele lugar, ainda sentindo-se amarrada pela mesma linha intensa a qual puxava-a incessantemente, ela continuou caminhando. Algo muito mais forte que Rosemary estava fazendo isso por ela, mas, de alguma forma, ela sabia que caso não quisesse, caso não tivesse sede daquele lugar, a linha ainda assim estaria amarrada nela, mas nunca seria puxada. Afobada, Elizabeth arriscou-se na igreja de uma religião a qual não lhe pertencia — afinal ela era presbiteriana —, e continuou procurando por Rosemary, o que ela estava fazendo ali?

Rosemary, por sua vez, continuou caminhando de modo quase cego até que parou em frente a algo que ela desconhecia. Era uma "caixa" prateada, trancada por um cadeado diminuto e suspendida por uma mesa de quartzo negro, em cima daquela "caixa" havia uma luzinha vermelha, o que ela significava? Ah! Isso não importava! O que importava era a sensação que Rosemary estava sentindo, um tremor de felicidade genuína arrepiou-a por inteiro, Rosemary colocou a sua cesta do seu lado e ajoelhou-se, ali, ajoelhada perante aquela "caixa" desconhecida, ela sentiu-se...diferente! Inconscientemente, ela colocou aquela "caixa" como centro de sua vida, sim! Isso fazia sentido! agora tudo fazia sentido! Ela tinha sim um motivo para viver! Ela sentia-se transformada! Não pela "caixa" em si, mas sim pelo o que havia dentro dela, sim! Deveria ser algo belo! Rosemary sabia que sim, caso contrário, não teria sido atraída até ali, caso contrário, ela não teria aberto o seu coração para o que estava ali. Rosemary sabia que quem estava ali dentro era o seu médico de almas! O único que seria capaz de curar e preencher o seu vazio, o único que poderia cicatrizar as suas feridas espirituais, inclusive as que ela nem sequer sabia que tinha, o seu médico de almas estava ali, diante dela, dentro daquela "caixa" prateada — que Rosemary em um futuro próximo descobriria ser um sacrário -. Novamente, Bibury era um pequeno vilarejo majoritariamente cristão, tendo uma igreja presbiteriana no centro novo e uma católica no centro velho onde ocorria a missa diária todos os dias na hora da décima nona badalada, enquanto estava ali, absorta em si, suplicando pela tão desejada cura, uma missa começou. Elizabeth, respeitosa, saiu com cuidado da igreja, embora ela tivesse tentado falhamente "acordar" Rosemary. Caso ela não estivesse completamente imersa em adoração, teria percebido que a missa é algo muito bonito e solene, teria percebido que as pessoas ali estavam assim como ela buscando a cura de suas enfermidades e saciando a sede de seu vazio, porém, a missa é ainda mais que isso, é sublime, é o maior modo de honrar a Deus.

Uma hora havia se passado, e ao fim da missa uma mulher alta e familiar vestindo um avental branco e com um pequeno bordado dourado, abriu a "caixa" e guardou "uma caixinha dourada" a qual Rosemary descobriria ser uma âmbula. Ela sabia que aquela era a sua oportunidade de descobrir o que havia ali dentro, ela sabia que sim! Ainda um pouco atordoada, todavia completa, Rosemary levantou-se e segurou os cotovelos:

— Senhora... — bisbilhou ela aproximando-se da mulher.

— Posso ajudar com alguma coisa? — inquiriu ela trancando a "caixa prateada" — O padre não está se sentindo bem e só vai atender as confissões amanhã.

— Não...não quero me confessar — disse ela que sequer sabia o que era se confessar — O que é isso que a senhora guardou? — perguntou ela apontando para o sacrário.

— Sua primeira vez aqui, certo? — respondeu ela guiando Rosemary para outro lugar — Vamos, não é decente conversar aqui.

Aquela mulher então sentou-se junto de Rosemary e explicou-lhe tudo o que ela gostaria de saber. O nome daquela caixa prateada era sacrário, e dentro dela, o tesouro mais precioso e cobiçado de todo o mundo estava! O corpo de Cristo! Esse era o motivo dela ter se aberto a ele...Tudo fazia sentido em sua vida agora! Era como se cada parte de sua vida houvesse sido preparada por Deus, Rosemary tinha enfim encontrado o homem que curaria a sua alma:

— Caso você queira — explicou a mulher — temos missa todos os dias nesse mesmo horário.

Caso você queira? Obviamente Rosemary queria! Qual seria então o motivo de sua vida se não esse? Qual seria então a razão para viver cada dia? Ela acenou com a cabeça. Certo tempo se passou e ela continuou conversando com aquela mulher:

— Rosemary — apresentou-se a ela estendendo o braço.

— Abigail Worthington — respondeu a mulher apertando-lhe a mão.

Após receber uma bíblia — a qual Rosemary leu inteira em menos de dois meses —, ela saiu da igreja sentindo-se então pertencente a algum lugar, como ela havia conseguido viver quase duas décadas inteiras sem nunca ter ido a uma igreja? Do lado de fora, Elizabeth contava a Matthew o que havia acontecido:

— Estou falando! Ela ficou louca! — lamentou-se ela fazendo movimentos estranhos com as mãos — Certamente...

— Não tanto quanto Peggy Crampton — completou ele.

— Estou falando sério! — bradou ela sentindo-se zombada — Ela estava completamente fora de si! — concluiu Elizabeth arrumando o cabelo que havia caído.

— Ela sempre está.

Rosemary então saiu de dentro da igreja em uma mão carregando a sua cesta e na outra carregando uma bíblia...ela estava diferente...ou seria apenas impressão? Algo dentro dela havia sido arrancado e substituído por algo diferente...mas...o que era? Ela já não estava mais tão robótica e vazia, através de seus olhos, era possível ver algo, eles não estavam mais opacos e sem vida, ela estava completamente transformada, era nítido, quando algo muda drasticamente dentro de você, é impossível que o seu exterior não aparente a mudança. Sentindo-se desconcertada — pois não esperava encontrá-la tão diferente —, Elizabeth então manteve-se quieta por alguns segundos, ela não sabia o que dizer:

— Me desculpe por não ter lhe dado explicação alguma — declarou Rosemary colocando sua mão no ombro da prima e trocando um pequeno riso.

Capítulo XV

O falecimento de Janne Lambert

Era uma manhã de domingo nublada do começo de fevereiro, tudo parecia realmente pacífico e dentro de ordem. Rosemary estava rezando o rosário enquanto Ginger travessamente brincava com seu vestido, Matthew estava no andar de cima, consertando algumas telhas teimosas que continuavam caindo. Thomas agora regularmente entregava sementes para ela e era efetivamente satisfatório assistir os pequenos brotinhos começando a nascer. Tudo parecia razoavelmente calmo e notoriamente imperturbável, entretanto uma criatura infeliz e trêmula rapidamente chutou a porta, colocou-se dentro da casa e foi direto para a sala, onde de modo bruto caiu sentada no chão, colocou seus cotovelos tépidos na mesa de centro e começou a chorar inconsolavelmente:

— Elizabeth? Não me diga que... — Teria Leah Ware falecido? Ela parecia razoavelmente bem da última vez...isso não fazia muito sentido — Leah... — Rosemary então ajoelhou-se no chão e abraçou a prima.

— Não! Não! — soluçou ela com as suas luvas ensopadas de lágrimas — Não foi Leah Ware! — e então flexionou os joelhos — Não foi!

— Quem teria sido então?

— Qu...Quem f... — gaguejou falhamente ela buscando minimamente compreender a situação.

Rosemary sentia-se tão desconcertada que mal sabia o que fazer, o que havia acontecido afinal? Rosemary já estava acostumada a ver a prima se lamuriando à custa de pretendentes e outros problemas socialmente causados, mas aquilo era diferente, Elizabeth estava desolada, desesperada e talvez até um pouco desnorteada! Ainda sentindo-se um pouco desacertada, Rosemary levantou e colocou-a na velha poltrona de couro, onde, após mais alguns soluços desesperados, ela virou-se com pesar e sussurrou:

— Janne...vai... — sempre que traduzimos pensamentos infelizes a palavras, é como se eles ficassem piores, outra vez, sem conseguir segurar o choro, Elizabeth enterrou seu rosto entre as luvas encharcadas e voltou a soluçar incessantemente.

— Janne... — O que ela estava falando? Será que ela...Não! Certamente seria uma coisa não muito grave, por que Janne morreria? Ela era tão saudável...certo?

— Fomos ao médico hoje — explicou Elizabeth após alguns minutos de choro intenso —, fomos buscar o resultado dos exames dela e... — ela caiu emocionalmente outra vez e encharcou ainda mais as suas luvas.

— E... — continuou preocupadamente Rosemary enquanto servia-a chá.

Elizabeth continuou chorando por mais alguns minutos durante o tempo em que buscava juntar forças para dizer o que havia acontecido. Rosemary estava descontando a sua ansiedade nos braços pálidos enquanto beliscava-os, por que ela estava demorando tanto tempo para dizer? Será que...Não! Não! Rosemary recusava-se a acreditar que o pior poderia acontecer, em manhãs de inverno é quase impossível acreditar que coisas ruins acontecem:

— Janne tem menos de uma semana de vida! — bramiu Elizabeth com os olhos flexionados — Menos de uma semana! — repetiu ela ainda sem acreditar no que dizia.

Rosemary não disse uma palavra e nem chorou, ela estava em choque. Ela conhecia muito bem a morte, afinal, alguns anos atrás a mesma tirou dela todos — exceto Patience — a quem ela amava, sem deixar um sequer para trás. De certa forma, ela lutou para acreditar que finalmente mais nada de ruim poderia acontecer, mas ela estava copiosamente errada, coisas ruins podem acontecer o tempo inteiro e com todos, mas...de certa forma, Janne não era a única que não sabia se viveria até a semana que vem, nenhuma delas sabia, por mais que Janne Lambert tivesse quase certeza de que não estaria lá em uma semana. Rosemary continuou por mais alguns minutos parada e quieta, assistindo Charlotte derramar as numerosas lágrimas, não parecia certo falar, até que Ginger quebrou o silêncio derrubando alguma coisa na sala, o que encorajou ela a perguntar:

— Mas...Por quê? — indagou ela servindo mais chá.

— Janne tem um problema gravíssimo em seus pulmões... — soluçou Elizabeth — caso tivéssemos descoberto antes, teria tratamento, mas agora só lhe resta a morte! — eu poderia dizer que ela voltou a chorar, mas para voltar a fazer alguma coisa é preciso parar e então fazê-la novamente, mas Elizabeth, por sua vez, não parou de chorar por um segundo sequer.

Rosemary entendia perfeitamente o desespero e dor ardentes dela, logo, fez para ela o mesmo que gostaria que alguém tivesse feito para si anos atrás, quando ela perdeu os irmãos, sentou-se ao lado dela e continuou ali, toleravelmente silenciosa:

— Eu não consigo ficar em casa! — declarou ela roucamente — Não consigo olhar para Janne sabendo que pode ser a última vez que vou ver ela! Não consigo! — soluçou ela em meio a lágrimas.

— Mas — começou ela colocando uma das mãos no ombro de Charlotte —, se fosse você quem estivesse doente, não gostaria de tê-la por perto? — concluiu ela secando uma lágrima ao lembrar-se que nem sequer pôde ficar perto dos irmãos.

— Sim! Eu gostaria! — vozeou ela arregalando os olhos — Ugh! Como estou sendo egocêntrica e egoísta! Eu sou uma irmã horrível! — ela então saltou abruptamente da cadeira.

— Não foi isso que eu quis diz...

Então, Rosemary interrompeu-se e se pôs a seguir Elizabeth que rapidamente chutou a porta e começou a correr. Em menos de alguns minutos, ambas já estavam dentro de Lambert Ranch, ainda afobada, Elizabeth abriu a porta e sentou-se ao lado da cama, Rosemary por sua vez, estava lutando para não acreditar que Janne realmente estava doente, todavia vendo aquele corpo pálido e quase desfalecido atirado em meio aos cobertores, Rosemary então foi obrigada a acreditar:

— Que bom que vieram — bisbilhou Janne baixinho entre algumas tossidas e então fechando os olhos.

Tanto Rosemary quanto Elizabeth depositaram-se na venusta cama em volta do corpo fragilizado, entretanto apenas Charlotte deu-se o luxo de chorar, como cabiam tantas lágrimas dentro daqueles olhos? Após alguns minutos que para elas passaram como longos anos, Janne novamente abriu os olhos com dificuldade e sussurrou arduamente:

— Eu sou tão nova para... — uma tosse seca abafou a sua voz — tem tantas coisas que eu gostaria de ter feito antes de...

— Quais coisas? — interpelaram ambas decididas a fazer todos os desejos de Janne em seu estágio amplamente terminal.

Outra tosse grave e seca ecoou pelo quarto:

— São tantas... — começou ela de modo ofegante — Andar a cavalo na chuva — mais uma tosse foi ouvida —, ter uma vaca...me casar também.

— Dá pra fazer a maioria em uma semana — começou Rosemary racionalmente — Mas, quanto a se casar...

— Vamos realizar todos os seus pedidos! — interrompeu-a Charlotte de modo abrupto colocando a luva molhada de lágrimas na boca dela.

Janne então sorriu pesarosamente, tossiu mais um pouco e novamente fechou seus olhos:

— Eu já me acostumei com a ideia de... — ela tossiu — não realizar nenhum desses desejos — concluiu ela com pesar.

— Acontece... — respondeu deploravelmente.

— Você vai realizar *todos* os seus desejos! — vozeou Elizabeth — Todos sem exceção alguma! Vamos conseguir. — concluiu ela secando uma lágrima.

Janne então sorriu e com dificuldade sussurrou:

— Vou dormir um pouco agora... — tossiu — Não se importem com isso.

Rosemary e Elizabeth então levantaram-se e beijaram a testa da pobre enferma e solenemente saíram do quarto, Charlotte, preocupada com a irmã estava andando em círculos pela cozinha quando abruptamente foi puxada por uma mulher outrora cinzenta:

— Você enlouqueceu, Elizabeth? — indagou bruscamente ela — Onde você estava com a cabeça quando disse aquilo? — concluiu ela soltando-a.

— Não acho que tentar consolar a minha irmã à beira da morte seja algum tipo de "loucura" — refutou ela abrindo e fechando os dedos.

— De fato não é — sussurrou Rosemary —, mas não quando a sua irmã quer se casar! Onde você vai arranjar um marido? — inquiriu.

— Eu disse isso? — respondeu Elizabeth agoniada — Eu não me lembro, estava tão atordoada... — mussitou ela jogando o cabelo para trás.

— Disse! Disse que realizaria todos os desejos dela — continuou Rosemary certificando-se de ter fechado a porta do quarto de Janne.

Elizabeth ficou aflita e quieta por alguns segundos e após um suspiro curto e pesaroso, ela virou-se para Rosemary:

— Vou ter de contar a ela que não podemos fazer isso... — arfou Elizabeth.

— Você não pode! — contrapôs ela segurando a prima — Janne está muito fraca e não pode passar por desilusões!

— Mas, nós não vamos conseguir arrumar alguém para se casar com ela, Janne tem pouquíssimos dias de vida e nossa mãe também não vai permitir — ciciou ela comprimindo os lábios.

— Vamos dar um jeito — concluiu Rosemary após uma sucinta pausa dramática.

Ainda um pouco inquieta, Elizabeth vagou pela cozinha fazendo coisas que nem ela mesma sabia o que eram, cortou alguns tomates, descascou algumas batatas e amolou um garfo para enfim virar-se:

— Você acha que Matthew aceitaria? — indagou ela cortando cubos de carne.

— Eu não sabia que você odiava tanto a sua irmã — refutou Rosemary segurando os cotovelos e franzindo o cenho.

— Eu não a odeio! — vozeou Elizabeth comprimindo os lábios e soltando as batatas no chão — Ele é a única pessoa que eu conheço que poderia...

— Poderia o que? — interpelou Rachel, cabisbaixa, entrando na cozinha.

— Nada! — bradaram ambas sincronizadamente recolhendo as batatas.

Rachel, então, fitou-as por alguns segundos e suspirou:

— Como é horrível ser a mais nova — murmurou ela revirando os olhos —, vocês me veem como um bebê!

— Talvez por você realmente ser um. — observou Elizabeth lavando as batatas do chão — Além do que, você conta tudo pra nossa mãe.

— Não conto não! — bradejou ela cerrando os dentes e então saindo da cozinha.

Após isso, Rosemary conferiu se Rachel realmente havia saído:

— Vamos começar pelo mais fácil — arfou ela colocando seu chapéu — você acha que nós conseguimos arranjar uma vaca?

— Eu precisaria pedir para o meu pai, mas não acho que ele permitiria.

Rosemary tinha o dinheiro das economias do avô Algernon, mas não era grande coisa e ela também não poderia se dar ao luxo de sair por aí gastando com uma vaca, por mais que fosse o desejo de uma enferma:

— Conhece alguém da cidade que tenha vacas? — indagou ela.

— O senhor Slyfeel tem — lembrou-se Charlotte — mas ele é muito avarento, jamais permitiria que nós levássemos uma de suas vacas, ele as idolatra! — lamentou-se ela olhando para a portinha fechada do quarto da irmã.

— Nada que um pouco de diálogo não possa resolver — bradou Rosemary Drew colocando seu casaco de popelina — pode me levar até a propriedade dele? — adjurou ela.

Um pouco relutante mas ainda assim esperançosa, Charlotte guiou aquela mulher destemida até o outro lado da cidade, já passava da décima primeira badalada e o senhor Slyfeel repousava calmamente em sua cadeira de balanço com um pedaço de capim preso a boca e ao seu lado, uma caramelada vaca bonita amainava. Elizabeth então aproximou-se da prima:

— Caso não dê certo, lembre-se, não foi culpa sua — cochichou ela.

— Não dar certo não é uma opção — boquejou ela.

Aquilo seria moleza, Rosemary estava acostumada a lidar com as suas tias, aquelas tiranas verbais, qualquer coisa é entediantemente indubitável caso comparada a confabular com as suas tias. Sentindo-se destemida, ela fechou os punhos e continuou caminhando, Elizabeth secretamente temia o senhor Slyfeel devido às histórias macabras relacionadas a ele, logo, já havia parado de andar a certo tempo. Rosemary agora estava parada frente a frente com o dono da bela vaca caramelada, ela tinha a consciência de que precisava dela:

— B...Bom dia senhor... — começou ela.

O senhor Slyfeel então retirou o pedaço de capim de sua boca e fitou-a de cima a baixo, o jeito com o qual ele afrontava as pessoas costumava desestabiliza-las, todavia Rosemary estava friamente acostumada a ser encarada por tia Thalita que de modo não intencional conseguia ser muitíssimo pior que aquele homem avarento:

— O que você quer aqui? — questionou ele com certa arrogância.

— Eu gostaria de pedir-lhe um favor... — começou Rosemary beliscando o braço desnudo — É que...

— Por que eu lhe faria algum favor? — interrompeu friamente ele.

Ugh! Por que? Rosemary poderia citar um trecho da homilia de caridade da semana passada que ela havia apreciado, mas explicar sobre caridade para um homem tão arrogante e avarento seria frustâneo, certo? Ugh! Talvez ela pudesse tentar convencê-lo racionalmente, não! Não havia nenhum motivo para ele ajudá-la se não a benevolência, tentar explicar isso de outra forma não faria sentido algum. Rosemary então cruzou os braços:

— Evangelho de Lucas, capítulo 34 versículo... — qual era mesmo? — 25-28!

— E o que ele diz? — riu o senhor Slyfeel.

Obviamente Rosemary não lembrava-se do evangelho de Lucas capítulo 34 versículo 25-28 de cor! Ugh! Ela não deveria ter citado a bíblia, deveria ter dito algo por si, mas e agora? Ela poderia muito bem ter desistido, entretanto lembrou-se do corpo cadavérico de Janne que tanto ansiava por uma vaca, Rosemary não estava fazendo isso por si, estava fazendo isso por ela! Sim, ela sabia exatamente o que responder:

— Abra a bíblia e verá. — mussitou ela cuidadosamente.

Alguns longos minutos se passaram, Elizabeth estava aflitamente sentada ao lado de um abeto, teria Rosemary sido sequestrada assim como os boatos diziam ter acontecido com Margaret Crawford? Não! Isso não poderia acontecer, certo? Charlotte estava pronta para se levantar e ir procurar a prima quando uma mulher pacífica e resoluta passou ao seu lado:

— Eu falei que não seria difícil — concluiu ela copiosamente passando suas mãos nas costas da vaca.

— Como você conseguiu? — indagou freneticamente Elizabeth coçando os olhos para ter certeza de que estava enxergando bem — Você roubou essa vaca? O senhor Slyfeel não vai gostar disso! — bradou ela.

— Não roubei vaca alguma! — vociferou ela sentindo-se desonrada.

— Então, como você conseguiu essa? Tenho certeza que o senhor Slyfeel jamais entregaria uma vaca de bom grado. — respondeu ela.

— Digamos que eu o convenci de abrir a bíblia pela primeira vez em alguns anos — explicou Rosemary —, e ele sentiu-se tão sensibilizado que disse que podíamos ficar com a vaca enquanto Janne vivesse.

— E mesmo assim você não consegue pronunciar uma palavra sequer na ceia de natal. — concluiu Elizabeth admirando o animal que as seguia.

Alguns dias haviam se passado e dois dos desejos de Janne já haviam sido cumpridos com maestria, porém, a busca por um marido para Janne Lambert ainda não havia chegado ao fim:

— Deixo o meu vestido rosa e o meu chapéu para Rachel — soluçou Janne dolorosamente abrindo mão de suas coisas ao escrever seu testamento —, já a minha Belle — como ela havia nomeado a vaca — deixo para a tia-bisavó Jemima — Janne suspirou — quem diria que a tia-bisavó Jemima estaria em meu testamento? — e então tossiu — Se ao menos eu houvesse conseguido concluir todos os meus desejos, ah! — ela então dramaticamente colocou as costas de seu punho sobre a testa alva.

Todos estavam chorando ou lamentando-se, exceto por Matthew que fitava a todos com certo desdém:

— Você não consegue nem fingir que se importa? — indagou Rosemary.

— Não, afinal, ela não vai morrer — respondeu ele despreocupadamente.

— Como você tem tanta certeza? — perguntou ela segurando os cotovelos.

— Caso ela realmente fosse morrer, seus olhos seriam de uma pessoa que vai morrer.

Do que ele estava falando? Hum...Se bem que...Rosemary não sentia a presença da morte, não era como se o céu estivesse rindo deles, nem como se o véu do futuro de Janne estivesse rasgado, também não era como se o dedo da morte tivesse a mínima intenção de levá-la, ah! No que ela estava pensando? Janne estava amarela de tão pálida, ofegante e não parava de tossir! Não haviam esperanças para que Janne sobrevivesse, infelizmente:

— Ela está cada vez pior — mussitou chorosamente Elizabeth — precisamos dar um jeito rápido de fazer com que Janne se case — concluiu ela pesarosa.

— Tudo que estava ao meu alcance já foi feito — concluiu tristemente Rosemary —, eu até consegui uma vaca.

— Mas...

— Do que vocês estão falando? — interrompeu Rachel que estava atrás delas — Por que Janne precisa se casar? — cochichou ela.

— Quantas vezes eu preciso falar que não é pra você se intrometer onde não é chamada? — bravejou Elizabeth quase chamando a atenção de Phoebe — Se precisássemos da sua ajuda, teríamos dito! — concluiu ela fechando as mãos.

— Acho que um pouco de ajuda não faria mal. — tartamudeou Rosemary separando ambas com cuidado — Afinal, temos pouco tempo.

— Viu? Ela sim é uma pessoa legal! — refutou Rachel.

— Diferentemente de você! — alfinetou Elizabeth revirando os olhos.

Após certo tempo de briga, orgulhosamente Rachel jogou seu cabelo para trás, virou-se e disse:

— Vocês não precisam arranjar um marido em tão pouco tempo. Seria loucura! — e então colocou com presunção uma de suas mãos em seu ombro.

— Você está literalmente falando para que nós desistamos? Mas, que ótima ideia! — respondeu Elizabeth.

— Não estou falando disso, estou falando que o "casamento" de Janne pode ser apenas ela vestida de noiva. — sussurrou ela.

De fato, essa não era uma ideia extraordinária, mas a pobre Janne tinha agora menos de três dias de vida, ou talvez até menos, ela estava tão doente e afetada! Portanto, tanto Rosemary quanto Charlotte concordaram com receio com a ideia de Rachel, era melhor realizar o desejo da enferma pela metade do que não realizá-lo.

No dia seguinte, um casamento solene com apenas cinco pessoas, um coelho, um gato, um cavalo e uma vaca foi realizado, Janne estava tão pálida e sem vida que caso partisse ali mesmo, ninguém — exceto uma pessoa dali — acharia esdrúxulo, foi um casamento figurado organizado por Rachel que mais se assemelhava a uma jocosidade infantil, entretanto Janne estava tão fora de si que mal conseguia abrir os olhos e passava o tempo inteiro ofegante e tossindo. Tendo o casamento se encerrado, todos voltaram a viver as suas vidas, exceto por Janne que basicamente já não tinha mais uma.

Os próximos dias passaram lentamente, após o trabalho, Rosemary ia todos os dias visitar a enferma convalescente que agora só dormia, assim como Matthew, ela havia começado a sentir que Janne não morreria, não por acreditar que ela se curaria ou algo assim, mas sim por não sentirem presença de morte nela, já haviam se passado duas semanas e ela continuava viva. Os dias continuaram assim até que um dia, no final da missa diária, Rosemary encontrou-se com o médico de Janne:

— Boa noite, senhor Voss — disse ela.

— Boa noite — doutor Voss era um homem calado, logo limitou-se ao silêncio.

— Me desculpe lhe incomodar fora do seu horário de trabalho — exonerou-se ela enquanto guardava a sua bíblia.

— Não precisa se preocupar — respondeu o homem — Pode dizer o que for.

— Janne, pobrezinha — começou ela — tem sofrido muito por causa de seu problema nos pulmões, eu gostaria de saber se tem algo que eu possa fazer para ajudá-la — concluiu Rosemary com pesar lembrando-se da prima.

— Por que? Do que a senhorita está falando? — indagou o homem confuso — Janne é uma de minhas pacientes mais saudáveis.

— Não é não... — balbuciou confusamente ela — Janne tem um problema gravíssimo e pode partir a qualquer momento — acrescentou ela cuidadosamente.

— Espere... — abriu a sua maleta de trabalho e passou meticulosamente a mão por entre os papéis — Ugh! Devo ter me esquecido de levar isso até Lambert Ranch. — murmurou ele.

— Caso não seja falta de educação de minha parte — começou ela —, posso saber o que isso quer dizer?

— É claro — declarou ele —, acidentalmente eu troquei o prontuário de Janne Lambert com o de outra Janne que eu atendi na capital, a mesma já faleceu — explicou ele.

— Então, por que Janne anda tão doente ultimamente? — questionou Rosemary com veemência.

— Provavelmente é um efeito psicológico, Janne é uma de minhas pacientes mais saudáveis — repetiu ele.

Exultante de alegria, Rosemary pegou a carta e então correu rapidamente até Lambert Ranch para dar as boas notícias, o doutor Voss estava certo! Assim que a tia Phoebe leu a carta e Janne ouviu-a, de modo quase instantâneo a outrora enferma abriu os olhos e corou um pouco e bruscamente deu um salto da cama. Não foi dessa vez que Janne de Lambert Ranch morreu, ela continuou sendo a paciente mais saudável do doutor Voss.

Capítulo XVI

O infortúnio aniversário de Rosemary

O aniversário de Rosemary era um dia ao qual ela não costumava celebrar, embora ela já não fosse mais uma mulher vazia e sem sentido, afinal, ela tinha Cristo em sua vida — Rosemary aprendeu que ter Deus não significava nunca passar pela tristeza, mas, sim, significava ter alguém que não te abandonaria ao passar por tempos difíceis —, ela ainda carregava memórias passadas as quais não gostava de se lembrar, seus últimos aniversários haviam sido dias pesarosos e lastimuriantes onde ela havia derramado inúmeras lágrimas, dias esses que Rosemary gostaria de esquecer que havia vivido, assim como os últimos doze anos de sua vida, portanto, ela estava decidida a não comemorar o seu aniversário. Ela sabia que seu plano certamente seria cumprido com sucesso, até porque, ela não havia contado a ninguém quando seu aniversário era, certamente ninguém saberia.

Era uma madrugada gelada e pensativa do final de fevereiro, a lua brilhava como um grande olho reluzente e as estrelas sussurravam histórias de tempos passados ao som do canto das bétulas que agraciavam-se dos resquícios de neve, resquícios esses que cobriam o telhado de Lily Window. Dentro da casa, uma mulher atirada na cama estava com os olhos tom de avelã arregalados e um gato ruivo deitado em cima dela. Rosemary sabia que não conseguiria dormir, ela estava mais acordada e frenética do que jamais estivera por mais que não houvesse motivo algum para isso. Decidida a não continuar ociosa naquela cama grande e impessoal, ela levantou-se e colocou uma roupa decente. Ela sabia que não podia ir para a floricultura, nem para a igreja, nem para o jardim e nem para qualquer outro lugar fora de Lily Window, até porque, caso ela fosse vista vagando pela cidade antes da primeira badalada, seria considerada insana e também apanharia um resfriado, ela também não podia tricotar e nem cozinhar, pois ela obviamente se queimaria no escuro, e os livros poéticos de TS eram muito bons, mas ela já havia lido todos. Rosemary então, desassossegadamente, se pôs a limpar a casa, seguida de seu amigo felino ruivo, ela esfregou os azulejos do banheiro, tirou o pó de todos os cômodos, limpou as cortinas entre todas as outras atividades que ela poderia realizar no escuro. Por fim, ela decidiu que organizaria as estantes da casa, ainda estava muito cedo e não havia mais nada que ela pudesse fazer naquele notoriamente imenso casebre. Será que um dia ela conseguiria deixá-lo bonito? Espera, era aquilo o que Rosemary estava pensando que era? Isso era perfeito! Era como um presente encontrar aquilo justo ali! O que Rosemary havia encontrado era outro livro azul marinho bordado em detalhes dourados:

— "La beauté des yeux" — sussurrou satisfatoriamente para si enquanto folheava o manuscrito.

Sentindo-se agraciada pelo "presente", ela rapidamente acendeu mais algumas velas e sentada no chão, incessantemente, ela passou os olhos por aqueles belos manuscritos de caligrafia familiar e ilustrações informais. Diferentemente dos outros livros onde cada página era um poema separado, esse era uma epopeia, possuía uma história verdadeiramente cativante a qual fez com que Rosemary dedicasse horas de seu tempo a leitura cuidadosa, todas as palavras, vírgulas e ilustrações possuíam diversos significados agudos e apolíneos. Embora fosse uma epopeia bonita, fazia com que Rosemary se sentisse estranhamente desconfortável a cada página a qual lia, era tão estranho que um homem morando no interior da França conseguisse escrever tão detalhadamente sobre um lugar tão específico, era difícil acreditar que não era Bibury, mas entre todas as frases, uma foi a que mais marcou-a "Tu as assassiné un jardin", ela parecia-lhe tão pessoal e familiar, Rosemary sabia que havia lido-a em algum lugar, não, bobagem! Deveria ser apenas uma coincidência, talvez os poetas possuíam frases de sua preferência as quais frequentemente usam, assim como Rosemary possui flores e pontos de tricô aos quais usa repetidamente, deveria ser apenas isso, certo? Após mais algumas horas de leitura demasiada compenetrada — pois Rosemary lia lentamente livros daquele escritor para que pudesse extrair o máximo de significado possível —, já passava da sexta badalada, era um horário razoavelmente adequado para ir ao trabalho.

Rosemary então colocou alguns vasos novos aos quais levaria para a floricultura em sua cesta, chamou Ginger com casualidade e colocou seu chapéu, como ela costumava ter bastante tempo ocioso na floricultura, pegou também seu mais novo livro e colocou-o embaixo do braço:

— Que mal gosto literário — murmurou uma voz rótica.

Todavia, a voz estava longe demais para que Rosemary escutasse-a, portanto, assim como teria feito em qualquer outro dia de sua vida, ela foi até a sua floricultura enquanto mentalmente reverberava as palavras do livro. Novamente, como ela teria feito em qualquer dia rotineiro, ela vendeu flores, sementes, mudas e vasos, semelhantemente a qualquer outro dia de sua nova vida. Após terminar seu trabalho, como ela estava acostumada a fazer, Rosemary foi para o único lugar onde sentia-se plenamente contente e acolhida, a igreja! Ao fim da santa missa, como já era de costume, Rosemary ficou mais tempo para poder conversar com o padre Neil, ele era um homem de terceira idade corado e grisalho muito simpático que rapidamente havia virado um bom amigo dela. Ao fim do dia, Rosemary já havia esquecido-se completamente que era o seu aniversário, para ela, era apenas mais um dia no pequeno vilarejo de Bibury.

Era uma clara noite de lua cheia onde os imponentes abetos fitavam todos os pedestres que ali passavam, as estrelas por sua vez, gargalhavam escandalosamente de piadas contadas pela lua e algumas pequenas florzinhas já ameaçavam surgir por entre a neve quase derretida, Rosemary julgou ser uma noite bonita e clara, ótima para se passar tricotando, esse era o seu plano, caso não conseguisse dormir, passaria a noite tricotando. Todavia, o seu plano certamente não foi executado, por estar caminhando absorta em si, provavelmente recitando algum poema notoriamente bonito ao qual havia lido pela manhã, ela não foi capaz de perceber um grande pedaço de esterco no meio da estrada que dava para Mulberry Creek. Ela poderia ter limitado-se a apenas pisar no esterco — o que não me leve a mal, já seria ruim o suficiente, ainda mais em seu aniversário —, ela porém, tropeçou bruscamente em uma pedra e com as mãos dentro dos bolsos, Rosemary não foi capaz de proteger o seu rosto que foi violentamente atirado em meio ao esterco! Felizmente, ela estava de boca fechada, mas o estrago ainda assim havia sido epopeico! Havia esterco de cavalo espalhado por todo o seu vestido novo e também no seu rosto e em suas mãos! Ela estava inteiramente imersa em esterco! Ugh! Mas, que cheiro horroroso! Aquela situação só não conseguia ser ainda pior que quando uma carruagem havia ensopado-lhe em fétida água de esgoto! Ela não podia terminar de subir a colina daquele jeito! Rosemary sequer conseguia enxergar alguma coisa! Flexionando seus olhos na quase falha tentativa de enxergar alguma coisa, os olhos haviam repousado em Lambert Ranch! Perfeito, ela só precisava pedir a Janne ou a Elizabeth que deixassem-na se limpar na casa, poderia ser que não desse certo, mas havia apenas um meio de descobrir.

Rosemary então, sem a presença de Ginger pois o mesmo não gostava nem um pouco do cheiro do esterco, foi até Lambert Ranch onde bateu à porta com delicadeza e foi ligeira e suspiciosamente — de modo quase desesperado — atendida por Janne:

— B...B...Boa noite! — gaguejou tremulamente Janne olhando copiosamente para os lados — V...v...Você a essa hora do dia por aqui? — Do que Janne estava falando? Rosemary sempre passava por lá naquele horário — P...p...p...Precisa de alguma coisa? — indagou ela brincando com os dedos.

Se Rosemary precisava de alguma coisa? Ela estava *literalmente* coberta de esterco! Obviamente ela precisava de ajuda! Ugh! O que havia acontecido com Janne? Ela não costuma ser assim! Teria ela adquirido outra doença psicológica? Bobagem! Respirando profundamente, Rosemary beliscou um de seus braços coberto de esterco:

— Eu acabei de tropeçar no esterco que provavelmente é de Pegasus — explicou suspiciosamente Rosemary tentando ver o que estava acontecendo dentro da casa — caso não vá incomodar, preciso tirar o excesso do esterco antes de continuar subindo Mulberry Creek.

— C...Cla... — Janne então fechou urgentemente a porta, sussurrou algumas palavras e então abriu-a novamente — Me desculpe, mas você não vai entrar agora. — arfou ela com ares dramáticos.

— Deixe-me pegar um balde então — suplicou Rosemary que começara a sentir-se desesperada em relação ao esterco que lhe dominara exteriormente —, assim que uso a água do rio e então vou embora. — conclui ela confusa tentando enxergar.

— Não! — vozeou Janne nervosa olhando para dentro da casa — V... você não vai entrar! — completou ela cerrando os dentes.

Ugh! Por que não? Os pés de Rosemary não estavam sujos e de qualquer forma, Lambert Ranch não é um lugar deslumbrantemente limpo! Rosemary já havia inclusive arranjado uma vaca para Janne Banfield, qual seria a sua dificuldade em apenas permitir que a pobre aniversariante coberta em esterco utilizasse de um balde e um pouco de água apenas para tirar o excesso de sua sujeira até poder limpar-se por completo em Lily Window?

Por que Janne estava tão suspeita? Por que haviam tantos sussurros e bisbilhar dentro da casa? Rosemary tentava olhar por dentro da casa, mas a jovem morena e afobada sempre colocava-se em sua frente:

— Certo — ciciou relutantemente ela —, não vou lhe atrapalhar, acho que é melhor subir para Mulberry Creek desse jeito.

— Não! — bradejou aflitamente Janne segurando-a pelo braço imundamente tomado pelo esterco — Você não pode ir! — vociferou ela.

— Então, deixe-me entrar — retorquiu Rosemary retirando a mão suada de seu braço.

Após alguns minutos de uma luta verbalmente árdua entre ambas as primas, a voz calma e orgulhosa de Rachel foi ouvida por de trás do ombro de Janne:

— Deixe-a entrar — segredou ela com delicadeza.

— Charlotte já está pronta? — respondeu Janne Lambert.

— Deixe-a entrar — repetiu Rachel — sentindo-se um pouco irritada pela lerdeza da irmã.

Janne então pronunciou algumas palavras estranhas seguidas de um aceno nem um pouco discreto com a sua cabeça e então, virando-se para a prima tomada pelo fétido esterco:

— Quer saber... — começou falsamente ela — Acho que você pode entrar.

— Não, obrigada — refutou Rosemary sentindo-se mais suspiciosamente estranha a cada segundo que se passava, se ela tinha certeza de algo, era de que não poderia entrar em Lambert Ranch e sair ilesa.

— Entre! — vociferou Janne então puxando-a para dentro da efêmera casa e fechando a porta com certa brusquidão.

Algumas palavras estranhas foram pronunciadas por Janne, o que estava acontecendo? Ugh! Por que Rosemary não havia se atentado aquela pedra no caminho? Caso ela não tivesse tropeçado no esterco, não haveria necessidade de bater na porta daquela família estranha! Espera, por que todas as velas da casa estavam apagadas? O que estava acontecendo? Falhamente, Rosemary tentou abrir a porta, estariam seus olhos semelhantes aos olhos de alguém que morrera? Ah! Talvez! Ela sentia que poderia desmaiar a qualquer momento! Rapidamente, Janne se pôs a acender todas as velas suspendidas e em questões de segundos, a luz revelou uma sala cheia de... Banfields?! Ah! Não! Isso não poderia ser possível! Se existe um dia em específico no ano ao qual Rosemary repugna, esse dia certamente é vinte e um de fevereiro! Ela então fitou todos aqueles rostos conhecidos, era como se todos que ela conhecesse estivessem lá, Matthew, Thomas, tia-bisavó Jemima, Janne, Rachel, o padre Neil, as suas horríveis tias e tios, primos aos quais ela nunca sequer havia trocado uma palavra e... prima Elizabeth com um bolo de aniversário? Ah! Sim! Tudo estava tão claro! Ugh! Como haviam descoberto que era o seu aniversário? Da boca de Rosemary nunca saiu uma palavra sequer relacionada aquele fatídico dia! Caso não fosse ruim o suficiente uma festa surpresa e estar trancada em uma sala mais que lotada de Banfields, estavam todos atônitos encarando-a, ugh! Tudo graças a sua desatenção! Caso ela não houvesse sido tão desprovida de foco, ela não teria caído naquele hórrido esterco afinal:

— Surpresa... — disse desapontadamente Elizabeth fitando o deplorável estado da aniversariante — Hum...Rosemary, é você? — indagou ela arrependendo-se de ter dito aquilo assim que o disse.

Rosemary por sua vez, não foi capaz de responder, caso ela pudesse, teria aberto a janela e dramaticamente saltado, entretanto seu vestido era muito grande para se fazer isso e padre Neil estava ali, o que ele pensaria dela andando por aí coberta em esterco e saltando por cima de janelas? A boca de Rosemary estava seca e seus olhos já não queriam mais continuar abertos, era como se ela fosse capaz de sentir cada gota de sangue que corria em suas veias, por que até mesmo a tia Peggy estava tão calada? Ah, sim! Por que ninguém esperava que Rosemary fosse aparecer coberta em esterco! Espera, a tia Peggy estava realmente calada? Não parecia, ela estava abrindo a boca, por que Rosemary não conseguia ouvi-la? Onde estava Elizabeth? Ugh! Por que isso lhe importava? Rosemary estava suando frio e sua boca tremia, seria ela apenas uma mulher de corpo delicado? Estaria ela perante a sua morte? Ugh! Sua visão estava turva e pouco nítida, tudo estava tão confuso e atordoante...por que...por que ela não conseguia se mover? Era como se Rosemary tivesse perdido o controle do próprio corpo! Estaria ela agonizando assim como acontece com as pessoas quando estão perante a morte? Não! Rosemary já havia sentido-se assim outras vezes...quando? Sua memória não estava clara...o que ela estava fazendo ali? Onde estava Ginger? Quem eram aquelas pessoas? Ela então, falhamente tentou andar para sair dali, mas antes de sequer conseguir concluir um passo com maestria, ela sentiu-se tão terrivelmente fraca que caiu no chão ecoando um barulho macabramente estrondoso, novamente, ela fechou os olhos e desmaiou:

— *Drew* certamente tem algum problema — vociferou tia Sarah tiranamente insensível enquanto revirava os olhos.

— *Drew* tem algum problema — repetiu a tia Phoebe revirando os olhos.

Esse desmaio havia sido mais leve e sucinto que o anterior, portanto, ainda na propriedade Lambert Rosemary acordou, Ginger estava deitado no chão e Elizabeth estava sentada em uma cadeira ao lado da cama onde o seu corpo fragilizado e coberto em esterco repousava:

— O que lhe aconteceu? — indagou Elizabeth colocando sua mão gelada na testa suada da prima — Por que está coberta em... — Charlotte então fungou — esterco?

— E... — esterco? Ah Sim! Esterco, ela estava coberta em esterco, por que ela estava coberta em esterco mesmo? Havia um motivo...Ah, sim! — Enquanto eu voltava para Mulberry Creek, eu tropecei em uma pedra e caí no esterco — explicou ela arduamente.

— E por que você desmaiou? — inquiriu Elizabeth desejando ter a mesma habilidade em desmaios — Você me ensina? — pediu ela.

— Acho que foi de nervoso. — explicou Rosemary que sequer havia percebido que havia desmaiado até a prima lhe contar que ela havia o feito — Não posso lhe ensinar se eu não o faço por que quero, é a mesma coisa que ensinar a espirrar — Por que Elizabeth queria aprender a fazer aquilo?

— Entendo — arfou dramaticamente Elizabeth jogando uma mecha de cabelo para trás —, as pessoas lhe deixaram alguns presentes.

— Como você descobriu que era meu aniversário? — inquiriu cuidadosamente ela.

— Estava escrito no caderno de Algernon — explicou Elizabeth.

Caso Rosemary estivesse em plena consciência de si, teria sentido-se grata pelos presentes, por mais que ela preferisse viver o seu aniversário como se fosse o dia mais razoavelmente comum entre os dias razoavelmente comuns, todavia ela ainda sentia-se fatigada, logo, não deu a devida importância para o colar que ganhou de Janne, a linha de tricô de Rachel, a flor que Peggy havia comprado em sua própria floricultura, os sapatos velhos e gastos que ganhou de tia Sarah, o velho e rasgado tricô de lã de tia Madalene, a sombrinha furada de tia Thalita, o rosário de padre Neil. Havia também entre os presentes, um livro azul marinho de bordados dourados, esse por sua vez, Elizabeth afirmou não saber quem havia lhe dado. Após colocar todos os seus presentes novos em sua cesta, junto de Ginger Rosemary partiu para Lily Window, aquele havia sido mais um fatídico vinte e um de fevereiro ao qual Rosemary apreciaria não conseguir se lembrar, no entanto, por mais que houvesse sido um dia árduo e vergonhoso, caso comparado a seu último aniversário, havia sido um bom dia.

Capítulo XVII

Flores para a festa de Jannice Follet

A primavera havia chegado graciosamente naquele ano, os narcisos harmoniosamente quebravam a fina camada de neve que os encobriu solenemente durante o inverno, por ser um final de tarde róseo, as estrelas brilhavam risonhamente por entre as poucas e finas nuvens que adornavam o pacífico céu roseado por entre os reflexos da atmosfera. As bétulas cantarolavam hieraticamente por entre a essência esotérica do ancestral bosque de Dragonfly Hill, Rosemary, ao longo de alguns meses vivendo em Bibury havia começado a desabrochar em si certa sensibilidade quanto a graciosidade da natureza. Esse dia havia sido diferente dos demais, por mais que os dias de Rosemary nunca fossem monótonos, ela gostava de seguir uma rotina extremamente organizada, nesse dia porém, o padre Neil não havia celebrado a missa pois estava com árduas dores de cabeça, logo, Rosemary concluiu que visitar Leah Ware após o trabalho junto de Elizabeth não seria uma má ideia:

— Charles tem estado tão tristonho ultimamente, eu não faço ideia do motivo! — arfou bipolarmente Elizabeth segurando Ginger no colo.

— Talvez seja porque ele é a criança mais negligenciada que eu já vi. — respondeu Rosemary com cuidado.

— Talvez — ofegou ela —, Leah é uma boa pessoa, só é difícil — concluiu ela.

Após alguns minutos de caminhada pesarosa, ambas chegaram na pequena casa incuriosa do outro lado do rio, novamente, Rosemary preferia cuidar de Leah Ware pois desprezava qualquer contato com crianças, todavia ela sabia que qualquer súplica para não ser deixada a sós com aquela criança lúgubre seria em vão:

— Que bom que você veio — uma tosse rouca foi ouvida —. Charlotte, quanto tempo...

— Você não tinha vindo visitá-la hoje mesmo? — sussurrou Rosemary.

— Acho que ela perdeu a noção do tempo... — arfou Elizabeth com os vibrantes olhos azuis se umedecendo.

Funereamente então, Elizabeth entrou no quarto velho e quente fechando a porta com cautela e novamente deixando Rosemary a sós com aquela criança séria e melódica. Todas as rejeições que ela havia recebido na última visita aos Ware haviam ferido o falho orgulho de Rosemary, logo, ela estava decidida a fazer com que Charles gostasse dela, ela estava decidida. Sentando-se sobre o tapete retalhado em frente a efêmera cadeira de balanço onde uma criança negligenciada balançava:

— B...Boa noite — o que ela diria para aquela criança? Ele nem sequer gostava de gatos! — Você se lembra de mim? — indagou ela procurando alguma coisa que poderia usar para entreter a criança.

— Sim — respondeu Charles após uma pausa dramática.

Rosemary então, retirou de sua cesta as agulhas para tricô e lã que ela havia acabado de comprar:

— Olhe só o que eu sei fazer! — vozeou Rosemary tricotando um cachecol.

Rosemary então se pôs a tricotar para Charles por todo o tempo que Elizabeth gastou cuidando da enferma, ao fim da visita, ela se despediu dele e junto da prima foi embora:

— Leah Ware está cada dia pior... — suspirou Elizabeth colocando seu chapéu.

— Ela precisa de um médico caso queira sobreviver — respondeu Rosemary.

— Ah! — arfou ela — Essa é a questão, eu até tentei, mas Leah se recusa a deixar que o médico entre — concluiu ela pesarosamente.

— Talvez...ela não queira sobreviver — murmurou Rosemary sentindo-se arrepiada ao se lembrar do ato que quase cometeu poucos meses atrás.

— Talvez...

Elizabeth então bipolarmente mudou de humor, arrumou o seu chapéu e ainda caminhando:

— Você foi convidada para a festa de primavera de Jannice Follet, certo? — inquiriu ela arqueando as sobrancelhas.

— Não, quem é Jannice afinal? — indagou Rosemary cruzando os braços.

— Ela é a dona da livraria de Fir Valley — respondeu Charlotte —, é uma mulher de terceira idade que por algum motivo adora assistir pessoas jovens dançando. — concluiu ela fazendo uma curta pausa para arrancar uma margarida do chão e cheirá-la.

— Ainda bem que eu não fui convidada então — respondeu Rosemary segurando Ginger —, eu devo ter nascido com dois pés esquerdos — riu ela de si.

— Eu acho que mesmo assim você deveria ir — ciciou Elizabeth.

— Ficou louca? Eu não vou invadir uma casa! — vozeou ela assustando Ginger que rapidamente pulou de seu colo — Isso é vergonhoso!

— Está certa — concordou Elizabeth pensativa cheirando novamente a margarida —, isso me lembra uma história de tia-bisavó Jemima.

— Qual? — interpelou ela sabendo que sentiria-se satisfeita em ouvir algo que a tia-bisavó Jemima diria.

Elizabeth então contou cautelosamente a história enquanto ambas subiam a colina de Mulberry Creek:

— Foi Jannice Follet que fez isso? — indagou ela franzindo o cenho.

Elas haviam chegado a Lily Window, logo, pararam de andar:

— Sim, exatamente! — concluiu Charlotte sentindo-se orgulhosa de poder contar a história sem errar nada.

— E como ela era? — inquiriu Rosemary coscuvilheiramente beliscando os braços.

— Insana! — bradou Matthew que estranhamente estava atrás de ambas — Mas, não insana o suficiente para andar por aí coberta de esterco! — concluiu ele rindo.

— Ugh! — murmuraram Rosemary e Elizabeth cruzando os braços sincronizadamente.

— Aquilo foi um acidente! Assim como... — bisbilhou Rosemary para si desejando nunca ter se distraído.

158

— Assim como o da árvore de natal — riu ele.

De noite, Rosemary não conseguia dormir, ela revirava-se de um lado para o outro, ela não estava nervosa, ansiosa ou preocupada, apenas não estava com sono, ela nunca tinha uma boa noite de sono quando visitava os Ware, aquela pequena criança negligenciada balançando-se na velha cadeira de madeira sempre marcava-a, era como se suas memórias lhe assombrassem, ela sabia que precisava fazer alguma coisa por Charles, mas...o que? Não haviam muitas coisas em seu alcance. Sabendo que seria incapaz de dormir e que continuar naquela cama impessoal apenas tomaria-lhe o tempo, Rosemary ligeiramente vestiu-se e acendeu uma vela, sendo seguida de Ginger, não haviam muitas coisas que ela poderia fazer, no entanto, ela havia encontrado um tecido floral bonito no sótão e havia decidido que quando tivesse tempo, faria um vestido, essa era uma boa oportunidade. Um pouco frenética e perambulante, ela então subiu para o sótão, pegou a sua máquina de costura e se pôs a moldar o vestido. Algumas horas haviam se passado e os dedos de Rosemary já estavam muito flagelados para continuar costurando e seus olhos já estavam extenuados, logo, ela decidiu apenas caminhar um pouco pela casa. Lily Window não era um lugar harmonioso, muito menos moderno, mas era a sua casa e considerando que ela estava lá a pouco mais de três meses, já havia adquirido muitas memórias ali, as janelas já não estavam mais quebradas e as escadas haviam sido consertadas, já não rangiam mais, talvez um dia, quem sabe, Rosemary pudesse gostar daquele lugar. Loucura! Ela então foi para a cozinha, ainda estava esbarbativo de enxergar, mas...havia algo de diferente na cozinha. Rosemary então se aproximou e desleixadamente passou as mãos calejadas pela superfície do balcão onde Ginger ronronava, ela sentiu algo. Curiosa, Rosemary colocou a sua vela em cima do balcão e flexionou os olhos, era outro livro! Aquilo era tão estranho, os outros livros azul marinho que ela havia encontrado faziam sentido, pois estavam empoeirados, esse livro no entanto, era novo, caso contrário, não estaria no balcão da cozinha...será que alguém...Bobagem! Rosemary certamente deveria ter colocado o livro lá e esquecido-se dele, bem, isso não importava, ainda estava na hora da terceira badalada, portanto, ela teria tempo desocupado por mais três horas:

— Os olhos de alguém que morrera — sussurrou ela entusiasmada atirando-se contra o sofá.

Assim como em todos os livros poéticos aos quais ela lia, havia algo de diferente naquele, uma certa sátira a qual deixou-a desconfortável, era como se...cada palavra que ela lesse já houvesse sido lida ou escutada...bem...

talvez fosse apenas o fato dela já ter lido inúmeros livros poéticos daquele tipo — afinal, para não acabar por cansar o leitor, eu não citei todos os livros aos quais ela havia encontrado, mas, já passavam de dez — era como se aquelas páginas manuscritas estivessem descrevendo perfeitamente alguém a qual Rosemary conhecia muito bem, mas quem? Ela continuou lendo compenetradamente por um certo tempo...espera...aquele livro só poderia estar falando dela! Não! Loucura, o escritor nem sequer sabia da existência de Rosemary, provavelmente ele havia conhecido alguém toleravelmente semelhante a ela, certo? Um pouco perturbada, ela percebeu que já estava de dia e o sol já raiava, bem, era melhor parar de ler e ir para a floricultura o mais rápido possível, antes que a sua sanidade fosse absorvida por aquele livro estranho escrito por TS.

 Era mais um dia minuciosamente sistemático dentro de sua rotina, algumas pessoas haviam comprado flores, mudas e a nova edição do catálogo de jardinagem moderna, Thomas Scott assim como costumava fazer passou um longo tempo conversando com ela — Rosemary apenas conversava com ele para ganhar sementes —, Ginger passeava aristocraticamente por entre as faias e ela passou boa parte da manhã lendo e tricotando, até que uma mulher ruiva e corada apareceu:

 — Rosemary Drew, certo? — interpelou ela colocando ruidosamente uma bolsa epopeica em cima do balcão.

 — S...Sim! — bradejou ela empurrando a bolsa para o lado, ela lembrava-se do rosto daquela mulher, embora não soubesse o seu nome — Procura algo em específico? — indagou ela.

 — Sim! Na verdade, muitas coisas — declarou ela colocando as mãos enrugadas em cima do balcão.

 — Certo — respondeu ela pegando o velho caderno de anotações de Beatrice Worthington e uma velha caneta de pena —, pode dizer — concluiu ela.

 — Eu estou organizando um grande evento e preciso das suas flores como decoração — explicou ela —, bem, essas flores não são as mais bonitas, mas acho que vão servir.

 — Quer o meu serviço ou não? — questionou ela secamente.

 — Preciso dele — esclareceu ela —, estou organizando uma festa de primavera assim como em todos os anos. — bisbilhou Jannice Follet — Eu costumava encomendar as flores com Beatrice todos os anos, eu já nem precisava mais dizer, logo, eu acabei me esquecendo de encomendá-las — suspirou ela colocando a mão rugosa na testa.

— Pode encomendá-las agora! — murmurou Rosemary fazendo alguns rabiscos no caderno enquanto fingia escrever algo importante.

— Certo, preciso de uns dez buquês daquelas flores — exigiu ela apontando para a parede atrás de Rosemary —, também uns sete daquelas florzinhas amarelas — continuou ela —, uns oito buquês de florzinhas azuis e acho que uns dez buquês daquelas — arfou ela com seu dedo rugoso — uns três buquês daquela ali, são rosas, certo? — deu progresso ela apontando com seus dedos rugosos — uns quinze buquês daquela florzinha colorida ali — exclamou ela — acho que umas oito guirlandas daquele matinho ali, guirlandas decoradas com aquelas florzinhas — ela não sabia nem mesmo o nome das margaridas? Ugh! —, e também...uns vinte buquês daquelas florzinhas junto com aquelas — concluiu ela com seu dedo rugoso apontado na direção de Ginger.

— Certo... — ciciou ela concluindo a anotação — acho que em duas semanas consigo entregar tudo.

— Duas semanas? — repetiu Jannice Follet indignada — Você realmente acha que eu tenho duas semanas? — bradou ela.

— E...espero que tenha! — concluiu Rosemary dando um ou dois passos para trás — Você achou que as receberia em quanto tempo? — indagou.

— Eu tenho quatro dias! — vozeou ela apontando para Rosemary com seu dedo rugoso.

— Então, não vou entregar isso tudo há tempo, ou entregarei apenas as partes que eu consiga fazer — concluiu ela após ler e reler as anotações.

— Vamos lá — mussitou Jannice Follet abrindo sua carteira —, eu pago bem!

Bem? Aquilo era o dobro do valor ao qual Rosemary iria cobrar, bem, ela não podia aceitar isso, se bem que Jannice foi quem ofereceu, logo, não seria errado apenas aceitar. Talvez, caso ela virasse esses quatro dias sem aceitar novos pedidos e sem dormir, seria possível realizar tudo aquilo:

— Certo — respondeu ela arrependendo-se de ter aceitado logo após tê-lo feito.

— Eu sabia que você seria razoável — concluiu a mulher dando-lhe um pequeno pacote com cédulas de dinheiro —, ótima escolha, Drew.

O que ela havia feito? Setenta e três buquês e oito guirlandas era muita coisa para se fazer em apenas quatro dias, por mais que você seja bem pago! Onde ela estava com a cabeça? Ela então fechou as mãos:

— Na verdade eu não vou poder realizar o trabalho.

Jannice Follet já havia dado as costas e ido embora! Ugh! Rosemary teria de dar um jeito de suprir todos aqueles buquês em quatro dias! Por que aquela mulher queria tantos buquês assim? Acabaria com o estoque de flores de Lily Window! Sabendo que não poderia perder um segundo sequer, ela fechou a floricultura e junto de Ginger, rapidamente foi para Lambert Ranch, onde, por mera coincidência, não foi necessário bater à porta pois Janne e Elizabeth pareciam estar voltando do centro:

— Eu preciso de ajuda urgente — bramiu ela assim que viu ambas.

— Aconteceu alguma coisa? — indagou Janne fitando-a.

— Sim! Preciso de ajuda com alguns buquês! — respondeu ela sentindo-se envergonhada em falar a quantidade de buquês.

— Certo, quantos? — respondeu Elizabeth.

— Setenta e três. — arfou ela desejando ter rejeitado a proposta.

Elizabeth então deu um sorriso amarelo, assim como Janne, Rosemary sabia que elas se recusariam a ajudar, ela precisava pensar em algo, olhando para o lado, dentro do celeiro de Lambert Ranch foi possível ver Belle e Pegasus:

— Fui eu que consegui aquela vaca! — arfou ela apontando para Belle.

— Certo, podemos ajudar, mas não acha que setenta e três é muita coisa? — interpelou Charlotte.

— Onde você arrumou tantos clientes? — questionou Janne segurando os cotovelos.

— Jannice Follet, ela fez toda a encomenda da festa comigo — arfou ela.

Após uma explicação breve do ocorrido, as três foram até a floricultura onde colocaram o máximo de flores que conseguiram dentro da espaçosa cesta de Rosemary, Ginger teve de ir andando. Foram três dias longos e árduos, fazer buquês não demora tanto tempo, todavia Jannice era uma mulher perfeccionista e incivil, logo, era melhor fazer com que cada um daqueles buquês ficassem perfeitos. Era o dia da véspera da festa e elas haviam conseguido fazer apenas metade do necessário! De fato, as três eram muito próximas e acabaram fazendo os buquês ainda mais lentamente devido a demasiada conversa:

— Jannice Follet vai ficar uma fera! — suspirou Elizabeth desanimada olhando para os inúmeros vasos vazios.

— Nem me diga — arfou Rosemary colocando ambos os cotovelos no balcão e apoiando as bochechas agora menos pálidas em suas mãos.

— Ao menos conseguimos fazer mais da metade — bisbilhou Janne em consolo.

Após alguns minutos de lamúrias e de falhas tentativas de montar as guirlandas, Matthew entrou na sala e olhou com certo desdém para os vasos espalhados:

— Vocês assassinaram um jardim? — indagou ele fitando as florzinhas murchas.

Rosemary já havia ouvido aquilo em algum lugar:

— Não! — bradejou Janne amassando um ramo com as mãos.

— Parece que sim — riu ele.

— Você não consegue ser decente ao menos uma vez na vida? — refutou Rosemary enquanto fazia movimentos exagerados com as mãos desprezando cada um daqueles arranjos.

Ele então fitou as flores murchas e pisoteadas, pegou as suas coisas que havia deixado atrás do sofá, e ainda um pouco indignado saiu:

— Acho que não nasci pra ser florista — mussitou Elizabeth — Talvez Jannice aceite um dos buquês, aquele ali não ficou tão horrível assim — arfou ela apontando para um vasinho horroroso com flores horrorosas.

— Na verdade ficou sim — respondeu Rosemary —, eu consigo fazer arranjos decentes, não sei o que aconteceu com esses.

— Talvez seja o cansaço — bocejou Janne esticando os braços.

Já passava da vigésima badalada, elas sabiam que não conseguiriam fazer todo o trabalho que levaram três dias para fazer em apenas uma noite, isso seria loucura! Sentindo-se desapontadas, as irmãs despediram-se e foram embora com pesar, já Rosemary, jurando para si mesma que jamais faria qualquer outro serviço para Jannice Follet, subiu ruidosamente para o sótão junto de Ginger e se pôs novamente a costurar aquele vestido que ela havia começado, a maior parte do serviço já havia sido feita ao longo dos últimos dias, portanto, não demorou muito para que o vestido ficasse pronto, Rosemary por sua vez, sentindo-se insignificantemente consolada por ter ao menos obtido um vestido novo, atirou-se na cama. Normalmente, ela não conseguiria dormir e seria tomada pelo frenesi da noite, mas ela já havia perdido o sono nas noites anteriores e estava extenuada, fazendo-se assim capaz de dormir. A manhã seguinte havia chegado, era então o dia de levar todos aqueles buquezinhos hórridos e mal feitos para Jannice Follet, ah! Por que dias assim tem que surgir? Ela não deveria ter aceitado aquele trabalho, mesmo que fosse muito bem pago! Sentindo-se mais desmotivada do que nunca, ela vestiu-se e desceu pesarosamente para a sala, o que havia acontecido ali? Era como se a fada das flores tivesse passado por ali e derramado o seu encantamento! Teria Ginger feito isso? Não! Rosemary teria de ser insana para acreditar que um felino seria capaz de fazer isso, o máximo que Ginger faria seria amassar aquelas florzinhas, ela então se pôs a contar:

— 1...2...3...

Todos os setenta e três vasos haviam sido feitos! As guirlandas também! Isso não fazia o mínimo sentido! Rosemary deveria estar alucinando! Sentindo-se um pouco zonza, ela subiu para o banheiro onde novamente lavou o seu rosto, com certeza aquilo lhe acordaria por completo, e então, copiosamente ela desceu até a sala, os arranjos ainda estavam ali! Monótona e racionalmente, aquilo era pavoroso, entretanto Rosemary sequer teve tempo de sentir-se assustada, quase que em um piscar de olhos a tarde chegou. Como ela estaria lá para organizar o salão de Jannice, Rosemary também havia sido convidada para a festa, ela nunca tinha ido em um evento do tipo, por mais que eles ocorressem principalmente na capital, ela raramente tinha folgas e quando as tinha, passava o dia inteiro atirada na cama dormindo. Rosemary sentiu-se toleravelmente satisfeita em poder usar o vestido que havia feito na noite anterior, por mais que não combinasse perfeitamente com os sapatos, os mesmos estariam cobertos o tempo inteiro, logo, não faria diferença alguma. Alguém havia chutado a porta da casa e entrado, ela então desceu cautelosamente as escadas para verificar quem era, seria Jannice Follet vindo cobrar os vasos? Não, ela ainda tinha mais uma hora para levá-los, era Janne:

— Você deve ter virado a noite! Como conseguiu? — indagou ela olhando para as florzinhas que agora eram harmônicas.

— Na verdade não. — respondeu ela estando tão confusa quanto a prima.

— Não? — repetiu Janne — Como assim? Quem você contratou?

— Ninguém! — respondeu ela retirando Ginger do balcão da cozinha.

— Acho que você precisa consertar essa porta com urgência — arfou ela.

— Caso o invasor continue arrumando a minha casa, não vejo necessidade. — riu Rosemary.

— Mudando de assunto — respondeu Janne levantando-se —, acho que é melhor já começarmos a levar as coisas para Jannice, antes que ela faça igual fez com Beatrice há alguns anos.

Rosemary e Janne então começaram a colocar os vasos na carroça da fazenda enquanto ela contava os atos da insana Jannice, em menos de alguns minutos, as três jovens encontraram-se:

— O que aconteceu com os arranjos? — questionou Elizabeth, fitando os buquês.

— Caso fosse natal, eu diria um milagre de natal, mas como não é, não sei como definir — explicou ela, julgando estranho os buquês terem magicamente ficado bonitos.

Em um piscar de olhos, o velho salão de Jannice Follet estava esplendorosamente primaveril e florido, as guirlandas e os buquês estavam harmoniosamente perfeitos, era como se um elfo do jardim houvesse organizado tudo:

— Você é muito boa! — vozeou Jannice entrando no salão — Eu poderia inclusive pagar vinte libras por tudo isso! — exclamou ela.

— Não vai ser necessário — recusou Rosemary amigavelmente não sentindo-se digna de receber pelo trabalho que ela não havia realizado.

Antes da décima oitava badalada, era como se todos os jovens da cidade houvessem surgido de algum buraco, no entanto, Rosemary nem sequer percebeu isso, ela estava apenas admirando a decoração do lugar, quem teria entrado em Lily Window e feito aqueles arranjos? Bem...isso não importava agora. A dança principal havia começado e assim que ela percebeu, tanto Elizabeth quanto Janne já não estavam mais livres, ugh! Ela teria de ficar sozinha, Rosemary sabia que caso quisesse poderia conversar com alguém que não fosse Elizabeth ou Janne, mas qual era a graça? Se tinha uma coisa que ela sabia era que caso a conversa não fosse minimamente interessante e não houvesse nada no lugar para ela, era melhor ir para casa, afinal, em casa ela teria Ginger e bons livros. Ela já estava decidida a ir embora, quando começou a andar de costas e esbarrou em alguém:

— Me desculpe! — mussitou ela virando-se, espera, Matthew? Ele definitivamente não parecia o tipo de pessoa que iria a festivais de primavera! — N...Não imaginei que você viria...

— Eu não perderia isso por nada — riu ele distraído.

— Ugh... — O que? Isso era tão...esdrúxulo! — Por que?

— Essas pessoas são muito dramáticas — respondeu ele olhando para o lado —, olha só aquele casal — apontou ele discretamente.

Rosemary contou até cinco — para não se parecer com uma senhora abelhuda — e então olhou para o lado, ugh! Que pessoas mais estranhas e... sentimentais! Ela então olhou ao redor e percebeu que quase todas aquelas pessoas estavam agindo...inusitadamente! Espera, por que Matthew se dava ao trabalho de ir para lugares simplesmente para assistir pessoas sendo dramáticas? Isso era certamente inesperado:

— Mas, por que você gosta tanto de assistir as pessoas? — indagou ela enquanto arrumava um pequeno ramo que havia caído da guirlanda.

— É...que...Olha só, Slyfeel veio — bradejou ele apontando para frente — Vou cumprimentá-lo — e então urgentemente saiu.

Aquilo era intoleravelmente estranho, teria Rosemary se intrometido e perguntado algo que não deveria? Não! Ela apenas não sabia o que dizer, logo, fez pequenas perguntas...aquilo havia sido tão...estranho! Rosemary já estava pronta para dar as costas e sair quando novamente esbarrou em outra pessoa! Ugh! Ela estava parecendo um desastre ambulante:

— Me desculpe! — arfou ela secamente pronta para sair.

— Esse vestido lhe caiu muito bem — respondeu Thomas Scott.

— O... Obrigada — Ugh! O que ele queria dizer com isso?

Antes que mais palavras fossem ditas, ela rapidamente deu as costas, Rosemary ainda precisava das sementes, no entanto, ela ainda possuía a sua dignidade. Ignorando os acontecimentos aos quais eu citei, o evento primaveril foi bom, por mais que Rosemary quisesse ir para casa, ela decidiu que não faria mal tentar aproveitar e fazer coisas as quais ela nunca havia feito. Assim que percebeu, a festa já havia acabado e ela estava voltando para casa, sentir-se contente em voltar para casa era uma afável sensação a qual ela não estava acostumada a poder desfrutar.

Era uma noite amena do meio de março, às nuvens brincavam pelo vento e a lua nova — caso não fosse uma lua nova — brilharia reluzentemente junto das estrelas cuja aparência era de um ancião que segreda contos passados, já estava escuro e difícil de enxergar, todavia Rosemary sabia que as bétulas estariam dançando imponentemente devido a brisa que lhes beijava os rostos. Ela escutava alguns passos atrás de si, não eram ruidosos o suficiente para que fossem passos humanos, mas eram ruidosos o suficiente para que ela tivesse certeza de que fossem passos, ela então virou-se e flexionou os olhos para tentar enxergar, no entanto estava demasiado escuro.

Capítulo XVIII

Um barulho em meio ao escuro

Rosemary — por mais que seu vestido floral quase não permitisse — abaixou-se e flexionou os olhos ainda mais, era noite de lua nova e estava demasiado escuro ali, ela apenas conseguia ir para casa sem lampião pois já havia decorado o caminho, caso contrário, teria de pedir um emprestado para Jannice Follet ou alguém da festa. Ela continuou ali em silêncio por mais um certo tempo, tentando identificar que criatura seria aquela parada à sua frente, em meio a penumbra solene da noite sendo apenas iluminada pelos pequenos pontinhos do céu. O silêncio, então, foi quebrado por um casal que seguia na mesma estrada, Rosemary tentou segurar a pequena criatura, entretanto não foi possível, a mesma ariscamente assustou-se e com passinhos pouco ruidosos, ela entrou em meio ao bosque de Dragonfly Hill. Ela, então, sabendo que enfurnar-se dentro de um bosque em meio a penumbra da noite seria nada menos que inútil, voltou a caminhar.

Já haviam se passado alguns dias e toda vez que Rosemary voltava para casa quando já estava escuro, uma pequena criaturinha não identificada e arisca seguia-a, nesse dia porém, ela havia prometido visitar tia-bisavó Jemima, por mais que isso pareça estranho, era a primeira vez que ela ia visitá-la sozinha.

— Boa noite. — bisbilhou ela suavemente entrando no quarto da senhora.

— Boa noite. — arfou a tia-bisavó Jemima olhando para algo distante.

— Aconteceu alguma coisa? — indagou ela sentando-se na ponta da cama.

— Durante esses cento e sete anos muita coisa aconteceu. — respondeu ela profeticamente após uma curta pausa.

Rosemary sentiu um calafrio seguido de um arrepio.

— A senhora acha que... — começou ela colocando as mãos na boca — vai morrer? — inquiriu ela perdendo a noção do que dizia.

— Você está insana? — bradejou tia-bisavó Jemima fitando-a — Eu ainda vou enterrar você e os seus filhos também! — concluiu ela colocando seus óculos velhos.

— Então... — continuou ela após o choque — Por que a senhora está assim?

— Estou morrendo de dor de cabeça. — vozeou ela colocando as mãos enrugadas nos cabelos grisalhos.

— Entendo — respondeu ela —, então acho melhor ir embora.

— Não! Estou solitária como um rato de uma igreja abandonada. — refutou ela tentando falhamente puxar Rosemary.

— Certo. — respondeu ela sentando-se novamente na cama.

— Ficou sabendo do que aconteceu na festa de primavera de Jannice Follet nessa última sexta-feira? — indagou ela acariciando Ginger.

— Eu estava lá — respondeu ela —, mas eu não fiquei até o final, então acho que não — concluiu ela colocando as mãos nos joelhos.

— Foi o maior escândalo! — vociferou a tia-bisavó Jemima Lambert — Como você não ficou sabendo? — indagou ela roucamente.

— Elizabeth e Janne voltaram para casa muito tarde e apanharam um resfriado — explicou ela — então eu não conversei com ninguém além dos meus clientes — disse ela com veemência.

— Certo — declarou ela colocando as mãos na testa —, eu fiquei sabendo graças a Abigail Worthington — continuou ela —, dizem os relatos que depois da vigésima badalada...

Rosemary abraçou os joelhos e elevou as sobrancelhas:

— Matthew Rutley começou a agir estranhamente — continuou ela — como se estivesse procurando alguma coisa, sabe? — Rosemary acenou a cabeça copiosamente — Mas, ele se recusava a dizer o que estava procurando — explicou ela olhando para algo distante através da janela — até que, certo tempo depois — O que? O que? O que? —, ele encontrou poesias escondidas no bolso de Thomas Scott — Aonde essa história ia chegar? Ugh! —, o mesmo então para não permitir que Matthew pegasse os papeis, rasgou-os e enfiou na peruca de Frederica Follet, isso resultou na maior briga! — concluiu ela com um sorriso de canto.

— Mas...por quê? — indagou ela achando estranho dois homens adultos brigarem por um papel.

— Não se sabe. — riu a tia-bisavó Jemima acariciando Ginger.

Após isso, ela rapidamente emendou em outra história a qual Rosemary não prestou muita atenção.

— V...vovó... — bisbilhou suavemente a neta de Jemima — Já está na hora de você dormir — continuou ela entrando no quarto.

— Você não está vendo que eu estou com visita? — interpelou ela frustradamente.

— Estou sim, mas está na hora de você dormir, vovó. — ela então pegou alguns comprimidos do bolso — Também está na hora de tomar os seus remédios caso não queira adoecer.

— Eu estou forte como um urso! — bradejou tia-bisavó Jemima.

Percebendo que uma briga era iminente, ela então rapidamente pegou a sua cesta, enfiou Ginger dentro e levantando-se:

— Acho que é melhor que eu vá, — suspirou ela arrumando uma mecha de cabelo rebelde — assim que possível, eu a visito novamente.

Assim, então, ela seguiu com a sua rotina minuciosamente planejada, Rosemary então passou em frente a igreja e viu que padre Neil estava dentro do confessionário, ela já havia feito o seu exame de consciência e estava planejando passar por lá no dia seguinte, todavia como o padre já estava lá, seria bom poder adiantar a sua confissão. Ela então, colocou sua cesta ao lado de fora da igreja, pediu que Ginger a esperasse e após isso, entrou, Rosemary ajoelhou-se e se confessou, por mais que eu saiba exatamente o que ela disse, não estarei citando para preservar a sua privacidade, todavia ao fim de sua confissão, ela não achou que a penitência estabelecida pelo padre houvesse sido o suficiente:

— Apenas isso? — inquiriu ela cabisbaixa.

— Julgo que seja justa — respondeu ele cautelosamente.

— Por favor, peça-me algo maior — pediu ela.

— Não posso, não posso lhe dar nada maior ou menor que o justo — ciciou padre Neil.

— Então, peça-me que faça algo, mas não como penitência — suplicou Rosemary com veemência.

Padre Neil então encerrou a confissão, absolveu-a de seus pecados e antes que ela se levantasse e fosse, ele disse:

— Já que você quer fazer algo, ajude uma criança, o reino dos Céus lhes pertence. — mussitou ele — Pode ser algo pequeno como acalmar uma criança chorando ou algo assim.

— Certo! — bradejou Rosemary grata por agora saber como ajudar alguém.

Sentindo-se radiante e agora possuindo um propósito secundário, ela ajoelhou-se em frente ao sacrário, rezou a sua penitência a qual não estarei mencionando, saiu, pegou sua cesta e junto de Ginger subiu a estrada de Mulberry.

Era o começo de uma noite rósea e eloquente onde as estrelas formosamente cochichavam segredos ocultos e as bétulas dançavam sincronizadamente sendo agitadas pelo vento imutavelmente inalterável. Era uma noite escura no entanto harmônica, enquanto caminhava, novamente, Rosemary escutou os passinhos que sempre seguiam-na em noites escuras, esses passinhos ruidosos e velozes ficavam cada noite mais notoriamente próximos dela, era como se a qualquer noite essa criatura caricata fosse se aproximar o suficiente de Rosemary para que ela pudesse vê-la com clareza, entretanto não foi dessa vez que ela conseguiu, falhamente, a mulher deu um passo a mais do que deveria, assustando assim a criatura silvestre que ariscamente pulou para dentro de Dragonfly Hill outra vez. Após um suspiro desapontado, Rosemary voltou a caminhar, talvez aquela desconhecida criatura silvestre e indomável nunca revelasse-lhe o rosto afinal de contas. Após uma caminhada curta e pesarosa, Rosemary chegou em Lily Window onde teve uma pequena surpresa agradável, as petúnias já haviam começado a florescer, coroando assim Lily Window com seus delicados tons de roxo emoldurando a velha casa com os seus doces tons quase veranis. Estava escuro demais para enxergar, entretanto Rosemary sabia que a casa estava assim, senão, ela não estaria sentindo aquele aroma distinto inundar o seu nariz arrebatado.

Ainda um pouco pensativa, ela entrou em Lily Window, sendo seguida pelo seu fiel companheiro Ginger. O que será que aquela pequena criatura ruidosa e arisca estaria fazendo no bosque de Dragonfly Hill em meio a penumbra da noite? Será que algum dia ela chegaria a conhecer aquele animal enigmático? Bem, talvez agora fosse melhor que Rosemary apenas acendesse uma vela antes que ficasse escuro o suficiente para que ela não fosse capaz de fazê-lo. Já havia se passado certo tempo, ela entrou dentro de seu quarto e sentou-se em frente a janela, Rosemary então viu que havia um resto de papel de carta em cima da estante e uma caneta de tinta em cima de outra estante, talvez escrever alguma coisa por diversão não fosse lhe causar mal. Um pouco frenética e distraída, ela escreveu alguns versos bobos aos quais não deu demasiada importância, até porque, ela estava apenas tentando gastar o tempo já que não sentia-se exatamente extenuada.

Com uma normalidade e uma monotonia quase formidolosas, o dia seguinte começou. Era uma manhã agradável e rósea inundada por epopeicas manchas brancas no céu a qual muitos preferem chamar de nuvens. As árvores estavam mais verdes e primaveris do que Rosemary jamais havia visto em sua vida — ou talvez as árvores ali apenas fossem mais graciosas quando comparadas com as da capital —, Lily Window por sua vez, estava inundada em raios de sol, por mais que fosse uma manhã nublada, era uma manhã bonita. Agora, Rosemary já não sentia-se mais tão extasiada para ir para a floricultura, por mais que ainda a amasse, de certo modo a mesma já havia entrado em sua rotina. Um pouco distraída, ela colocou os versos que ela havia desatentamente escrito na noite anterior em cima da mesa da sala de jantar, não por algum motivo em específico, ela apenas sentiu que isso deveria ser feito.

Seguida de seu leal companheiro Ginger, ela saiu de casa e vagarosamente caminhou até a floricultura onde sentou-se rotineiramente, pegou as suas agulhas de tricô e começou a fazer algo para seu gato. Aquele poderia ser apenas um dia cotidiano, no entanto, uma mulher cujo sobrenome é Bolton apareceu logo pela manhã em frente ao balcão da loja:

— Bom dia — começou ela colocando as agulhas de tricô dentro de sua cesta —, procura por algo em específico? — concluiu Rosemary entregando uma discreta semi revirada de olho.

— Bom dia — murmurou Awellah Bolton, a segunda criatura mais feia da cidade, ou talvez do mundo —, você vende flores? — indagou ela como resposta.

Um pouco abalada, Rosemary arfou com inexistente veemência e então vozeou:

— Sim, gostaria de qual flor em específico? — ela beliscou seu braço.

— Não sei — começou ela —, talvez aquela? — arfou coçando seu nariz e então apontando cautelosamente para a muda de flor.

— Certo — respondeu ela dirigindo-se até o balcão buscando não fazer contato visual com Awellah para assim não acabar iniciando um diálogo no entanto falhando horrorosamente.

— E você, como está, Drew? — indagou ela fitando rudemente Ginger que desfilava pelo lugar.

— B...Bem — bisbilhou ela retirando alguns ramos podres da flor.

— Você é uma mulher jovem — começou ela.

— Não muito — bradejou ela quase instantaneamente sabendo que aquelas irmãs hórridas possuíam apenas um assunto —, aqui está! — disse ela estendendo-lhe uma muda de flores.

— Você não está procurando um marido? Ouvi dizer que tem conversado com Thomas com certa frequência. — concluiu ela coçando seu nariz nada menos do que feio.

O quê? Essa hipótese nem sequer havia passado pela cabeça de Rosemary! E agora que havia passado tinha causado-lhe repulsa! Ugh! Por que aquela mulher quase desconhecida se achava no direito de pensar ou dizer aquilo, afinal? Um pouco pálida devido ao choque, ela tentou dizer alguma coisa, entretanto fora incapaz de sequer abrir a boca, ela estava tomada pela repulsa de si! Como Rosemary olharia-se em algum espelho sabendo que as pessoas pensavam isso dela?

— Vejo que eu estava certa. — declarou Awellah com um sorriso rápido.

— Não! — vozeou ela batendo ambas as mãos com agressividade no balcão.

Awellah Bolton, porém não foi capaz de ouvir ou de dizer qualquer coisa coerente, Dusty havia eloquentemente vindo para salvar-lhe! Aquele pequeno animal cinzento e destemido correu celeremente enfiando-se de baixo da saia antiquada daquela mulher horrorosamente desprovida de senso. Era realmente divertido poder assisti-la tentando fugir de algo tão pequeno e inofensivo quanto Dusty, mas...será que Awellah havia ouvido-a? Caso contrário ela espalharia o boato falso por toda a cidade, isso seria horrível! Agitando a cabeça negativamente, ela tentou convencer-se de que ela havia escutado-a.

Ao fim do dia, Rosemary colocou as suas coisas em sua cesta e junto de Ginger realizou uma breve visita para Leah Ware, após isso, como ainda estava cedo o suficiente, ela deixou o felino em frente a igreja e como de costume, participou da missa diária. Logo depois, sentindo-se calma e alheia ao resto do mundo, ela pegou a sua cesta e junto de seu gato, subiu Mulberry Creek.

 Era uma noite um pouco menos escura que o habitual, as estrelas reluziam diferentemente, as estrelas em Bibury costumavam brilhar em modo a cochichar contos passados, hoje porém, estavam brilhando em modo aberto e companheiro. Rosemary gostava de estrelas assim. Por mais que fosse uma noite escura o suficiente para que aquela criatura desconhecida aparecesse sem ser claramente vista, ela não o fez. Teria alguma coisa acontecido? De certa forma, por mais que apenas uma semana houvesse se passado, era como se aquela pequena e indomável criatura silvestre já fizesse parte de sua vida, assim como todos a quem ela havia conhecido ali. Seria estranho não ouvir seus passinhos ruidosos e enigmáticos seguindo-a. Rosemary havia enfim chegado a Lily Window, ela colocou a sua cesta espaçosa em frente a casa e ficou parada por alguns segundos, a porta estava aberta… por quê? Bem, talvez Matthew houvesse saído e deixado-a assim, certo? Bem, isso não importava. Ainda um pouco consternada, ela entrou em casa onde acendeu uma vela e parou em frente à mesa da sala de jantar. Algo estava faltando…o quê? Talvez…não, as cadeiras, os quadros, as cortinas, as estantes, o tapete, a mesa e os livros estavam lá. Nada estava faltando. Na verdade, a folha com os versos que ela havia deixado ali pela manhã estava faltando, bem, o vento deve ter levado, de qualquer forma, aquilo não importava, aqueles eram apenas alguns versos bobos que ela havia escrito para gastar o tempo…espera…o que estava causando aqueles ruídos estranhos? Era a criatura do bosque! Rosemary sabia que nenhuma outra criatura faria aquele barulho caminhando além do animal do bosque, ela sabia. Um pouco consternada, ela virou-se para trás com cuidado, estava ali! A criatura silvestre e indomável do bosque na verdade era um pequeno gatinho branco! Talvez aquele gatinho tivesse comido o seu papel de carta, bem, ela não dava a mínima importância para isso, Rosemary estava satisfeita por finalmente poder ver a aparência daquela pequena criatura. Ela sabia que se aquela felina havia entrado em Lily Window por livre e espontânea vontade, ela queria ser dela.

 — Dove — suspirou ela estendendo a mão até o animal já não mais tão arisco e indomável.

Capítulo XIX

A maldição de Carew Stone

Era um domingo pacífico e nublado do começo de abril, por mais que muitos não considerassem dias assim graciosos ou simplesmente bonitos, para Rosemary aquele era um dia bonito. A jovem havia acabado de sair da igreja e provavelmente passaria o domingo sozinha, ela já havia tentado algumas vezes se dar bem com a sua família, mas Rosemary já estava ciente de que talvez ela não houvesse nascido para ter uma família, talvez, por mais que dentro de si houvesse um epopeico anseio por sentir-se pertencente a uma família, ela nunca fosse de fato ser. Logo, ela costumava passar os seus domingos na companhia de seus felinos e de agulhas de tricô. Por mais que fosse certamente solitário passar o dia inteiro em um casarão tão grande estando apenas acompanhada de Ginger e Dove, ela preferia sentir-se solitária a sentir-se estúpida:

— Rosemary, não esperava te ver por aqui. — arfou hipocritamente prima Elizabeth.

— Eu sempre estou aqui. — respondeu ela com cautela segurando os cotovelos desnudos.

— Não foi o que eu quis dizer. — explicou-se ela — Eu nem sequer sei o que eu quis dizer com isso — concluiu Charlotte um pouco pensativa.

Ela parecia um pouco aflita e abalada não...ela estava diferente... talvez...Será que algo havia ocorrido a Leah? Não, ela definitivamente não estaria daquele jeito caso aquela mulher morresse, algo animador no entanto inesperado havia ocorrido-lhe, Rosemary sabia que sim.

— O que aconteceu? — requeriu ela dando um ou dois passos para trás caso a prima explodisse.

— Acho que é melhor você se sentar. — bradejou ela rodopiando de modo escandaloso enquanto a mulher confusa sentava-se.

— Ugh...certo... — ciciou ela sentando-se e colocando as mãos sobre os joelhos.

Elizabeth, então, colocou uma mecha de cabelo atrás da orelha, corou um pouco e nem um pouco receosa vozeou:

— Eu vou me casar em alguns dias! — ela deu outro rodopio — Não é simplesmente incrível? — interpelou Elizabeth colocando as mãos nas bochechas.

— Você o quê? — questionou ela diferentemente de sua prima, ficando pálida como papel — Lhe arranjaram tão rápido assim e nem sequer lhe contaram? — declarou Rosemary fechando as mãos.

— O quê? Não! — refutou ela — Não foi um casamento arranjado! — concluiu.

— Não? Então, você deve ter enlouquecido! — protestou ela cruzando os braços.

— Ora, não fale assim! — respondeu Elizabeth começando a sentir-se ofendida — Eu não enlouqueci, sou a mesma pessoa que era da última vez que nos vimos!

— A diferença é que a pessoa que você era da última vez que nos vimos era solteira! — bradou Rosemary arqueando as sobrancelhas finas e então suspirando assim como uma senhora amargurada faria — Ao menos, conte-me o que aconteceu.

— Não posso. — murmurou ela bipolarmente cruzando os braços.

— Por quê?

— Você riria! — arfou Elizabeth.

— Não rirei. — respondeu ela, tendo como maior defeito a curiosidade.

— Certo... — começou ela sentando-se ao lado de Rosemary — tudo começou quando...

Elizabeth então, contou uma história lacônica, melosa e um pouco desconexa a qual Rosemary segurou-se arduamente para não rir pressionando com força as suas mãos contra a sua boca.

— Elizabeth Charlotte! — bradejou ela — Você deve estar fora de si!

— Não estou não! Sou a mesma que sempre fui! — refutou ela com cautela.

— Caso você estivesse em sã consciência, não teria conhecido uma pessoa e decidido casar-se com ela em menos de uma semana! — concluiu ela dando um tapa em sua própria testa.

— Caso você amasse alguém, me entenderia! — concluiu Charlotte completamente certa de si.

— Por mais que eu... — do que ela estava falando? — Digo — corrigiu-se —, caso eu amasse alguém, eu não marcaria meu casamento tão rapidamente.

Um célere momento de silêncio ocorreu antes que Rosemary atirasse sua cabeça emoldurada para trás e bramisse:

— É como se eu tivesse vivido os últimos cinco dias em uma caverna — disse ela após julgar a história com atenção —, mas...justo Carew Stone?

— Eu disse que você riria — arfou ela cruzando os braços.

— Questionar é algo bem diferente de rir. — mussitou ela levantando-se.

— Você tem razão — admitiu —, aonde vai? — interpelou ela cravando ambas as mãos no braço de Rosemary.

— Para Lily Window, assim como sempre. — respondeu ela ainda um pouco confusa.

— Não. — declarou Elizabeth — Você não pode! — continuou ela — Você precisa vir para Lambert Ranch comigo!

Ir para Lambert Ranch em pleno domingo? Justo o único dia livre que ela tinha? Não que Rosemary deleitasse-se ao ficar sozinha naquele casarão antiquado, na verdade, ela gostaria de companhia, entretanto Banfields não são uma boa companhia:

— Você sabe que eu não me dou bem com ninguém de lá além de você e Janne — articulou ela franzindo o cenho e sorrindo de canto talvez para esconder um toque de amargura.

— Eu prometo que vai dar tudo certo! — arfou ela — Tudo!

— Você sabe que isso não está no seu controle, além disso, eu gosto de passar os domingos em Lily Window. — concluiu ela tentando falhamente escapar da situação.

— Essa vai ser a única possibilidade para que você o conheça antes do meu casamento. — arfou ela.

— Ugh! Por que você marcou o casamento tão próximo então? — perguntou ela.

— Você não entenderia... — bisbilhou ela olhando para o outro lado de modo poético.

— Felizmente não. — murmurou Rosemary — Vamos, eu vou para Lambert Ranch, mas só dessa vez.

— Muito obrigada! — respondeu ela envolvendo a prima.

— Vamos acabar logo com isso. — sussurrou ela para si em tom baixo o suficiente para que a prima não ouvisse-a.

Após uma contrastante caminhada curta e procissional, ambas chegaram na velha Lambert Ranch e entraram casualmente. A família estava toda sentada e distribuída ao redor da velha e igualmente icônica mesa da sala de jantar. Todos estavam tão pálidos, chocados, atordoados e alguns até mesmo indignados, talvez caso Charlotte houvesse decidido que se mudaria para a Irlanda, a notícia não teria causado tamanha revolta na família. Pela primeira vez, Rosemary sentiu que compartilhava alguma coisa com aquele grupo singular de pessoas, o choque ao qual sua prima havia causado-lhes, tudo havia ocorrido tão inesperada e repentinamente que ela sequer havia tido tempo suficiente de compreender tudo o que ocorreria em menos de uma semana. Muito desatenta, ela sentou-se em uma das cadeiras vazias e cruzou os braços:

— Está tão pálida, Rosemary. — articulou tia Sarah pela primeira vez, não referindo-se a ela com superioridade — Creio que Elizabeth já tenha lhe contado o que aconteceu. — concluiu ela.

— Tão pálida! Creio que Elizabeth já tenha contado-lhe — repetiu a tia Phoebe (ao menos ela ainda era a mesma).

— Ugh...Sim... — respondeu ela com veemência.

Nada mais foi dito. Estavam todos tão intensamente pálidos, surpresos e calados que por alguns segundos Rosemary julgou que fosse uma boa ideia dar um grito. Tia Madalene estava atônita demais para esmurrar a mesa e praguejar, tia Sarah sequer havia sido rude, tia Patience estava calada, nem mesmo tia Peggy dizia algo, tia Phoebe era a única que mantia-se fiel a sua personalidade, repetindo ecoosamente as frases de tia Sarah. Já tia Thalita, a mesma não havia mudado em nada, ela estava sempre pálida, surpresa e calada, logo, estava em seu estado natural, Janne também estava pálida e quieta, até mesmo a pequena e presunçosa Rachel não possuía alguma ideia brilhante. Matthew estava ali, nem mesmo ele conseguia dizer algo estúpido? Rosemary virou o rosto para o outro lado. Carew Stone...o que Elizabeth havia visto nele? Ele era tão...mediano, bem, ditosamente Rosemary não via a mesma coisa que sua prima, caso contrário, em menos de uma semana conversando com o homem, já estaria noiva:

— Por que vocês estão todos assim? — indagou Charlotte trêmula.

— Fico surpresa que você tenha a audácia de fazer tal inquisição. — refutou tia Patience — Eu sempre alertei Phoebe sobre o quão ruim era a forma a qual você foi criada.

— Eu... — sem saber o que responder, Elizabeth cruzou os braços e calou-se.

Após alguns minutos de tensão e silêncio extremamente agonizante, todos voltaram a adquirir cor, afinal, continuar pálido e atônito não vai acrescentar nenhum neurônio sequer em Elizabeth. Certamente, embora tantas coisas houvessem acontecido, foi uma das reuniões de família mais agradáveis de Rosemary, nenhum desmaio ocorreu, nenhum homem foi quase assassinado embaixo de um pinheiro natalino, nenhuma pessoa estava coberta em esterco e ninguém estava à beira da morte, por mais que Elizabeth estivesse à beira de fazer algo que a família de certo abominasse.

— Mas, quando será o casamento? — inquiriu a tia Patience.

Todos estavam tão pálidos e atônitos daquele jeito sem nem sequer saber que ela se casaria em menos de uma semana?

— Esse sábado. — respondeu Elizabeth pressionando os braços contra o corpo.

— Mas que escândalo! — murmurou civilizadamente tia Madalene.

Aquele diálogo estava deixando Rosemary extenuada, alguma coisa no quão imprevisivelmente inesperadas todas as suas tias e seus tios estavam sendo era de matar! O modo doce e fútil ao qual Carew olhava para Elizabeth! Ugh! Caso Rosemary algum dia se apaixonasse por alguém — coisa essa que provavelmente jamais aconteceria devido a sua idade e má socialização —, ela certamente lembraria de manter a sua decência e a sua dignidade! Mas...talvez eles estivessem sendo completamente normais e ela estivesse pensando como uma criatura amargurada...Não! Não é normal conhecer uma pessoa e em menos de uma semana a mesma pedir a sua mão! Rosemary estava definitivamente certa de que aquilo não era amor, o amor desabrocha, não é algo célere que dá para se forçar! Sentindo-se completamente inconfortável em assistir as suas tias mais semelhantes a tiranas verbais questionarem a trêmula Elizabeth, ela decidiu que todos estavam demasiado estupefatos para perceberem que ela havia fugido, logo, cautelosa e silenciosamente, ela escapuliu para a cozinha dos Lambert, onde, ainda um pouco cansada, Rosemary sentou-se em uma cadeira de madeira e soltou um suspiro singelo logo antes de ouvir:

— Elizabeth certamente está fora de si. — segredou Matthew arqueando as sobrancelhas grossas — Eu já esperava tudo dela, menos isso.

— Definitivamente. — disse Rosemary, pela primeira vez, concordando em algo com o homem — Fiquei por apenas cinco dias sem falar com ela e de repente Charlotte aparece noiva e vai se casar! — exclamou ela, certificando-se de que a porta da cozinha estava fechada.

— Caso a maldição dos Stone seja verdade, ela não vai. — vozeou ele sentando-se na cadeira em frente a dela.

— Maldição Stone? — repetiu.

— Exatamente. — explicou ele — Carew já teve quatro noivas antes de Elizabeth.

— Ele já foi casado? Eu não fazia a mínima ideia. — interrompeu Rosemary inconscientemente.

— Na verdade, não. Todas as noivas que já teve até agora acordaram no dia do casamento e decidiram que não se casariam. — concluiu ele com um leve aceno de lado com a cabeça — Os alunos adoraram falar sobre isso. O que você faria? — inquiriu.

— Primeiramente, eu não aceitaria. — respondeu ela certa de si.

Não houve resposta, Matthew então retirou um papel amassado e desleixado de caligrafia provavelmente feminina e se pôs a ler repetidamente. O que seria? Parecia ser tão curto mas ele já estava há minutos a fio lendo? Seria intrusivo demais perguntar o que era? Bem, provavelmente não.

— Aconteceu alguma coisa? — inquiriu ela cautelosamente.

— Theodosia finalmente me escreveu. — bramiu ele exibindo um papel ainda mais amassado e desleixado que o de Algernon.

— Ugh... — Theodosia Clarke ou Brooke? Ambas eram jovens, mas nenhuma das duas parecia saber escrever...ela sentiu-se estranha.

— Pensei que nunca mais fosse ter contato com a minha família. — murmurou ele ainda exibindo o mesmo papel amarrotado.

A carta era curta, logo, no curto período de tempo onde ela foi exposta a Rosemary, foi possível ler todo o conteúdo:

"28/02/1868

Royal Mille, 37
Bibury, 45
Olá, estamos todos vivos e bem. Espero que você também.
Theodosia Rutley"

— Não acho que ela se importe muito com você... — murmurou Rosemary — Não havia cinco anos desde que você veio para cá? — inquiriu ela certa de que a resposta seria apenas um "sim".

— Você só diz isso porque nem isso a sua irmã manda. — respondeu ele relendo a carta.

— Ela... — Ugh! Ele estava certo, nem isso Patience fazia! Mas...Quem havia contado que ela tinha uma irmã viva? Ugh! Provavelmente Charlotte.

Certo tempo depois, grande parte dos Banfield já havia ido embora, deixando Rosemary a sós com a prima.

— Espero que você repense as suas ações antes que seja tarde demais. — bisbilhou ela antes de colocar o seu chapéu de musselina e com uma longa fitada sair do cômodo, deixando assim uma jovem pensativa para trás.

"Espero que Matthew esteja certo em relação a maldição dos Stone" pensou ela saindo de Lambert Ranch com pesar, pela primeira vez, desejando que ele estivesse certo.

Os próximos dias passaram veloz e abreviadamente devido aos preparativos do tão próximo casamento. Era como se Rosemary tivesse sido encarregada de realizar um casamento real, ela nunca havia visto tantos laços e babados em um vestido só, nem em meio a aristocracia londrina! Aquele bolo era epopeico! Qual era a necessidade de um enxoval tão detalhado e minucioso? Não que Rosemary fosse contra um casamento bem feito, mas é quase impensável almejar realizar um casamento tão luxuoso quando se tem apenas seis dias para realizá-lo!

Foram dias onde ela nem sequer pôde visitar a tia-bisavó Jemima — a qual relutantemente reprovava o casamento — ou Leah Ware que a cada dia tinha a situação mais preocupante. Felizmente — ou infelizmente dependendo do seu ponto de vista —, esses dias haviam chegado ao fim, era o dia do casamento da bipolar, todavia quase nunca certa de si prima Elizabeth! Logo, pela manhã, Rosemary vestiu o seu melhor vestido que era de um azul pálido e excêntrico, enfeitou o cabelo com algumas fitas que estavam na moda e olhou-se no espelho, ela não era graciosa, porém, estava certamente mais bonita caso comparada a si mesma há alguns meses. Parecia tão irreal e distante a ideia de ter a sua prima se casando, ainda mais com Carew Stone, um homem com um passado amoroso tão questionável e uma monumental verruga adornando seu nariz! Ainda um pouco distante e fora de si, ela despediu-se de Dove e Ginger e saiu de casa, era como se os gatos sentissem que o mundo estava esdrúxulo naquele dia.

Era uma típica manhã primaveril e rósea onde as nuvens desfilavam pomposamente pelo céu irrigado de vida. As bétulas recitavam cantigas de tempos passados e o sol brilhava como o vibrante olho de um gato preto iluminando, assim, o pequeno riacho de Mulberry que, por sua vez, refletia luzes em formatos burlescos. Como Deus havia conseguido criar uma manhã tão bela justo no dia ao qual Elizabeth arruinaria a sua vida por completo? Ah, sim! Ele é onipotente, criar a mais bela das manhãs é uma tarefa fácil e talvez até um pouco monótona para Deus.

Sentindo-se desatenta e irreal, ela bateu à porta de Lambert Ranch, entretanto como já era praticamente da casa, mesmo sem ninguém abrir a porta, ela entrou e dirigiu-se para o quarto de Elizabeth, afinal, ambas haviam combinado que Rosemary ajudaria-a junto de Janne e Rachel. Ela porém, deparou-se com algo completamente inesperado e chocante, prima Elizabeth estava pálida e atirada na cama tal qual um pássaro morto.

— Por céus! — bramiu Rosemary atirando-se na cama e colocando a mão gelada e um pouco pálida na prima — O que aconteceu com você?

Elizabeth, então, contorceu-se na cama, colocou as mãos perante o rosto e após alguns segundos de choro desesperado, vozeou:

— Eu sou estúpida! Estúpida e indecisa! Como eu pude? Como eu pude? — repetiu.

— O que você fez? — interpelou ela franzindo o cenho.

— A questão não é o que eu fiz! — respondeu ela um pouco chorosa — A questão é o que eu não consigo fazer! Não consigo gostar nenhum pouquinho de Carew! — concluiu ela enterrando o rosto no travesseiro.

— Desde quando você se sente assim? — questionou Rosemary com cautela, embora estivesse quase radiante.

— Desde que eu acordei! — articulou Elizabeth — Agora eu não sei o que fazer! O que eu faço? O que eu faço? — repetiu ela.

— Caso você realmente o amasse, creio que não se sentiria assim. — ciciou ela mesmo sem saber uma vírgula sequer sobre o assunto.

— M...m...Mas o que eu faço? — gaguejou ela insanamente.

— Caso você ainda tenha a sua dignidade, não é obrigada a se casar... — murmurou ela após uma pausa curta, mas certamente agoniante.

Elizabeth secou as lágrimas, corou um pouco e arregalou os olhos.

— É isso! Não vou me casar! — ela abraçou a prima com um sorriso imenso beirando a loucura — Como eu não pensei nisso antes?

"A maldição dos Stone é real" pensou Rosemary após levantar-se da cama e dar um sorriso amarelo, um sorriso chocado. Elizabeth então levantou-se abrupta e livremente de sua cama e ainda trajando a camisola bordada, se pôs a rodopiar de modo que beirava a loucura enquanto bradejava e cantarolava.

— O que você teria feito caso eu não tivesse aparecido? — inquiriu Rosemary arregalando os olhos aveludadamente claros.

— Provavelmente eu teria fugido, mas eu estava tão cansada e repulsiva para isso! Sem contar que eu teria que olhar na cara de Carew para isso! — respondeu ela um pouco esbaforida.

— Mas, para cancelar o casamento isso também será necessário. — arfou Rosemary de prontidão.

— Ugh! Eu não tinha parado para pensar por esse lado. — vozeou ela virando-se para a prima a qual repousava as costas em sua cadeira — Rose, você poderia fazer isso por mim? — suplicou ela — Apenas diga a ele que eu mudei de ideia! Eu sentiria tamanha repulsa de mim mesma caso me lembrasse de tudo o que eu disse e fiz! — concluiu ela destrançando os cabelos negros.

— Não! — arfou ela surpresa por ter recusado alguma coisa — Eu me recuso a falar com ele, foi você quem se meteu nisso! — concluiu ela erguendo e então abaixando as sobrancelhas finas.

— Ah! Por favor! Por favor! Minha mãe caçoaria de mim e Janne se recusa a falar com qualquer homem! — suplicou novamente para ela.

— Não! — repetiu ela fechando as mãos e movendo os braços.

— Por favor! — suplicou Elizabeth, unindo as mãos e dobrando os dedos.

— Ugh! — arfou ela — Eu... — se bem que aquela era uma ótima oportunidade de livrar Elizabeth, afinal, ainda existiam chances dela se casar com Carew! — Certo. — cedeu Rosemary atirando seu braço na direção oposta do corpo.

— Muito obrigada! — exprimiu ela rodopiando enquanto destrançava os cabelos.

— De nada... — arfou ela arrependendo-se quase amargamente, ela teria de encerrar um noivado sem sequer ter iniciado-o!

Já passava da décima badalada, quando Carew entrou na velha no entanto harmônica e imponente sala de Lambert Ranch, assim como Rosemary pediu, ele sentou-se, ela fez o mesmo. O que Rosemary estava fazendo consigo mesma? Ugh! Certo, aquilo era pela prima Elizabeth e ela já havia dado a sua palavra! A palavra de um Drew é sempre cumprida! Ugh...O quê? Desde quando? Cruzando as pernas e colocando uma rebelde mecha loira para trás da orelha, ela arfou e disse:

— Irei ser bem direta. Vamos logo ao assunto. — articulou ela quase inexpressiva.

— Certo. — interrompeu ele movimentando de um jeito esdrúxulo a sua verruga.

— Elizabeth pediu-me para dizer que ela não irá comparecer ao casamento. — exclamou ela fechando agressivamente seus olhos e então exibindo uma expressão séria.

— Ela está doente? — indagou Carew com ares de alguém que já estava plenamente acostumado com o que aconteceria — Não irá hoje?

— Ela não irá. — explicou Rosemary buscando ser toleravelmente sucinta — Ela não irá nunca. — concluiu ela séria.

Carew puxou para si o ar necessário para berrar e inclusive abriu a sua boca suficientemente, ele, porém, sabia que berrar nunca convenceria uma mulher a se casar com ele. Carew já havia tentado quatro vezes. Logo, sentindo-se incontestavelmente contrariado, ele assentiu com a cabeça diminuta e sorriu vagamente:

— Certo, eu entendo. — vociferou fitando-a — Está muito bonita hoje, Drew.

— Por favor, se retire. — crocitou firme e secamente ela franzindo o cenho.

O homem então, sentindo-se inclusive ainda mais contrariado do que antes, levantou-se ruidosamente e saiu calado de Lambert Ranch. Após perceber-se sozinha, Rosemary arfou pacificamente e então dirigiu-se até o quarto da prima, onde a mesma encontrava-se em estado choroso.

— O que foi dessa vez? — indagou ela beirando a irritação.

— O que a nossa família vai pensar de mim? — com os dedos ela retirou algumas lágrimas dos olhos — Vão ficar irados! — concluiu ela atirando a cabeça para trás.

— Não dá para agradar a todos. — arfou ela não sabendo como consolar a prima — Você deveria ter sido uma mulher decente e não aceitado o pedido de casamento. — exclamou ela suavemente.

Ela então, bipolarmente, afundou o rosto nas mãos macias e afogou-se em lágrimas quase desesperadas.

As péssimas expectativas de Charlotte porém, não foram atendidas, quando a família ficou sabendo da notícia de que magicamente a jovem havia recobrado o juízo, as reações percebidas na mesa foram claramente satisfatórias:

— A maldição de Carew Stone é real — ciciou Matthew discretamente.

— Felizmente sim. — suspirou Rosemary.

Capítulo XX

O dedo da morte prepara-se para levar alguém

Era um típico dia do início de maio. O céu estava quase completamente encoberto pelos variados e distintos tons de cinza de um toleravelmente calmo dia nublado. As bétulas e os abetos reluziam solenemente a indireta luz solar a qual recebiam, já as flores, as mesmas estavam "vivazes e sagazes, inundando o opaco gramado de cores" assim como Rosemary havia lido em outro livro de poesia. Ela admirava as detalhadas descrições de TS sobre a natureza, embora estas tenham tornado-se cada vez mais raras e desconexas em seus manuscritos. Ultimamente, as poesias as quais ela lia, estavam tornando-se incontestavelmente pessoais, específicas e um pouco românticas inclusive. Diferentemente dos manuscritos de outrora que tratavam de variados assuntos, os textos de agora sempre descreviam uma mulher loira e pálida. Rosemary sentia-se razoavelmente contente e ao mesmo tempo...estranha. Ela gostava de saber que alguém poderia admirar uma mulher tão parecida com ela, mas ao mesmo tempo, não gostava da ideia de que houvesse alguém tão semelhante a ela vivendo no interior da França. Bem, existem cerca de 700 milhões de mulheres no mundo, aquilo deveria ser mera coincidência.

Por mais que os dias estivessem correndo calma e regularmente, Rosemary sentia-se estrambólica! Era como se as nuvens estivessem sombria e secretamente rindo dela, era como se o gélido e corpulento dedo da morte estivesse preparando-se para tocar alguém, Rosemary sabia que sim, após assistir de perto a morte tantas vezes, ela conseguia reconhecê-la assim como se reconhece um velho amigo. Era como se outra vez, o ilusório véu do futuro houvesse erguido-se perante a ela por alguns instantes. Tais devaneios e atordoados pensamentos de Rosemary foram abruptamente interrompidos por uma voz rouca e doce:

— Rose! — arfou prima Elizabeth sendo seguida pela presunçosa Rachel — Você não vai acreditar! — murmurou ela colocando ambos os cotovelos em cima do balcão da floricultura onde Dove repousava com ares aristocráticos.

— O...O que aconteceu? — indagou Rosemary sem a mínima preocupação, afinal, já conhecia o quão dramaticamente bipolar a prima era — Carew Stone? — riu ela fazendo um arranjo com crisântemos.

— Não! — bramiu Elizabeth ofendida — Eu gastei quase 15 libras esterlinas em hospedagem e passagens para Camber Sands. — explicou ela cobrindo alguns pedaços de cabelo rebeldes — Seria perfeito! Janne, você e eu. — continuou ela com um suspiro longo — Mas, era apenas um golpe! 15 libras esterlinas! — repetiu ela indignada.

— Caso você tivesse me contado, eu teria percebido que era um golpe — vozeou orgulhosamente Rachel jogando cabelo para trás, cruzando os braços um pouco gorduchos e revirando os olhos negros.

Rosemary inconscientemente repousou uma de suas mãos em Dove e a outra em Ginger:

— As pessoas hoje em dia fazem de tudo por dinheiro, por mais que seja desonesto. — declarou ela — Mas, de qualquer forma, sempre haverá o próximo verão.

Elizabeth então, secou as lágrimas e abriu um sorriso largo, exibindo seus dentinhos quadrados:

— Exatamente! — bramiu ela sorridente — Sempre existirá o próximo verão! — concluiu ela com um rodopio.

Sempre existirá o próximo verão, de qualquer forma, ela já sabia disso, mas ouvir a prima dizê-lo fez com que Rosemary percebesse-se demasiada pensativa. O tempo em Bibury jamais deixaria de passar, assim como em todo e qualquer local do mundo. Rosemary era uma mulher incontestavelmente feliz, ela tinha tudo o que sempre quis e ainda mais! Porém...mesmo que ela fosse feliz, sua vida sendo a proprietária daquela pequena floricultura era tão monótona e rotineira. Estaria ela fazendo o mesmo que Beatrice Worthington? Rosemary na verdade não tinha tanta escolha assim quanto a isso, uma mulher solteira, por mais que conservadora, deveria trabalhar para pagar as suas contas. Além do mais, Rosemary era completamente desinteressada nos homens medianos e desinteressantes nascidos naquela cidade. Todavia, isso não importava-lhe, já havia passado dos vinte e não tinha a mínima intenção de se casar, ah...se... ao menos essa sensação estranha que atormentava-lhe passasse, se ao menos ela pudesse ver-se livre dessa agonia que circundava-lhe...por que ela estava se sentindo assim? Notoriamente distraída, ela colocou os seus dois cotovelos em cima do balcão — um deles espremer o rabo de Dove — e então flexionou os olhos com força na falha esperança de livrar-se dessa sensação estranha:

— Você está me ouvindo? — indagou Elizabeth sentindo-se negligenciada.

— Me desculpe — explicou Rosemary franzindo o cenho — Estou com uma péssima dor de cabeça — mentiu ela, afinal, sabia que tentar explicar como de fato se sentia seria completamente inútil e demasiado demorado.

— Certo — arfou ela recompondo-se —, acho melhor ir então — concluiu com um aceno simpático.

— Por favor — pediu ela sarcasticamente —, não apareça noiva da próxima vez que nos virmos — riu Rosemary.

— Você parece Matthew falando desse jeito! — resmungou Elizabeth bruscamente dando então as costas e saindo.

Matthew? Ugh! Não! Definitivamente a intenção de Rosemary não era de se parecer com um homem escocês cujas horas vagas são gastas fingindo-se de morto embaixo de árvores de natal!

Após o fim de seu turno, Rosemary contou o seu dinheiro, as contas não batiam! Estava certa e definitivamente faltando dinheiro! Teria ela perdido? Não! Rosemary havia sido extremamente cuidadosa com aquele dinheiro! Ela de fato havia comprado algumas roupas para si e algumas decorações supérfluas tanto para Lily Window quanto para a sua floricultura, todavia após árduos anos sendo uma mulher operária de classe baixa, ela havia desenvolvido a habilidade de ser uma mulher demasiada econômica e responsável, logo, nada era capaz de explicar aquela notória falta de dinheiro. Bem, talvez matemática não fosse o seu forte, afinal, como Thomas havia dito "cérebros de mulheres não foram feitos para os números", não! Loucura! Primeiramente Thomas não era um homem inteligente o suficiente para fazer tal afirmação, e também, tia Nancy havia educado-a perfeitamente bem, ela sabia fazer contas e controlar as suas finanças! Ainda com uma pulga atrás da orelha, ela reuniu as suas coisas e junto de Dove e Ginger, se pôs a caminhar. Rosemary sentia-se muito estranha, era como se as nuvens estivessem rindo dela, era como se algo estivesse sufocando-lhe. Ainda estava cedo, logo, ela decidiu que visitar a tia-bisavó Jemima Hancock seria uma admissivelmente boa ideia. Rosemary então, seguida de seus dois escudeiros felinos, caminhou até a pequena casa cercada por bétulas e aroma de pão fresco, ela bateu à porta com delicadeza e altivez já sem a tênue timidez de outrora. Como ela já era praticamente de casa, uma voz afável ecoou dizendo que ela podia entrar. Rosemary então, entrou na casa com veemência e com um aceno simpático para a neta de tia-bisavó:

— Boa tarde — articulou ela —, Jemima está acordada? — perguntou Rosemary com suavidade.

— Está sim — respondeu ela sem ao menos virar-se.

— Muito obrigada — bisbilhou Rosemary com singularidade.

Rosemary então, dirigiu-se até o quarto da senhora, parou por alguns segundos e quase solenemente fitou a diminuta e enrugada criatura que repousava austeramente na velha cama. Jemima por sua vez, olhava pela janela, para algo muito, muito além da linha do horizonte, adquirindo assim, ares dramáticos:

— Aconteceu alguma coisa, Jemima? — balbuciou Rosemary sentando-se na ponta da cama.

— Que bom que você está aqui — declarou ela pausadamente após uma pausa dramática —, que bom. — repetiu ela.

— Do...do que a senhora está falando? — interpelou ela colocando ambas as mãos pequenas e ainda um pouco queimadas sobre os joelhos esbeltos.

— Você é minha única esperança — arfou Jemima — última esperança — repetiu ela.

— Ú...última esperança? — indagou Rosemary confusa.

— Você é a única pessoa que pode entender o que eu sinto, todos os outros riram de mim — respondeu ela roucamente.

— O...o que a senhora... — arfou — digo — corrigiu-se ela —, você sente?

— Algo vai acontecer, não sei ao certo o que. — mussitou Jemima repousando as mãos em cima de sua barriga.

— Algo vai acontecer? — inquiriu ela arqueando as sobrancelhas finas — Mas...coisas acontecem o tempo todo! — concluiu ela franzindo o cenho e dando um sorriso de lado.

— Não é disso que eu estou falando — bramiu Jemima ofendida —, algo ruim irá acontecer, meu sexto sentido diz isso. — exprimiu ela.

— Mas...isso não seria superstição? — indagou Rosemary após alguns segundos em silêncio.

— Seria superstição caso eu afirmasse com certeza, criança — mussitou Jemima — pensei que você pudesse me entender...

— Não! — vozeou Rosemary temendo ter ofendido a senhora — Não foi isso que eu quis... a senhora, digo — corrigiu-se ela — você...

Jemima então sorriu sarcasticamente com o canto esquerdo dos lábios e então abriu a sua boca exibindo a ausência de dentes e após isso, rangentemente adormeceu. "É melhor ir embora" pensou Rosemary ao levantar-se e pegar a sua cesta cheia de manuscritos florais. Ainda estava demasiado cedo, Rosemary não queria voltar para sua casa, ela não queria passar tanto tempo sozinha. Ela havia terminado o seu trabalho com antecedência e agora tinha muito tempo livre! Logo, ela concluiu que visitar Leah Ware seria algo prudente — por mais que a mesma nem soubesse de sua existência, Charles conhecia-a e provavelmente estaria sozinho, naquela velha e ruidosa cadeira de balanço. Cuidadosamente, ela entrou na negligenciada velha casa de madeira desconexa do resto da cidade. Charles já a conhecia, era como se ele já não a temesse assim como temia todos os outros adultos, o que fez com que a visita fosse mais agradável caso comparada com as anteriores. Por alguns segundos, Rosemary pegou-se pensando que talvez ela interagisse mais com ela do que com a própria mãe. Escutar as agonizantes tosses e os murmúrios da enferma proterva era de fato arrepiante, Rosemary sentia-se como um anjo visitando o purgatório.

Após certo tempo entretendo a criança, Rosemary despediu-se de Charles e junto de seus dois felinos, foi embora. Era uma noite enluarada onde as estrelas infantis balbuciavam cantigas doces entre si. As nuvens escuras eram agraciadas com raros e distintos picos de luz refletidos pela lua. "Tendo seu austero rosto agraciado pela luz lunar" recitou cuidadosamente Rosemary ao lembrar-se de um dos poemas em azul marinho enquanto abria um pequeno sorriso.

Já estava razoavelmente tarde para continuar na rua, era melhor voltar para Lily Window, a ideia de subir a nada íngreme colina de Mulberry

Creek voltar para casa a cada dia tornava-se mais estimável aos olhos de Rosemary. Em meio as excêntricas e cantarolantes faias, ela caminhou em procissão singular até a pequena casa branca do topo da colina. A casa parecia... estapafúrdia...Rosemary parou em frente a casa e fitou-a por alguns segundos, era como se houvesse alguém ali dentro...Não! Já passava da décima nona badalada, ninguém a quem a conhecia iria visitá-la a esse horário e Matthew certeiramente não estaria trabalhando, todavia a casa estava com uma vela acesa, havia alguém lá dentro. Sentindo-se alarmada e pronta para gritar a plenos pulmões caso tornasse-se necessário, ela colocou a sua cesta em frente a escadaria que dava acesso a casa, e com demasiada epopeica cautela — afinal, ela não fazia ideia de quem poderia estar lá —, ela chutou a imponente porta de Lily Window e entrou na casa. Rosemary estava certa, Matthew estava ali, apoiando-se na parede e com expressão séria:

— O que você está fazendo aqui? — perguntou ela quase em sussurro — Aconteceu alguma coisa? — continuou ela enquanto seus olhos corriam ardentemente pelo cômodo.

— Eu não poderia deixar a casa sozinha — foi a resposta enquanto ele olhava para a sala que curiosamente também estava com velas acesas.

Não poderia deixar a casa sozinha? Do que ele estava falando? A casa quase sempre estava sozinha, e além do mais, casas não são pessoas para precisarem de constante companhia! Por que todas as pessoas que viviam naquele vilarejo tinham dificuldade em expressar-se com objetividade? Será que Rosemary também ficaria assim? Ela cruzou os braços em forma de autodefesa:

— A casa sempre fica sozinha — respondeu ela pausadamente ao franzir o cenho.

Matthew então arfou e olhou novamente para o lado:

— Thomas Scott está aqui, não sei qual foi o motivo e nem quando ele entrou já que não bateu à porta — concluiu ele.

Rosemary então, discretamente revirou os olhos esverdeados. Já não bastava aquele homem insolente aparecer regularmente em sua floricultura, agora ele tinha de aparecer em sua própria casa? Ela já estava farta disso, a custo de que? Sementes! Ela precisava acabar com isso de uma vez por todas! Daria-lhe uma boa resposta seca assim como costumava fazer! Mas...não! Isso seria errado, Rosemary lembrou-se de que deveria guardar o segundo mandamento da lei de Deus, "amar o próximo como a si mesmo", logo, como uma boa cristã, não era nada mais que a sua obrigação ser gentil com todos, mesmo com os mais insolentes:

— Agora que você chegou, posso ir. — disse Matthew virando-se.

— Não! — respondeu Rosemary — As pessoas podem pensar coisas erradas... — bramiu ela flexionando os olhos e quase vomitando as palavras como se as mesmas machucassem-lhe.

Ele então assentiu com a cabeça, um dos problemas estava resolvido, a opinião alheia. Agora bastava-lhe resolver o maior deles, dialogar o mais brevemente possível — sem quebrar o segundo mandamento — e então finalmente ver-se livre. Com ares de alguém que deveria lutar contra um grande exército, Rosemary suspirou profundamente e então dirigiu-se para a sala, onde mecanicamente e sem expressão alguma, sentou-se no velho sofá agora revestido de musselina e então repousou as suas mãos em cima de seus joelhos, repetindo mentalmente "segundo mandamento" para não esquecer-se de seu objetivo e dizer algo indesejado. Sua cabeça poderia estar em mil lugares distintos naquele momento, porém, se havia um único lugar onde ela não estava, era a sua conversa, afinal, Rosemary sabia que seria incapaz de ouvir as frases estúpidas que o homem dizia sem dar-lhe uma resposta igualmente ruim "Talvez sirva-me como penitência" pensou ela enquanto respondia a todas as perguntas com breves "sim" ou "não". Entretanto, uma das perguntas foi demasiada direta e não poderia ser respondida ser respondida com "sim" ou "não":

— Mas, ficou sabendo da festa de Sellina Gardiner, certo? — interpelou formalmente.

— Sim. — respondeu ela ainda fora de si admirando as pequenas esculturas de gato que havia colocado sobre a cornija da lareira para representar Dove e Ginger.

— A senhorita já possui par?

Quase instantaneamente, a mente de Rosemary voltou para a conversa, ela arregalou os olhos e arqueou as sobrancelhas, ela não possuía par, no entanto, ela sabia que não poderia dizer "não", ela nem sequer havia se interessado pela festa de Sellina, afinal, não a conhecia! Mas...ela precisava pensar em algo rápido para responder! Rosemary então fechou seus punhos e sorriu, assim como sempre fazia quando mentia:

— Já! -bramiu ela trêmula — Já tenho! — repetiu Rosemary tentando inconscientemente convencer-se de sua própria mentira e arrependendo-se por não ter sido honesta.

Thomas então, quase completamente inexpressivo, levantou-se, passou seu dedo ossudo pela cornija como quem procura por pó — ele não encontrou —, e então, olhando para a estante que ficava logo atrás do corpo trêmulo e assustado de Rosemary, vozeou:

— Vejo que possui um ótimo gosto literário — concluiu ele exibindo os dentes grandes.

— Eu... — Rosemary estava assustada demais para falar.

Calado e talvez um pouco sombrio, ele riu e então sem dizer mais nada, saiu da casa, aquilo havia sido demasiado estranho, tão estranho que ao levantar-se e caminhar em direção a porta, Rosemary percebeu que Matthew também parecia...espera...Rosemary não sabia ao certo como descrever aquela expressão:

— Nunca vi alguém dizer "sim" tantas vezes seguidas — riu ele após recompor-se.

— Sim...digo — ela calou-se.

Rosemary não sabia ao certo como descrever o que sentia, era...uma sensação demasiada ruim, era como se algo invisível estivesse sufocando-lhe, seria esse o peso de sua mentira? Não! A sua mentira não havia prejudicado ninguém, ela era errada, mas não causaria-lhe isso, era como se uma preocupação irracional estivesse afogando-a, todavia ela não conseguia pois não conseguia ver a água, o que estava acontecendo? Ela devia estar paranoica! Deveria estar insanamente enlouquecida! Rosemary então, atordoada e confusa, colocou instintivamente ambas as mãos em seu pescoço na falha tentativa de respirar e chorou uma ou duas lágrimas — ela não sabia por que estava chorando, ela não estava triste e nem com dor, deveria estar louca —, após isso, sentindo-se sufocada e aturdida pela sensação de desespero, ela deu as costas e subiu desesperadamente as escadas, ela não sabia o que iria acontecer, mas era algo ruim:

— Já disse coisas muito piores e ela não deu a mínima — arfou Matthew saindo da casa.

Capítulo XXI

A repentina mudança de Leah Ware

O verão havia copiosamente inundado a Grã-Bretanha naquele ano, fazendo assim com que as estrelas brilhassem mais, os abetos dançassem eloquentemente, sendo envolvidos pela doce brisa veranil, o rio corresse de modo mais célere e o céu vibrasse mais. Todavia, aquela noite não era uma noite airosa e muito menos agradável, era como se as estrelas rissem maquiavelicamente no céu, já não havia barbáries de outrora, algo estava demasiado imperfeito, inexato. Entretanto, não era isso que mantinha Rosemary acordada, afundada na cama, na realidade era o calor. Aquele era o primeiro verão, e talvez o último, ao qual ela experienciava naquele velho casarão de pedra no topo da colina de Mulberry Creek, de certa forma, Lily Window conseguia ser ainda mais quente que a velha pensão de Ellen Crawford. Ou seja, muito quente! Dove e Ginger estavam fora de casa, os felinos recusavam-se copiosamente a entrar. Rosemary, por sua vez, estava estilhaçada, atirada contra a cama, os braços estavam abertos e as bochechas quentes e suadas. Caso dependesse dela, abriria a janela e pularia, pularia diretamente no rio, porém, tal anseio não fora-lhe possível e nem seria, já passava da segunda badalada e caso alguém a visse, acreditaria ser uma alma penada, sem contar que banhar-se fora de casa é um ato no mínimo indecente. No entanto, de certa forma, Rosemary estava razoavelmente grata pelo clima, afinal, dessa forma, uma noite agradável não seria desperdiçada, ela pensava isso pois sabia que mesmo que o clima fosse favorável para dormir, ela jamais conseguiria dormir naquela noite. Era a noite antecedente a festa de Sellina Gardiner, Rosemary não estava ansiosa, "muitíssimo" pelo contrário, na verdade ela apenas não sabia ao certo o que fazer, se deveria sustentar a sua mentira ou não. Não que ela se importasse com a opinião de Thomas Scott, isso sequer havia passado-lhe pela cabeça, Rosemary apenas queria manter a sua dignidade, mas não sabia ao certo até que ponto deveria sustentar uma mentira, ugh! Quem se importa? A noite estava tão quente que ela sequer conseguia pensar em alguma coisa, apenas debatia-se contra o colchão velho, buscando assim, inutilmente, resfriar-se. Após certo tempo, concluiu que seria infrutuoso manter-se ali, ela começou a perambular pela casa. Estava igualmente quente. Rosemary abriu a janela, a brisa que entrou era ainda mais quente que o resto da casa, ugh! Teria ela morrido e ido para o inferno sem ao menos perceber? Não! Isso sim era loucura, era apenas uma noite agonizante, quente e, de alguma forma, comum. Rosemary sentou-se em frente à janela, as estrelas estavam rindo dela, era como se soubessem de algo ao qual ela ainda não sabia, era como se soubessem de algo ao qual ela estava prestes a descobrir. Sentindo que o céu era para si como um desconhecido, ela rapidamente fechou a janela e atirou-se contra o chão, ele estava menos quente que o resto da casa, mas ainda sim não poderia ser descrito por fresco ou algo do tipo. Ela arrastou as mãos pelo rosto suado e arfou agoniantemente, de certa forma, por mais que castigante, o frio pode ser facilmente tolerado caso se tenha acesso a lenha e roupas, diferentemente do verão.

 Após certo tempo esparramada sobre o chão, ela percebeu que isso não lhe levaria a nada, logo, secando o suor que respingava-lhe pelo rosto, ela puxou da prateleira um livro qualquer que havia encontrado na biblioteca, acendeu uma vela — que por mais que fosse esquentar-lhe, já não faria diferença caso comparada com a temperatura do ambiente — e se pôs a ler. Embora não tenha prestado a atenção inegavelmente necessária devido ao calor, ela já havia decorado todo aquele livro, logo, era uma leitura fácil e rápida. Novamente, versos bem rimados e estrofes bem traçadas conduziam as páginas daquele manuscrito um pouco velho ao qual os olhos de Rosemary correram rápida e desatentamente.

 Pela madrugada ter sido muito quente — ao menos o suficiente para que Rosemary fosse inclusive incapaz de sentir-se frenética —, era de se esperar que o resto do dia fosse ainda pior. Ele, porém, não foi. De uma maneira quase mágica e irreal, a bela manhã veranil resfriou-se diante dos olhos de todos, tornando assim possível que os comércios abrissem e o funcionamento da cidade ocorresse de modo toleravelmente mediano.

Rosemary, porém, não abriu a floricultura, devido a onda de calor, grande parte das flores murcharam, e agora ela tinha de esperar que a outra parte das pequenas guerreiras sobreviventes desabrochassem, o que não deveria demorar mais de uma semana. Mas...uma coisa a qual ela mal havia parado para pensar, por mais que sempre escondesse muito bem todo o seu dinheiro, as contas dos últimos meses não estavam batendo...não estavam batendo nem um pouco...loucura! Ela apenas deveria estar gastando mais do que deveria... mas...Gastando com o que especificamente? Ela sabia como ser controlada...Espera! Alguém havia chutado a porta! Por quê? Ela estava sozinha e não estava necessariamente esperando por alguém. Um pouco receosa, ela jogou a cabeça para fora da porta e fitou a pessoa inesperada, ah! Era apenas Janne. Havia algo de errado com ela, caso Rosemary houvesse prestado mais atenção, teria percebido que seus olhos estavam opacos e a boca um pouco trêmula, todavia ela não percebeu:

— Aconteceu alguma coisa? — indagou Rosemary abrindo a porta.

— Não! — foi uma resposta um pouco bruta e desesperada, era como se tudo estivesse estranho.

— Ugh...certo? — bisbilhou ela franzindo o cenho.

Janne fitou-a, mas não respondeu-lhe — não por não saber o que dizer, apenas não respondeu —, ela deu as costas e caminhou ruidosamente até a sala de estar onde atirou o rosto contra uma das almofadas e prostrou-se em choro insolente. Sem saber ao certo o que fazer, Rosemary apenas caminhou até a prima e assistiu-a de maneira quase totalmente imóvel e sem dar uma palavra sequer, até que a mesma arfou profundamente e recobrando as maneiras humanas sentou-se no sofá com melancolia:

— Você não está bem — ciciou ela com cautela sentando-se no sofá receosamente —, nenhum pouco bem. — repetiu Rosemary.

— Tudo é tão horrivelmente horrível! — arfou ela desesperadamente enfiando novamente o rosto na almofada assim como sua irmã faria, talvez a convivência houvesse enlouquecido-a.

Rosemary, novamente, manteve-se quieta, esperou que Janne chorasse o quanto fosse necessário — embora isso pudesse e fosse deixar-lhe rouca — para então voltar a escutá-la:

— Eu não vou poder ir! — suspirou ela de modo desconexo.

Janne então, estava pronta para enfiar novamente o rosto na almofada sem dar grandes explicações, todavia Rosemary já havia esperado tempo

195

demais e agora estava curiosa para saber onde ela não podia ir. Puxou, portanto, a almofada do sofá e não de modo seco, mas, sim, um pouco agoniado:

— Por céus, o que você não pode? — interpelou ela arqueando as sobrancelhas.

Ela então, cruzou os braços brancos e desnudos e veementemente disse:

— Ir à festa de Sellina Gardiner, é hoje. — suspirou Janne olhando dramaticamente para uma pintura de algum ancestral desconhecido — Você ficou sabendo, não? — Rosemary acenou com a cabeça — Eu precisava muito, muito ir, mas apenas poderia caso Elizabeth fosse comigo. — Rosemary acenou novamente com a cabeça ouvindo a prima — Mas...hoje pela manhã — continuou ela tremulamente —, Elizabeth saiu, ela não me disse ao certo pra onde ia, nem o que faria. — explicou ela — Parecia um tanto incomodada, não sei dizer ao certo. — balbuciou Janne repousando as mãos sobre os joelhos — Mas, disse que só voltaria pela manhã, caso tudo desse certo. — Janne então enfiou o rosto nas mãos e voltou a chorar.

Rosemary fitou-a um pouco incrédula, ela julgou que não havia motivo algum para que Janne quisesse tanto ir à festa de Sellina Gardiner! Elas não eram amigas, Janne já havia ido a alguns bailes, sabia como eram, ela não possuía pretendente algum, ao menos parecia que não. Martha era a única pessoa com a qual Janne conversasse — que não fosse de sua família — e a mesma estava visitando alguns parentes no norte. Não havia motivo algum para Janne querer enfiar-se em Lush Garden no ápice do verão! Aquilo era loucura! Com um pouco de cuidado demasiado, afinal, Rosemary não queria que a prima voltasse a chorar incontrolavelmente, ela articulou:

— Ugh...Por que você quer ir para lá, afinal? — inquiriu.

— Eu não quero! — bradejou Janne colocando as mãos no rosto.

Não queria? Ela deveria estar enlouquecendo! Isso sim! Por que ela estava chorando por não poder ir à um lugar ao qual ela não queria ir?

— Oh céus! Por que está chorando então? — vociferou movimentando exageradamente as mãos.

— Foi semana passada — Ugh! Será que ninguém daquela cidade sabia como ser objetivo? —, Martha já não estava aqui, então, ao fim do culto, eu me sentei junto de Joanna e Lydia Banfield — explicou ela comprimindo os lábios entre cada palavra —, a conversa não foi necessariamente agradável, mas era melhor do que ficar só — arfou.

— Onde você quer chegar com isso? — indagou.

— Quando eu já estava quase indo embora, Lydia desafiou-me a entrar na festa de Sellina Gardiner mesmo sem ser convidada. — explicou ela roucamente.

— Você iria para a festa de Sellina só por isso? — interjeitou Rosemary.

— Não só por isso, caso eu não vá, vou ter que pular de cima do celeiro do senhor Slyfeel e cair no feno, eu odeio feno! — concluiu ela recobrando o fôlego.

Rosemary semi revirou os olhos e então questionou:

— Apenas Elizabeth pode te assistir?

— Não é "assistir"! — resmungou Janne.

— Ugh! Você entendeu muito bem. — suspirou ela.

— Na verdade, foi pra isso que eu vim aqui, pra te pedir que...

— Certo! — interrompeu Rosemary antes que mudasse de ideia.

— Muito obrigada! Eu odeio feno! — arfou ela envolvendo Rosemary com os braços.

— Da próxima vez, não entre em apostas desse tipo, não entre em nenhuma aposta. — concluiu ela sentindo-se sábia pela primeira vez.

Rosemary não arrumou-se muito, ela na verdade não dava a mínima para qualquer tipo de festa, apenas queria ajudar a pobre criatura que estava em sua frente a não ter de saltar em feno. Como ela conseguia odiar feno quando o pai era dono de uma das maiores fazendas? Ugh! Isso não importava. Rosemary olhou vagarosamente para o espelho, estava usando o mesmo vestido rosa ao qual usara no evento primaveril de Janice Follet, não era o seu melhor vestido, mas ela não desperdiçaria um vestido demasiado airoso simplesmente para fazer com que Janne cumprisse a sua aposta, além do mais, Lush Garden certamente estaria quente, e ela não suportaria usar algo de um tecido mais grosso. Janne, por sua vez, estava usando um vestido escandalosamente velho e preto, provavelmente de algum antepassado morto há décadas.

— Por céus! — arfou ela novamente — O que isso quer dizer?

— Assim ninguém vai saber que sou eu. — suspirou ela com um sorriso.

— Não mesmo, vão achar que é a alma de Margaret Follet! — concluiu ela fitando a criatura moribunda.

Com relutância, ela trocou-se, agora ambas estavam vestidas de forma razoável e não muito notória. Já passava da décima sétima badalada quando ambas entraram em Lush Garden com normalidade. Rosemary sentiu-se estranha, era como se o céu ainda estivesse rindo dela, o que ela havia feito para merecer isso? Ugh! Rosemary balançou a cabeça com certa agressividade na falha tentativa de livrar-se de pensamentos tão aleatórios e... estranhos! Para a surpresa e satisfação de Janne, Martha Byrd já havia voltado de viagem e estava lá. Quase sincronizadamente, ambas abraçaram-se e juntas dirigiram-se até um velho sofá mal estofado onde colocaram o assunto de quase dois meses em dia, ambas falavam ao mesmo tempo e sem pausas para puxar o ar. Rosemary gostaria de poder ir embora, aquele lugar estava abafado e cheio de gente que ela não conhecia e não fazia a mínima questão de conhecer. Se ao menos as estrelas dessem uma ínfima trégua e parassem de rir e zombar dela, do que elas sabiam afinal? Rosemary correu rapidamente os olhos vagarosos por todo o salão, não havia ninguém que ela conhecesse. Espera...ela havia mentido, havia dito que possuía um par quando na verdade não tinha. Rosemary riu de si e então questionou-se se não seria melhor apenas ir embora antes que alguém a visse, não! Ela havia responsabilizado-se quanto a Janne — embora elas tivessem apenas cinco anos de diferença — e não podia deixá-la, ao menos não antes da décima segunda badalada — tempo mínimo ao qual ela tinha de ficar na festa para cumprir a sua aposta.

Um pouco distraída, ela começou a caminhar de costas, não sabia ao certo para onde ir, talvez para algum lugar menos abafado. Espera! O que houve? Rosemary havia esbarrado em alguém! Um pouco distraída e desinteressada, ela virou-se:

— Me desculpe... — arfou ela segurando os cotovelos.

A pessoa a qual ela havia esbarrado era Matthew, ele rapidamente guardou algo no bolso e olhou para trás...ugh...por quê? Estaria ele ali apenas para assistir reações alheias? Por que Rosemary lembrava-se disso? Ela riu discretamente daquela ideia engraçada. Mas...ele estava olhando para trás, talvez um pouco preocupado...por quê? Rosemary esticou seu pescoço para tentar ver o que havia de errado, não havia nada fora do padrão. Ah, sim! Lydia Bolton estava lá, todavia quem se importa? Mas...de qualquer forma, não era isso o que Matthew estava olhando, não dava para saber ao certo. Bem, isso não lhe importava, Rosemary olhou por cima de seus ombros, Thomas Scott estava lá, insolentemente fumava um cachimbo, em meio aquela multidão. Aquele lugar já estava quente o suficiente, não precisava disso. Ugh! Quase instantaneamente, ela soube que teria de continuar com a sua mentira, Rosemary sequer prestou-se a questionar por que deveria continuar com ela, mas, de qualquer forma, caso ela o fizesse, acabaria desistindo, não possuía motivo algum para manter aquela mentira estulta, não dava a mínima para a opinião de Thomas, quem dirá para o resto da cidade! Sem contar que ele não perderia o seu tempo difamando-a, isso já seria loucura. No entanto, ela não questionou-se, logo, segurando a nuca e sem conseguir olhar para cima:

— E...e...eu menti sobre algo para evitar problemas — lá estava Rosemary, mentindo outra vez, seria isso um vício? Ela precisava corrigir-se o mais rápido possível —, digo, estava cansada demais para...ugh...perder tempo sendo honesta! — Ugh?! O que ela estava falando? Ser honesta não era uma perda de tempo! As estrelas estavam rindo dela, Rosemary sabia que estavam, ugh! Ela precisava ser o mais objetiva possível para evitar qualquer outra fala contra os seus princípios — Eu disse que tinha um par! — Por que ela havia dito isso? Nem sequer sabia dançar! Ugh! Rosemary colocou a sua mão na boca para que assim evitasse que a mesma continuasse falando incontrolavelmente.

— Tem certeza de que está mentalmente estável? — indagou ele franzindo o cenho.

— Sim. — Rosemary não permitiu-se dizer mais nada, não confiava em si.

— Não parece, talvez você tenha herdado algo de sua tia Peggy. — riu ele estendendo-lhe a mão.

Rosemary aceitou, era o seu primeiro convite a uma dança, se é que aquilo contava. Porém, de qualquer forma ela já estava tão imersa em sua mentira que era quase como se não houvesse escolha, o que era aquilo? Rapidamente ela olhou pela janela, as nuvens e as estrelas riam maleficamente dela, o que elas sabiam de tão marcante afinal? Por que não lhe contavam de uma vez? O que estava acontecendo? Definitivamente, Rosemary estava ficando louca! Questionar-se se as estrelas lhe contariam o tão privilegiado segredo estava certamente fora de cogitação! Talvez ela realmente houvesse herdado alguma coisa de Peggy Crampton. Se ela estava ou não insanamente louca, isso não importava agora, Rosemary estava na parte visível do salão e devia atentar-se a seguir as regras de etiqueta, ao menos todas as quais se lembrasse. Ao menos Matthew havia concordado em seguir a sua mentira, a ideia de estar atentando-se a etiqueta ao dançar com um trabalhador rural era engraçada. Se bem que...ele não portava-se, vestia-se ou era como um trabalhador rural, caso alguém dissesse-lhe que ele possuía algum cargo razoavelmente importante em uma cidade grande, Rosemary facilmente acreditaria. As mãos dele eram inclusive mais bonitas que as dela, que ainda apresentavam escassos, todavia presentes ferimentos e queimaduras da época da fábrica. Rosemary definitivamente estava louca, insana! Por que ela estava comparando as suas mãos com as de um homem? Talvez ela estivesse apenas provando do mesmo remédio local presente no ar ao qual enlouquecia todos os moradores! Loucura! Por que Elizabeth havia saído sem deixar satisfação? Tudo parecia estranho e confuso. Rosemary olhou para cima, Matthew estava olhando para ela. Rapidamente, ela olhou para baixo quebrando assim o contato visual. Talvez ele tenha dito alguma coisa, ou talvez não. Rosemary não sabia ao certo, ela sentia-se sufocada por algo que não sabia ao certo o que era e estava demasiada concentrada em certificar-se de que ela estava respirando e que não atearia fogo em Lush Garden, espera, atear fogo? Por quê? Não havia nada inflamável ali, talvez ela realmente estivesse enlouquecendo ou talvez apenas possuísse uma mente rápida e um pouco atordoada. Ela rapidamente olhou para o lado, havia algo de familiar no céu. Após fervorosamente pisar no pé de alguém atrás de si, ela inegavelmente voltou à realidade. Estava com as mãos suadas, talvez fosse o calor, talvez preocupação, talvez algo mais. Emelline Warwick estava do outro lado do salão, fulminando-a com os olhos. Por quê? Rosemary sequer a conhecia.

Ao final da dança, ambos separaram-se tal qual desconhecidos fariam, Rosemary sentiu-se grata, caso ela dissesse mais uma palavra sequer, com certeza explodiria. Já era tarde, entre a vigésima primeira e vigésima segunda badalada, em breve Janne concluiria a sua aposta e ambas veriam-se livres daquele lugar abafado e de certa forma tedioso, se bem que Janne parecia tudo, menos entediada. Rosemary estava com as costas apoiada na parede e segurava os cotovelos com força, talvez estivesse descontando neles a tensão a qual sentia, ela não sabia ao certo por que estava tensa, talvez apenas não gostasse de multidões, talvez apenas estivesse cansada, ou talvez fosse M... No que ela estava pensando? Vagando os olhos pelo salão movimentado, ela percebeu que havia mentido deliberadamente, era-lhe óbvio que não havia machucado uma mosca sequer com a sua mentira, no entanto, sabia que havia desagradado a Deus assim. Com qual pecado isso se encaixava? Ela não havia erguido testemunho contra ninguém e nem ferido alguém. De qualquer forma, ela decidiu que assim que possível, confessaria-se, no dia seguinte de preferência.

O relógio estava prestes a ressoar. Rosemary, novamente, olhou ao redor, algumas pessoas as quais ela sabia o nome, todavia não necessariamente conhecia, dançavam. Como ainda tinham tanta energia? Janne estava no saguão secundário, era possível perceber o azul vibrante de seu vestido de longe. Matthew estava servindo algo como vinho para algum homem, Rosemary não sabia quem era, estava de costas. Thomas Scott havia desaparecido, bem, quem se importa? Tudo aparentava regularidade quando uma criatura esbaforida com os cabelos desgrenhados e os olhos arregalados abriu a janela ao lado de Rosemary e suplicou:

— Finalmente lhe encontrei! Por favor, me ajude! — suplicou ela — Me ajude! — repetiu.

— Elizabeth? — indagou Rosemary.

Antes que a mesma recobrasse o fôlego necessário, Rosemary olhou para o céu. O escárnio de outrora havia desaparecido, a feição risonha e esnobe de outrora presente no céu havia convertido-se ao luto terno. Ela sabia exatamente o que havia acontecido, antes que Charlotte dissesse, Rosemary colocou ambas as mãos na janela e com expressão séria:

— Leah Ware morreu. — arfou ela duramente.

— Não! Não, ela não... — algumas lágrimas escorreram dos olhinhos de Elizabeth — Me ajude, por favor, ou ela vai mesmo... — ela não conseguiu dizer as palavras duras e temíveis que anunciam a morte, conhecia Leah Ware desde que se lembrava e a ideia de perdê-la machucava-a.

Rosemary não sabia ao certo como ajudar, na verdade, ela sabia que a esse ponto qualquer coisa seria inútil, Leah havia inclusive vivido mais do que o esperado para alguém que não aceitou nenhum tipo de tratamento. Mas...de qualquer forma, ela aceitou, não por nutrir esperanças de salvar Leah, apenas para acalmar Elizabeth e consolá-la. De modo rápido, quase deslizante, ambas deslocaram-se até a casa que desfavoravelmente localizava-se na outra extremidade da pequena cidade. Ambas entraram na casa. Charles dormia sentado no chão com os cabelinhos loiros emoldurando-o, parecia um pequeno anjo, todavia nenhuma das duas reparou nisso, Elizabeth abriu a velha portinha rangente e pediu que Rosemary entrasse:

— Era melhor você ter chamado o doutor Voss se queria ajuda. — arfou ela.

— E...e...eu nem pensei nisso! — suspirou ela — Você sabe cuidar de enfermos, não?

Não! Rosemary não sabia! Por que saberia? Ela apenas sabia o básico assim como uma moça decente deveria, mas tratar do estado avançado e fatal de Leah Ware era algo demasiado complexo!

— Não, mas posso vigiá-la. Vá e chame um médico caso ache que consiga. — suspirou, cautelosamente, ela.

Mesmo que ela não tivesse dito aquilo, Elizabeth teria ido chamar um médico, na verdade, antes que Rosemary concluísse a frase, ela já havia dado as costas e corrido. Percebendo-se sozinha com a enferma cujas forças estavam por esvair-se, ela sentou-se ao lado da velha cama e colocou a mão em sua bochecha. Ela não temia contaminar-se, quando criança havia tido catapora, o que tornava-a imune. De modo quase gritante, Leah tossiu ruidosamente e então:

— A...afas...afaste-se de mim! — arfou gastando o fôlego ao qual não tinha e então, de modo quase delirante — M...meu marido está vindo... não está? D...diga que sim.

Rosemary não sabia ao certo se ela estava delirando ou se era apenas louca, mas sabia que algumas coisas precisavam-lhe ser ditas:

— N... — ela calou-se, dizer a verdade para alguém em leito de morte seria loucura.

— Fina...finalmente vou morrer, ao menos não vou deixar ninguém para trás... — bisbilhou entre alguns soluços agonizantes.

Rosemary estava disposta a calar-se para não aumentar a gravidade do sofrimento de Leah, mas aquilo já era de mais:

— E quanto ao seu filho? — indagou — Ele não é ninguém?

— Eu...eu não tenho filho — bradejou ela com um sorriso macabro em um impulso de forças maquiavélicas, fazendo com que Rosemary estremecesse e então fechando os olhos, Leah Ware, mesmo sem permitir, morreu.

O dedo corpulento da morte havia espremido-lhe a vida diante dos olhos de Rosemary que manteve-se imóvel após sentir um calafrio percorrer-lhe o corpo, como ela havia conseguido dizer aquilo quanto a Charles? Ela preferiu acreditar que Leah estava fora de si em seus últimos segundos de vida, embora amargamente soubesse que não. Elizabeth e o doutor Voss haviam chegado tarde demais:

— Ela não...não resistiu. — balbuciou Rosemary olhando para o corpo imóvel e sombrio sobre a cama.

Charlotte soube, desde o princípio da enfermidade de Leah Ware, que a perderia, afinal, a mesma havia recusado veementemente qualquer tipo de atendimento médico ou remédio, mas ainda assim, de certa forma, as palavras haviam perfurado-lhe como lanças agonizantes. Ela conhecia Leah desde muito nova, basicamente não conhecia a vida sem ela, mas de certa forma, todos tem a sua hora, a dela havia, então, chegado. Elizabeth atirou-se sobre a cama e envelveu Leah Ware com seus braços ensopando-lhe com as suas lágrimas céleres:

— Ela te disse alguma coisa? — sussurrou Elizabeth entre soluços.

— Ugh...Não, não que eu tenha ouvido. — mentiu Rosemary disposta e decidida a levar aquele momento sombrio até o seu próprio túmulo.

Já estava demasiado tarde, mais exatamente, haviam se passado duas horas da morte de Leah, passava da primeira badalada, de modo inconsolável, Charlotte chorava amargamente abraçada ao corpo imóvel. Rosemary, porém, conseguia pensar em apenas uma coisa, as palavras de padre Neil "Se você quiser fazer alguma coisa, ajude uma criança, o reino dos céus lhes pertence", estava extremamente claro! Um pouco atordoada — devido ao choque que o sorriso macabro de Leah Ware havia causado-lhe —, ela caminhou de modo quase deslizante até a cozinha — se é que pode-se chamar aquilo de cozinha —, onde Charles dormia apoiado em uma velha parede. Aquela pequena criança negligenciada em estado vulnerável estava ainda mais vulnerável que Rosemary quando perdera a sua família, afinal, diferentemente dela que conseguiu arrumar um emprego odioso e sobreviver, aquela pequena criatura negligenciada possuía como destino morrer de fome. Sentindo compaixão por ele, ela sentou-se em frente a Charles e colocou a mão em sua bochecha com ternura, ela decidiu-se sobre o que faria. Pegou a criança no colo e levantou-se:

— O que está fazendo? — interpelou Elizabeth com expressão solenemente infeliz ao sair do velho quarto.

— Eu vou cuidar dele, alguém tem que se importar com essa pobre alma — arfou ela comprimindo os lábios.

— Mas...ele tem família...você não pode fazer isso.

— Não estou vendo família alguma. — respondeu Rosemary com cautela.

Capítulo XXII

A ministra do condado de Gloucestershire

As semanas haviam copiosa e rapidamente se passado, e o auge do verão era apenas uma memória agora. Não leve-me a mal, ainda estava quente, muito quente, mas não tanto quanto outrora. Era uma tarde clara onde as nuvens amontoavam-se próximas à linha do horizonte refletindo a luz rósea e tenra do sol enquanto balbuciava contos infantis, depois de uma forte onda de calor, pela primeira vez a brisa voltara a ressoar como uma boa amiga que regularmente retorna para agraciar seus conhecidos. As pobres e poucas flores, que há algumas semanas morreram, estavam sendo lentamente substituídas por novas, as quais ninguém sabia a origem — secretamente, Rosemary espalhou algumas sementes por Dragonfly Hill. Junto de si, trazia uma criança fragilizada e sonolenta, ela ainda não sabia ao certo porque havia decidido cuidar de Charles, mas sabia que algo deveria ser feito, caso contrário, ele morreria de fome. Ela sentiu um arrepio percorrer-lhe ao imaginar aquela pobre e pequena criatura sofrendo até a morte e então outro arrepio lembrando-se de Leah Ware em seus últimos instantes. Bem, isso não importava, Charles estava seguro, embora Lily Window não fosse o melhor lugar para se criar uma criança, e Rosemary não fosse uma boa "tia", era inegavelmente melhor do que deixá-lo à própria sorte e inegavelmente melhor do que Leah.

Era um sábado, por volta da décima-sexta badalada, como de costume, ela entrou na igreja, reverenciou o Santíssimo e deixou Charles, ainda sonolento, sobre o banco. Havia alguém no confessionário. Ela, então, esperou que a pessoa saísse para entrar — Rosemary havia se confessado a menos de um mês, todavia como o *justo* peca ao menos sete vezes ao dia, a confissão nunca ocorreria em dose exagerada —, após isso, confessou seus pecados tal qual o sacramento ordena e recebeu a sua penitência. Tudo havia ocorrido da maneira mais recorrente e esperada possível, mas havia uma coisa, algo que não classificava-se como pecado, coisa essa a qual apenas Rosemary e eu sabemos — mas não estarei contando pois sou uma boa confidente e esse segredo provavelmente será revelado quando Rosemary irritar-se porque diferente de mim, ela não sabe guardar segredos —, coisa essa a qual ela precisava ardentemente compartilhar com alguém, apenas não havia o feito antes pois Elizabeth não parece e nem é o tipo de pessoa a qual sabe guardar um segredo. Se havia alguém a qual ela confiava o bastante para dizer, esse alguém era Padre Neil, certo?

— Preciso dizer algo. — Rosemary olhou para baixo.

— O quê? — inquiriu Padre Neil.

— Ah! Uma bobagem minha, esquece. — arfou ela, por mais que isso não fosse uma bobagem, percebeu que seria incapaz de dizer isso em voz alta, caso contrário, soaria estulta.

Ela então despediu-se e levantou-se com cuidado, caminhou até o banco onde Charles ainda dormia. Ele dormia muito, será que era uma criança saudável? Não era possível saber, Rosemary não sabia muita coisa sobre crianças, bastava torcer para que sim. Com a criança no colo, ela se pôs a caminhar, porém, parou em frente à igreja devido ao barulho do trem. Trens eram coisas tão engraçadas, nunca é possível saber quem descerá dele, será que alguém importante viria? Ah! Não! Era loucura pensar isso quando se está na parte mais isolada do condado de Gloucestershire, ao menos foi isso o que pensou Rosemary.

Ela ainda estava se acostumando à sua nova rotina, o que para si era algo um pouco custoso e difícil, afinal, de certa forma, ela vivia mecanicamente simplesmente por julgar ser mais fácil. Por volta da décima sétima badalada, ela havia chegado em Lily Window onde matronalmente, Ginger e Dove repousavam, Rosemary, porém, percebeu que a porta estava um pouco mais aberta do que ela havia deixado...provavelmente fora o vento, sim, o vento. O pequeno tapete da entrada também estava desarrumado... Rosemary não estava esperando por visitas...fora Ginger, ele costumava entrar livremente na casa, sim, fora Ginger. Ela, então, entrou na casa, colocou Charles, que havia acordado, sobre o tapete e beijou a sua testinha cheirosa.

Após isso, junto de uma boa agulha de tricô, atirou-se contra o sofá e se pôs a fazer algo, ela não sabia ao certo o que fazia, estava apenas com os dedos inquietos e precisava movimentá-los. Era um dia perfeitamente razoável e mediano, sem nenhuma ocasionalidade, Rosemary arfou de satisfação.

    Ausência de ocasionalidade essa que fora quebrada por um bater à porta, quem seria? Todos a quem ela conhecia sabiam que a porta estava quebrada e que não havia necessidade de bater. Franzindo o cenho e comprimindo os lábios, ela abriu a porta e celeremente fitou as quatro criaturas paradas à sua frente. Criaturas essas as quais três eram humanas e uma era um felino. Uma delas era prima Elizabeth usando um vestido de armação francesa, não muito apropriado para o clima ainda quente, o que ela estava fazendo com aquelas pessoas tão...estranhas? Rosemary franziu o cenho e abriu um pouco a boca. Uma das pessoas à sua frente era uma mulher familiar e aristocrática, nenhum pouco bonita, de lábios largos, cabelo grisalho e sobrancelhas arqueadas. Trajava um refinadíssimo vestido vinho, mas nem mesmo ouro de ofir poderia torná-la um ser harmonioso, em sua cabeça, um exuberante chapéu emplumado apenas utilizado em bailes na capital e por pessoas jovens! Contudo, o seu traço mais marcante era o mau cheiro. Em seu colo, um gato arrogante e orelhudo repousava, Rosemary sentiu-se grata por não possuir nenhum gato tão insuportável. Ao lado da mulher, um homem corado, baixo, roliço e também grisalho, homem esse que sobre o rosto ostentava um monóculo, sobre a cabeça uma cartola e segurava uma bengala não muito útil e nem refinada. Rosemary já havia visto aqueles rostos antes, embora não se lembrasse ao certo:

    — Boa tarde, ugh... — ela então inclinou o pescoço para aproximá-lo de Elizabeth e colocou uma das mãos ao lado de sua boca — Quem são essas pessoas? — ciciou com cuidado.

    — Marjorie Rebecca Theresa Barrington Burk — respondeu a mulher com desdém.

    Rosemary já havia ouvido aquele nome em algum lugar, mas isso não ajudava em nada:

    — O marido dela é o ministro de Gloucestershire. — arfou Elizabeth pressionando as mãos — Encontrei ambos na estação de trem e me pediram que os trouxesse até aqui.

    — Exatamente! — vozeou desdenhosamente a ministra entrando em Lily Window sem questionar se seria bem-vinda ou não.

Os ministros do condado de Gloucestershire? Por isso seus rostos eram familiares, Rosemary havia provavelmente os visto em algum jornal, mas como a fotografia ainda era algo escasso, não os viu vezes o suficiente para gravar os rostos. Mas...por que ambos estariam visitando Lily Window em uma tarde de sábado? Ministros não costumam visitar velhas casas em topos de colinas, muito menos quando não conhecem o anfitrião. De certa forma, ela foi incapaz de dizer aos ministros que não queria visitas e expulsá-los, afinal, eles eram os *ministros*! O casal singular entrou ruidosamente na casa, inspecionou-a, ambos fizeram alguns comentários aos quais Rosemary não compreendeu e então Theresa passou os dedos finos e estranhos pela estante da sala de jantar, aquilo já era demasiada audácia, inclusive para a ministra de Gloucestershire:

— Posso saber o motivo da visita? — inquiriu ela fechando a porta após recompor-se.

— Estamos aqui por causa de... — falhou o ministro.

— Banfield. Por causa de Banfield. — interrompeu Marjorie colocando o dedo indicador sobre a boca do marido e vagando os olhos pelo cômodo — Assim que ficamos sabendo de sua morte, viemos o mais rápido possível, ele era um grande amigo nosso. — explicou retirando um charuto do bolso — Tem algo para acender? — inquiriu ela.

— Ugh...acho que não... — explicou ela ainda um pouco confusa, afinal, era quase impossível imaginar que seu avô fosse de fato amigo do ministro.

Após algum tempo — não muito — de tensa quietude, afinal, nenhuma daquelas quatro pessoas sabia o que dizer, Rosemary pediu que todos se sentassem. O fizeram de modo ruidoso, exceto por Elizabeth, que decidida a não participar daquela cena cômica e embaraçosa, anunciou que iria embora:

— Acho que...ugh...Rachel me chamou! — ciciou ela de modo gaguejante em seguida comprimindo os lábios.

— Não chamou, não! — murmurou Rosemary — E mesmo que chamasse, você não ouviria. — concluiu ela certificando-se de que a ministra não ouviria. Ninguém se preocupava de fato com a opinião ou a existência do ministro.

— Ugh...chamou sim! E de qualquer forma, eu não tenho nada a ver com isso. — concluiu em um sussurro quase desesperado.

— Por favor! — vociferou ela franzindo o cenho — O que eu vou dizer para a *ministra*? — interpelou.

— O que *eu* vou dizer para a *ministra*? — arfou ela retribuindo a pergunta.

Caso houvessem olhado para o lado, perceberiam que nenhum dos dois estavam prestando atenção no diálogo, estavam analisando meticulosamente a casa, talvez com um pouco de desdém:

— Ugh! — arfou Rosemary — Eu não sei, ao menos você conheceu Algernon.

— Mas, eu não conheço nenhum "assunto de ministro". — concluiu ela com a mãozinha sobre a bochecha.

Obviamente não conhecia. Por que conheceria? Por que o ministro estava ali para começo de conversa? Ugh! Todavia, Rosemary sabia que não poderia deixar que Elizabeth fosse embora, o que ela faria ali sozinha com a ministra? Expulsaria-a? Os ministros têm poder de tomar uma propriedade caso queiram, não tem? Isso não importa, ela apenas sabia que não podia ficar só:

— Encontre alguém que conheça. Rápido. — pediu ela beliscando os braços.

Sem questionar — afinal, era raro que Rosemary desse alguma ordem, logo, quando dava, obedeciam-na sem pensar muito —, Elizabeth acenou com a cabeça, deliberadamente chutou a porta e saiu da casa, nesse instante, Rosemary percebeu que já vivia ali há mais de metade de um ano e ainda não havia consertado aquela porta rangente. No entanto, nesse momento isso não importava, ela estava com as mãos compressas e suadas, a cabeça baixa e os olhos inquietos. Tanto o ministro quanto a ministra haviam parado de falar e estavam fitando-na. O que eles estavam fazendo lá afinal? Algernon já estava morto! Ugh! Rosemary incontestavelmente queria sair daquela mesa e trancar-se em qualquer outro cômodo! Sim! Assim que a pessoa a qual Elizabeth saiu para buscar chegasse, ela enfiaria-se na cozinha para fazer chá, e o faria o mais lentamente possível, assim como alguém que nunca fez chá na vida o faria, embora isso fosse causar nas pessoas a sensação de que ela era uma criatura estulta, isso não importava, apenas queria ver-se livre daquele lugar.

Assim, as três pessoas continuaram quietas, não se sabe ao certo se foram 10, 15, 20 ou quantos minutos foram, o relógio havia acabado de quebrar, "Mas, que hora para quebrar, hein!" murmurou ela. Aquela cena parecia um pouco cômica, Rosemary havia lido sobre algo parecido em algum lugar, talvez um livro de capa azul marinho, talvez não, não lembrava-se ao certo de onde. A ministra havia encontrado um meio de acender o seu charuto e tragava copiosamente com a mão a qual não dedicava às carícias ao seu felino. Rosemary compreendeu por que muitas pessoas não gostavam de gatos, era *quase* como se a tia Madalene fosse compreensível. Aquele silêncio estava tornando-se estonteante, caso Elizabeth não voltasse logo, Rosemary estava decidida a fingir desmaio para que os ministros fossem embora, já havia desmaiado vezes o suficiente para saber como replicar um desmaio com exatidão.

    Todavia, tal ato não fora necessário, de modo quase cronometrado, Elizabeth chutou a porta e entrou. Ugh! Finalmente! Rosemary pensou que ela nunca voltaria, e certamente trazia consigo alguém que saberia o que dizer, logo, ambas poderiam se ver livres daquele casal importante! Ela, entretanto, estava errada, havia imaginado muitas pessoas as quais poderiam conversar com a ministra, mas nenhuma delas era...Matthew? Charlotte deveria estar fora de seu pleno juízo! Antes que algum problema acontecesse, a anfitriã levantou-se e se enfiou na cozinha onde finalmente viu a si mesma livre de ministros. Ugh! O que eles estavam fazendo lá, afinal? Algernon já estava morto há quase um ano! Bem, Elizabeth vivia lá desde que nascera e se eles realmente fossem amigos de Algernon ela se lembraria de ambos, logo, julgou ela, não havia nada de errado com o casal — e realmente não havia. Portanto, como havia prometido para si, fez o chá da maneira mais lenta a qual lhe foi possível, gastou o tempo ao qual levaria para produzir cerca de quatro vezes mais bebida, mas isso não importava, ela desfrutaria ao máximo de cada segundo sem companhia alheia ao qual tivesse. Será que ainda estavam todos quietos? Provavelmente, talvez isso fizesse com que a ministra percebesse que deveria ir embora e realmente o fizesse, se bem que ela não parecia ser do tipo de pessoa que faz algo simplesmente pelo bom senso. Após isso, tal qual uma lesma, despejou o chá no bule. E se ao invés de chá, ela tivesse apenas fervido grama e servido? Ugh! Loucura, ninguém jamais conseguiria ser tão insano. Rosemary então, lentamente, caminhou até a mesa onde morosamente serviu a bebida para cada pessoa, após isso, reclinou-se e colocou o bule no centro da mesa. De modo quase milagroso, o silêncio havia sido quebrado:

    — E você? O que acha do movimento romancista na literatura brasileira? — inquiriu a ministra após uma tragada rápida.

— Ugh... — Rosemary não conhecia nada da literatura externa, muito menos brasileira — interessante. — concluiu ela com um sorriso rápido e um pouco vergonhoso sentando-se à mesa.

— Você é exatamente como Alicia — murmurou audaciosamente Theresa franzindo o cenho.

Rosemary sorriu novamente, não sabia se parecer-se com Alicia era algo bom.

— Ugh! Isso não é algo bom. — explicou a ministra — Alicia é minha filha mais nova, aquela criatura insolente. Jurei para mim mesma que jamais dirigiria a palavra a ela assim que a mesma saísse da minha casa, faz dez anos desde que ela se casou e desde então nunca escrevi uma carta sequer a ela. Foi o que fiz! Nunca volto atrás em minha palavra. — Grunhiu Theresa revirando os olhos com desdém.

— Alicia não era tão... — falhou o ministro.

— Ela era sim, uma criaturinha insolente. — interrompeu a ministra.

Após isso, todos se calaram, não havia nada que pudesse ser dito, ao menos foi o que Rosemary e Matthew pensaram, porque Elizabeth pensou de modo diferente:

— Uma pessoa deve ser muito horrível para nunca receber uma carta sequer de sua família. — bisbilhou ela com cautela apoiando o rosto nas mãos — Digo...ugh...nem sempre! — corrigiu-se rapidamente percebendo que as duas pessoas ao seu lado fitavam-na um pouco boquiabertas.

— Mas, Alicia sempre foi uma criatura de natureza estranha. — murmurou a ministra alheia e desinteressada em qualquer drama familiar — Uma vez disse, inclusive, que não duvidaria de que o ser humano um dia pisaria na lua, completamente delirante!

Ninguém disse nada, até porque, nesse ponto a ministra basicamente carregava a conversa por si, veementemente interrompendo qualquer um:

— Mas, tenho que admitir — arfou Marjorie distraidamente com uma curta risada —, até hoje eu não acredito que Alicia conseguiu se casa — ela fez uma pausa breve para acariciar o aristocrático felino em seu colo —, ela sempre foi uma pessoa de natureza estranha como eu já disse, e mesmo já tendo passado os vinte não tinha pretendente algum, eu mesma nessa idade já tinha sete. — pausadamente, ela coçou seu nariz e então deu uma tragada — Mas, apenas me casei com John porque não gosto de pessoas bonitas. — concluiu com desdém enquanto o ministro sorria.

Aquilo era inacreditável! Não parecia ser verdade — não a parte de Marjorie não gostar de pessoas bonitas, ninguém se importava com quem ela gostava ou deixava de gostar —, como uma mulher tão feia, ignorante e fedida — Sim! Fedida! Um cheiro tão horrível que basta estar no mesmo cômodo para que seja possível senti-lo! — havia conseguido sete pretendentes? Rosemary arregalou os olhos, afinal, embora ela houvesse pensado isso, jamais teria coragem de falar, no entanto, havia alguém que não mediria esforços para ofender um desconhecido e essa pessoa estava sentada à mesa:

— Sete? Não acha que seja um número alto? Ainda mais pra você que é tão...fedida — Será que Matthew realmente havia dito aquilo?

Todos calaram-se, o felino de Theresa ao qual ninguém sabia o nome e nem queria saber também havia se calado. Rosemary estava com os olhos arregalados e as mãos suadas, não sabia ao certo o que uma ministra era capaz de fazer, mas sabia que perante a lei ela tinha poder sobre eles. Elizabeth estava simplesmente em choque, depois da morte de Leah Ware, era a primeira vez a qual ela sentia algo diferente de melancolia, ao fundo, era possível ouvir uma risada distante e vaga, era Charles, caso fosse uma criança de índole má, Rosemary teria certeza de que ele estava deliciando-se com a agonia de todos, mas ele não era uma criança de índole má. O ministro por sua vez...não posso dizer ao certo como ele estava, ninguém olhou para ele. Em meio ao silêncio, a ministra arregalou os olhos e atirou a cabeça para trás, esticando o pescoço tal qual uma ave prestes a ser degolada, como se ela estivesse pronta para explodir a qualquer momento. Rosemary olhou para o lado, Matthew parecia...ansioso? Para o quê exatamente? Havia acabado de insultar a ministra do condado de Gloucestershire estando diante dela! Após longos e quase eternos segundos de silêncio, a ministra arreganhou a boca exibindo dentes podres e desregulares cujo mau-cheiro foi sentido por todo o cômodo. Estava pronta para gritar! Sim! Rosemary sabia que sim! No entanto, para a felicidade da *maioria* das pessoas, a ministra não estava preparando-se para gritar, Theresa gargalhou deliberadamente por uma quantidade longa de tempo, permitindo inclusive que algumas lágrimas escorressem-lhe pelo rosto suado. Rosemary suspirou de alívio, diferentemente da pessoa ao seu lado que parecia desapontada. Após recompor-se, ainda com o rosto submerso em lágrimas, a ministra articulou:

— Meu caro — arfou ela ainda rindo —, já tem anos desde que eu não rio dessa forma. — ela então abriu a sua bolsa, tirou um bolo grande de dinheiro e colocou-o sobre a mesa — Por favor, fique com isso, eu insisto.

Ugh? Ele havia acabado de insultar a ministra e estava sendo recompensado com cerca de cinquenta libras? Aquilo era inacreditável! Rosemary desejou ter dito que a ministra era "fedida" antes dele, mas de certa forma, provavelmente ela não teria rido. Ainda um pouco em choque, ela olhou para ele, Matthew parecia decepcionado!? Havia acabado de ser recompensado com cinquenta libras esterlinas após insultar a ministra e estava decepcionado? O que ele queria? Uma reação de raiva intensa? Rosemary arfou, nesse dia percebeu que nunca seria capaz de entender inteiramente a mente humana, ninguém é.

Após isso, percebendo que o próximo trem estava por sair e que não queriam hospedar-se em Lily Window, os ministros despediram-se brevemente, todavia antes de ir embora, sombriamente o ministro virou-se para Rosemary, era a primeira vez a qual ele tornara-se relevante e então disse:

— Voltaremos em breve, quando você menos esperar. — e sorrindo, deu as costas e saiu da casa.

O que ele queria exatamente dizer com isso? Ugh...Talvez realmente fosse a hora de consertar a porta embora talvez apenas consertar a porta não fosse o suficiente para parar um ministro...loucura! Ele deveria estar apenas bêbado com ugh...chá! Rosemary provavelmente ferveu de mais as folhas em sua tentativa por ser lenta e fermentou-as. Após isso, os dois visitantes aos quais inegavelmente ajudaram-a quanto aos ministros, também foram embora, logo, ao perceber-se finalmente sozinha — afinal, qualquer pessoa que não fosse um padre era demasiada exaustiva na opinião de Rosemary —, ela não pode deixar de dar um suspiro de alívio. Aqueles ministros eram tão estranhos "Voltaremos em breve, quando você menos esperar", será que o ministro falava sério quando disse isso? Devia estar brincando, de qualquer forma, Rosemary não se importou com isso, afinal, pessoas mal intencionadas não declaram suas ações antes de realizá-las. Haviam coisas mais importantes para fazer, como abrir as janelas para deixar que a brisa agraciasse a casa e pensar no que ela gostava de pensar.

Capítulo XXIII

Um casamento

Os dias continuavam passando abreviadamente. Eu não queria ter pulado um mês inteiro novamente, todavia caso eu houvesse descrito o mês de agosto, provavelmente teria entediado-lhe, logo, farei apenas uma breve descrição de acontecimentos pouco relevantes e quase óbvios, apenas para que você possa sentir-se inegavelmente imerso nessa narrativa.

Já havia se passado quase um ano desde que Rosemary mudara-se para Bibury — mas que ano! —, o trabalho com a floricultura já havia tornado-se algo fácil e decididamente lucrativo. Os livros não pararam de ser encontrados, apenas não os menciono mais para que o leitor, ou seja, você, não sinta-se enfadonho ou entediado, porém os livros continuam lá, embora sua origem fosse desconhecida. Um pequeno filhote de gato foi encontrado por Rosemary em Dragonfly Hill e agora pertencia-lhe, gato esse que agora possuía o nome de "Misty". Charles ainda era uma criança fragilizada, sonolenta e pálida, mas agora, ao menos, começara a desenvolver-se, será que havia algo de errado com ele? Provavelmente não. Lily Window ainda era um lugar feio, mas era incontestavelmente melhor caso comparado a sua versão de um ano atrás. Já que novamente eu mencionei "um ano", o tempo de Matthew com o serviço da fazenda estava quase no fim e como Rosemary não queria contratar outra pessoa, afinal, já que tudo estaria caminhando nos eixos não seria necessário, a mesma dedicou-se a aprender ao menos o mínimo do serviço, para que assim as florzinhas efêmeras não morressem de novo.

Entretanto, não houve nenhum outro ocorrido no mês de agosto, diferentemente de setembro, mês esse ao qual estarei narrando neste capítulo.

Era uma noite perfumada e razoavelmente quente do final do verão de 1868, algumas poucas folhas haviam começado a cair, embora a maioria ainda mantivesse-se ternamente estável. As estrelas riam e cantarolavam presunçosamente, "caso Rachel fosse uma estrela, seria aquela", pensou. Será que as estrelas sabiam de seu segredo? Provavelmente, ele ficava mais aparente à noite, embora ninguém jamais o tivesse percebido. As bétulas estavam se preparando melancolicamente para o outono, e uma luz rósea e distinta do começo de noite atravessava e iluminava a cidade veementemente. Rosemary arfou de satisfação, era bom viver em um lugar bonito. Após isso, entrou na igreja e dirigiu-se até a folha de preces, faziam exatamente dois meses desde a morte de Leah Ware e ela queria por sua alma entre as intenções. Entretanto, não fora necessário, alguém já havia colocado, aquela caligrafia era familiar, *muito* familiar. Rosemary flexionou os olhos e analisou cuidadosamente, loucura. Ela realmente deveria estar paranoica. O rito da missa ocorrera de modo rápido e cotidiano, tão rápido e cotidiano quanto costumava ser. Após sair da igreja, Rosemary decidiu que visitaria tia-bisavó Jemima, havia alguma coisa em nunca receber alguma notícia exuberante e nem sentir-se surpresa ao visitar a tia-bisavó que reconfortava-a, era disso que Rosemary precisava, alguns minutos sem surpresa alguma.

Trazendo consigo uma pequena criança ainda fragilizada, ela atravessou a cidade de modo vagaroso e em quase um piscar de olhos, viu-se no quarto de tia-bisavó Jemima, sentada na ponta da cama da senhora, todavia era notório algo de muito errado com ela. Tia-bisavó estava deitada sobre a cama, com os pequenos olhinhos sonhadores fitando algo além do horizonte pela janela. As mãos enrugadas inquietas, e a mente avoada e distraída. Havia algo de muito errado com aquela pequena senhora indisposta entre cobertores e um quê de mistério. Será que...não...Tia-bisavó Jemima já havia passado de seus 107 anos e perdido o marido há mais de cinquenta, ela não estaria apaixonada, certamente era algo muito mais razoável com uma boa resposta racional:

— Aconteceu alguma coisa, Jemima? — interrogou ela distraidamente comprimindo os lábios em seguida.

— O quê? Não! — respondeu de modo abrupto arqueando as quase inexistentes sobrancelhas devido a idade.

— A senhora... — arfou — digo, você... — corrigiu-se ela — está muito... diferente. — bisbilhou falhamente realizando movimentos exagerados com ambas as mãos.

— Está me chamando de mentirosa? — requeriu com um pouco de indignação — É isso que você quer dizer? — bramiu roucamente.

— Ugh...não! — respondeu de modo subsequente agitando a cabeça.

Não houve resposta, de modo desconfortável — ao menos na opinião de Rosemary —, tia-bisavó continuava fitando algo muito além da linha do horizonte, tal qual uma estrela soberba que após adquirir um segredo, não o divide com ninguém. A sensação de haver algo, tal qual um abismo entre ela e Jemima era estranhamente atordoante e inesperada, Rosemary não gostava de coisas inesperadas:

— Acho que é melhor ir embora... — arfou ela levantando-se com cautela e virando-se — Tenha uma boa noite, Jemima.

— Não! — implorou a tia-bisavó de modo quase brusco — Por favor, não vá, senão eu explodirei! — disse roucamente a senhora com pequenos olhinhos suplicantes.

— Explodir? Do que está falando? — inquiriu Rosemary arregalando os olhos, sentando-se novamente e colocando as mãos sobre os joelhos.

— Feche bem a porta, minha neta não pode ouvir — arfou ela.

Uma voz ecoou:

— Vó? — indagou vagamente a neta da tia-bisavó Jemima.

— Por Deus! Feche logo a porta, Rosemary! — murmurou secamente.

Sem questionar uma vírgula do que fora dito, Rosemary se pôs de pé, fechou cuidadosamente a porta e, novamente, sentou-se sobre a ponta da cama:

— Por que está com medo de explodir? — interpelou ela com cautela.

— Não sei se devo lhe contar. — disse Jemima com um suave toque de superioridade.

— Prometo não contar a ninguém e nem rir — explicou ela com um sorriso inconsciente.

— Certo, se você rir, eu não lhe conto sobre o grande bandido da cidade. — declarou Jemima ainda um pouco inquieta — Já faz alguns meses desde que Owen começou a me visitar com certa frequência...

— Mas, ele não era acamado? — interrompeu Rosemary sem intenção de ofender.

— Quer saber o que aconteceu ou não? — retorquiu de modo irritado.

— Sim! Por favor. — respondeu ela com veemência.

— Certo, já faz alguns meses desde que Owen começou a me visitar com frequência. — explicou Jemima — Eu pensava que em minha idade é impossível que alguém se apaixone, mas eu estava errada. — continuou.

Rosemary sentiu uma vontade quase incontrolável de, de fato, rir, entretanto pelo bem maior — ou seja, saber mais sobre a história —, ela manteve-se de modo notoriamente passivo e inabalável:

— E nós decidimos que... — Jemima olhou para os lados — por favor, aproxime-se, criança. — sussurrou ela, não referindo-se a Charles, mas sim a Rosemary, ela a via como uma criança — E nós decidimos que iríamos nos casar.

De modo quase instintivo, Rosemary colocou a mão gelada sobre a boca, para assim disfarçar tanto surpresa quanto segurar uma risada. Jemima estava falando sério? Uma senhora com mais de cem anos? Aquilo parecia loucura.

— Mas, um problema ocorreu, minha neta não aprovou o casamento, logo, tomamos a decisão mais consciente e razoável possível, fugir.

Consciente e razoável possível? Como um casal composto por uma acamada e um quase acamado planejavam exatamente realizar essa fuga? Rosemary lutou contra si o máximo que pode, ela porém, foi incapaz de conter risos de indignação e surpresa genuína:

— Ora, está rindo do quê? Essa é uma conversa muito séria! — Jemima protestou ofendida — Viveremos o nosso amor, vocês querendo ou não! — concluiu ela com rebeldia tão grande quanto (ou talvez ainda maior que) uma jovem insolente.

— A questão é que a senhora — arfou — digo, você... — corrigiu-se — sequer consegue andar, quem dirá fugir e acredito que o senhor Owen esteja em situação semelhante. — explicou Rosemary secando uma lágrima divertida que escorria-lhe.

— Eu iria te contar a história sobre o grande bandido da cidade, mas não vou mais. — bramiu ela indignada.

— Você realmente planejou fugir? — inquiriu Rosemary que no momento não dava a mínima para bandidos.

— Sim, será amanhã à noite inclusive. Mas, não acho que você se importe com esses dois velhos, mas lembre-se eu vou viver mais do que os seus filhos. — repeliu a tia-bisavó Jemima Lambert. Não, ela não viveu mais do que os filhos de Rosemary.

— Por favor, Jemima, seja mais razoável. — pediu, tendo de assumir um papel ao qual não pertencia-lhe.

— Não acho que querer me casar seja uma ideia pouco razoável! — retrucou a tia-bisavó sentindo o seu orgulho ferido.

— A questão não é essa, a questão é que vocês querem fugir! — explicou Rosemary impacientemente fechando as mãos e apoiando suas bochechas geladas nelas.

— Essa é a única forma, você não acha que Owen e eu preferiríamos um casamento normal? — indagou a tia-bisavó Jemima de igual para igual como se não houvessem quase noventa anos separando-as.

Aquela situação era tão comicamente hilária e de certo modo agradável e distinta que Rosemary não conseguiu deixar de comover-se pelo idoso casal que mesmo após mais de um século de vida, ainda queriam traçar uma — curta, muito, muito curta — história de amor. Rosemary decidiu que faria algo para ajudá-los:

— Mas, o que exatamente lhes impede de ter um casamento padrão? — interpelou ela com um sorriso involuntário e talvez (um pouco) zombeteiro.

— Minha neta. — bramiu Jemima com certo desdém considerando Rosemary uma completa estulta por não ter absorvido uma palavra sequer de seu comovente discurso.

— Acho que posso resolver isso... — concluiu ela erguendo e abaixando rapidamente as sobrancelhas finas.

— Por favor! Não! — vociferou Jemima roucamente tentando de modo falho locomover-se — Senão eu vou... — não havia nenhuma atividade física a qual Jemima pudesse executar para parar Rosemary de confrontar a sua neta.

Rosemary deu de costas, na verdade, estava divertindo-se com a ideia de persuadir uma neta — que mais assemelhava-se a uma madrasta má — a permitir que sua avó — que mais assemelhava-se a uma princesa em uma masmorra — a casar-se com o "amor de sua vida" que era, para Rosemary, um deleite. Ela estava sedenta por coisas interessantes após passar por um longo mês tedioso.

Rosemary deixou Charles com Jemima e caminhou até a mesa da cozinha onde cumprimentou cordialmente Unity — mais conhecida por neta de tia-bisavó Jemima — e então educadamente sentou-se:

— Se estiver aqui para pedir que eu permita que minha avó se case, pode desistir, você já é a quinta pessoa hoje, senhorita Drew. — arfou Unity colocando um vaso pequeno sobre a mesa — Não vou permitir que um escândalo desses sobre os Hancock se alastre pela cidade. — concluiu com ares de triunfo.

Não poderei estar descrevendo com exatidão o diálogo que se seguiu, mas posso afirmar que Rosemary utilizou de suas "altas" habilidades de persuasão, assim como fizera com o senhor Slyfeel quando ganhara uma vaca para a — não — convalescente Janne:

— Por favor, pense bem. — disse ela adquirindo ares imponentes aos quais não pertenciam-lhe ao colocar de modo agressivo contra a regra de etiqueta os cotovelos sobre a mesa — Não acha que seja egoísmo segurar a sua avó assim? — indagou ela deliciando-se com a situação como se fosse um arriscado jogo de tabuleiro.

— Não acho. Você não entenderia, nunca teve uma avó. — respondeu bruscamente Unity extenuada de receber conselhos sobre o que permitir ou não que sua avó fizesse.

Rosemary arregalou os olhos. O fato de nunca ter tido uma avó não foi-lhe uma surpresa, mas o modo franco e desprovido de caridade ao qual Unity o dissera fora uma coisa inesperada. Antes dessa fala, ela estava levando aquele diálogo com demasiada jocosidade. Todavia, nesse instante, ela transformou aquilo em um preciso e sério desafio de socialização onde o foco já não era mais o casamento de tia-bisavó Jemima em si, mas apenas vencer aquela batalha verbal. Logo, utilizando de habilidades as quais raramente conseguia fazer uso, trilhou um desafiante percurso de negociação que como palavra final obteve:

— Ugh! Certo. Por que você se importa tanto assim se minha avó se casa ou não? — Por que se importava? Nem mesmo Rosemary sabia por que havia levado aquilo tão a sério — Diga a minha avó que permito que ela se case, mas, pelo amor de Deus, que a cerimônia seja o mais simples possível! E não moverei um dedo meu sequer para fazer com que essa cerimônia ocorra. — bramiu Unity decidida a ao menos manter-se certa sobre algo.

— Você não se arrependerá! — mussitou Rosemary satisfeita — Tenha uma boa noite! — vozeou com um aceno simpático.

Após isso, deu as boas notícias a sofisticada senhora deitada sonhadoramente em sua cama e sentindo-se tremendamente satisfeita com seu ato de coragem, partiu dali de modo quase saltitante "tendo seu rosto austero beijado pela luz da lua". Era *quase* como se nada pudesse melhorar. Em casa, decidiu que providenciaria por si as flores para tia-bisavó Jemima, subiu até seu quarto, abriu uma gaveta escondida do armário que era onde guardava todo o seu dinheiro e contou-o. Apenas isso? Onde estavam os lucros das duas últimas semanas? Provavelmente Rosemary havia esquecido tudo na floricultura, sim, apenas isso. Charles já estava dormindo e seus gatos não precisavam de nada. Ela, então, percebendo-se agradavelmente cansada, atirou seu corpo alvo contra a cama. Entretanto, estava acordada demais para dormir e sonolenta demais para não estar deitada, logo, passou certo tempo — minutos ou horas —, idealizando o casamento de tia-bisavó Jemima — embora ainda não houvesse absorvido plenamente a ideia de que Jemima casaria-se. De certa forma, após um mês longo e um pouco monótono, era divertido ter algo interessante, raro e único para se fazer. Mas...e se...talvez...um dia...ela...pudesse...Ugh! Isso era definitivamente impensável! Definitivamente!

No dia seguinte, Rosemary não foi para o trabalho, ela não sabia ao certo como organizar um casamento, mas sabia que teria de fazê-lo sem ajuda para mostrar a Unity que era capaz. Era uma tarde fria onde pequenas gotinhas anunciantes de uma garoa veranil caiam amigavelmente das nuvens cinzentas e tristes. As nuvens estavam tristes, não poderiam estar sentindo nada diferente de tristeza, caso contrário, não estariam mórbidas e lamuriantes. Diferentemente das nuvens, as árvores imponentemente cantarolavam cantigas antigas e cochichavam segredos de árvores, elas pareciam saber de algo interessante, algo que jamais ousariam revelar para alguém. Resumidamente — para as pessoas incapazes de entender sobre a personalidade de seres inanimados —, era uma tarde bonita e agradável com um pouco de garoa. Rosemary havia anotado uma lista com as pessoas as quais a tia-bisavó Jemima e o senhor Owen queriam em seu casamento, e agora era sua tarefa convidá-las, uma tarefa um tanto cruel para uma criatura cuja socialização era algo árduo e cansativo. Ela já havia convidado a maioria das pessoas — todos ficaram perplexos com a notícia, Rosemary também estava — e agora faltava apenas Lambert Ranch. Ela bateu à porta e esperou certo tempo até que uma criatura pequena e presunçosa abrisse-a:

— O que aconteceu? — indagou Rachel ignorante quanto a etiqueta.

— Chame toda a sua família, preciso falar com todos. — arfou Rosemary de modo mecânico, afinal, já havia decorado o que deveria dizer após repetir o mesmo anúncio mais de oito vezes.

— Ugh...certo. Entre. — respondeu ela um pouco confusa.

Rosemary trajava um vestido de musselina bege leve e airoso, o que deu-lhe graciosidade, de modo que entrou e sentou-se tal qual uma pluma. Em um curto período de tempo, a tia Phoebe, tio Roger, Adoulphus, David, Elizabeth, Janne e Rachel estavam sentados em volta dela, fitando-a. Cena essa que há alguns meses teria causado pavor e talvez inclusive um desmaio, agora não era nada diferente de uma cena normal.

— O que aconteceu? — indagou a tia Phoebe.

Antes de responder, Rosemary arregalou os olhos, nunca havia visto tia Phoebe formular e dizer algo por si mesma:

— Gostaria de informar que vocês foram convidados para o casamento da tia-bisavó Jemima e Owen. — arfou ela de modo copioso e decorado.

Todos estavam boquiabertos.

— Não diga isso, Rosemary. Você não sabe mentir e sabe muito bem disso. — bisbilhou Elizabeth desacreditada — Unity decidiu que Jemima não se casaria e ela nunca volta atrás no que diz.

— Dessa vez ela voltou. Tentarei organizar o casamento da maneira mais rápida possível antes que Unity mude de ideia — concluiu ela segurando um dos braços.

— Por favor, deixe-me ajudar! — disse bruscamente Charlotte.

— Não seja tão egoísta, Elizabeth. — disse tio Roger — Você sabe que tudo o que organiza dá errado, você não pode arruinar o casamento de Jemima. — concluiu ele acendendo um charuto.

— Nem sempre! — respondeu Elizabeth comprimindo as mãos — Houve a vez em que...ugh...houve também vez em que eu...

— Na sua melhor festa, quase assassinamos um homem — vozeou Adolphus.

Rosemary rapidamente olhou para baixo, corou um pouco e fechou as mãos. Ninguém sabia que *ela* havia sido a responsável por derrubar a árvore e culparam Elizabeth por ter escolhido um pinheiro torto:

— Se Matthew não tivesse irritado a tia Madalene, nada disso teria acontecido. E nós *não* matamos ninguém! — bradejou ela.

Banfields são um tipo de criatura cujas brigas são deliberadas e inevitáveis. Rosemary, de certa forma, era uma e sabia disso. Logo, rapidamente informou-lhes a data, local e horário, despediu-se e foi embora. Gostaria de ter conversado mais com Elizabeth, no entanto aquela não era uma situação minimamente agradável.

    Os dias estavam se passando rapidamente e o casamento das duas pessoas mais velhas da cidade era um assunto discutido em todas as partes — inclusive, coincidentemente, no último livro encontrado por Rosemary onde esse era o tema abordado —, e o fato de ser o assunto mais abordado, fez com que Rosemary tornasse-se uma pessoa requintada e interessante, todos — ao menos as mulheres abelhudas, ou seja, quase todas as mulheres da cidade — queriam saber mais sobre o casamento. Organizar um casamento não era uma tarefa inédita, afinal, o quase casamento de Elizabeth e Carew Stone havia sido organizado por ela, porém organizar um casamento tão grande e tendo de cuidar de uma criança e três gatinhos famintos era um trabalho extenuante.

    Ugh! Por que a tia-bisavó queria tanto casar de branco? Ela já havia sido casada antes e no final do verão onde a paleta de tecidos acessíveis é escura, fora quase impossível encontrar algo branco! Por que um bolo tão grande? Isso era pra ser um casamento rural, não de elite! Begonia Lake estava abarrotada de flores e Owen queria ainda mais?! Por quê? As flores estavam sendo disponibilizadas gratuitamente e isso não era o bastante? Ugh! Felizmente, os dias passaram de modo certeiramente rápido. Rosemary e Elizabeth haviam decidido que se arrumariam juntas, pela praticidade e também pelo entretenimento. Charlotte assemelhava-se a uma pequena pluma radiante, já Rosemary trajava um vestido um pouco mais simples, afinal, o mesmo daria-lhe uma maior habilidade de locomoção, até porque, nunca se sabe o que pode acontecer.

    Era um final de tarde agradável e airoso, as bétulas estavam mais gentis do que o costume — bétulas são árvores soberbas —, as nuvens austeras e imponentes gargalhavam de modo veemente e dócil e um ótimo cheiro quase outonal era exalado pelos crisântemos que enfeitavam orgulhosamente a grama opaca inundando-a de pontinhos vermelhos e brancos. Rosemary, porém, não pode — e nem quis — olhar pela janela e ver a tarde. Os convidados de Jemima estavam começando a chegar, e ainda havia muito o que fazer, e era tremendamente difícil com um pequeno gatinho tricolor chamado Misty implorando por atenção. Ela estava muito atarefada e não pôde ver o quão sonolento Charles estava. Ele sempre estava dormindo, seria isso saudável? Rosemary nunca havia tido ou conhecido outras crianças, logo, não sabia.

Tanto Jemima quanto Owen eram presbiterianos, logo, o casamento ocorreu em Begonia Lake. Talvez a decoração estivesse um pouco exagerada, talvez os convidados — principalmente uma pessoa em específico a qual acredito que o leitor saiba quem é — estivessem mais interessados em saber *como* seria o casamento do que assistir o casamento em si, talvez houvesse muita comida para a quantidade de pessoas e talvez o lugar estivesse infestado de gatos — Jemima pediu que todos que tivessem felinos os levassem. Contudo, Rosemary ainda sim estava satisfeita! Entretanto, algo que chamou-lhe a atenção fora Unity. Aquela mulher grisalha parecia tão infeliz e séria que fez com que Rosemary arrependesse-se de tê-la convencido a permitir que a avó se casasse:

— Ugh...Ugh... — ela não sabia ao certo o que dizer, logo, apenas apoiou as costas contra a parede — Ugh...

— Precisa de ajuda com alguma coisa? — indagou Unity rispidamente — Já disse que eu não vou mover um dedo sequer para que esse casamento aconteça — concluiu franzindo o cenho.

— Não, não preciso de ajuda! — explicou ela compassivamente realizando alguns movimentos exagerados com as mãos — Percebi que você... ugh... — novamente, ela não soube o que dizer — está triste! — concluiu.

Unity não respondeu-a. A mulher fitava a pequena criatura a sua frente com os olhos indignados e a boca semiaberta:

— Jemima não vai gostar menos de você porque estará casada — continuou ela sentindo-se mais tola a cada palavra dita —, ela vai...ugh...

Unity arqueou as sobrancelhas.

— Você acha que eu estou preocupada com isso? — inquiriu Unity.

— Sim? — respondeu com uma indagação.

— Por céus! Não! — bradejou — A questão é que agora eu vou ter que cuidar tanto de Jemima quanto de Owen. — concluiu ela colocando alguma coisa na boca em seguida.

Então, Unity não estava preocupada quanto ao amor de sua avó Jemima? Bem, ótimo! Ao menos Rosemary não sentia-se culpada por ter persuadido-a a permitir que a avó se casasse. Sem saber ao certo o que responder, todavia inegavelmente feliz, ela acenou com a cabeça e distanciou-se. A cerimônia de casamento de Jemima ocorrera de modo fluído e decente, diante do arco de Begonia Lake, tal qual a tradição dos Hancock. As cenas foram tão cômicas e inacreditáveis que diferentes dos casamentos comuns onde se segura para não chorar, os convidados tiveram de segurar-se para não rir. Mas...a cerimônia toda estava ocorrendo de uma maneira tão cotidiana e razoável que era quase difícil de acreditar que fosse real, o que fez com que Rosemary tomasse dupla precaução quanto a tudo, literalmente, dupla precaução quanto a *tudo*. O problema ao qual iria acontecer porém, não poderia ser evitado nem com tripla precaução, ele jamais poderia ser evitado.

 De modo quase irreal, os gatos em Begonia Lake — que eram muitos — não estavam brigando, vez ou outra gritavam ou torciam-se, mas não brigavam. Jemima estava sentada do lado de fora, com os braços cruzados e uma expressão séria, quase infeliz, assim como Unity. Os outros convidados, espalhados ao redor da mesa, portavam-se de maneira bastante regular, algo quase impossível ao considerar a quantidade de Banfields ali — se bem que com o tempo, Rosemary havia começado a perceber que eles apenas portavam-se daquela maneira insana em reuniões familiares, nunca em frente a outras famílias —, era quase como se tudo estivesse perfeito demais. Um pouco paranoica — afinal, o casamento era a sua responsabilidade — Rosemary vagou os olhos pelo cômodo, Elizabeth estava brincando com um pequeno raminho de flores e parou para trocar risos com ela — aparentemente, o fato de se olharem era engraçado o suficiente para que rissem —, tia Thalita conversava agradavelmente com os demais convidados — essa era a primeira vez que Rosemary ouvia a sua voz —, Matthew e outros homens falavam de política, tia Madalene *civilizadamente* desfrutava de sua refeição. Rosemary concluiu que caso a sua família fosse sempre assim, ela seria capaz de gostar deles. Tia Sarah colocou ambos os talheres sobre seu prato e arqueou as sobrancelhas:

 — *Drew*, creio que saiba das últimas notícias, certo? — inquiriu.

 — Últimas notícias... — repetiu a tia Phoebe.

 — Ugh...N...na verdade não, não acho que eu saiba. — concluiu ainda vagando os olhos pelo cômodo.

 — Ultimamente, na cidade, as pessoas vêm desconfiando de que exista um... — começou Janne colocando os cotovelos sobre a mesa.

 Rosemary, porém, não foi capaz de terminar de ouvir a frase, Emelline Warwick rapidamente puxou o seu braço:

 — Mas, que belo vestido! — arfou ela de modo quase brusco — Muito bem escolhido. — concluiu com um sutil toque de escárnio.

— Ugh...ugh...muito obrigada. — arfou ela esgueirando o braço das mãos de Emelline.

Após isso, o jantar ocorreu sem grandes objeções. Rosemary esqueceu-se de perguntar a Janne o que ela tinha a dizer, mas isso não importava. O que importava era que agora ela tinha uma oportunidade para ver...ugh! Todas aquelas pessoas reunidas à mesa por um evento ao qual ela havia organizado. Após certo horário da noite, um a um os convidados foram embora, deixando assim, Rosemary com tempo para conversar estritamente com tia-bisavó Jemima, ambas estavam sentadas ao lado de fora, Rosemary sentia-se "imersa sobre a noite" como dizia um livro ao qual havia lido:

— Como se sente? — indagou ela distraidamente brincando com uma flor.

— Como um pássaro enjaulado. — murmurou tia-bisavó.

— Não fale assim, não é como se casar-se fosse uma prisão. — aconselhou Rosemary que sequer já havia sido casada.

Jemima apoiou as duas mãos em sua barriga.

— Não é do casamento em si que estou falando, mas sim da forma a qual ele ocorreu. — vociferou ela.

— Ugh...houve algum problema?

— Eu queria ter tido a oportunidade de me sentir jovem novamente, embora eu seja. — suspirou ela — Gostava da ideia de fugir, seria animador. — murmurou ela olhando para as estrelas.

Rosemary não disse nada, contentou-se em suspirar e acariciar a cabecinha ruiva de Ginger. Novamente, ela percebeu que jamais seria capaz de compreender a mente humana, este é um dom que apenas cabe a Deus.

Capítulo XXIV

A reunião da "mocidade" de Bibury

Setembro havia chegado de modo rápido e quase inesperado. As bétulas relutantemente começaram a perder a sua graciosidade e sutil beleza veranil, tendo as suas folhas amargamente secas — no entanto, ainda não haviam começado a cair. As nuvens avarentas e soberbas sussurravam segredos inquietantes e talvez belos demais para um dia serem revelados a algum humano, as estrelas, por sua vez, estavam caladas, estavam demasiada arrogantes para se prestarem ao diálogo, já as pequenas florzinhas opacas e cheirosas despediam-se solenemente de todos, Rosemary não estava triste, esperaria ansiosamente que elas voltassem, enquanto isso, possuía uma boa reserva financeira que duraria pelas próximas estações até que o mundo no hemisfério norte voltasse a florescer. Embora, do modo ao qual eu descrevi, deixe aparente que Rosemary estava olhando para o clima, ela não estava. Estava sentada, quase atirada sobre a cadeira lendo de modo rápido e quase selvagem um novo amontoado de poesias ao qual encontrou na cozinha. Não passava da terceira badalada, mas ela não conseguia dormir, logo, acendeu uma vela e vagou pela casa, até que se deparou com outro livro azul-marinho de bordados dourados, talvez realmente fosse a hora de instalar uma tranca na casa...mas isso não importava! Ela estava sedenta por algo que alimentasse a sua natureza sensível e excêntrica. Sedenta por outro manuscrito de TS. TS...ela já havia ouvido aquelas iniciais em algum lugar...não? Ah! Isso não importava! Rosemary estava sentada sobre a janela, segurando o manuscrito ao qual rapidamente devoraria, estava cercada por três gatinhos de personalidades distintas. Ah! Havia algo que embora atraísse Rosemary para os poemas, também fazia com que sentisse-se estranha. Ela já havia visto a pessoa a qual lia sobre, apenas não conseguia dizer ao certo quem era...Não! Loucura! Manuscritos franceses jamais seriam sobre alguém que ela conhecesse e seria loucura pensar o contrário!

 Diante dos olhos de Rosemary — ou talvez não, ela estava demasiada entretida com o que lia —, a madrugada esvaiu-se e uma manhã perfumada e amiga surgiu em seu lugar. Estava na hora de cumprir com as suas obrigações. De certa forma, os seus dias haviam ganhado uma nova tonalidade depois que ela percebeu que...Rosemary estava distraída e não sabia ao certo sobre o que pensava, sacudiu a cabeça de modo negativo e voltou a fazer o que fazia. Ela estava sentada atrás do balcão da floricultura, assim como fazia todos os dias, exceto aos sábados e domingos. Atrás de si, uma criança sonolenta e pálida brincava, ele tossia muito. Ugh... provavelmente era um resfriado. Vendia poucas flores de modo mecânico e repetido, sabia exatamente como convencer cada pessoa da cidade a comprar uma de suas flores. Se bem que...ela não saberia como convencer Matthew a comprar algo...bem...sabia como convencer todos menos um, ainda sim é um bom número!

 Rosemary encerrou o seu trabalho com antecedência, já era o começo de setembro — como foi mencionado anteriormente — e as pessoas naturalmente começam a perder o interesse por flores nessa época do ano. Logo, não havia motivo algum para continuar lá por muito tempo, ou talvez ela apenas quisesse concluir o novo livro ao qual encontrara, um dia a mais ou a menos de trabalho não faria grande diferença. Rosemary estava sentada, sobre a mesa da cozinha, a mesma a qual a ministra se sentou. Todavia, lembrou-se que no casamento de tia-bisavó Jemima, disse que começaria a frequentar a reunião de mocidade do vilarejo — que basicamente consistia em um grupo de *jovens*, como pensou Rosemary, majoritariamente cristãs e em sua maioria solteiras — e ela ainda não havia começado a fazê-lo, talvez fosse melhor cumprir logo com a sua palavra, certo? Ugh! Rosemary não queria, por que sujeitaria-se a estar em um lugar abarrotado de *jovens* as quais ela desconhecia? Loucura! Mas, de fato, querer não significa poder. Um pouco relutante, porém decidida a cumprir com a sua palavra, ela vagarosamente trajou-se e de modo distraído — atualmente, ela estava quase sempre distraída — olhou de relance para o espelho. Era um bom reflexo, usava um vestido roxo acinzentado — não era uma cor muito bonita, mas de certa forma, caía bem nela —, e seu chapéu estava amarrado de modo rotineiro. Novamente, era um bom reflexo. Charles não deveria ser submetido ao sofrimento de ir à reunião da mocidade, ele estava sempre dormindo, logo, não seria um problema que ficasse sozinho em Lily Window, na verdade, ele passou grande parte de sua vida sozinho, apenas uma noite não faria-lhe mal.

    Envolta pela aura quase outonal, Rosemary caminhou de modo rápido e austero até a casa, ela não queria ir, logo, decidiu que faria-se presente por apenas uma noite e então desapareceria por completo. Sim. Essa era uma boa ideia. Um pouco absorta e sonolenta, ela bateu à porta, foi recepcionada por alguém a qual ela foi simpática, mas não necessariamente prestou atenção em quem fosse. Comprimiu os lábios e com uma expressão digna de um mártir, dirigiu-se até o cômodo onde todas estavam. Era uma sala bonita, mas muito escura e abafada e adornada com diversas esculturas cujo significado era desconhecido. Rosemary ainda estava distraída, logo, sentou-se de modo vagaroso e repousou as mãos sobre os joelhos alvos e apenas então olhou para cima e correu os olhos claros pelo cômodo. Não pôde deixar de rapidamente erguer as sobrancelhas e inconscientemente abrir a boca, aquilo definitivamente não foi o que ela imaginou quando disseram-lhe "reunião da mocidade", ela havia deliberadamente imaginado todo tipo de coisa para a reunião da *mocidade*, exceto um pacífico grupo de mulheres viúvas — provavelmente acima dos quarenta —, tricotando e discutindo sobre crises modernas. Aquilo era quase impensável! A única pessoa *razoavelmente* jovem ali era Emelline Warwick, quem havia convidado-lhe. Eram todas pessoas as quais Rosemary diariamente vendia flores e via pelas ruas, mas não conhecia-as de fato:

    — Tanto tempo se passou. Acreditamos que você não viria, senhorita Drew. — arfou a senhora Thrup arqueando as sobrancelhas — Mas, já esperávamos, a senhorita não é uma pessoa muito sociável, não é mesmo? — acrescentou de modo inexpressivo.

    — Não acho que seja. Ela parece ser tão viúva quanto nós — arfou a senhora Slyfeel (mulher do falecido irmão do homem ao qual concedeu uma vaca a Janne) com um sorriso breve, seja lá o que "Ela parece ser tão viúva quanto nós" signifique, Rosemary nunca fora casada.

    — Ugh... — Viúva? Do que estavam falando? Rosemary sequer sabia como responder. Ela deveria ter continuado em casa afinal de contas. Elas estavam certas! Ugh! Rosemary não era uma pessoa sociável, ao menos não com as quais ela não conhecia — Realmente, faz muito tempo...ugh... — ela estava agressivamente beliscando os pobres braços pálidos e olhou para baixo.

— Aceita? — inquiriu Beatrice Worthington com um bule de chá quase fervente em mãos — Não está muito quente.

— Sim! Ugh...aceito sim. — explicou-se enquanto realizava movimentos verticais com a cabeça.

Beatrice cordialmente serviu-a e então voltou para a cozinha de modo vagaroso. Rosemary estava instintivamente com os olhos arregalados, os lábios compressos e as mãos deliberadamente beliscavam os braços. O que ela estava fazendo ali? Por que não havia simplesmente dito que não poderia comparecer à reunião da "mocidade"? Ela poderia estar na igreja, mas não! Estava ali! Na casa da senhora Thrup bebendo deliberadamente sua xícara de chá. A bebida estava azeda! Ugh! Mas, que gosto! Todavia, a sede era tamanha, devido ao quão abafado aquele lugar era, que fez com que a mesma desse rápidas goladas e acabasse com todo o continente em poucos segundos. As nove criaturas sentadas regular e civilizadamente em torno de si fitaram-na com certo desdém devido a sua timidez, no entanto, caso ela falasse, fitariam-na com desdém "por ser muito chamativa". Logo, não havia muito o que pudesse ser feito. Após isso, voltaram a falar sobre o tema ao qual discutiam antes da entrada desajeitada de Rosemary. Era algo ao qual ela não prestou atenção, talvez os contras da modernização da monarquia parlamentarista, talvez sobre a seca iminente da cidade, talvez algo com literatura, mas Rosemary estava demasiada distraída para prestar a mínima atenção, logo, utilizou de sua habilidade mais útil, não, não estou falando de flores e nem de tricô, mas sim da capacidade de fingir graciosa e perfeitamente que se está escutando alguém:

— Dizem que a modernização na capital pode trazer prejuízos para as regiões mais pobres. — declarou a senhora Storey.

— Não vejo como isso poderia acontecer. — retorquiu a senhora Thrup arqueando as sobrancelhas grisalhas.

— A questão não é a modernização, mas sim a distribuição de renda. — respondeu a senhora Slyfeel com cautela após uma rápida golada de chá — É isso o que as pessoas não entendem. — concluiu.

— Eu creio que... — falhou Emelline Warwick.

— E você, Drew? O que acha? — inquiriu a senhora Storey inrerrompendo-a.

— Ugh...

Por algum motivo ao qual nem ela sabia, Rosemary estava mais interessada em procurar maneiras de fugir daquele lugar caso fosse invadido por ratos — embora isso não fosse necessário, imaginar coisas do tipo era mais divertido — logo, sequer sabia sobre o que as integrantes da reunião da *mocidade* estavam falando.

— E...eu acho...o mesmo que Emelline. — declarou enquanto beliscava os seus braços.

O grupo distinto de mulheres entreolhou-se, talvez um pouco confusas ou talvez um pouco chocadas acreditando que Rosemary fosse uma criatura estulta — pessoas não muito sociáveis ou distraídas (Rosemary era os dois) costumam ser vistas como estultas — e então, voltaram a discutir sobre o tema anterior, ao qual não estarei mencionando pois Rosemary sequer sabia qual era. Ela estava sentada e encolhida, tal qual uma pequena criatura ameaçada, parecia estar alheia e desprovida de qualquer pensamento devido ao rosto inexpressivo, entretanto estava decidindo quanto tempo mais teria de ficar ali. Ugh! Eventos sociais são a pior coisa existente! Rosemary era uma criatura humana, por que ela odiava tanto estar rodeada de outras criaturas da mesma espécie? Ugh!

Rosemary concluiu que não havia coisa alguma que fosse capaz de piorar a situação a qual encontrava-se, entretanto de modo ruidoso e um tanto reptiliano, um par singular e hórrido de irmãs presunçosas, mais conhecidas como Lydia e Awellah Bolton, entrou na sala, cumprimentaram todas as mulheres sentadas ao redor da mesa e então sentaram-se também emitindo alguns barulhos estranhos, talvez mais estranhos que os emitidos por Beatrice Worthington:

— O clima hoje está tão feio. — arfou Awellah mudando de assunto desprezando as belas nuvens que inundaram o céu pela tarde, afinal, não sabia nada sobre a modernização da capital.

Todas viraram-se, olharam para ela, em silêncio, e então voltaram a dialogar com certa normalidade. Por mais que o outono estivesse aproximando-se, o clima ainda estava abafado, as luvas de Rosemary estavam torturando as suas mãos pálidas e queimadas e o grande número de pessoas ali apenas agravava a insolente situação. Ugh...ela estava tão cansada, cansada e frágil...será que Rosemary desmaiaria? Ela estava um pouco tonta... tonta. Ugh...parecia que sim se ao menos desmaiar fosse sinônimo de ser... Rosemary flexionou os olhos para não concluir o pensamento. Não era um pensamento errado, apenas não queria concluí-lo. Lydia Bolton coçava o seu nariz plano e dizia algumas coisas as quais Rosemary não prestara, não quisera e não pudera prestar atenção. Ela olhou de relance para o relógio central da casa, já estava quase na hora da décima nona badalada, ela já havia passado tempo o suficiente ali, estava livre para sair. Vagarosamente, ela correu os olhos pelo cômodo. Tanto a senhora Slyfeel, quanto a Thrupp, quando a Storey e a Voss — as únicas as quais ela minimamente importava-se —, estavam distraídas, ugh! Ela não queria ter de despedir-se de tanta gente, despedidas são tão lúgubres e cansativas...talvez caso Rosemary apenas se levantasse e caminhasse de modo despretensioso até se ver livre dali, despedidas pudessem ser evitadas. Foi o que ela fez. Cuidadosamente, levantou-se, colocou o seu chapéu e caminhou até a porta, onde apenas a abriria e sairia, provavelmente acreditariam que ela era louca...se bem que... elas já achavam isso, talvez Rosemary realmente fosse louca. No entanto, ao abrir a porta, deparou-se com duas pessoas conhecidas. Oh! Ao mesmo tempo que ela estava feliz por ver Elizabeth e Rachel, seus infames planos de ir embora sem deixar vestígios estavam nada menos que arruinados!

— Rose! — arfou Elizabeth colocando a mão sobre a bochecha suada de Rosemary, ao perceber que a sua prima parecia pronta para cair a qualquer momento — Quanto tempo, não é mesmo? Não sabia que frequentava esse tipo de ugh...ugh... — ela não sabia como descrever a reunião da mocidade que na verdade não possuía muitas "moças".

— Não frequento. Na verdade, estou de saída...ugh...só finjam que eu nunca estive aqui. — pediu ela.

— Não! Fique! — bisbilhou Elizabeth a frase mais temida por uma jovem nenhum pouco sociável — A reunião acabou de começar! — concluiu.

— Já foi o bastante para mim — respondeu olhando rapidamente para trás — deixe-me ir antes que percebam que eu estou saindo. — arfou.

Elizabeth suspirou e cruzou os braços.

— Você está indo embora sem avisar a ninguém? — inquiriu Rachel movimentando de modo exagerado as sobrancelhas grossas.

— Assim como sua irmã quase casou-se com Carew sem avisar ninguém. — respondeu ela sorrindo brevemente adquirindo de expressão gatuna.

Charlotte não sentiu-se ofendida, todavia caso qualquer outra pessoa houvesse dito a mesma coisa, ela teria se ofendido.

— Ugh! Isso é muito rude de sua parte. — vozeou Elizabeth empurrando a prima para dentro da casa e fechando a porta atrás de si com a ajuda de seu pé — Onde você aprendeu a ser assim? — inquiriu com sarcasmo.

Rosemary fitou-a e riu. Não estava ofendida, todavia caso qualquer outra pessoa, como por exemplo Rachel, dissesse o mesmo, sentiria-se ofendida. Meneou a cabeça verticalmente e então, ainda um pouco tonta e cansada — ela realmente acreditava estar perante um desmaio — caminhou até a sala, onde, sentindo-se cruelmente assistida por treze pares insolentes e distintos de olhos, sentou-se ao redor da mesa, assim como todas ali. Elizabeth cumprimentou-as de modo padronizado, mas não disse nada, apenas trocou risos com a prima, por mais que não houvesse motivo aparente. Presumivelmente, as irmãs Bolton e a senhora Voss haviam envolvido-se em uma discussão desinteressante:

— Não acha que seja algo insano permitir que Lewis o beberrão ocupe um cargo importante na igreja? — indagou agressivamente a senhora Voss entre algumas goladas rápidas em seu chá — É quase tão insano quanto desenvolver um quadro severo de catapora e não buscar ajuda médica. — concluiu ela ainda com certo ressentimento por Leah Ware não ter confiado-se sobre os cuidados de alguém de sua família.

— Acho que seja insolente de sua parte julgar um livro pela capa! — disse Awellah que secretamente nutria *algo* por Lewis o beberrão — Além do mais... — falhou.

— Se você quiser que ele ocupe algum cargo em *sua* igreja, fica a *seu* critério. — proferiu Voss que orgulhosamente era anglicana.

— Por favor, Bolton e Voss, calem-se. Esta é uma reunião decente. — retorquiu a senhora Slyfeel fulminando-as — Uma reunião decente e cristã.

— Mas... — falhamente, Lydia tentou defender a irmã, no entanto, não soube ao certo o que dizer, não havia o que dizer.

— Uma reunião decente e cristã. — repetiu Slyfeel flexionando irritadamente os olhos e arfando.

Rosemary estava distraída, brincava com um pequeno raminho de um lírio que fora arrancado antes de desabrochar, entre todas as coisas as quais não interessavam-lhe, estavam as brigas. Ela gostava de assistir uma discussão ou outra entre pessoas conhecidas, mas não de assistir a brigas na reunião da *mocidade* onde Boltons e Voss discutiam sobre qual fé era melhor. Rosemary não era anglicana e muito menos presbiteriana, logo, essa discussão entre doutrinas não interessava-lhe minimamente, e caso ambas amassem a Deus acima de tudo e o próximo como a si, a discussão não existiria! Sim! Ela estava certa de que não existiria. Ainda um pouco vaga e desatenta, ela correu os olhos pelo cômodo, sentia falta de alguém... Rachel, Elizabeth, Voss, Slyfeel, Thrup, Awellah e Lydia Bolton, Beatrice e Abigail Worthington, Hancock e Storey estavam lá. Provavelmente não estava faltando ninguém. Já haviam se passado alguns minutos, em breve Rosemary seria capaz de inventar alguma desculpa para ir embora e então jamais voltaria ou disponibilizaria-se para frequentar qualquer outro tipo de reunião ou evento social. Estava decidido:

— E você, Drew? O que acha? — inquiriu a senhora Hancock.

Rosemary beliscou um dos braços.

— Ugh...me desculpe. N...não estava prestando atenção. — bisbilhou falhamente — O que acho a respeito de quê? — mussitou.

— Ora! — arfou a senhora Slyfeel — O que acha a respeito de T...

Não foi possível ouvir o que foi dito pela senhora Slyfeel. Um grito grave ecoou, afinal, uma criatura pequena e branca atravessou rapidamente a sala encostando nas pernas das irmãs Bolton. A criatura era pequena e demasiada rápida, logo, não foi possível que Rosemary distinguisse com exatidão o que era, mas provavelmente era um coelho — era uma criatura branca, logo, não era Dusty — todos creram que sim. Até porque, as Bolton não hesitaram em saltar selvagemente sobre o sofá e em pânico — uma delas a qual ninguém soube ao certo quem foi — chutar a mesa em sua direção oposta fazendo com que assim o vestido de Rosemary ficasse ensopado de chá. Ugh! Estava fervente! E agora ela estava ensopada! Ugh! Eventos sociais são desprezíveis! Definitivamente não foi um caos tão deliberado e epopeico quanto o caos natalino dos Banfields, mas foi de fato uma grande reviravolta planejada, sim, planejada, caso contrário a criatura não teria corrido exatamente sobre as Bolton. Ou talvez Rosemary estivesse apenas louca...isso era mais provável.

Após tamanha desordem, todas as *moças* da reunião da *mocidade* sentiram-se tão instáveis que rapidamente despediram-se e deixaram aquela casa abafada e escura:

— Rose, pode levar Rachel até Lambert Ranch? — pediu Elizabeth um pouco atordoada amarrando o seu chapéu — Eu prometi que ajudaria a limpar a igreja hoje e ela fica na direção contrária a minha casa. — concluiu veementemente.

— Deixe-me ir com você! — suplicou Rachel jogando os cabelos escuros para trás.

— Não, já está tarde. Nossa mãe não vai gostar. — respondeu de modo impassível.

— Ugh! — arfou Rachel agressivamente.

— Posso sim levá-la. — concluiu Rosemary.

— Beth? — suplicara novamente Rachel que adoraria poder passar a noite fazendo algo ao invés de dormir — Não vou atrapalhar em nada! Posso esfregar e limpar...

— Você pode muito bem fazer isso em casa. — respondeu.

— Beth? — suplicara novamente.

— Não! — bradejou Elizabeth dando as costas e saindo, ela sabia que seria incapaz de vencer Rachel verbalmente, logo, apenas deixou-lhe com a prima para que a mesma levasse-lhe.

— Vamos? — indagou Rosemary após perceber-se a sós com Rachel que agora ostentava um rosto corado de raiva.

— Ugh! — murmurou — Não acho que eu tenha outra opção — sussurrou baixo o suficiente para que Rosemary fosse capaz de fingir não ter ouvido.

Ambas caminhavam quietas, não havia nada que pudesse ser dito, as duas estavam ali por obrigação e sabiam disso. Rachel caminhava de modo solene e lento, trajava um vestido amarelo que era basicamente uma febre entre as garotas de sua idade e na cabeça, um laço de cor clara, outra febre entre as jovens, afinal, Rachel não era uma criatura de personalidade distinta, apenas fazia o que qualquer outra pessoa de sua idade faria:

— Podemos cortar caminho passando por dentro de Dragonfly Hill. — disse Rachel em alto e bom tom — Sem contar que as frutas são suculentas.

— É seguro? Desde que seja, eu não me importo. — respondeu Rosemary nada interessada nas frutas suculentas.

— É sim. Prometo ser rápida. — ciciou.

Com a permissão da pessoa mais velha, ambas adentraram Dragonfly Hill, um bosque não muito denso e aparentemente nenhum pouco perigoso. Rosemary trazia consigo um lampião, já estava escuro. As estrelas balbuciavam as preces noturnas, a lua exibia-se orgulhosamente, embora jamais fosse ser tão brilhante quanto o sol, ela possuía algo de interessante e atraente, algo belo ao qual o sol não seria capaz de emitir, embora o brilho da lua fosse reflexo dele. As bétulas já estavam cansadas e recolhiam-se de modo sincronizado. Era uma noite bonita, talvez um pouco sombria e eloquente demais trazendo consigo um ar espirituoso que pairava sobre as duas criaturas do bosque. Rosemary estava imóvel, segurando seu lampião, Rachel por sua vez, enchia rapidamente a sua cesta com frutas variadas:

— Não sabia que você tinha tanto interesse por frutas. — arfou Rosemary vendo que a cesta da prima estava prestes a transbordar.

— Dinah Follet chegou ontem na escola com uma grande cesta de frutas e as garotas passaram o intervalo com ela. Uma Follet, acredita? — inquiriu indignada selecionando framboesas para sua cesta — Ela vai ver o que são frutas de verdade. — concluiu.

Rosemary suspirou, era inútil pensar que Rachel possuísse ao menos o princípio de uma personalidade formada, ela não possuía. Todavia, o seu suspiro foi rapidamente cortado por um barulho estranho atrás de si. Um galho havia sido quebrado. O que seria? Ela rapidamente virou-se para ver o que era, graças a seu lampião, viu uma silhueta rápida e austera, mas estava muito escuro, não conseguiu distinguir ao certo o que era. Talvez, aquela fosse a primeira vez em um bom tempo em que Rosemary não estava distraída. Ela rapidamente flexionou seus olhos e meneou a cabeça de modo agressivo tentando convencer-se de que não havia nada, absolutamente nada ali. Porém, falhou arduamente após escutar outro barulho rápido e sinuoso. Ela estava pálida — talvez um pouco mais do que o habitual —, pálida e boquiaberta, com os olhos completamente abertos e as sobrancelhas arqueadas, ela virou-se para Rachel, que por sua vez, estava agachada sobre a grama alva de Dragonfly Hill, com a pele pálida e rosto cujos olhos brilhavam de horror:

— Você também ouviu isso? — interpelou ela rapidamente levantando-se, mas sem esquecer de pegar a sua cesta.

— Ugh...sim, acho que sim...

A frase de Rosemary foi interrompida, passos rápidos e brutos foram ouvidos em meio aos abetos, passos brutos e pesados:

— Talvez seja apenas um gato. — respondeu Rosemary falhando em ser racional.

— Um gato com passos tão pesados? Deve ser uma obra demoníaca! — bramiu Rachel segurando com firmeza a sua cesta.

— Não diga esse tipo de coisa! — reprimiu Rosemary.

— De que importa o que eu digo se estou perante a minha morte? — vociferou Rachel agudamente.

Morte? Do que Rachel estava falando? Elas não estavam perante a morte! Isso seria loucura! Loucura! Um gritinho reprimido foi emitido por Rosemary após escutar outro galho quebrando-se, dessa vez, mais próximo de si. Ao menos Charles não estava ali, caso qualquer coisa acontecesse, Elizabeth cuidaria dele...mas nada aconteceria, certo? *Certo?* Rosemary estendeu seu braço fazendo com que assim uma silhueta austera e alta pudesse ser vista, não era possível distinguir o que era, estava muito escuro para isso, mas não havia bicho algum daquele tamanho em solo inglês! Talvez realmente fosse uma obra demoníaca! Isso explicaria! O problema mesmo, era não ter certeza se era ou não obra espiritual, pois caso fosse, ela deveria rezar, todavia caso não fosse, a melhor solução seria despir-se de seus sapatos e correr, correr pela sua vida! Outro grito reprimido foi emitido após ouvir os passos bruscos cada vez mais próximos. Era possível ver a silhueta aproximar-se com maestria e velocidade, fazendo movimentos sinuosos e talvez sem muito sentido, mas completamente pavorosos! Que criatura seria aquela? Não era uma raposa e muito menos um gato e estava aproximando-se! Esquecendo-se completamente de seus caprichos infantis, Rachel soltou a sua cesta e agarrou-se ao braço de Rosemary. Ugh! Se ao menos ela estivesse sozinha, a situação seria minimamente favorável, ela porém, estava com uma criança e a mesma estava sob a sua responsabilidade! A silhueta macabra e inegavelmente perigosa deu um salto brusco e célere em direção a ambas, fazendo com que tanto Rosemary quanto Rachel empalidecessem de medo, Rachel gritou, entretanto, seu grito foi abafado pela mão de Rosemary que rapidamente colocou-se na boca da jovem. E pensar que o momento tão esperado até então na vida de Rosemary que ela havia inclusive tentado artificialmente forjar havia enfim chegado, a morte, mas...ela não podia morrer. Haviam tantas coisas as quais ela ainda precisava realizar na Terra antes de morrer! E quanto a Ginger, Dove e Misty? O que seria daqueles pequenos felinos? E principalmente, o que seria de Charles? Aquela pequena criança sonolenta, havia algo de errado com ele, algo inevitavelmente errado...Mas, isso não importava. Rosemary estava entregue para a morte, seria impossível sobreviver perante a criatura misteriosa de Dragonfly Hill. Impossível. Rosemary flexionou seus olhos agressivamente, já que estava perante à morte, preferia morrer de olhos fechados.

No entanto, ela estava enganada, ela ainda viveria muito tempo antes de morrer, ela não estava nem perto de ficar cara a cara com a morte. Rosemary já havia ficado com os olhos fechados por muito tempo, decidiu que abriria-os. Ugh! Aquela silhueta outrora macabra, alva e amedrontadora fora confrontosamente revelada pela luz de seu lampião, era apenas um corpo humano envolto em um amontoado de tecidos. Sem um resquício sequer do medo que abalara seu ser há pouquíssimo tempo, ela afrontosamente retirou a sua outra mão da boca de Rachel, fincou-a sobre o tecido e revelou quem estava por trás de tudo isso. Não houve surpresa alguma. Era Matthew. Obviamente, essa era uma resposta muito mais racional que uma criatura sinuosa pairando em volta de Mulberry:

— Vocês deveriam ter visto seus rostos! — bradejou ele rindo histericamente. Por que se importava tanto em ver rostos alheios? — Hilários! Hilários! — vociferou.

O medo havia esvaído-se e deixado para trás duas criaturas pálidas e chocadas demais para dizer algo ou reagir de alguma forma. Talvez Rosemary tenha dito alguma coisa — não posso narrar com detalhes pois ela estava demasiado perplexa para lembrar-se do que dizia —, talvez não. Mas, uma coisa era fato, ela havia desistido de dar-lhe bom senso. Isso não importava, empalidecidas e abaladas — Rachel inclusive esqueceu-se de sua cesta de frutas —, elas continuaram caminhando:

— Não conte isso para ninguém ou eu vou virar fofoca na escola. — pediu Rachel antes de virar-se para entrar em Lambert Ranch.

— Você tem a minha palavra. — respondeu ela que não planejava contar sobre o ocorrido para ninguém, embora estivesse toleravelmente satisfeita por ter deparado-se com Matthew e não com uma criatura alva e sinuosa pronta para sugar-lhe a alma ou coisa do tipo.

Satisfeita — ou talvez não — com o dia que teve, Rosemary não pôde negar sentir-se incontestavelmente feliz após despir-se e atirar seu corpo contra a cama. Ela sabia que as fantasias as quais nutria jamais ganhariam vida, todavia estava feliz com o modo ao qual as coisas caminhavam. Um caos ou outro era necessário para movimentar e acrescentar interesse a sua vida, Matthew acrescentava esse caos, caso contrário, todos os meses seriam como julho e isso seria terrível. Lily Window era um lugar feio, Charles não parecia estar plenamente saudável — por mais que estivesse melhorando — e a sua vida não era perfeita, mas era boa, muito melhor do que ela sequer seria capaz de imaginar há um ano. Era como se ela finalmente pudesse descansar, como se finalmente pudesse acreditar que o mundo era um lugar pacífico. Rosemary sorriu.

Capítulo XXV

Talvez o mundo não seja um lugar pacífico

Era uma tristonha manhã graciosa e distinta de outono em Bibury, onde uma bela aura espirituosa pairava sobre o ar. As árvores submissamente a vontade do Todo Poderoso recolhiam-se e permitiam que as suas outrora tão admiradas e imponentes folhas caíssem inundando a grama alva e clara de Mulberry Creek com "austeras folhas outonais" como lera Rosemary em um livro de poesia com uma capa talvez azul marinho. Embora a manhã fosse bela, atraente e simplesmente eloquente, inundada da ternura e compaixão outonal que aquece e rejuvenesce a alma, ela sentiu que o clima nublado e um pouco tristonho fosse quase como um insulto ao seu estado de espírito alegre e calmo. Sim, calmo. Era a primeira vez em anos em que Rosemary experimentava de um estado de espírito calmo. Após tantos anos em alerta, onde se pode e deve esperar pelo pior para que quando o mesmo aconteça isso não lhe abale, era bom finalmente poder sentir-se calma. Talvez o mundo seja um lugar pacífico. Assim como em todos os dias de sua vida, ela estava sentada atrás do balcão da floricultura do centro novo, a única floricultura da cidade. A luz rósea de uma manhã passageira de outono beijava-lhe o rosto. Atrás de si, uma criança sonolenta e pálida estava sentada, com as costas apoiadas entre as flores da prateleira. Será que as flores estavam prejudicando a sua saúde? Não, provavelmente não. Por mais que o corpo de Rosemary estivesse fisicamente presente na floricultura, seus olhos corriam ligeiramente por entre prados verdejantes dos versos de um poema. Novamente, como o leitor está inegavelmente cansado de saber, poemas com rimas bem marcadas e...familiares...sim. Rimas eloquentes e familiares, já não eram mais poemas como nos livros anteriores do mesmo escritor, *Lily Window, assassiné un jardin*, entre muitos outros, onde a narrativa em comum é uma cidade não muito hospitaleira de personagens pessoais e familiares. Agora os livros de TS descreviam fervorosa e unicamente uma mulher. Ela tinha a sensação de conhecer essa mulher, conhecia-a tão bem que caso visse-a na rua, reconheceria-a, tinha a sensação de que sempre que olhava para a água, a mulher estava lá. Ou...talvez ela apenas houvesse lido muito sobre ela e agora nutria a sensação de conhecê-la. Rosemary nunca havia ido à França, jamais conheceria alguém de lá. Ela rapidamente foi arrancada de seus devaneios e atirada contra a realidade quando um cliente apareceu, era Emelline Warwick, desde a festa de Sellina Gardiner era como se Emelline estivesse em todo lugar. Como se soubesse exatamente onde Rosemary estaria. Bem, em uma cidade tão pequena, é normal esbarrar com a mesma pessoa várias vezes ao dia, literal e completamente normal. Rosemary vendeu-lhe algumas flores por um preço honesto.

 Após o fim de seu trabalho, assim como fazia quase todos os dias de sol, Rosemary e Charles foram à igreja. Ainda não passava da décima quinta badalada, logo, como esperado, não estava ocorrendo a missa. Mas, Rosemary não ia à igreja apenas quando ocorria a missa. Assim como de costume, ela deixou a criança pálida e sonolenta sobre o banco da igreja, caminhou, entrou e ajoelhou-se no confessionário, assim como todas as quintas-feiras por volta da décima quinta badalada. Na verdade, a intenção de Rosemary não era se confessar, ela já havia feito isso a pouco mais de uma semana e ainda não havia feito seu exame de consciência. O motivo que fizera com que Rosemary fosse até a igreja era outro. Depois de quase dois meses segurando impiedosamente o seu segredo, era quase como se o mesmo sufocasse-lhe e pedisse para sair e como vingança por ser mantido em segredo, houvesse inundado a sua mente. Talvez se ela o contasse para alguém de confiança, pudesse enfim sentir-se em paz consigo mesma. Rosemary cabisbaixa explicou ao padre que não queria confessar-se e que precisava contar-lhe algo, algo que fosse guardado:

 — Tudo dentro dessas quatro paredes é estritamente secreto. — respondeu de modo sério no entanto ao mesmo tempo risonho, apenas padre Neil conseguia ser sério e risonho.

 Rosemary flexionou os olhos, e quase vomitando as palavras, disse o que tanto precisava dizer. Não posso contar-lhes o que ela disse, afinal, embora eu saiba exatamente o que foi dito, sou uma boa confidente. Mas, para acalmar-lhes, não era um segredo errado, ela apenas não queria que ele se espalhasse. O padre então, sereno e sem reação alguma — padre Neil não era um homem muito reativo — indagou se ela gostaria de ser aconselhada, no entanto, respeitosamente, Rosemary pediu que ele jamais tocasse novamente no assunto. Ugh! Rosemary havia dividido seu segredo com alguém, não sentia-se aliviada por quê? Talvez ela apenas tivesse de aprender a conviver com a sensação da necessidade de revelar o seu segredo. Mas, ela jamais faria-o.

 Um pouco decepcionada, ela agradeceu ao padre, levantou-se pegou Charles que dormia no banco da igreja e foi até a casa de tia-bisavó Jemima pois a mesma havia pedido que Charles passasse alguns dias com ela "Pra deixa esse minino mais saudável" e Rosemary permitiu, certamente, ele seria bem cuidado lá, embora parte do respeito que possuía pela senhora houvesse esvaído-se após descobrir que ela possuía planos veementes de fugir para se casar, respeito esse que jamais voltou. Rosemary entrou na casa tal qual faria caso ela lhe pertencesse, já não havia mais espaço para a timidez, e sem hesitar entrou no quarto da senhora que diferentemente do comum, olhava horrorizadamente através da janela para algo além, muito além do horizonte:

— Aconteceu alguma coisa com a senhora... — arfou — digo — corrigiu-se enquanto juntava as mãos pálidas tal qual faria durante uma prece —, você?

Jemima fungou pesarosa e estridentemente e, então, com dificuldade disse:

— Nada, nada aconteceu *comigo*. — Ugh...nada?

Rosemary fez uma careta esdrúxula, de certa forma, havia acostumado-se com a maneira calma e nada objetiva a qual as pessoas de lá falavam, em contraste com a capital, mas a frase de Jemima havia soado diferente, havia soado sombria.

— Nada? — bramiu perplexa — Ugh...nada com *você*? — repetiu Rosemary.

— Nada. Nada aconteceu *comigo*.

Um calafrio indesejado e veloz percorreu o corpo austero de Rosemary, havia algo de errado com Jemima, talvez houvesse algo de errado com todos daquele lugar!

— A senhora... — começou ela interrompendo-se após ser fitada bruscamente por Jemima — digo, você — se corrigiu — está sabendo de alguma coisa que eu não sei? — inquiriu em seguida mordendo o lábio inferior.

De modo copioso, Jemima fungou novamente. Ela não costumava fungar, e nem ser sombriamente lúgubre, havia algo de errado, algo demasiado errado.

— Seja forte. Seja muito forte. Estou com um mau pressentimento para você, Rosemary. — arfou roucamente.

— Mau pressentimento? Do quê? Isso não é superstição? — indagou ela três vezes arqueando as sobrancelhas claras e finas.

Jemima fungou outra vez.

— Já te contei inclusive mais do que deveria. — disse ela — Pode deixar Charles comigo, assim como o combinado.

— Ugh...certo! Espero que ele se divirta. — respondeu ela desconcertada colocando a criança sobre a cama, despedindo-se e saindo rapidamente.

Após isso, quase correndo, Rosemary deixou a casa e após ver-se livre daquele lugar, apoiou as costas contra a parede e suspirou. Não sabia ao certo o que havia de errado com Jemima, no entanto, havia algo. Ela tinha trabalhado muito nos últimos dias e estava cansada, sem contar que em breve começaria a chover, e como dissera Matthew há alguns meses "Mulberry Creek é perigosa durante chuvas", portanto, era melhor voltar logo para Lily Window.

Foi uma boa caminhada, Rosemary não sabia ao certo como descrever o que via, logo, estarei assumindo esse trabalho por ela. As cinzentas nuvens estavam eloquentes, eloquentes e ansiosas para a chuva que viria, as folhas mórbidas e outrora imponentes caiam relutantemente, pelo visto, Deus não gosta de coisas estáticas, talvez seja por isso que todos os anos as folhas caem e renascem, para que o planeta continue em ordem. Rosemary suspirou aliviada, afinal, felizmente ela não era uma folha, logo, poderia continuar com a sua vida de modo estável e passivo. Ela estava parada, em frente a Lily Window, aquela casa tão velha e mal cuidada, era como se ela nunca fosse conseguir de fato deixar aquele lugar acolhedor e bonito — e *ela* realmente jamais conseguiu —, era uma casa imponente e presunçosa demais para permitir-se ser cuidada, assim como...Algernon. Talvez a casa ainda pertencesse a ele, afinal de contas. Mas, não era isso o que intrigava Rosemary, ela já estava plenamente acostumada com a aparência da casa, mas havia algo que dava-lhe medo. Ela não sentia vontade de entrar em casa, preferiria dar as costas e correr a entrar em Lily Window. Rosemary engoliu seco. Ela sabia que teria de entrar, mas não queria fazê-lo. Não sabia ao certo o motivo, mas estava com medo, medo de Lily Window.

Ignorando seus instintos, ela meneou agressiva e horizontalmente a sua cabeça e então, tal qual um soldado francês perante a batalha de Waterloo, ela fechou as mãos e entrou.

    A princípio, não havia nada de errado na casa, mas ainda sim, ela decidiu ser silenciosa. Caminhou silenciosamente pela sala, não havia nada de errado, ela acendeu a lareira, não estava frio o suficiente para uma lareira ser necessária, porém não estava quente o suficiente para ela ser definitivamente inútil, após isso, caminhou até o seu quarto, não havia nada de errado, mas ainda sentia-se inquieta, como se não fosse aguentar a agonia de ficar parada, logo, decidiu que cozinharia algo, por mais que ela fosse um horror na cozinha. Caminhou silenciosamente até a cozinha, todavia deteve-se antes de chegar até a parte visível da janela, quase que em um reflexo instintivo, manteve-se com as costas apoiadas contra a parede. Rosemary estava ofegante e sabia o motivo. Havia alguém na casa. Era uma pessoa indesejada e estava no pátio exterior de Lily Window, pátio esse cujo acesso era na cozinha, mais especificamente, na porta que estava à sua frente, o mesmo pátio que dava acesso aos seus canteiros. O que estaria alguém fazendo ali? Ela não viu quem era a pessoa, mas conseguia escutar a sua voz. Estava conversando, logo, havia mais de uma pessoa. Caso fosse apenas uma pessoa, Rosemary não alarmaria-se, poderia ser Matthew, embora ele lentamente estivesse deixando de frequentar a propriedade, vez ou outra ainda aparecia, mas...o que estaria outra pessoa fazendo ali? Novamente, guiada pelo seu instinto, colocou a sua mão na boca para que não permitisse que algum gritinho estúpido saísse e então, colocou um de seus ouvidos na porta, com cuidado, manteve-se calada para ouvir o que diziam:

    — Ao menos uma vez na sua vida! Seja homem. — arfou uma voz familiar — Se eu houvesse descoberto isso antes, a cidade inteira saberia — O que? Ugh! A voz estava muito distante e abafada para que Rosemary pudesse reconhecê-la!

    — Me surpreende que você não tenha percebido antes. — riu de modo *sarcástico* a outra voz que também soava muito familiar.

    — Isso é vergonhoso. — retorquiu a primeira voz.

    — Ao menos eu não dedico meu tempo a *poeminhas*. — revidou.

    — É melhor você não falar mais sobre isso. — respondeu.

    — Então, acho que você vai ter de guardar um segredo para mim.

    A primeira voz, a mais familiar, bradejou algo como "Ladrão!" Rosemary ergueu ainda mais as sobrancelhas. Não compreendia completamente o que ouvia pois não sabia *quem* estava falando. Em uma drástica mudança de ambientes, era como se agora ambas as pessoas estivessem na sala, havia apenas uma parede que separava Rosemary delas, ela porém, estava chocada e atordoada demais para conseguir reconhecer as vozes:

— Vá embora! Vá antes que eu faça algo que eu me arrependa! — vozeou.

Algumas pragas rudes foram proferidas pela outra voz, pragas essas as quais não especificarei porque sou uma pessoa "decente e cristã". Provavelmente, uma das pessoas empurrou a outra, pois Rosemary ouviu um barulho brusco na sala. Ela sabia que ir até lá poderia ser perigoso, mas, novamente, um de seus defeitos era a curiosidade e ela *podia* e *queria* ver o que estava acontecendo. Rosemary deu passos largos e em fração de segundos, atravessou a sala de jantar e chegou até a sala. Estava parada, boquiaberta. Entre todos os cidadãos que poderiam estar lá, ela jamais cogitou imaginar que Matthew e Thomas fossem as duas vozes! Ladrão? Poemas? O que tudo isso queria dizer? Rosemary queria falar, queria gritar, mas estava muito chocada para fazer qualquer coisa, logo, limitou-se a ver os dois rostos igualmente quietos diante de si com uma expressão perplexa:

— Creio que já tenha percebido tudo, Rosemary, a senhorita até que é esperta quando quer. — arfou Thomas Scott presunçosamente recompondo-se.

Ainda boquiaberta e talvez um pouco mais pálida que de costume, ela vagou os olhos pelo cômodo e parou-os sobre Matthew. Queria que ele dissesse algo, talvez assim ela entendesse o que estava acontecendo. Na verdade, ela entendia, mas recusava-se a compreender, não queria! Ela enganaria-se até o último segundo para não compreender. Matthew não disse nada, ela voltou a olhar para Thomas. Aquela figura estranha e sem pescoço aparente voltou a dizer:

— Da próxima vez, escolha melhor quem irá trabalhar para você. — declarou arrumando seu sobretudo — Escolha melhor.

Uma pessoa a qual Rosemary não virou-se para ver quem era chutou a porta e entrou na casa. Era Elizabeth. Mas, isso não importava, outra vez, Rosemary correu os olhos atordoadamente pelo cômodo. Novamente, olhou para Matthew, queria que ele falasse, talvez assim ela tivesse certeza do que havia acontecido...ela...sabia...mas tentaria enganar-se até o último segundo:

— Matthew? Do que ele está falando? — inquiriu apoiando uma de suas mãos na parede, ela não tinha certeza se desmaiaria.

Matthew abriu a boca, ia falar, mas foi interrompido por Thomas:

— Creio que a senhorita seja inteligente o suficiente para perceber por si. — proferiu ele apontando para trás.

Rosemary odiava o jeito que Thomas falava, dava-lhe nos nervos, mas estava demasiada perplexa para irritar-se. Ela olhou para a direção a qual o homem apontava, era a caixa das economias de Algernon. Estava aberta?! Aberta e estilhaçada sobre a mesa da sala e quase vazia!? Mais da metade de todo o seu dinheiro havia desaparecido completamente! Seria esse o motivo pelo qual Rosemary estava sentindo falta de certo dinheiro? Mas, estava faltando muito, muito de suas economias! A caixinha que outrora estava quase cheia não possuía mais de três ou quatro cédulas! Por quê? Rosemary colocou uma de suas mãozinhas na boca, a outra continuava apoiando-lhe:

— O...o que isso quer dizer? — indagou ela correndo os olhos entre os dois homens — On...o...Onde está o resto do dinheiro? Tem mais. Tem muito mais. — realmente tinha, Rosemary havia arduamente trabalhado pelos últimos meses.

— A senhorita não consegue ou não quer ver? — interpelou Thomas começando a irritar-se. De fato, Rosemary não queria ver — Esse homem está lhe roubando descaradamente. — culpou ele, por alguns segundos perdendo o sotaque da capital.

— Ora, mas... — arfou Matthew em seguida sendo interrompido.

— Já basta. — disse Rosemary.

Matthew estava apenas roubando-a todos esses meses? Por que? Não fora seu avô que havia pedido que ele a ajudasse? Como Rosemary foi tola de acreditar nessa mentirinha mal feita? Tola! Tola! Tola! Ela havia sido enganada todo esse tempo! Feita de idiota, roubada, enganada! Mas, o pior...não foi o dinheiro... dinheiro pode ser reconquistado. O coração de Rosemary ardia em mágoa, ardia, inflamava-se! Afinal, o seu grande segredo — ao qual eu tive de segurar por tanto tempo —, era que ela amava-o. Sim! Esse era o motivo de sua distração, esse era o segredo ao qual apenas padre Neil fora confiado, essa era a fantasia a qual ela nutria! Ela não sabia dizer ao certo quando tudo isso começou, mas era um fato. O rosto outrora pálido de Rosemary estava vermelho como um pimentão. Ela estava irada, odiava sentir-se enganada, enganada e envergonhada, talvez caso ela não houvesse contado ao padre ela não estivesse se sentindo tão estulta, estulta e tola, estulta, tola e imprudente. Um silêncio estranho reinou entre as quatro pessoas naquela sala, cada um tinha seu motivo para continuar em silêncio, todos estavam pálidos, pálidos como papel, exceto Rosemary, cujo rosto ardia em cólera:

— Ah! Rose! — começou Elizabeth tentando defender um amigo.

— Não quero ouvir uma palavra sua, Charlotte. — declarou secamente retirando a mãozinha da prima de seu ombro — Você ajudou-o, não? Como eu pude pensar que você fosse uma boa amiga? Estava me enganando. Eu já deveria ter esperado, você é tão Banfield quanto todo o resto da família.

Casualmente, Rosemary não acreditaria em Thomas com tanta facilidade, mas Matthew não havia se defendido, logo, realmente havia lhe roubado. E pensar que Elizabeth havia ajudado-o.

Por alguns segundos, o rosto da prima Elizabeth empalideceu ainda mais, após isso, ela adquiriu uma expressão séria, não sabia ao certo o que dizer. Rosemary olhou de novo para Matthew, um olhar nunca antes adquirido por ela, seus lábios estavam compressos e seus olhos seriam capazes de aniquilar qualquer criatura viva caso quisessem. Sua mente estava atordoada e confusa demais para que eu possa tentar descrever o que ela pensava, mas duas palavras reverberavam em sua mente *"Ladrão, Poemas"*, ela não sabia ao certo a conexão entre ambas as palavras, agora as suas mãos estavam apoiadas contra a parede e seus olhos corriam em chamas pelo cômodo. Seus olhos pararam, pararam sobre uma estranha pilha de livros, uma pilha que não estava lá quando ela chegou, talvez fossem três ou quatro...ugh... não dava para ver, mas havia uma coisa de que Rosemary estava certa, eram livros de capa azul-marinho e bordados dourados. Tal qual uma criatura irreal, ela deslizou até a mesa onde todos os livros estavam, ela não sabia ao certo o motivo, mas precisava perguntar algo. Ainda com o rosto ardente e as mãos trêmulas:

— Escutei vocês falando sobre poemas. — arfou ela que embora estivesse irada, ainda não havia tido tempo o suficiente para compreender tudo o que havia acontecido — Exijo explicações. — concluiu.

Rosemary não olhou para trás. Ugh! Ela não aguentaria olhar para Matthew, ela preferia morrer! Morrer! Todavia, caso ela houvesse olhado, teria visto que Elizabeth havia ido embora, deixando um rastro molhado, talvez de lágrimas pelo chão, Matthew estava sério e Thomas, soltou um risinho rápido colocando algum papel em seu sobretudo, isso não importava:

— Eu não queria falar disso, mas creio que a senhorita já tenha percebido. — disse ele caminhando pela sala e parando logo atrás dela, caso Rosemary não fosse cristã e tentasse controlar a sua raiva e amar o próximo, teria esmurrado-lhe — Eu possuo um quê quanto a literatura. — concluiu arrumando a sua cartola.

— Não é isso o que eu quero saber. — respondeu ela fechando as mãos — Quem escreveu isso? — indagou secamente.

Rosemary não sabia ao certo o porquê de sua pergunta, mas simplesmente sentia que devia perguntá-la.

— Eu. — arfou Thomas Scott caminhando pelo cômodo.

TS...Thomas Scott! Como Rosemary não fora inteligente o suficiente para perceber isso antes? Era ele! Como uma criatura tão insolente e insignificante conseguia escrever tão...tão...bem?! Rosemary colocou uma das mãos em sua boca...a mulher...a mulher...a mulher tanto descrita nos livros... pálida, loira, maxilar quadrado! Era ela! Rosemary! Não poderia ser nenhuma outra pessoa, ela era decorrente da rara mistura de Banfields e Drews o que a tornava muito distinta, não havia nenhuma outra pessoa parecida com ela em toda a cidade! Isso explicava por que ela sentia-se tão... desconfortável enquanto lia aqueles poemas! Por que achava-os tão pessoais e familiares! Por que a caligrafia era familiar e a cidade descrita tão...tão como Bibury! Caso Rosemary tivesse se virado para trás — ato ao qual ela nunca foi capaz de realizar —, teria percebido satisfação aparente em Thomas e indignação, talvez ira em Matthew. Mas, isso não importava. Rosemary estava atordoada demais para entender o que sentia, não seria capaz de entender sentimentos alheios. Espera...os poemas...eram românticos? Descreviam amorosamente a mulher...Rosemary...como ela pode não perceber? O que Rosemary fez de errado para que alguém como Thomas pensasse tudo isso dela? O rosto já vermelho e ardente de Rosemary adquiriu um estado quase fervente, movida pela vergonha, raiva, surpresa e outra leva de sentimentos confusos, ela socou agressivamente a mesa, talvez sua mão tenha sangrado, fincou bruscamente as mãos na pilha de livros, puxou os outros exemplares que adornavam a estante e em um movimento rápido atirou-os contra a lareira que vantajosamente estava acesa. Como Rosemary pôde outrora gostar de ler aquele lixo? Como ela pôde?

— Eu odeio todos vocês. — bradejou ela rouca e sinuosamente de modo que ninguém entendeu ao certo o que ela disse.

Rosemary caiu de joelhos sobre o chão, estava em frente a lareira assistindo sombriamente aquela pilha de manuscritos sombrios, pessoais e odiosos arderem em chamas, vez ou outra alguma frase aparecia, frases decoradas que agora voltavam para assombrar-lhe tal qual fantasmas. Como ela pôde ter acreditado que o mundo consegue ser um lugar pacífico? Como ela pôde ter amado alguém que estava roubando-a? Como ela pôde acreditar que Elizabeth era uma *amiga*? Rosemary foi tola! Tola e desprovida de atenção! Como ela pôde? Como pôde? Ela foi roubada, enganada e usada como poesia...poesia! Os dois homens deixaram a casa, mas Rosemary não percebeu, estava com o rosto enfiado entre as mãos entre lágrimas e entre tempos olhava para a lareira onde assistia de modo lúgubre e atordoado o fogo queimar tantos exemplares de livros que outrora ela amou, admirou e apreciou. De fato, boas notícias sempre serão maus presságios em sua vida... mas...se ao menos ela houvesse sido esperta o suficiente...se ao menos não houvesse se apaixonado...talvez parte do problema pudesse ser evitado. No final das contas, Deus sempre será a única pessoa a qual se pode confiar... ela aprendeu isso de uma das piores maneiras. Rosemary decidiu que jamais se apaixonaria outra vez, ela não suportaria e não faria sentido, ela jamais seria capaz. Talvez com o tempo, ela reconquistasse o dinheiro, mas jamais reconquistaria a sua dignidade e jamais viveria nenhuma de suas fantasias, elas eram impossíveis. Foi uma noite difícil, uma noite que resultou em um travesseiro ensopado e felinos intrigados. Rosemary desejou desaparecer.

Capítulo XXVI

Charles

As semanas seguintes passaram-se de modo nada diferente de torturante, torturante! Agonizante! Odioso! Era como se cada segundo vivido estivesse recheado de uma penitência nova, era como se tudo tivesse mudado de modo trágico e contrastante. Quase todos os seus pequenos prazeres foram arrancados. Já não possuía mais amizades, desde o dia revelante, dia esse em que ela proferiu palavras duras, mas verdadeiras contra Elizabeth, desde então, ela e as irmãs já não falavam mais com Rosemary. De qualquer forma, ela não queria falar com aquelas trapaceiras descaradas, mas ainda sim, sentia falta de amizades. Matthew não foi mais visto, felizmente, Rosemary não suportaria vê-lo depois de tudo. Desde então, sempre que ela chegava em algum lugar onde um pequeno grupo de pessoas estivesse cochichando, todos calavam-se e fitavam-a, aquilo era estranho, estranho e desconfortável. Outro fato infeliz era que já não havia mais a clientela de outrora em sua floricultura, justo agora que ela tanto precisava do dinheiro para pagar os impostos, ugh! Algernon em seu túmulo certamente estaria satisfeito, regozijando-se caso soubesse de tudo o que aconteceu. Aquele... ugh! Ninguém em toda a cidade conversava com ela — em parte foi um livramento e em parte foi uma tortura — a única pessoa que ainda dirigia a palavra a Rosemary era o padre, mas sempre que ela se despedia, ele proferia a frase "Não está se esquecendo de nada?" por céus! Não! Do que estaria Rosemary se esquecendo? Não havia nada que ela precisasse dizer a ele! Estaria o padre tentando lembrá-la do quão tola foi acreditando ser capaz de amar alguém enquanto era enganada? Ugh! Mas, que homem cruel e insolente! Ela havia pedido que ele jamais tocasse novamente no assunto...

mas estranhamente, não parecia que ele estava tentando lembrá-la de nada. Os versos de livros de capa azul-marinho casualmente vinham-lhe a cabeça de modo sombrio, tal qual fantasmas visitando pessoas as quais lhes maltrataram em vida! Caso aqueles versos houvessem sido escritos por outra pessoa para outra pessoa, ainda seriam bons. Entretanto, não eram. Eram sombrios e amargos. Versos ardentes e horríveis! Nada diferente de horríveis.

Era uma tarde fresca e amena do final de setembro, as folhas caíam graciosamente sobre a grama alva de Dragonfly Hill, a leste, nuvens cinzentas e rabugentas pressagiavam chuva, já a oeste, as nuvens apenas cantarolavam condescendentemente. As bétulas balbuciavam preces outonais e sussurrava segredos complexos demais para a mente humana, todavia um elfo facilmente compreenderia, o sol raiava por entre as nuvens dançantes, refletindo assim uma luz rósea e pouco objetiva. Era um dia bonito. Esse era o motivo pelo qual Rosemary odiava-o, seria um clássico dia para ser usado como base em um dos poemas de...ugh! Ela se recusava a pensar naquele nome! Novamente, ela perdeu grande parte — ou quase toda — a sua clientela depois do odiado dia, logo, não havia motivo algum para continuar ali, sentada atrás do balcão da floricultura do centro novo. Ela já não via Charles há dias, não havia conseguido reunir forças o suficiente para buscá-lo, afinal, para isso, seria necessário ver a tia-bisavó Jemima. Ela não sabia ao certo o porquê de não conseguir ver a tia-bisavó, mas eu sei, Rosemary tinha medo de que a senhora também não quisesse mais falar com ela, assim como todos da cidade...assim como Elizabeth...assim como...como...ugh! Ela fechou a loja e deslizou pesarosamente pela cidade, não bateu à porta, não era necessário e então, entrou no quarto. Rosemary quase deu um salto para trás, definitivamente, entre todas as coisas as quais pôde imaginar, a cena a qual deparou-se era definitivamente algo fora do esperado. Charles, o pequeno garoto fragilizado parecia estar...bem? Rosemary não sabia ao certo dizer se ele estava significativamente melhor ou pior, estava apenas...diferente. Todavia, o que havia chocado-a, era a aparência da tia-bisavó Jemima, ela parecia tão...mortal...Rosemary nunca havia pensado sobre a possibilidade de ver a tia-bisavó Jemima...morrer? Para ela parecia muito mais natural envelhecer enquanto a senhora anciã mantinha-se intacta, Rosemary sabia que isso era loucura, mas nunca havia parado para pensar sobre isso. Aquilo era minimamente desconfortável, mas havia várias mudanças desconfortáveis acontecendo em sua vida como que em uma leva desordenada e angustiante, não surpreenderia-lhe também perder a senhora:

— Aqui. Leve esse menino, desisto. Nem mesmo uma dispensa inteira de compota consegue deixá-lo melhor. — bramiu ela empurrando a criança na direção de sua cuidadora.

— Ugh...muito obrigado...ugh... — Rosemary não sabia ao certo o que dizer, era quase como se a senhora em frente a si fosse uma completa desconhecida — a senhora parece...diferente... — balbuciou.

— Vá embora. — vociferou a senhora que possuía uma predileção extremamente aparente por Elizabeth — Você possui um nariz Comerford, assim como Lydia Bolton.

Um nariz de Comerford? Assim como o de Lydia Bolton? Rosemary não tinha nada a ver com aquela criatura estranha! Não havia Jemima mesma dito que o seu nariz não era Comerford? O medo de Rosemary estava certo, Jemima também havia decidido castigá-la com o silêncio impassível. Desconcertada, mas não muito reativa, afinal, não havia nada que pudesse ser feito quanto a reação daquela senhora, ela entortou um pouco o pescoço:

— Tia-bisavó... — arfou sendo em seguida interrompida.

— Você por acaso é filha de Harry, Henry ou Roger? — inquiriu bruscamente entre algumas tossidas.

— Ugh...não! — respondeu Rosemary um pouco confusa.

— Então, não se refira a mim por tia-bisavó, criança. — retorquiu ela arrumando os seus óculos.

— Ugh...

— Acho que está na hora de tomar os meus remédios! — interrompeu Jemima que possuía um insolente ódio pelos comprimidos.

Rosemary entendeu a chuva de indiretas, não havia nada que ela pudesse fazer, estava destinada a ser friamente ignorada por todos daquele lugar, isso não lhe importava, não havia ninguém ali que importasse-a, ela sequer os conhecia há um ano e poderia muito bem viver sem aquelas pessoas. Certo? Por que ela acreditou que pudesse criar laços e confiar naquelas pessoas? Por que foi tão tola? Rosemary rapidamente caminhou até a igreja, não queria se confessar, apenas sentia que aquele lugar conseguia ser um porto seguro, por mais que nada em sua vida fizesse sentido, embora as últimas semanas houvessem sido como um pesadelo longo e anárquico, a igreja era um lugar seguro. Sempre seria um lugar seguro. Rosemary queria chorar, mas se ao menos ela conseguisse! Seus olhos estavam tão secos que seria impossível conseguir chorar, ela apenas queria poder externalizar a leva confusa de sentimentos aos quais sentia. Ela gostaria de ficar lá, porém, um grupo singular de jovens barulhentas entrou na igreja, Rosemary sentiu que não suportaria continuar no mesmo lugar que elas. Vagarosamente levantou-se e saiu, mas agora, a preocupação a qual abalava-a não era quanto a questões sociais, essas lhe entristeciam, mas não havia nada que pudesse fazer para resolvê-las.

A sua preocupação na verdade era Charles, ela acreditou fielmente que a criança retornaria com um aspecto mais saudável, mas era como se nada no mundo fosse capaz de ajudá-lo. Ao menos ela sabia que não era sua culpa que ele estava naquela situação. Rosemary decidiu que tomaria uma atitude, ela decidiu que faria tudo em seu alcance para ajudar aquele garoto. Tudo ao seu alcance. Doutor Voss estava de viagem, mas não estava muito longe dali, estava na capital, sim! Perfeito! Rosemary poderia enviar uma carta, talvez assim fosse possível conseguir ajuda para Charles, como ela não foi capaz de pensar nisso antes? Por alguns breves segundos, ela conseguiu ver-se livre da agonia a qual pairou sobre si durante as últimas semanas, mas foi uma pausa breve que de modo célere voltou ao seu ser após passar em frente de Lambert Ranch. Era quase uma sina ter de passar em frente àquele lugar sempre que queria ir para casa! Ugh! Outra vez, ela sentiu os seus olhos úmidos, todavia não choraria! Rosemary não podia chorar, ela rapidamente passou as mãozinhas em seu rosto para não acabar chorando.

Ela chegou em Lily Window, a primeira coisa que fez foi colocar Charles no pátio externo da casa, talvez, caso ele brincasse um pouco e fosse mais como uma criança, ele ficasse bem. Rosemary não sabia ao certo o porquê, mas preferia nunca estar imóvel, eu sei qual era o motivo, era como se a quietude assombrasse-a, como se o amargo silêncio desse abertura para que os horrendos e temidos e diretos versos poéticos perseguissem-a e encobrissem-a com o canônico manto da vergonha, da infelicidade, da raiva, do desprezo a si, era como se o silêncio e a imobilidade já não fossem mais amigos, como se sufocassem-a. De modo inquieto, Rosemary sem perceber começou a perambular pela casa, adquirindo ares fantasmagóricos devido ao vestido branco e um pouco antiquado. Para compensar as semanas anteriores as quais passou a maioria do tempo na cama, não por preguiça, fora tomada por um frenesi incontrolável o qual sacudiu o seu espírito e não permitiu que ela parasse por um segundo sequer enquanto não houvesse esgotado por completo a sua energia, nenhum segundo. Esfregou com muito fervor as janelas que não precisavam ser esfregadas. Varreu o chão que não estava sujo o suficiente para ser varrido. Cozinhou muita comida, comida essa que não precisava ser cozinhada e que não seria ingerida por uma mulher e uma criança. Limpou a escada a qual não precisava ser limpa, e por fim, foi até a sala. Era a primeira vez em que ela pisava naquele cômodo desde que... desde que descobriu que amava um ladrão, fora enganada, perdera quase todo o seu dinheiro, sua "amiga" mais próxima estava enganando-a e ela era usada como modelo de poesias, poesias odiosas!

    Eu sei que já disse isso muitas vezes, mas acredito que seja necessário enfatizar, agora ela não possuía amigos, dinheiro e nem...ugh! Rosemary comprimiu os lábios, desejou que os olhos não estivessem secos demais para chorar, talvez caso chorasse ela pudesse se sentir melhor, embora soubesse que essa era apenas uma falha esperança. Ela caminhou morosamente até a lareira, onde abaixou-se perante as cinzas dos livros de...Rosemary meneou a cabeça, estava com demasiada raiva daquele nome para pensar no mesmo. Movida pelo impulso de ira que bruscamente lhe acometera, ela puxou selvagemente as cinzas que haviam se reduzido para um pequeno punhadinho e atirou-as contra a janela onde assistiu-as caindo e sujando o outonal solo seco de Mulberry Creek. Agora ela finalmente havia se livrado por completo daquilo, agora era só esperar que o vento levasse aquele lixo. Como ela pôde ter um dia gostado de ler aquilo? Na verdade, caso fossem poemas escritos por *outra* pessoa para *outra* pessoa, ainda seriam poemas bons, mas devido às circunstâncias, não passavam de um amontoado de cinzas. "Austeramente, assistiu primores de outrora inundando a grama", ela rapidamente fechou a janela quase prendendo um dos dedos. Por que aqueles versos insistiam em assombrá-la? O que ela havia feito para merecer isso? Nada, Deus não a castigaria por ter feito algo, essas eram apenas as consequências de atos humanos, não era culpa de Deus.

    Era um típico fim de tarde do começo de outubro, as nuvens murmurantes cantarolavam segredos nebulosos enquanto depositavam uma chuva espessa com cordialidade ao mesmo tempo que o vento sábio e veloz cortava ruidosamente Mulberry Creek sacudindo as pobres florzinhas de seu canteiro, Rosemary sentia-se assim como as flores, o vento que sacudiu-a era a ventania tempestuosa da vida. As faias pareciam tão calmas e alheias, era quase como um insulto vê-las tão imponentes mesmo perante o vento. Estava chovendo, uma criança de imunidade frágil jamais deveria sequer sonhar em ficar ao ar livre durante essa chuva...Charles! Ele havia sido deixado no pátio exterior para brincar! Rapidamente, Rosemary cruzou a sala, abriu a porta e quase saltando pôs se em frente a ensopada criança. Caso fosse qualquer outro garotinho, ela não se importaria que ele se molhasse um pouco, seria divertido, todavia era realmente preocupante ter um menino tão frágil experienciando daquela chuva e daquele vento gélido de outubro. Ela celeremente pediu desculpas a criança ensopada, envolveu-o com seu corpo e levou-o para dentro de Lily Window onde acendeu a lareira de modo quase desesperado, cobriu-o em cobertores e toalhas com o anseio de que melhorasse logo. Ainda preocupada com o menino ensopado, gelado e talvez um pouco trêmulo, pegou parte da comida — nada diferente de horrível — a qual cozinhou em seu frenesi e entregou-a para ele. Charles comeu relutantemente enquanto sua "tia" coruja assistiu-o. Rosemary tinha a impressão de nunca tê-lo visto tão pálido e fraco...provavelmente era apenas uma impressão! Sim! Impressão! Certamente ele estaria melhor no dia seguinte. A noite chegou, por volta da vigésima badalada, e não foi muito diferente das noites anteriores, a noite que outrora fora como uma amiga, já não reconfortava-a. As últimas semanas foram difíceis.

    O anseio de Rosemary não concretizou-se, no dia seguinte Charles acordou fanho e resfriado. Ela manteve a calma, é plenamente normal que crianças adoeçam, certo? Ela apenas não poderia permitir que o resfriado evoluísse para algo pior, caso isso acontecesse, Rosemary jamais se perdoaria. Ela manteve a calma e seguiu à risca o protocolo de resfriados de um velho livro empoeirado que agora era um dos únicos na prateleira.

    Normalmente, isso tudo não seria necessário, mas quando se trata de Charles, é melhor tomar muita, muita cautela, talvez até mais cautela do que o necessário.

    Alguns dias se passaram — dois ou talvez três — e o estado da criança lívida não melhorava em nada. Era como se tudo o que Rosemary fizesse fosse completamente inútil! Foi uma quantidade demasiada de chás, ervas e frutas medicinais, cobertores entre muitas outras coisas e era como se nada disso criasse algum efeito sobre a criança que apenas piorava. O doutor Voss estava na capital, talvez caso Rosemary escrevesse-o, ele pudesse voltar para Bibury e dar uma olhada em Charles, quase sem esperanças, ela molhou a pena e escreveu. Ela estava ciente de que as pessoas daquela cidade haviam estranhamente decidido castigá-la com o silêncio, mas o doutor teria de ser insano para recusar-se a atender uma criança, apenas loucos conseguem ser tão cruéis! A carta foi escrita e enviada, agora bastava apenas esperar que Charles melhorasse com o tempo ou que o doutor voltasse logo.

    Rosemary estava sentada no lado exterior da casa, era uma tarde rósea e estava ventando, ela gostava do vento. Às vezes parecia que os únicos dias aos quais ela se sentia como si mesma eram as tardes róseas, diferentemente das noites que abandonaram-a, as tardes róseas sempre seriam amigas, embora não fossem tão eloquentes quanto as noites, mas isso não importava, de que adiantava ter uma quantidade infinita de tardes róseas quando a única pessoa que conversa com você é o padre e o mesmo parece distante e estranho. Rosemary afundou o rosto contra as mãos e chorou, seus olhos finalmente já estavam úmidos o suficiente para isso, mas externalizar o que sentia não fez com que se sentisse melhor.

    Os dias seguintes foram recheados de cuidados sem efeito algum, foram dias longos e preocupantes onde o rosário era um objeto ao qual não deixava as mãos de Rosemary por um segundo sequer. Ela realmente gostaria de poder dedicar-se inteiramente aos cuidados do pequeno garotinho enfermo, todavia a vida havia apunhalado-lhe pelas costas e agora ela precisava de dinheiro para poder sustentar-se. Rosemary não era uma criatura ambiciosa que possuísse como aspiração o mero luxo, porém ter o que comer e ser capaz de pagar os impostos à coroa inglesa definitivamente não era um luxo, e estava longe de ser, bem longe. Logo, fora necessário deixar Charles para poder trabalhar, a princípio, não preocupou-se muito, o menino passava a maior parte do dia dormindo e também estava habituado a ficar só, devido a mãe eloquentemente insana a qual teve, portanto, ficar só não seria um problema, certo? A questão era que agora Rosemary desprezava o seu trabalho, afinal, antes de...antes ela exercia-o com leveza, sempre houve a necessidade de conseguir dinheiro, todavia ela não possuía uma criança sob sua responsabilidade e caso precisasse, poderia pegar dinheiro das economias de Algernon, isso escorava-a, economias essas que foram reduzidas a apenas quatro cédulas. Agora, ela exercia o trabalho com peso, sabendo que tudo dependia do dinheiro, agora que ela *precisava* do dinheiro, era como se o trabalho houvesse se tornado algo cansativo e enfadonho, era uma obrigação. Rosemary não queria ter de deixar Charles para ir trabalhar, no entanto, não foi muito uma escolha.

    Para a sua infelicidade, certamente não foi um dia lucrativo onde ela não conseguiu vender uma flor sequer, era como se as pessoas nem mesmo olhassem para ela, como se fosse invisível, como se não estivesse ali. O que estava acontecendo? Teriam todos os moradores daquele fim de mundo nada hospitaleiro decidido "castigá-la" com o silêncio eterno? Era como se todos estivessem maquiavelicamente arquitetando a sua miséria! Justo agora que precisava de dinheiro. Ugh! Talvez fosse apenas uma coincidência, talvez as pessoas apenas sentissem-se desinteressadas em flores durante o mês de outubro. Rosemary sabia que não era apenas um desinteresse iminente, mas preferia enganar-se. Percebendo que almejar vender algo seria uma ideia nada diferente de equivocada, ela fechou a floricultura e voltou para Lily Window. Normalmente, passaria antes pela igreja, porém a mesma estava fechada, logo, apenas voltou para casa. Ela sentia-se tão amarga e triste, será que Algernon estaria satisfeito?

Mecanicamente ela abriu a porta, havia um papel de carta sobre a mesa, Rosemary não soube ao certo o que irritou-a tanto sobre o papel, mas ela pegou-o, rasgou e atirou os pedacinhos contra a janela. Todavia, essa não foi a grande mudança em Lily Window, nem mesmo o que deixou-a perplexa. Charles estava em um estado preocupantemente pior, o rostinho pálido estava quase imóvel e respirava com demasiada dificuldade. Teria o pequeno resfriado evoluído para algo muito mais grave? Em desespero, ela puxou a criança para perto de si, estava arduamente respirando...o que Rosemary poderia fazer? O que ela poderia fazer? Deu alguns tapinhas nas costas do menino, não ajudou, balançou-o de alguns jeitos estranhos, não ajudou, deu-lhe algumas ervas medicinais, não ajudou, era como se nada fosse eficiente e a cada segundo a respiração de Charles piorava. Rosemary sentiu-se tão culpada por tê-lo deixado na chuva — entretanto o que ela não sabia era que durante o tempo que Charles passou com Jemima, ele brincou com uma criança muito doente — se ao menos ela houvesse sido mais prestativa! Rosemary começou a chorar desesperadamente, percebendo-se incapaz de fazer qualquer coisa, percebendo-se inútil, afinal...se Deus determinasse que estava na hora de levá-lo, não havia nada que ela pudesse fazer...Nada! Rosemary sentia-se cega, era como se fosse incapaz de agir com sensatez ou de prestar atenção ao que fazia, em ato de desespero, jogou a cabeça para fora da janela e pediu que alguém chamasse o médico que a essa altura já deveria ter voltado da capital. Felizmente, Carew Stone estava de passagem, embora seja uma criatura com todos os seus defeitos, não é alguém inteiramente ruim e rapidamente fez o que deveria. Um pouco desnorteada, ela rapidamente pegou a criança a cada segundo mais debilitada e levou-a para o andar de cima, onde colocou o menino sobre a sua cama e sentou-se em frente. Rosemary estava olhando para a janela, estava ansiosamente torcendo para que o médico viesse, ansiosamente esperando que a sua cabeça grisalha e alva fosse vista subindo Mulberry Creek. Mas...e se ele não viesse? Ele viria! Não poderia permitir que Charles...Não! Isso não aconteceria certo?

Rosemary não percebeu, mas uma pessoa que não era o doutor Voss parou em frente a casa, esperou certo tempo e então foi embora, ela não percebeu, isso não importava, ela poderia ter descido, mas Charles precisava dela. Ela poderia descer para ver quem era, mas essa pessoa não importava-lhe, Charles poderia...a qualquer momento e ela não sairia de perto dele.

Os segundos passavam como décadas e os minutos como séculos, era uma tarde gelada e risonha, uma tarde que fora manchada pela preocupação, será que Charles ficaria bem? Ele precisava ficar! Rosemary não sabia ao certo quanto tempo aquela pequena criança pálida e condenada tinha de vida, talvez...o relógio de Charles estivesse quase ressoando, talvez o dedo da morte houvesse esticado-se para tocar ele...talvez o doutor Voss não chegasse a tempo. Rosemary enfiou o rosto entre as mãos e chorou amargamente.

Capítulo XXVII

Charles, Lily Window e uma leva de outras coisas

Como eu já mencionei, chorou amargamente, lágrimas dolorosas de preocupação, lágrimas manchadas de culpa, lágrimas ardentes que machucavam-lhe o rosto. Charles bravamente lutava pela sua vida, a vida que Deus emprestara-lhe, assim como emprestou a cada um de nós, lutava bravamente, emitindo ruídos estranhos e tossindo incessantemente, era um menino valente, valente e decidido a viver, porém...se Deus decidisse levar uma vida, nem mesmo a pessoa mais destemida e convicta de que viveria conseguiria viver. Rosemary sabia que assim como ela, Charles era um mero passageiro do vagão da vida e que em breve teria de descer, assim como ela, mas queria que a sua viagem fosse longa, ele nunca havia vivido, não poderia morrer! Não poderia deixá-la! Seria isso egoísmo? Talvez fosse a hora de deixá-lo descansar...Rosemary teria afundado outra vez o rosto entre as mãos e chorado, no entanto, viu uma pequena cabeça alva subindo depressa Mulberry Creek. Uma cabeça grisalha que trazia consigo esperança, paz, uma cabeça grisalha que trazia a possibilidade de salvar Charles. De prontidão, Rosemary deslizou escada abaixo, abriu a porta e suspirou. Entrou um vento ruidoso e muito forte na casa, mas isso não importava, doutor Voss estava ali:

— Lá em cima, por favor. — arfou ela apontando as escadas.

Sem hesitar, o médico subiu, sendo seguido por uma mulher preocupada cujas olheiras eram demasiadas profundas e as unhas estavam roídas. O homem pediu que ela esperasse fora do quarto, Rosemary não o questionou, rapidamente puxou uma cadeira para si e atirou seu corpo contra ela. O homem fechou a porta. Foram segundos, minutos ou horas — ela não sabia ao certo — longas e extenuantes, onde o relógio parecia ressoar e badalar de modo sossegado e lento. O tempo já não corria, arrastava-se diante de seus olhos, estaria ela ali há uma semana e sequer havia percebido? Agora, sem poder ver como estava Charles, era como se a preocupação e inquietação houvessem roubado o lugar da tristeza e do pranto. Rosemary meneou a cabeça para trás e olhou pela janela. Era uma noite risonha, pouquíssimo condizente com a sua realidade, nuvens alvas e alegres, árvores esnobes e presunçosas, já as estrelas pareciam saber de algo sombrio...será que... Não! Isso não aconteceria! Ugh...mas já estava tão tarde! Rosemary sequer percebeu o tempo passando, era como se ele corresse e ao mesmo tempo se arrastasse...como estava Charles? Ela voltou a roer as unhas ruidosamente.

Certo tempo se passou, talvez tenham sido minutos ou quem sabe horas, ninguém sabia ao certo. Com um barulho esdrúxulo, provavelmente um ruído devido ao quão velha a madeira de Lily Window era, doutor Voss abriu a porta e então, com certo pesar, meneou a cabeça negativamente. Os olhos de Rosemary se dilataram:

— Não há nada grave com ele, já está melhor. — vociferou o homem com um aceno rotineiro — As chances de que ele não resista são quase nulas.

Nada de grave? Charles estava bem? Ele não morreria? Oh! Rosemary sequer sabia como reagir, já estava quase acostumada com a ideia de perdê-lo! Rosemary olhou novamente para o céu e percebeu que as estrelas não estavam risonhas, mas sim formalmente pacíficas. Charles ficaria bem. Após isso, o médico explicou alguns termos aos quais — assim como qualquer cidadão comum — Rosemary desconhecia, isso não envolvia flores, logo, não fazia parte de seu jargão de trabalho. Então, o médico explicou o que deveria fazer e com casualidade rotineira — afinal, este era o seu trabalho — despediu-se e declarou que voltaria em uma semana.

A mancha de preocupação quanto a Charles fora embora, os dias seguintes trouxeram consigo um garotinho muito mais saudável que lutara bravamente pela sua vida quando fora necessário. Era quase como um milagre, a cada dia que se passava, era como se ele ganhasse mais cor e energia, ficando cada vez mais vivaz e saudável, pela primeira vez, Charles parecia-se com uma criança normal. Uma criança normal e saudável. Era como se os vestígios do abandono fraterno estivessem finalmente deixando o seu corpinho infantil. Rosemary por sua vez, continuava com as vendas baixas e não falava com uma pessoa sequer da cidade, exceto Padre Neil, mas sempre que falava com ele, o mesmo inquiria "Não está se esquecendo de nada" ugh! Não! Rosemary não estava! Estaria ele tentando lembrá-la de seu segredo? Não! Padre Neil não seria tão insolente? Ugh! Rosemary ocasionalmente sorria, mas jamais ria, ela não sentia-se capaz, era como se a risada fosse machucar as suas bochechas, e ela também não possuía oportunidades para rir.

Era uma tarde gelada, típica do fim de outubro. As árvores lúgubres e insatisfeitas com o clima murmuravam copiosamente sendo chacoalhadas pelo vento de maneira quase agressiva, as nuvens cinzentas adornavam o céu com certa presunção enquanto riam de tempos passados. O céu, por sua vez, já estava razoavelmente escuro, e a grama opaca de Dragonfly Hill estava "inundada de flores esmarridas", Rosemary meneou agressivamente a cabeça após lembrar-se do verso. Embora há tempos houvesse reduzido os odiosos livros de Thomas a cinzas, os versos ainda assombravam-a sempre que encontravam um momento oportuno. Ela estava sentada, costurando alguma malha, os olhos inquietos e opacos corriam vagarosamente dentro de suas pálpebras, sobre a cadeira ao lado, um garotinho que agora era muito mais saudável e corado brincava fervorosamente balançando-se de modo emocionante. Rosemary ainda sentia-se triste, mas era como se houvesse acostumado-se com a tristeza, não sentia-se infeliz, afinal, tinha a Deus, mas a alegria já não pertencia-a. Ela teria suportado todas as coisas as quais passou, porém ter de lidar com todas de uma vez fora um choque inegável. Ela estava costurando e seus dedos corriam habilidosamente por entre a malha, em torno de si, havia um silêncio *quase* inquebrável, todavia, silêncio esse que fora quebrado, alguém batia à porta.

Um pouco confusa — afinal, Rosemary não recebia visitas que não fossem de médicos desde o dia em que descobriu...ugh... —, ela deixou a malha sobre a cadeira, atravessou a casa e abriu a porta. Haviam três pessoas à sua frente, uma delas era uma mulher diminuta, pouco interessante, um pouco enrugada e com cabelos escuros presos de modo desleixado. Rosemary flexionou os olhos, nunca havia visto aquela mulher em sua vida. À sua frente, um homem engraçado — mas muito, muito familiar —, com uma cartola demasiada cômica, barba por fazer e sorriso estranho. Mas, ainda sim, um rosto muito familiar. Ao seu outro lado, Elizabeth, ela ainda tinha a pouca vergonha de pisar ali? O que estava fazendo?

— O que...ugh...o que... — ela então calou-se e inclinou diagonalmente o rosto, não sabia o que perguntar.

— Me perdoe... — sussurrou Elizabeth baixo o suficiente para que Rosemary não ouvisse o que disse e apenas ficasse mais confusa.

— Há certo tempo que enviamos uma carta explicando tudo, creio que tenha recebido. — declarou o homem acendendo um charuto.

— Ugh... — Por certo motivo Rosemary havia queimado ou rasgado as *duas* únicas cartas que recebera no último mês — não recebi — mentiu ela.

— Certo. — arfou o homem colocando a mão em seu bolso, tirando uma pequena fotografia primitiva e entregando-a — Eu vim buscar meu filho.

— O que? — indagou ela olhando para a foto.

Era uma foto simplória e embaçada, seria aquele homem o marido da falecida Leah? Ele estava lá para tirar Charles dela? Isso era injusto! Injusto! Ele havia abandonado aquela criança para morrer, não poderia simplesmente levá-lo!

— É verdade. — explicou Elizabeth cabisbaixa.

— E por que eu deveria confiar em você? — indagou ela franzindo o cenho, estava pronta para fechar a porta, pegar a criança e fugir, mas sabia que essa era uma ideia imprudente.

— Você realmente não tem motivos. — ciciou Charlotte ofendida — Mas, ele está te mostrando uma foto. Não são provas o bastante? — interpelou.

Realmente eram, no final do século XIX onde não se era possível modificar fotografias, uma foto era sim prova o bastante:

— Por favor, traga ele. Precisamos pegar o próximo trem. — mussitou o homem entre tragadas com certa casualidade, como se não estivesse pedindo a Rosemary algo que para ela era mais difícil que a morte.

Rosemary teria o odiado, teria o odiado caso não praticasse o segundo mandamento — talvez o mais difícil entre todos —, ela sabia que poderia cuidar daquela criança melhor que muitos pais biológicos, todavia perante a lei ela não era ninguém para Charles, seria inútil tentar revidar, embora seu pai houvesse abandonado-o para a morte, mas não havia nada que pudesse ser feito, nada. Com relutância, ela assentiu com a cabeça e pesarosamente guardou os pertences da criança em uma mala velha e um pouco empoeirada, colocou-o no colo da mulher e entregou a mala ao seu pai:

— Leve-o agora. Antes que isso se torne mais difícil para mim. — arfou ela comprimindo os lábios veementemente.

Rosemary não se lembra do que foi dito, logo, não poderei citar, eu poderia inventar alguma coisa, mas estaria mentindo e eu sou uma escritora e não uma mentirosa, são coisas completamente diferentes. Com pesar e dor amarga, ela assistiu a pequena criança a qual tanto amou sendo levada para longe de si com relutância, era possível ouvir a sua voz gritando por ela, cada vez que ouvia a voz de Charles, era como se a voz de um fantasma voltasse para assombrá-la. Ela ficou lá, junto de Misty, assistiu a cabecinha loura da criança distanciando-se de si até que não foi mais possível vê-la. Percebendo-se então sozinha, entrou em Lily Window. Ela poderia ter chorado, mas seus olhos estavam muito secos para isso, logo, limitou-se a afundar o seu rosto aveludado contra o travesseiro. Charles havia ido embora, embora para longe dali. Pela manhã, não ouviria a risada doce da criança, não o assistiria brincar durante as tardes e não o colocaria para dormir todas as noites. Charles nunca havia pertencido-lhe, mas ela enganou-se e convenceu-se de que sim, como foi tola! Tola! Assim como a maioria das noites anteriores, fora uma noite árdua que não trouxera consigo o consolo do sono.

Diferentemente das expectativas de Rosemary, os dias seguintes se passaram, foram dias ainda mais solitários que os anteriores, ela estava sem amor, dinheiro, amigos e agora sem Charles. Claramente, a sua vida já havia sido pior, todavia ela era habituada a isso, Rosemary acreditava que o mundo não era um lugar hospitaleiro, e depois de enganar-se para poder pensar que o mundo consegue ser pacífico, fora apunhalada pelas costas. Ugh! Viver é algo complicado. A semana que se passou não trouxe nada de novo, apenas amargor e saudade, assim como as semanas anteriores, assim como o último mês. Ela estava sentada, atrás do banco da floricultura, seu cotovelo apoiava-se sobre o balcão e sua bochecha gelada sobre a mão, seu outro dedo produzia barulhos engraçados batendo contra a superfície amadeirada, seus olhos vagavam pelas construções modernas da cidade, porém a sua mente estava muito, muito além de lá. Ela não sabia ao certo o que estava pensando, não tinha muito o que pensar. Durante um longo dia de trabalho, não vendeu mais que um arranjo, e pensar que tudo o que ela tinha fora reduzido a apenas quatro cédulas. "Hilário" concluiu com amargor ácido. A maioria de suas flores estavam murchas, murchas e sem vida, afinal, ninguém as comprava. Já havia um bom tempo desde que ela não via Emelline Warwick, ela sequer conseguia lembrar-se da última vez... Loucura! "Curiosidade fatal", Rosemary meneou a cabeça após lembrar-se novamente de um verso odioso. Ela caminhava de modo lento e pesaroso, afinal, havia escolhido a pior hora do dia para voltar à Lily Window, o trem da tarde havia acabado de chegar, havia grande alvoroço pela cidade, famílias contentes e crianças animadas, não havia nada pior para seu péssimo humor.

Enquanto subia sobre Mulberry, lembrou-se com pesar de que a única coisa que tinha agora era Lily Window e seus gatos, já não possuía raiz alguma, era engraçado pensar que aos seus vinte anos não possuía raiz alguma em lugar algum sendo que ela sempre tentou criar raízes. Talvez raízes não sejam para ela, talvez ela devesse tornar-se uma missionária na África, alfabetizar crianças na Tailândia, talvez ajudasse a combater a doença de chagas no Brasil, loucura! Com um sorriso cínico, ela concluiu que sequer servia para isso. Distraída, ela passou pelo portãozinho de Lily Window e olhou para a casa, não sabia exatamente o porquê estava olhando para a casa sendo que já estava notoriamente habituada a mesma. Dove, Ginger e Misty estavam ao lado de fora da casa, um pouco indignados, Rosemary franziu o cenho. Ouvia murmúrios pela casa, com uma pulga atrás da orelha, aproximou-se e chutou a porta, ela não abriu. Rosemary então caminhou até a janela mais próxima e colocou seu rosto sobre ela, estava tão vazia! Onde estava toda a comida que fez pela manhã? Onde estavam seus vasinhos decorativos? Onde estava a sua imagenzinha de Nossa Senhora de Siluva? Onde estavam as suas coisas? Rosemary rapidamente dirigiu-se até a porta, chutou-a outra vez, dessa vez com mais força, não abriu. Beirando a ira, esmurrou a porta, esmurrou tantas vezes que uma criada confusa abriu-a:

— Como posso ajudar a senhorita? — interpelou ela com um quê de arrogância.

— Por céus! Saía da minha casa! — arfou Rosemary esticando o pescoço para ver o interior do lugar.

A criada franziu o cenho, entortou o pescoço e respondeu:

— Acredito que seja melhor chamar a senhora Burk.

— Ugh? Certo? — bradejou confusa.

A criada rapidamente adentrou a casa, mas não voltou, quem apareceu foi uma mulher aristocrática e fétida. A ministra do condado de Gloucestershire? O que aquela mulher estava fazendo em Lily Window?

— O que está acontecendo? — indagou Rosemary entrando na casa sem pedir permissão, afinal, a casa era sua — Onde estão todas as minhas coisas? — interpelou caminhando pelo casebre quase vazio.

— Não seja tão egoísta, pratique a caridade. Suas roupas ainda estão aqui. — respondeu a ministra do condado de Gloucestershire seguindo a criatura indignada.

— Ora. Caridade? Caridade não significa invadir casa alheia e se desfazer de quase toda a mobília. — vociferou.

— Posso perguntar por que está tão revoltada? Não é como se você não houvesse recebido carta alguma avisando que tomaríamos a propriedade, o terreno aqui é muito bom, sabia? — respondeu a ministra colocando a mão suada sobre o ombro de Rosemary.

— Carta? Mas, que carta? — interpelou ela lembrando-se da carta a qual rasgou — Tomar Lily Window? Terreno muito bom? — repetiu ela retirando selvagemente a mão da ministra de si — Ora, explique-se.

— Não acho que tenha lido a carta, imprudente de sua parte. — explicou a ministra sentando-se sobre a única cadeira que sobrou — Provavelmente Algernon não deixou isso explicado na carta de herança. Sua herdeira ficaria com a propriedade por tempo limitado, apenas para que ele visse como você se sairia. Não acreditamos que seria um problema você ter posse da casa por pouco menos de um ano, como Algernon não deixou economia alguma, não achamos que você ficaria aqui por tanto tempo. — concluiu ela acendendo um charuto — Agora a propriedade está em meu nome, e se não estivesse, eu tomaria-a para mim. Dizem que há muitas riquezas pertencentes aos Banfield enterradas aqui, talvez seja possível vender por um bom dinheiro — arfou ela.

— Essa casa é minha! — refutou Rosemary colocando as mãos sobre a cabeça.

— Essa casa *era* sua. — corrigiu a ministra. — Sem que ninguém, exceto duas pessoas soubessem, viemos visitar o lugar há alguns meses para ver em que estado estava. — explicou ela — Seu avô era um grande amigo nosso, sabe? Aquele velho avarento. — riu a ministra mesmo estando acima da terceira idade — Agora, saía.

Incrédula e sem reação alguma, Rosemary não relutou em pegar as suas coisas agressivamente atiradas contra o chão e sair. Suas roupas estavam todas reviradas, ela enfiou-as em sua única mala, segurou os três chapéus que tinha com as mãos, e os sapatos segurou entre os braços. Ela estava surpresa demais para sentir qualquer coisa que não fosse surpresa e talvez um pouco de raiva. Ela apenas percebeu o que havia acontecido quando junto de seus três gatos, deixou Lily Window, estava chovendo! Ugh! O mundo não é um lugar pacífico! Se ao menos ela ainda possuísse fósforos... Rosemary chacoalhou a cabeça, esse tipo de pensamento não agradaria a Deus...Deus! Em meio a miséria e tempestade da vida onde o ilusório véu do futuro rasgou-se diante de si, Rosemary, com todos os seus defeitos e pecados ainda acreditava em Deus, não engane-se leitor, a maioria de nós, meros pecadores que jamais merecemos o amor do Divino, facilmente esqueceremos de todas as coisas boas que o Senhor fez por nós e perderíamos a fé. Esqueceríamos que Ele criou o mundo para nós, criou nossos corpos com a capacidade de sentir, expressar-se, viver, morreu por nós para que um dia possamos nos juntar a Ele no reino de Deus, esqueceríamos de todas essas e muitas outras coisas e perderíamos a fé. Rosemary, porém, manteve-a, afinal, sabia que jamais seria capaz de viver sem ela.

Creio que o leitor já esteja cansado de receber em detalhes a miséria da caótica vida de Rosemary, logo, irei dar-lhes um pequeno resumo de como ela resolveu a situação em que o próprio avô colocou-a. Estava chovendo, mas ela lembrou-se de que havia uma pequena casinha disponível em Forest of Hopes, um nome certamente hilário considerando a sua situação, casa essa que já foi citada neste livro. Lembra-se da casa violeta de tia Nancy? Sim, exatamente o que você pensou, estou falando dela. Rosemary ainda possuía as suas quatro cédulas consigo "felizmente", seria o suficiente para alguns meses de aluguel, quanto aos impostos, ela daria um jeito de pagá-los. Felizmente, encontrou-se com Jannice Follet, dona da casa, explicou-lhe *resumidamente* a sua situação deplorável, com um sorriso típico de uma Follet, ela arfou:

— Mas, que pouco orgulho para uma Banfield?

— Não sou uma mulher orgulhosa. E se fosse, tentaria não ser, isso desagrada a Deus. — respondeu ela apenas querendo ter uma casa para viver.

Janice Follet não contou-a — afinal, quando temos algum problema financeiro, não espalhamos a meio mundo —, todavia ela precisava de dinheiro, logo, aquela mulher tristonha e ensopada apareceu-lhe na melhor hora possível. Ela aceitou, contanto que "seus dedos Banfield não deixem minha casa imunda", Rosemary sentiu-se ofendida, pelos Banfield era desprezada por ter sangue Drew e por todos os demais era desprezada por ser "muito Banfield", mas ela não importou-se muito.

Instantaneamente, a casa foi passada para ela, era uma casinha pequena, já não era mais tão violeta quanto nos tempos de infância de Rosemary, devido às suas janelinhas curvas e pé direito baixo, era uma casa mais fácil de se amar, mas Rosemary não amaria-a, jamais amaria a nada e ninguém enquanto fosse viva, o mundo não é um lugar pacífico, embora na infância ela tenha amado aquela casa, já haviam se passado treze anos, ela já não amava-a mais. Entrou na casa e sentiu-se agradecida por ter um teto sobre a cabeça, enrolou seus gatinhos ensopados em seu pior vestido e sentou sobre o chão. Naquela casa, era como se os fantasmas das memórias do passado assombrassem-a, ela sentiu-se incapaz de adentrar o lugar tão conhecido, estava ainda muito incrédula com tudo o que aconteceu. Assim que possível, ela gostaria de deixar Bibury, mas não queria e não conseguiria começar tudo de novo — embora tenha pensado a mesma coisa na capital —, ela sentia-se fraca e extenuada, sentia-se velha — no auge de seus vinte anos —, amargurada e cansada. Não tinha forças e nem coragem de recomeçar a sua vida, sabia que jamais aguentaria começar tudo de novo em um lugar desconhecido, sabia que jamais sentiria-se capaz de apaixonar-se e poderia acabar casando-se por conveniência — assim como quase fizera com Gibbs Scott —, sabia que em nenhuma outra cidade possuiria as memórias de... ugh...Rosemary era mesmo uma criatura tola, todavia talvez já houvesse vivido demais, talvez a partir de agora ela se contentasse com uma vida monótona sem aspiração alguma. Talvez no futuro isso já não mais importasse. Rosemary chorou.

Capítulo XXVIII

Descobertas e outra leva de coisas complicadas

A semana que se passou foi lúgubre e cinzenta, estou me referindo tanto ao estado de espírito de Rosemary quanto ao clima. Em meio a todas as aflições que lentamente começaram a cercá-la, era como se tanto Lily Window quanto Charles fossem certezas em sua vida, entretanto agora ela havia percebido que nada nessa vida tempestuosa e incerta é concreto. Ela estava atirada sobre a cama velha e pequena da casa já não mais violeta, as mãos cruzavam-se sobre a altura da barriga e seus olhos vagavam pelo teto velho e amadeirado. Ela não conseguia dormir. Desde que deixara Lily Window, era como se seu sono estivesse ainda pior que antes. Já passava da primeira badalada, ela levantou-se e sentou-se em frente a janela, ainda era possível ver o balanço ao qual balançava-se junto de Patience quando mais nova...ugh...bons tempos...e pensar que agora ela tinha tudo o que Rosemary um dia quisera, voltar a viver na casa violeta! Ela sentiu que não seria capaz de manter-se imóvel ali, portanto, levantou-se e caminhou fantasmagoricamente pela casa, havia aprendido que guardar o serviço de casa para realizá-lo à noite era uma boa maneira de lidar com a insônia. Varreu o piso que não precisava ser varrido, esfregou o vidro que não precisava ser esfregado e acendeu a lareira que não precisava ser acesa. Após isso, suspirou incontente, ainda sentia-se muito angustiada para voltar para a cama. Cruzou os braços e meneou a cabeça de modo tremelicante. Ouviu um ruído...ouviu outro ruído...e mais outro. Ugh...talvez fossem apenas Dove ou Misty, esses dois gatinhos possuíam hábitos muito noturnos.

Rosemary caminhou cuidadosamente até o seu quarto e espiou pela porta, três gatinhos dormiam adoravelmente. Ela ouviu outro ruído, um ruído que não fora provocado por felino algum, com cuidado, ela dirigiu-se até a pequena janela curva da casinha violeta e com cuidado abriu a cortina. Já era por volta da terceira badalada e em breve o trem de quarta-feira sairia... ela estendeu a sua vela para conseguir ver o que havia do lado de fora. Duas pessoas, muito assustadas, provavelmente um casal, caminhavam apressada e regularmente olhando para os lados, o homem possuía duas malas grandes e a mulher trazia consigo uma coisinha pequena e delicada a qual resguardava com um quê de desespero, talvez uma caixa. Rosemary não sabia ao certo o motivo, mas sentiu que não queria ser vista por aquelas duas pessoas singulares, logo, soltou a cortina e apagou a sua vela para que assim não fosse reconhecida. Aquelas duas pessoas eram familiares, porém demasiadas estranhas. Rosemary ainda sentia-se inquieta demais para dormir, mas sonolenta demais para continuar perambulando e executando ações sem sentido, portanto, atirou-se contra a cama.

Os dois dias seguintes correram de maneira fria e pouco simpática, foram dias igualmente chuvosos e lúgubres onde as folhas já secas e rabugentas deixavam a grama opaca de Forest of Hopes ainda mais opaca e sem vida, todavia após dois dias tristonhos e chuvosos, o sol abriu-se timidamente, o que possibilitou Rosemary de ir para a floricultura. Estava sentada, brincando com os dedos sobre a superfície amadeirada do balcão, lentamente, algumas das pessoas estavam voltando a falar com ela — embora nunca tenham dito o motivo de terem parado de fazê-lo subitamente —, entretanto nenhuma dessas pessoas interessava-a, não sentia-se capaz de comparecer a eventos sociais e nem de fazer nada além de vender flores. Estritamente vendia flores. Rosemary estava preocupada, não sabia ao certo como faria para pagar os impostos da coroa inglesa, mas mesmo assim, ela precisava gastar dinheiro com comida, precisava comer. Portanto, assim que vendeu o máximo de flores que acreditou ser capaz de fazer — ela estava extenuada da noite sem um minuto de sono a qual teve e sentia-se tonta e fraca, sentia-se pronta para cair a qualquer momento —, ela fechou a sua floricultura e foi até a conveniência do centro velho. Não era um lugar movimentado e nem tinha uma boa aparência, mas ela não tinha sua própria plantação, logo, comprar comida era a única opção para não morrer de fome. Entrou silenciosamente na conveniência, cumprimentou o senhor Slyfeel — que ainda guardava ressentimentos devido à vaca — e foi direto para a seção de batatas e tomates. A única coisa que se pode comprar quando todo o seu dinheiro foi roubado, sua floricultura não vende mais, você é uma mulher solteira e órfã, sua casa foi tomada pela ministra e você ainda tem de pagar impostos para a coroa inglesa. Ela possuía uma bolsa velha e surrada a qual usava para colocar o que comprava. Colocou certa quantidade de batatas. Caminhou até os tomates e começou a colocá-los em sua bolsa. As irmãs Bolton estavam lá, ugh! Elas estavam em todo o lugar! Rosemary desprezava a fofoca e pessoas abelhudas, logo, não havia tentado ouvir o que as irmãs diziam, mas as mesmas não haviam notado a sua presença e conversavam de maneira alta e desavergonhada. Não, caro leitor, não estarei contando-lhes o que as Bolton estavam falando, deixei Elizabeth encarregada disso. Rosemary estava perplexa e pálida, ouvia o que elas diziam enquanto colocava incessantemente tomates em sua bolsa, a cada palavra, acrescentava um novo tomate, a cada sussurro acrescentava outro tomate. Ugh...professor...insanamente louca...trabalho gratuito...Escócia...

  Rosemary continuava adicionando tomates à sua bolsa enquanto ouvia boquiaberta os relatos desajustados das irmãs Bolton...universidade... partida...ladrão...Seria esse o motivo da cidade ter castigado-a com o silêncio? Ela acrescentou tantos tomates à sua bolsa que os mesmos rasgaram-a e esparramaram-se pelo chão manchando seu vestido branco de vermelho vibrante tal qual houvesse cometido um assassinato. Os tomates foram tão ruidosos que fizeram com que as Bolton virassem para ela quase instantaneamente:

— Estamos falando da senhorita, sim, alguma surpresa? — indagou Awellah cruzando os braços flácidos.

  Rosemary não respondeu, involuntariamente soltou a sua bolsa e caminhou desnorteadamente para fora da conveniência pisoteando os próprios pés. Sua garganta estava seca, suas pernas e mãos trêmulas e a sua consciência manchada pela vergonha. Elizabeth estava ali...por que estava correndo em sua direção? Ugh...onde ela estava? Tudo estava tão embaçado...e tremelicante...Rosemary sentia as suas pálpebras e pernas demasiado pesadas e sua boca compressa era incapaz de ser aberta. Rendendo-se a fraqueza, ela caiu no chão, sentia-se cansada, portanto, fechou os olhos:

— Espero que não seja grave — arfou Elizabeth algumas horas depois, sentada em seu quarto, assistindo o corpo da prima frágil sobre um vestido "ensanguentado".

  Rosemary sentia a sua cabeça latejar e suava frio, com fraquezas já testemunhadas antes, ela vagou os olhos pelo cômodo. O que as Bolton estavam falando mesmo? Ugh...ela não lembrava-se...apenas lembrava-se dos tomates rolando bolsa à baixo...o que Charlotte estava fazendo comprimindo as suas mãos tal qual uma criança? Por que estava preocupada? O que Rosemary estava fazendo em Lambert Ranch? Espera...oh! Ela lembrava-se, lembrava-se da maioria das palavras proferidas pelas irmãs, todavia não fazia ideia do sentido que elas tinham.

— Ugh...aconteceu alguma coisa? — indagou Elizabeth franzindo o cenho ainda um pouco ressentida.

Rosemary comprimiu os lábios e arqueou as sobrancelhas, ela acreditava lembrar-se do que as Bolton disseram, entretanto não tinha certeza de que não havia apenas inventado tudo aquilo para enganar-se. Ainda estava ressentida com Elizabeth, ainda sentia-se apunhalada e não entendia ao certo por que fora levada a Lambert Ranch:

— Você se importa? — riu com um quê de sarcasmo enquanto colocava a mão sobre a cabeça latejante.

— Ora! Já fui muito ofendida com isso tudo! — arfou Elizabeth cruzando os braços pálidos — Se eu não me importasse, teria deixado-lhe no chão de Winding tail! — concluiu virando o rostinho corado.

— Então, por que você contribuiu com o roubo de Lily Window? — inquiriu de maneira seca, fria, dura e concreta.

— Você não consegue ou não quer ver? — respondeu Elizabeth com cuidado, embora estivesse irada, sabia que discutir com uma pessoa que acabou de recuperar-se de um desmaio não é bem visto.

Rosemary tardou responder, franziu o cenho e cruzou os braços, não de maneira rude, apenas atônita:

— Explique-se, por favor. — ciciou com veemência.

— Primeiro de tudo, eu não roubei e nem ajudei a roubar Lily Window, por que faria isso? — explicou-se — Não sei ao certo quem foi, mas certamente não foi Matthew. Após roubar uma casa a pessoa costuma fugir, não? Ele não tem família e nem dinheiro, caso roubasse seria apenas por diversão, e pensar isso seria insano. — arfou ela explicando-se injustamente, afinal, não havia feito nada, logo, não havia necessidade de explicar-se.

Rosemary não disse nada, copiosamente balançava a cabeça enquanto cuidadosamente percebia que as falas das irmãs Bolton começaram a fazer sentido:

— Não sei ao certo quem foi. Mas, tenho minhas suspeitas, nunca fui com a cara de Thomas nem de Emelline, inclusive não os vi mais.

Thomas e Emeline! Como Rosemary não pôde perceber antes? Sempre que alguém falava sobre roubos ou coisas do tipo, Emeline Warwick aparecia quase instantaneamente dizendo-lhe algo bobo e desconexo. No dia do chá da mocidade! Quando o animal apareceu sobre os pés de Lydia e Awellah, Emeline havia desaparecido! No baile de Sellina Gardiner, Emelline parecia tão sombria! Thomas vez ou outra perdia o sotaque da capital, como se esquecesse-se de forçá-lo, e quando ele falava com ares metropolitanos nunca soava tão natural quanto Rosemary, talvez por ela ser da capital e ele não! As suas sementes eram apenas uma farsa, uma maneira rápida de aproximar-se de uma florista! No dia...a caixa estava vazia pois ele havia roubado-a! Thomas Scott e Emeline Warwick foram as duas pessoas as quais Rosemary viu fugindo há dois dias! Tudo estava tão claro que Rosemary inclusive sentiu-se estúpida por não ter percebido antes! Elizabeth estava cantarolando alguma coisa, havia desistido de tentar qualquer conexão com a prima visto que a mesma estava muito longe dali. Rosemary rapidamente colocou as mãos sobre a boca após lembrar-se de quando escutou a conversa pela porta...uma das pessoas...poemas...

— TS... — arfou Rosemary esquecendo-se da presença da prima por certo tempo.

— Ugh? Do que está falando? — indagou Elizabeth.

— Isso ainda não faz sentido... — ciciou Rosemary.

Ela então explicou-lhe toda a conversa a qual ouviu enquanto ficou escondida, atrás da escada. Explicou de modo resumido e claro e ainda guardando para si o seu segredo, o qual apenas Padre Neil, você e eu tivemos a honra de saber:

— É isso o que te confunde? — interpelou Elizabeth segurando os braços e balançando-se de modo arriscado em sua cadeira.

— Ugh...sim? — arfou.

— Matthew escreve. — respondeu de modo brando, claro e objetivo.

Rosemary corou um pouco, mas colocou celeremente as mãozinhas sobre as bochechas para que não fosse possível perceber. Ela estava feliz, ah! Muito feliz. Por mais que soubesse que as fantasias as quais nutriu jamais aconteceriam, um grande peso fora tirado de si, o peso de ser enganado por quem se ama:

— Mesmo tendo perdido boa parte do que tinha, ao menos você escolheu bem em trabalhar com flores. É algo lucrativo, não? — arfou Elizabeth um pouco desconcertada.

— Lucrativo? Ugh, não. É o suficiente para pagar as contas, mas não é notoriamente lucrativo. — explicou.

— Me desculpe se a pergunta for indiscreta. — alertou — Então, como você conseguiu reformar Lily Window de maneira tão rápida?

— Ora, as economias deixadas por Algernon foram de grande ajuda. — bisbilhou Rosemary bastante confusa.

— Economias? — riu Elizabeth — Tia Sarah teve de pagar pelo caixão de vovô, de que economias você está falando? Ele faleceu tão pobre quanto um rato de igreja! — arfou.

— Tinha economias sim, eu inclusive tive acesso a elas. Por tempo limitado.

Do que Elizabeth estava falando? Algernon morreu velho e quase incapaz de se mover, mas não pobre, ter quinhentas libras esterlinas definitivamente não é ser "tão pobre quanto um rato de igreja":

— Eu pensei que você soubesse. — prosseguiu Elizabeth — Mas, Algernon gastou todo o dinheiro durante a vida. Morreu sem um tostão sequer, inclusive, a tia Madalene pagava pelos seus cuidados. — arfou ela um pouco confusa passando o dedo pela camada grossa de tomate que adornava a borda da roupa de Rosemary.

— Não é possível. Eu vim pra cá sem uma libra sequer e no começo não consegui muito lucro com as flores, essas economias me salvaram.

— Você pode até ter usado dinheiro de economias, mas não era dinheiro de Algernon. Quem lhe entregou esse dinheiro? — respondeu ela acendendo uma ou duas velas.

— M...

Rosemary não fora capaz de concluir o que disse...Matthew? Ugh! O último ano já não fora recheado demasiado de surpresas e choques? Ele havia entregado-lhe o dinheiro, seria dele? C...Como? Isso tudo era tão atordoante! Quando Rosemary finalmente pararia de ser bombardeada de informações? Ela estava sentada, mas rapidamente atirou o seu corpo contra o travesseiro fétido e mal limpo atrás de si:

— Matthew. Mas, de onde um trabalhador rural tiraria tanto dinheiro se não era de Algernon? — arfou Rosemary pronta para qualquer que fosse a resposta.

— Trabalhador rural? Você é mesmo uma caixinha de surpresas, Rose — disse ela entortando o pescoço alvo com certa curiosidade.

— Ora, mas ele trabalhava em Lily Window pois foi pago por Algernon.

— Eu já não disse-lhe que Algernon morreu sem um tostão? Ele trabalhava lá simplesmente por querer ajudar, achei que você soubesse — explicou Elizabeth que a esse ponto sentia-se como um grande livro informativo.

— Não é possível que alguém trabalharia de graça, morreria de fome. — ciciou Rosemary vagando os olhos pelo papel de parede singular do quarto.

— Ora, Rose, você realmente é alheia a tudo em volta de si. Hein? — mussitou Charlotte — Ele não trabalha de graça, dá aulas na universidade de Tewkesbury, pensei que você soubesse.

— Ugh...não...nunca me senti confortável em perguntar algo assim. — proferiu Rosemary sentindo-se tola.

Mas, havia uma coisa a qual Rosemary ainda não havia entendido, por que os poemas tinham o nome de TS? TS não tinha nada a ver com Matthew, exceto por...ugh! As suas irmãs? Theodosia e Sellina! Tudo ficava cada vez mais claro diante de seus olhos, de modo que inclusive envergonhou-se por não ter percebido antes.

— Bem, mas não acho que isso importe. — exclamou Elizabeth que não havia percebido os sentimentos de Rosemary pois a mesma fez um bom trabalho em escondê-los — Ele vai embora hoje mesmo, então...

— Para onde? — interrompeu Rosemary sentando-se bruscamente sobre a cama.

— Ugh...se não me engano, hoje é sexta, certo? — Rosemary meneou positivamente a cabeça — Então, deve estar indo para Tewkesbury no trem da noite, vai começar a dar aulas permanentes lá ano que vem, não acho que vá voltar. Não entendi o motivo de uma decisão tão rápida, mas bem...

Não voltar? Ugh! Aquilo era simplesmente horrível! Rosemary sabia que as fantasias as quais nutria não aconteceriam, entretanto receber uma confirmação disso era simplesmente tenebroso! Por culpa dela! Dela! Se não houvesse sido tão precipitada...ugh! Rosemary de prontidão colocou os seus pés sobre o tapete velho do quarto de Elizabeth. Ela não sabia exatamente o que faria, porém sabia que não suportaria continuar ali.

Capítulo XXIX

Lily Window, Poemas e Flores

Rosemary rapidamente envolveu a prima, pediu-lhe desculpa pelas palavras e então, deu as costas. Ela não sabia ao certo o que estava fazendo, entretanto sabia que jamais suportaria continuar ali parada enquanto...ugh! Ela jamais suportaria continuar ali parada! Sem saber ao certo o que faria, ela colocou desleixadamente seu chapéu sobre a cabeça, porém esqueceu-se de amarrá-lo, colocou uma das luvas esquecendo-se de colocar a outra e saiu correndo de Lambert Ranch sem nem mesmo um lampião sequer:

— Temo que ela tenha tornado-se uma pessoa desajustada — arfou Janne para Elizabeth assistindo a criatura sangrenta atravessar rapidamente a horta talvez sujando suas botinhas de terra.

— Eu também. — respondeu Elizabeth apoiando os cotovelos sobre a janela.

Rosemary definitivamente não importava-se se achariam que ela era ou não desajustada, ela não conseguia parar de correr. Era uma noite alva e clara, iluminada pela lua e por uma leva de estrelas gentis. O vento forte de novembro uivava sacudindo as pobres árvores que não tinham outra escolha se não sacudir-se. Ela ainda trajava o mesmo vestido branco, com a mesma mancha sangrenta e vibrante sobre a barra, muitas foram as histórias sobre fantasmas sangrentos que percorreram a cidade após essa noite. Mas, isso não importava-a. Nada disso importava! Ela continuava correndo, não sabia exatamente para onde, afinal, embora a noite estivesse incontestavelmente clara, era como se ela não conseguisse enxergar nada, absolutamente nada, portanto, apenas permitiu que seus pés trêmulos e atordoados guiassem-a para onde quer que fossem. Sua boca estava seca, mãos trêmulas, vestido coberto de tomate e pés atordoados guiavam-a para onde quer que fosse, ela estava demasiada inquieta e precisava descontar a sua energia em algum lugar, logo, faria isso com as pernas. E pensar que há um ano ela sequer sabia da existência de Matthew e agora o mesmo importava-lhe tanto! Foi um ano longo, um ano recheado de surpresas e situações singulares ao qual eu jamais conseguirei narrar com exatidão, afinal, entediaria o leitor ter de ler um livro tão extenso, mas foi um ano longo, um ano ao qual Rosemary jamais se imaginaria sem, ano esse que, inclusive, moldou a sua personalidade, um ano que passou como uma década em sua mente. Ainda alheia a tudo ao seu redor, ela adentrou Fir Path, onde não fora possível ver mais nada, não devido ao seu atordoamento, mas sim devido a escuridão, era uma trilha mais que lotada de abetos que, por sua vez, não permitiam que a luz lunar entrasse. Rosemary estava em meio ao escuro, definitivamente não conseguia ver e nem reconhecer nada, todavia sentia que seria capaz de morrer caso parasse de correr, logo, não o fez. De certa forma quase inexplicável, ela não caiu e nem tropeçou em nada, corria incessantemente sem sequer saber de onde tirava tanto fôlego. Ela agora atravessava a mesma estrada a qual pouco menos de um ano atrás atravessou, fugindo de um cavalo raquítico e um estrangeiro desconhecido que sequer fariam-lhe mal algum. Rosemary teria sentido-se hilária com isso, porém sequer sabia que estava sobre aquela estrada, sequer sabia onde estava, sequer sabia se era real, a única coisa que Rosemary sabia era que estava correndo. Todavia, nada dura para sempre, nem mesmo a correria desnorteada dela, após correr por tanto tempo quanto fora-lhe possível, tropeçou bruscamente em um pequeno graveto sendo rapidamente atirada contra o chão. Por que ela estava correndo? Jamais alcançaria-o a tempo, e mesmo que o fizesse, o que faria? Rosemary era mesmo uma criatura tola, tola e inconsequente! Rosemary flexionou as mãos, comprimiu os lábios e dolorosamente, mesmo sem permitir, algumas lágrimas escorreram-lhe o rosto e caíram sobre o chão de...ugh! Ela não sabia onde estava. Agora, ela já havia deixado Fir Path e estava em um lugar claro o suficiente para situar-se, ela apenas precisava olhar para a frente, mas Rosemary sentia-se incapaz de fazê-lo. Talvez fosse melhor apenas levantar-se, descobrir onde estava e voltar para a casa violeta. Ela teria feito isso, caso não:

— Já está tarde, vai acabar apanhando um resfriado. — riu Matthew estendendo-lhe a mão.

Rosemary estava perplexa, perplexa e vermelha, seus olhos brilhavam mais do que estrelinhas matinais. Não sabia ao certo como reagir e sentia um turbilhão de coisas complicadas dentro de si. Aceitou a ajuda, levantou-se e recompôs-se. Em meio a correria, a sua outra luva escapou-lhe as mãos, o chapéu saiu voando e agora além de "sangue", o vestido estava sujo de terra, entretanto isso não importava, ela estava diante de Matthew, nada disso importava. Lembrando-se de tudo o que disse quando acreditou ter descoberto tudo, Rosemary sentiu-se incontestavelmente envergonhada, ela estava cabisbaixa e não tinha coragem de olhar para cima:

— Me...Me d...desculpe... — arfou Rosemary segurando os cotovelos enquanto uma lágrima escorria-lhe pelo rosto alvo.

O que ela estava fazendo ali? Matthew certamente deveria odiá-la agora! Certamente! Mas, não, ele colocou uma das mãos em sua bochecha e secou-lhe uma das lágrimas. Rosemary outrora corada, estava agora vermelha, vermelha e trêmula:

— Não precisa se desculpar, eu inclusive tentei ir a Lili Window resolver tudo isso, mas você não abriu a porta. — respondeu com cautela.

Ah! Sim! Rosemary lembrou-se! O dia em que ela estava esperando pelo doutor Voss, o dia em que acreditou que perderia Charles para a morte. Outra lágrima formou-se sobre seus olhos, lágrima essa que foi seca pela mão de Matthew:

— É verdade. Eu não abri a porta pois estava esperando pelo doutor Voss. — ciciou ela beliscando um dos braços — Naquele dia eu pensei que Charles fosse...ugh...

— Ele está bem agora, certo? — inquiriu.

— Espero que sim. — respondeu Rosemary em seguida comprimindo os lábios e olhando para o lado, embora estivesse escuro, ela não suportaria olhar pra frente.

Ela não sabia ao certo o que esperava, sequer estava esperando algo, porém de alguma forma estava decepcionada. Por mais que estivesse perante a Matthew e o mesmo houvesse mostrado que importava-se com ela, importar-se não era o suficiente. Ugh! No que ela estava pensando? Rosemary realmente era uma criatura tola. Ela fechou as mãos e com cautela olhou para cima, Matthew estava sorrindo, ela não sabia como sabia disso, estava muito escuro para ver com clareza, todavia ela sabia:

— Por que você veio pra cá a essa hora da noite? — indagou ele sabendo que passava da terceira badalada.

— Ugh... — Ele ainda não havia percebido? Ugh! O que ela responderia? Seria indecente simplesmente dizer a verdade, porém errado e nada gratificante mentir.

Mesmo que Rosemary houvesse dito alguma coisa, não teria sido possível ouvir, a locomotiva preparava-se para partir, logo, emitiu barulhos altos e desagradáveis. Agora ele entraria naquele trem e jamais voltaria, não possuía motivo algum para voltar...ugh! Se ao menos houvesse alguma coisa que Rosemary pudesse fazer, bem, ao menos ela havia se desculpado. Não havia nada que ela pudesse fazer. Matthew no entanto, não partiu de imediato, não antes de se aproximar e dizer:

— É um mestrado de poucos meses em Tewkesbury. Volto em pouco tempo. — explicou dando um pequeno passo para a frente — Pode me esperar?

— Sim! — respondeu Rosemary de imediato sem nem sequer pensar antes de o dizer.

Podem não ter sido palavras melosas ou eloquentes tal qual a maioria das pessoas jovens esperava, mas Rosemary não sentia-se capaz de ouvir ou de dizê-las, já possuía inúmeros livros — aos quais atirara fogo e reduzira á cinzas — dizendo-as, porém sentia que morreria de vergonha caso as dissesse ou ouvisse em voz alta. Matthew por sua vez, aproximou-se, puxou-lhe o rosto e beijou a sua testa. Disse alguma coisa a qual Rosemary não foi capaz de prestar atenção — logo, não posso mencionar — e então partiu.

Rosemary estava parada, entre todas as coisas que poderia ter imaginado para aquele dia, isso jamais passou-lhe a mente. Matthew também amava-a! Não foram necessários longos discursos para provar isso — algo um pouco hipócrita de se pensar quando uma pilha de poemas foram escritos sobre você —, mas ela não poderia estar mais feliz. Não sei ao certo se ela continuou ali por minutos ou horas, mas sei que ela continuou ali, na estação de Bibury até o nascer do sol.

Epílogo

Caro leitor, essa não é uma história perfeita e temo que esteja muito, muitíssimo longe de ser, mas talvez seja isso o que eu mais gosto dela, afinal, a vida não é uma linha perfeita, mas sim um tempestuoso emaranhado de linhas enroladas. Tentei narrar com a maior exatidão possível a vida desses personagens aos quais tanto me apeguei. Peço que você, leitor, tenha paciência comigo. Sou consideravelmente nova no ramo da escrita e ainda muito nova para entender de certos assuntos e complicações experienciadas na vida real, mas se você gostou desse livro, por favor, deixe-me saber, talvez exista um pouquinho de potencial, talento ou algo do tipo em mim.